W0379630

Sugar Jamison

Un amore su misura

romanzo

Traduzione dall'inglese di Vanessa Valentinuzzi

One

Prima edizione: aprile 2014
Titolo originale: *Dangerous Curves Ahead*
© 2013 by Sugar Jamison
© 2013 by Sergio Fanucci Communications S.r.l.
via delle Fornaci, 66 – 00165 Roma
tel. 06.39366384
All rights throughout the world are reserved to the Author.
Proprietà letteraria e artistica riservata
Stampato in Italia – Printed in Italy
Tutti i diritti riservati
Progetto grafico: Grafica Effe

Sugar Jamison

Un amore su misura

1

Cicciona e altre parole per grassa

Taglia forte
Paffuta
Tonda
Sovrappeso
Rubiconda
Corpulenta
Robusta
Procace
Giunonica
Pesante
Rubensiana

«Ellison? Sei davvero tu, tesoro?»

Non oggi, per favore non oggi. Ellis Garrett chiuse gli occhi e pregò intensamente mentre era in fila alla caffetteria Hot Lava Java. Molto, ma molto intensamente. Forse se si fosse rivolta al dio più appropriato, le avrebbe risparmiato quella tortura che rispondeva al nome di Agatha Toomey.

Gesù? Buddha? Zeus?

«Ellison? Ehiii!»

Dio, ci sei? Sono io, Ellis. Per caso, una ragazza potrebbe beneficiare di un miracolo oggi?

«Ellis!»

Evidentemente, no.

L'unica cosa che Ellison desiderava era un biscotto, e non uno qualsiasi, ma un enorme biscotto black and white fatto di morbidissima pasta frolla sormontata da una golosa glassa metà bianca e metà nera. Sapeva che non avrebbe dovuto mangiare nessun delizioso biscotto gigante. Era solo martedì. E i biscotti, come ogni altro tipo di cibo grasso, erano proibiti oggi. Doveva comportarsi bene il martedì e il mercoledì, e ogni giorno che precedeva il week-end. *Non mangerai snack ad alto contenuto calorico nei giorni lavorativi.*

«Sì, signora Toomey. Sono proprio io» disse Ellis, ostentando un finto sorriso che sperò risultasse credibile. Si voltò a guardare quella donna insopportabilmente snella che teneva in mano una tazza di tè verde. 'Sei davvero tu?' La signora Toomey le aveva fatto quella domanda come se non conoscesse la risposta. Suvvia, siamo seri. Ellis non passava certo inosservata.

«Sono un po' sorpresa di vederti. Cosa ci fai qui?» La signora Toomey la squadrò dalla testa ai piedi con occhi severi, sembrava sapere perfettamente perché Ellis era lì. *Le ragazze grasse non dovrebbero mangiare biscotti.* «Sei tornata con Jack?»

Ellis conosceva quella donna quasi da una vita. Agatha era un'amica di vecchia data di sua madre, nonché la proprietaria di una clinica per dimagrire di grande successo. Si dava il caso che fosse anche la zia di Jack.

E una vecchia strega tutta ossa.

«Mi andava un biscotto» disse Ellis ignorando l'ultima domanda. Avrebbe corso nuda per dieci chilometri piuttosto che parlare del suo ex con quella donna.

«Vendiamo biscotti nella mia clinica. E molto salutari, mia cara» disse la signora Toomey, il volto corrucciato per la disapprovazione. «Sono senza zucchero, e non usiamo né burro né olio. Solo dolcificanti naturali.»

Devono essere semplicemente disgustosi.

«Sentivo proprio il bisogno di un black and white, e voi quelli non li avete» spiegò Ellis, sforzandosi seriamente di rispettare le buone maniere. «Per di più il suo negozio è dall'altra parte della città. Ho pensato che sarebbe stato più comodo fermarmi qui e comprarne uno invece di derubare una Girl Scout.»

«Prego?»

Ellis scosse la testa tristemente. «Ho mangiato quindici scatole di biscotti l'ultima volta che ho rapinato una Girl Scout. Ho messo su un chilo e mezzo. Poi mi hanno arrestata e obbligata a svolgere tutti quei servizi sociali e, lasciatelo dire, al mio grosso culo non dona quell'arancione fluorescente.»

La signora Toomey la fissò inorridita.

Dietro di loro si udì sogghignare una profonda voce maschile ed Ellis chiuse gli occhi per un istante scegliendo di ignorarla. Non solo aveva fallito in modo eclatante nel suo tentativo di comportarsi educatamente, ma adesso aveva anche attirato l'attenzione degli altri su di sé.

«Hai un senso dell'umorismo del tutto originale, Ellison. Scommetto che è questo il motivo per cui Jack si è innamorato di te. Per quale ragione esattamente avete rotto voi due?»

«Non stavamo parlando di biscotti?» domandò lei, cercando di cambiare argomento.

«Immagino di sì. Seriamente, dovresti passare giù alla clinica. Abbiamo una valanga di prodotti salutari ricchi di fibre. Sono sicura che un maggior quantitativo di fibre sarebbe utile alla tua dieta.» Puntò gli occhi sulla pancia di Ellis. «Aiuta contro il gonfiore.»

«Non ne dubito affatto.» Ellis cercò di evitare di risponderle a tono mentre guardava la pancia della signora Toomey, decisamente piatta in confronto alla sua. Ma non ci riuscì. «Ma che bell'invito, signora Toomey. Purtroppo mi caccerebbero a calci fuori dal club delle ragazze grasse se non mangiassi almeno due cucchiaini di burro al giorno. Sono molto severe riguardo all'assunzione di colesterolo.»

Un altro risolino scappò a chiunque fosse in fila dietro di loro.

«Se ti buttano fuori, ti prenderemo noi» affermò decisa la signora Toomey. «Vieni a trovarmi. Il mio personale studierà per te una dieta e un programma di esercizi che ti faranno perdere chili in men che non si dica. Forse, se tu dimagrissi, Jack tornerebbe da te.»

«Io non lo rivoglio. No, grazie, proprio no.» Ellis provò a non digrignare i denti. «Cosa penserebbero le clienti del mio negozio, nonché lettrici del mio blog, se perdessi peso per un uomo?»

La signora Toomey si accigliò. «Che saresti di esempio per indurle a smettere di mangiare patatine al formaggio e ad alzarsi dal divano e fare sport. Non capisci che vendendo quei vestiti contribuisci alla loro obesità? Se non riescono a entrare nelle taglie normali saranno costrette a portare il sederino in palestra e alla larga dai McDrive.»

Ellis vide rosso dalla rabbia. E, come un toro, si sentì pronta alla carica. Aveva aperto la sua boutique perché era stanca di andare nei negozi per donne dalle taglie normali. Chi si occupava delle donne fuori misura? Delle ragazze alte? O di quelle con i piedi lunghi? O con le braccia lunghe? O di quelle donne per cui era impossibile trovare bei vestiti? O di quelle che cercavano un negozio dove fare shopping senza essere giudicate? Come osava, quella boriosa faccia da cavallo, maniaca del succo di erba di grano e dei cibi senza glutine, parlare delle sue clienti in quel modo? Ellis non vestiva solo donne grasse, le sue clienti erano donne uniche dal fisico non convenzionale. Aprì la bocca per ribadire ad Agatha Toomey come stavano veramente le cose.

«Ehi, signora» disse alla Toomey l'uomo in fila dietro di lei, anticipando il discorso di Ellis. «Veda di piantarla. Non era lei quella che fumava qui fuori? Non pensa di doversi preoccupare dei suoi polmoni invece di quello che mangia la ragazza?»

«Io...» La signora Toomey aprì e poi richiuse la bocca diverse volte, come un pesce che boccheggia. «Devo tornare al lavoro. Salutami tua madre.»

Si voltò e uscì prima che Ellis potesse replicare.

«Quella donna è una stronza» dichiarò il suo paladino.

«Lo so e stavo per dirgliene quattro, ma lei è arrivato in mio soccorso e mi ha tolto tutto il divertimento.»

«Mi scusi. Lei se la stava cavando molto bene.» Ellis lo sentì ridere. «E, solo per precisare, credo che qualsiasi colore lei indossi donerebbe al suo culo.»

Aveva appena nominato il suo culo?

Oh, no, non poteva essere.

Ellis si voltò per guardarlo in faccia e *bum!*, sentì la terra scuotersi e le campane suonare, e vide le stelle.

Oh, no.

Quell'uomo era assolutamente splendido. Alto, moro, con i capelli corti e gli occhi blu cobalto. E che corpo! Era atletico, proprio come il tizio nella pubblicità della carta assorbente, robusto ma non esageratamente muscoloso, e lei fu costretta a mordersi il labbro inferiore per impedirsi di urlare un apprezzamento. Era come Clark Kent, un Superman supersexy. Era bello, e le stava sorridendo, e lei lo conosceva già. Si chiamava Mike Edwards, viveva nel suo quartiere, e quel gran bel pezzo d'uomo aveva frequentato per un periodo sua sorella.

Oh, merda.

Si era presa anche una bella cotta per lui.

Mike socchiuse gli occhi e il sorriso gli sparì dalla bocca perfettamente disegnata. «Non ci siamo già incontrati da qualche parte?»

Non si ricordava di lei.

Ellis non sapeva se sentirsi offesa o sollevata. Lei ricordava tutto di lui. La sua famiglia viveva fuori Buffalo. Era un poliziotto. E tendeva a infilarsi nei letti che non gli appartenevano. Scelse di sentirsi sollevata. Non voleva che si ricordasse di lei o di quella scenata da stronza colossale che gli aveva fatto l'ultima volta che erano stati nella stessa stanza. Definirla imbarazzante era riduttivo.

Inoltre, lei era una persona diversa adesso. Rivangare il passato non sarebbe servito a nulla.

«Il prossimo» gridò la ragazza dal bancone, impedendo a Ellis di rispondere alla domanda, cosa positiva visto che aveva perso la parola.

«Due black and white. Un caffè nero.» L'uomo fissò Ellis per un istante. «E una limonata alla fragola.»

«Hai ordinato per me?» domandò lei, recuperando finalmente la voce. Doveva uscire da lì. Prima la direttrice della clinica per dimagrire, e adesso l'uomo che aveva involontariamente sconvolto la sua vita. Gli dèi del cibo la stavano sicuramente punendo. *Non mangerai biscotti black and white.*

«Sì» disse lui mentre pagava. «Voglio che tu ti sieda con me. Sono sicuro che ci siamo già incontrati.»

Scappa, scappa più veloce che puoi.

«Ma...»

«Siediti con me.» La interruppe mentre ritirava il vassoio e le afferrava il polso conducendola verso un tavolino d'angolo.

Lei lo seguì, senza sapere perché visto che avrebbe potuto facilmente andarsene. Tutta colpa di quel *bum*.

Normalmente, Michael Edwards non si immischiava negli affari degli altri, ma c'era qualcosa in quella buffa ragazza che gli sedeva di fronte che lo aveva indotto a intervenire. Non era successo perché era bella, anche se lo era davvero con i suoi capelli bruni e le labbra carnose. E neanche perché quel corpo voluttuoso sembrava creato per accendere le fantasie maschili. Non sapeva esattamente perché aveva detto alla magrissima signora Toomey di piantarla, eppure nell'istante in cui Ellis si era voltata aveva capito di averla già incontrata.

«Perché mi stai fissando in quel modo?» Ellis aggrottò le sopracciglia, sembrando quasi a disagio.

Lui la stava osservando. Le parole 'sei terribilmente sexy' quasi gli sfuggirono di bocca. Ma si trattenne. Non era l'aspetto di Ellis a renderlo incapace di toglierle gli occhi di dosso, ma qualcosa di rassicurante che gli aveva fatto venire voglia di avvicinarsi e passare il resto del giorno accanto a lei. Scosse la testa. Cosa gli stava capitando? Non reagiva mai in quel modo le donne.

«Ho come la sensazione di conoscerti.»

«Sì. È così, Mike.» Ellis morse il biscotto bianco e nero che le aveva comprato. Una briciola si staccò, rimanendole sul labbro e lui la fissò mentre la sua lingua perfettamente rosa la leccava via.

«Ci siamo già incontrati.»

«Cosa?» Era così preso a guardarle la bocca che quasi non comprese le sue parole. «Oh, Mike.» Conosceva il suo nome. Un sorriso beffardo le comparve sulla bocca. «Sei andato a letto con così tante donne che mi hai dimenticato?»

Mike aveva ragione. Si erano conosciuti, ma lui era sicuro di non averla mai sfiorata. «Non siamo mai andati a letto insieme.»

«Come fai a esserne così sicuro?»

«Perché» rispose incrociando il suo sguardo «me lo ricorderei.»

Gli occhi di Ellis si fecero grandi mentre sorrideva, richiamando nuovamente l'attenzione di Mike sulle sue labbra. «La usi con tutte questa battuta, Mikey?» Lei poggiò la guancia sulla mano e lo osservò con interesse, come se stesse catalogando i suoi lineamenti per coglierne le differenze con il passato. «Spiegami una cosa, queste stronzate da lumacone funzionano davvero?»

Con la maggior parte delle donne, sì, pensò tra sé. Ma, a quanto pareva, non con lei. Era una che prendeva gli uomini per le palle. Sentì un angolo della bocca sollevarsi. «Di solito, ma non ti sto rifilando il mio repertorio. Sono sicuro che non siamo stati a letto insieme.»

«Perché, con le ragazze grasse non ti capita spesso?»

«Tu non sei grassa.»

«Sei cieco?»

«Non ce l'hai uno specchio?» ribatté lui.

Ellis socchiuse gli occhi. «Non starai flirtando con me?»

«No.» Mike scosse la testa. «Non lo so. Forse. Ma chi sei?»

Ellis sembrò stupita. «Davvero non ti ricordi di me?»

«Ovviamente no.» Anche se avrebbe voluto. Lei lo faceva ridere e non sembrava una donna facile da dimenticare, eppure non rammentava in quale momento del passato si fossero incontrati.

Gli occhi di Ellis gli scrutarono attentamente il volto come se stesse ricordando qualcosa. «Pensavo che a questo punto ti saresti ricordato di me, ma a quanto pare non sei molto cambiato in quattro anni» disse lei in tono malinconico.

«Cosa significa?» chiese lui, avvertendo la delusione di Ellis. Non gli piaceva quella sensazione perché gli provocava un senso di colpa. Quattro anni fa? Non era certo la settimana scorsa.

«Significa che è meglio così.» Si alzò stringendo il biscotto mangiucchiato in una mano e la limonata nell'altra. «Grazie per lo spuntino, detective.»

«Aspetta.» Le afferrò il polso. Lei stava mollando lui? «Chi sei?»

«A quanto sembra, solo una ragazza di cui non ti ricordi.»

Ellis si liberò dalla sua forte presa e uscì dalla caffetteria; lui continuò a guardarla camminare sul marciapiede finché non sparì. Okay, forse nei suoi trentadue anni di vita aveva frequentato molte donne, ci era andato a letto, e poi le aveva scaricate, ma non era un mascalzone. Tutte le sue relazioni erano finite in modo piuttosto amichevole. Non lasciava mai cuori infranti dietro di sé. Non iniziava una relazione se non poteva facilmente uscirne. E ciò significava che non era mai stato con Ellis. Lei sembrava una donna con cui metter su famiglia. Una di quelle nate per darti quattro figli, e preparare biscotti, e utilizzare il car sharing. Quattro anni fa l'avrebbe considerata un rifiuto tossico. Fino a quel giorno aveva tremato all'idea di rimanere intrappolato per sempre in una relazione. E allora perché si sentiva così offeso da lei? E cosa diavolo le aveva fatto per rendersi antipatico? *Ellis.* Quell'incontro lo lasciò stordito, infastidito e molto curioso di sapere di più sulla ragazza con il biscotto.

2

Icone Formose

Marylin Monroe. Bionda. Formosa. La dea del sesso. E si mormorava che fosse una taglia 50.
Christina Hendricks. La bella di *Mad Men*: mi provoca un'erezione femminile.
Mo'Nique. Ti sei guadagnata quell'Oscar grazie al tuo caratterino prorompente.
Adele. Giunonica. Sexy. Orgogliosa di esserlo.
Tracy Turnblad, il personaggio di *Hairspray*, e i suoi sospiri. Vi adoro!

Ellis pensò al suo incontro con Mike durante tutto il tragitto verso il negozio. *Bum!* Aveva sentito quel *bum*. Dannazione. Era scossa. Perché con tutti gli uomini single al mondo disponibili era accaduto proprio con Mike Edwards? Quello era l'uomo che un tempo l'aveva ignorata, dimenticata, e che era stato a letto con sua sorella. Eppure, quando l'aveva rivisto, i suoi ormoni erano impazziti come quelli di un adolescente davanti a un film porno. Forse l'astinenza dal sesso la stava facendo diventare matta. Erano passati sei mesi da quando aveva rotto con Jack. Periodo in cui non aveva interagito fisicamente con nessun uomo. Sei lunghissimi mesi.

Forse la cotta che si era presa per lui non era passata del tutto perché quando Mike le aveva afferrato il polso con la mano possente, la sua salivazione si era azzerata. L'aveva riportata indietro di quattro anni. A quella prima volta in cui lui l'aveva sfiorata. A quel periodo della sua vita in cui ancora credeva nell'amore e nella lealtà e pensava che le farfalle scorreggiassero arcobaleni.

Scosse la testa.

Probabilmente non era un vero *bum*. Magari era solo un grave caso di sconvolgimento ormonale. O indigestione. Ad ogni modo, era nei casini.

Rientrò nel suo negozio, Size Me Up, e si fermò a parlare con Cherri, la sua commessa in età da college, tentando di evitare la mole di lavoro che l'attendeva.

«Come stanno andando gli affari, ragazza?»

«Esattamente come li hai lasciati, capo.»

«Nessuna cliente?» sospirò Ellis.

«Nessuna.»

Non si era certo aspettata che le clienti si fossero assiepate davanti all'ingresso in quell'ora che aveva passato fuori, ma sperava almeno in una. Size Me Up aveva aperto cinque mesi prima ed Ellis non sapeva ancora tutto su come amministrare una boutique. A eccezione, ovviamente, di ciò che aveva imparato da internet digitando su Google 'come gestire un negozio di abbigliamento'. Sapeva che ci sarebbe voluto un po' di tempo prima di decollare. Non aveva denaro per la pubblicità e poteva contare solo sul passaparola. Il lato positivo era che il giro dei clienti cresceva. Ogni giorno acquisiva nuova clientela, ma andava a malapena in pari con le uscite. Aveva speso così tanti soldi per l'arredamento, la merce, e l'affitto, che ci sarebbero voluti almeno due anni per rientrare dell'investimento. Non poteva neanche permettersi uno stipendio per sé, e doveva affidarsi ai suoi magri risparmi.

Lavorava duramente senza guadagnare. A rendere Size

Me Up unico nel suo genere – oltre al fatto di vendere bei vestiti in tanti modelli e taglie diverse – era Ellis che, dotata di un talento eccellente con ago e filo, poteva modificare gli abiti. Questo servizio era rivolto soprattutto alle persone di piccola statura, benché una volta una cliente alta più di due metri l'avesse ricoperta di lodi perché le aveva cucito un paio di jeans finalmente lunghi fino al tallone. Le modifiche su misura di Ellis non erano a buon prezzo, ma le donne uscivano dal negozio con un abito che le vestiva alla perfezione, ed erano più che felici di pagare. Erano tutte riconoscenti e fedeli, motivo per cui Ellis avrebbe continuato a nutrirsi di zuppa in scatola e cereali.

Se la situazione rimaneva stabile, per lei andava tutto per il meglio. Ma se fosse accaduto qualcosa, qualsiasi cosa, se si fosse rotto il climatizzatore, o il computer, o se il vento avesse soffiato dalla parte sbagliata, per lei sarebbe finita. Non poteva permetterselo. Non avrebbe dato a Jack la soddisfazione di vederla fallire né di tornare al lavoro che l'aveva resa infelice.

«Riesco a vedere i tuoi pensieri» disse Cherri. «Stai combattendo la tua guerra giornaliera chiedendoti se lasciare il tuo lavoro, mollare quello stronzo del tuo ragazzo e aprire questo negozio sia stato uno sbaglio.»

«Mi conosci così bene» affermò lei sorridendole.

«Vero» ribadì Cherri dolcemente. «E da grande voglio essere come te.»

Ellis poteva permettersi a malapena di mantenere Cherri come commessa, ma lo avrebbe fatto a ogni costo. Era una brava ragazza, matura. Lavorava sodo, frequentava l'università, aveva un secondo lavoro nella biblioteca della facoltà e si prendeva cura della nonna, ma questi non erano i motivi per cui Ellis l'ammirava. Cherri era probabilmente la ragazza più bella che Ellis avesse mai visto, con folti capelli biondi e un viso talmente armonioso da meritare un ritratto. Ma Cherri non era come la gran parte delle ragazze di ventun anni. Era alta più di un metro e ottanta e il suo fisico voluttuoso non era certo quello di una modella. Ben diverso dal genere che attirava i ragazzi della sua età. Ellis sapeva come ci si sentiva. Ignorate. Come un pesce fuor d'acqua. Aveva aperto Size Me Up per le persone come lei e staccava volentieri un assegno per assicurare a Cherri il suo posto.

Strinse dolcemente la mano della ragazza. «Adesso fai la brava e vai nel mio ufficio a far quadrare la contabilità.»

«Non è una buona idea, non sono brava con i numeri, per questo ho scelto la facoltà di arte.»

Ellis piegò la testa all'indietro e iniziò a piagnucolare. «Per favore. Sono negata con le questioni amministrative. Vorrei solo creare bei vestiti.»

«Non preoccuparti dei libri contabili, Ellis. Lascia pure tutto sulla scrivania. Certo, in questo modo gli unici abiti che potrai cucire saranno realizzati con vecchi giornali lasciati sulle panchine del parco. Possiamo lanciarla come moda. Potresti chiamarlo stile clochard.»

«Wow.» Ellis ammiccò. «È un'argomentazione efficace.»

«Vivo con un'anziana signora di settantaquattro anni. Ho imparato dalla migliore insegnante.»

Ellis sfoderò a Cherri un ampio sorriso prima di dare un bel morso al suo biscotto. La razione di zucchero le conferì la forza necessaria per smettere di lamentarsi e affrontare la confusione del suo ufficio. «Ritorno alla dura routine quotidiana.»

Quando rientrò nel suo ufficio, vide che i documenti erano sparsi sulla scrivania e il programma per tenere la contabilità aperto sullo schermo del computer. I numeri erano gli stessi di un'ora e mezza prima. A quanto sembrava, i folletti dell'amministrazione contabile non le avevano ancora fatto visita.

«È dannatamente demoralizzante» sussurrò, dando un altro morso al biscotto. Era davvero buono, proprio come immaginava, e non aveva dovuto sborsare un centesimo dei suoi esigui risparmi per goderselo. Peccato che, d'ora in poi, ogni volta che ne avrebbe mangiato uno avrebbe pensato all'uomo che glielo aveva offerto.

Mike Edwards svolgeva un ruolo nella sua vita più importante di quanto lei volesse ammettere. Era stato il ragazzo più sexy del quartiere, sul quale lei fantasticava da lontano. La sua cotta segreta. Non più così segreta dopo che aveva parlato di Mike a sua sorella. Ancora oggi non aveva capito da cosa era stata posseduta la sorella per corrergli dietro in quel modo. Eppure, era così che si era comportata Dina. L'aveva portato nell'appartamento di Ellis. L'aveva costretto a passare del tempo con loro e poi aveva avuto il coraggio di fare sesso con lui nel letto di Ellis la sera della sua festa di laurea in legge.

Fu la notte in cui il rapporto tra lei e la sorella cambiò irrevocabilmente. Dopo un tremendo litigio non si rivolsero la parola per mesi. Anche ora, dopo quattro anni, riuscivano a stento a sopportarsi. Dina aveva tradito la sua fiducia di sorella, ma Mike... anche se era stato a casa sua, e avevano passato tre ore da soli parlando di tutto ciò che gli veniva in mente, non appena Dina era tornata, lui si era dimenticato di Ellis. Le aveva dimostrato che gli uomini sexy non corteggiano le ragazze grasse e intelligenti.

Voleva anche incolparlo per ciò che era successo con Jack. Per non averla fatta sentire alla sua altezza. Ma non sarebbe stato corretto perché i ragazzi come lui si comportano tutti così. Forse avrebbe dovuto scrivere di quell'esperienza sul blog, con un post dal titolo: 'L'uomo che ha distrutto l'amore nella mia vita.' Tuttavia, scartò quell'idea non appena le venne in mente. Era troppo melodrammatica, persino per lei.

«Ellis?»

Alzò lo sguardo e vide Belinda all'entrata. Era la sua migliore amica sin dalle superiori. Era formosa, con i tratti esotici, ed era anche la persona più alla moda che Ellis avesse mai conosciuto. Inoltre, era la direttrice di Size Me Up. Ellis ringraziava dio ogni giorno per avergli mandato quella efficiente ed esperta store manager. Sarebbe già colata a picco senza di lei.

«Ti adoro, Belinda» le disse d'impulso. «Davvero. Sono così felice che tu abbia lasciato il lavoro per venire qui. Lo sai che non sarei mai riuscita a fare tutto questo senza di te e ti prometto che non appena aumenteranno le entrate avrai una paga da favola.»

«Preferirei un monumento alla mia bellezza» dichiarò la rossa sorridendo. «Onestamente, tesoro, sai bene che preferisco lavorare per te piuttosto che per quella vecchia stronza che mi stava prosciugando la vita. Questo, in aggiunta alla brevità del tragitto da casa mia a qui, mi ripaga del misero stipendio.»

«Vorrei tanto poterti pagare di più» disse Ellis seria.

«Lo so.» Belinda sospirò dopo aver ascoltato quella frase per la centesima volta. «Me ne andrò da qui solo se faremo un buco nell'acqua, e so che non accadrà. Quindi smettila di stressarti. Le clienti adorano il negozio. Andremo alla grande.»

«Spero che le tue parole giungano alle orecchie di dio» biascicò Ellis, sentendosi leggermente meglio.

«Allora, capo.» Belinda guardò l'orologio. «Sono venuta per ricordarti che se non te ne vai subito farai tardi per la cena a casa dei tuoi.»

«Merda.» Ellis guardò l'orologio e poi il calendario. «Merda. È stasera?»

Non era sicura di poter tollerare una cena con i genitori dopo una giornata del genere.

«Sì, e affrettati prima che Phillipa chiami qui.»

«Vado.» Si alzò, infilando in bocca l'ultimo pezzo di biscotto, poi corse fuori.

Invece di prendere l'auto, decise di camminare fino alla villetta dei suoi genitori. Era una buona occasione per bruciare le calorie del biscotto; prese un bel respiro e rientrò in contatto con la cittadina che aveva lasciato dieci anni prima. Rhode Island. Boston. Manhattan. Ogni volta che aveva iniziato un lavoro che non le piaceva, aveva capito che le mancava qualcosa. C'era voluta la rottura con Jack per farle capire che quel qualcosa era Durant. Era una città universitaria. Un posto figo con negozi fantastici e caffetterie, un grande parco dove suonavano band emergenti ogni sabato sera, e giovani idealisti che affollavano le strade. Ma era molto più di questo. Durant era una cittadina in cui gli abitanti si aiutavano l'un l'altro e dove regnava un senso di appartenenza alla comunità che raramente aveva trovato altrove.

Ellis aveva aperto la sua boutique in St Lucy Street perché era il cuore pulsante di Durant, e anche se era stata via per molto, non era cambiato quasi nulla. La signora Underwood gestiva ancora il negozio di filati. Il signor Conner, il postino, si fermava ancora in ogni negozio durante il percorso giornaliero e il tizio con la bandana viola suonava sempre all'ora di pranzo sul patio per i clienti del Don Luca Café.

Era bello essere a casa. E di nuovo accanto ai suoi genitori, benché a volte la facessero diventare pazza.

«Ellis, sei tu?» sentì dire mentre entrava in casa dei suoi.

«Sì» rispose. Era la seconda volta che le facevano quella domanda quel giorno.

Il padre alzò lo sguardo dal divano, lanciandole un'occhiata di sfuggita solo per avere conferma che fosse veramente lei.

«Ciao, papà.» Si sedette accanto a lui esaminando la mise elegante del padre per la serata.

Camicia blu, cravatta intonata, e pantaloni del pigiama. «I pantaloni di Snoopy?»

«Mi è sempre piaciuto quel bracchetto» disse senza guardarla. «I Peanuts sono usciti per la prima volta su otto quotidiani il giorno in cui sono nato. Snoopy è comparso solo alla terza uscita. Non si seppe il suo nome prima del quattro di novembre di quell'anno.»

Ellis annuì lentamente all'abbondanza di informazioni prodigate dal padre. Conosceva ogni tipo di dettaglio inutile e se mai avesse partecipato a un quiz televisivo avrebbe guadagnato una fortuna. Ma il dottor Walter Garrett era il tipo d'uomo che non avrebbe né guardato né preso parte a un quiz. Era uno scienziato, un fisiologo, uno studioso delle funzioni fisiche e biochimiche. In pratica, Ellis non aveva la più pallida idea di come suo padre si guadagnasse da vivere.

«Ti ho comprato dei cioccolatini.» Walter le guardò il naso. «Li ho messi nel pensile sopra il lavandino tra lo zucchero di canna e quello bianco.»

«Grazie, papà» disse lei.

«Ho chiesto a tua madre di ordinare del cibo cinese. Pollo con salsa all'aglio, ravioli e riso fritto. Come piace a te.»

«Sì, papà. Mi piacciono molto.»

Quello era il suo modo per dimostrarle amore. Attraverso il cibo. Non riusciva a ricordare una volta in cui le avesse detto che le voleva bene, o che l'avesse abbracciata, ma aveva sempre passato del tempo con lei. Le chiedeva di andare a trovarlo in ufficio e di sedersi mentre lui era intento a studiare i suoi appunti, offrendole orsetti gommosi e marshmallow, solo cibi morbidi, in modo che non lo disturbasse masticando. Il padre era il motivo per cui a dieci anni si ritrovò con otto carie. Ma ne era valsa la pena.

Ellis gli appoggiò delicatamente una mano sul ginocchio, conquistandosi così uno sguardo del padre sulla fronte. «Come va il lavoro, papà?»

«Bene, bene» annuì. «Molto bene. Io e i miei colleghi stiamo studiando le funzioni cardiache degli orsi mentre sono in letargo e il modo in cui gli organi si adattano alle situazioni di stress. L'obiettivo è confrontarle con le funzioni del cuore umano durante il riposo.»

Ellis si allontanò mentre suo padre usava termini scientifici che lei non avrebbe mai compreso. «Sono contenta per te, papà» disse quando lui terminò. «Dov'è la mamma?»

«In giardino. Il tizio delle consegne dovrebbe arrivare tra un quarto d'ora. Per favore, di' a tua madre di lavarsi le mani.»

«Certo.» Gli sorrise e andò a cercare la madre, chiedendosi cosa avesse visto in suo padre di così speciale da innamorarsene.

Trovò la dottoressa Phillipa Gregory tra le piante di pomodori, accigliata. Ellis ne approfittò per scrutare sua madre mentre faceva rotolare un pomodoro nella mano. Phillipa era una donna minuta con un bel cervello e la lingua lunga. Era a capo del dipartimento di Storia delle donne all'università di Durant, autrice di quattro libri a sfondo femminista, nonché ex figlia dei fiori. Phillipa la mandava letteralmente fuori di testa, ma Ellis doveva ammettere che le era mancata quella rottura di palle quando viveva a New York. E ogni volta che la vedeva in giardino pensava: è bello essere a casa.

«Ellis, vieni qui» ordinò lei con il suo forte accento del Queens. «Questo pomodoro non ti sembra malaticcio?»

«Ehm...» Ellis esaminò quel piccolo frutto della terra, perfetto e rosso, senza risentirsi del fatto che sua madre non l'avesse salutata. «Sì?»

«È troppo giallo sul fondo.»

«Okay, se lo dici tu.»

«Lo dico io.» Phillipa si tolse l'enorme cappello di paglia, svelando la lunga massa di capelli grigio argento e si pulì la fronte con l'avambraccio.

«Papà vorrebbe che rientrassi in casa per la cena e che ti lavassi le mani. Il ragazzo delle consegne arriva tra dodici minuti.»

Phillipa fece un gesto di rifiuto con la mano alla richiesta del marito. «Il cibo sarà ancora caldo anche se arriverò con tre minuti di ritardo. Siediti e chiacchiera un po' con la tua mamma.» Diede dei colpetti sulla terra, accanto a lei.

Oh oh, Phillipa voleva 'chiacchierare'. Non era buon segno. Di solito finiva che Ellis evitava ogni commento mentre Phillipa le offriva lezioni di vita.

«Che ne dici se ci sediamo sul dondolo?» suggerì Ellis invece di rifiutare, come avrebbe voluto. Non poteva controllare i discorsi della madre, ma poteva decidere dove sedersi e non sarebbe certo andata in giro con delle macchie marroni sul sedere. Questo avrebbe fornito a qualcun altro il pretesto per guardarlo.

«Ah, dimenticavo che la signorina snob, proprietaria di una boutique, non può più sedersi per terra.» Phillipa si alzò con molta più grazia di quanto avrebbe fatto qualsiasi altra donna sui sessanta, e la raggiunse sulla veranda posteriore.

«Non mi è mai piaciuto sedermi per terra. Solo perché tu sei una hippy divoramuesli non significa che debba esserlo anche io.»

«Come ho fatto a crescere una figlia con una lingua così tagliente?» Phillipa alzò gli occhi al cielo fingendo orrore. «Mia figlia!»

«Ho imparato dall'insegnante migliore.» Ellis scosse la testa mentre si sedeva accanto alla madre sul dondolo. «Di cosa volevi parlare?»

«Oh, di nulla.» Phillipa le lanciò un'occhiata obliqua. «Stavo solo aspettando che tu spifferassi il motivo per cui ti sei comportata maleducatamente con Agatha Toomey in quella caffetteria.»

«Te lo ha raccontato lei?»

Che stronza!

Ellis non riusciva a credere che quella donna avesse contattato sua madre così in fretta. Pensava che quella strega avrebbe aspettato almeno fino a sera prima di spettegolare.

«Naturalmente.» Phillipa scrollò le spalle. «Ha detto che

forse se controllassi la tua lingua lunga tu e Jack stareste ancora insieme.»

«Oh, no che non l'ha detto.» La testa di Ellis si girò di scatto verso sua madre. «Spero che tu abbia messo in chiaro chi ha lasciato l'altro e perché...»

«Rilassati.» La interruppe Phillipa. «Le ho detto che tu non sei interessata a quell'idiota di Jack, che ti è già passata e che stai uscendo di nuovo.»

Non era affatto vero, ma era meglio che dare ad Agatha l'opportunità di tirare fuori Jack a ogni occasione. «Perché sei ancora sua amica? È una stronza. Ti ha raccontato che ero lì per comprarmi un biscotto?» domandò Ellis stizzita. «O che mi ha detto che dovrei mangiare più fibre per combattere il gonfiore e che era pronta a mettermi a dieta?»

«Sì.» Annuì Phillipa. «Ma non le prestare troppa attenzione. Se Aggie non arruola due nuove clienti a settimana, una parte di lei muore. E noi non siamo amiche. Facevamo sport insieme, visto che mia figlia più piccola non vuole farlo mai.» Phillipa la guardò di nuovo di traverso. «Non ti ucciderebbe fare yoga con me tre volte alla settimana. Gioverebbe al tuo cuore, e al tuo equilibrio. A tutto.»

«Mamma» l'avvertì Ellis. Sua madre era in forma e si allenava con religiosa disciplina. Aveva anche il metabolismo di un ragazzino di dieci anni. Il che era piuttosto sconfortante per Ellis.

«Bene.» Phillipa alzò le mani in segno di resa. «Se non vuoi parlare della tua salute e della possibilità di migliorare la tua vita, allora non lo faremo. Parliamo della tua situazione amorosa. Quand'è che hai fatto sesso l'ultima volta?»

«Mamma!»

«Che c'è?» Phillipa aggrottò le sopracciglia confusa, come se fosse normale porre alla figlia una domanda così personale. «Il sesso fa bene alla salute. Rilascia le endorfine.»

«Non è il caso di entrare in questa conversazione proprio

ora. Dovrebbe essere arrivata la cena.» Ellis si alzò e cercò di allontanarsi, ma sua madre la afferrò da dietro i pantaloni, impedendole di scappare.

«Non c'è niente di male nel parlare di sesso, tesoro. È una naturale espressione dei nostri corpi. Pensavo di averti educato a pensarla così, ma credo che la nostra società puritana abbia prevalso sui miei insegnamenti.»

Ellis tentò di liberarsi, ma Phillipa si rivelò stranamente forte. «Devo andare in bagno. Per favore, lasciami.»

«Sai che io e tuo padre facciamo sesso regolarmente e siamo entrambi estremamente felici.»

«Mamma!» Ellis si voltò di scatto e fissò la madre. «Tutto questo non è normale! Tu non sei normale. Nessuna figlia vorrebbe ascoltare i dettagli della vita sessuale dei propri genitori e non riesco a credere che tu pensi che io desideri raccontarti la mia.»

Phillipa, impassibile davanti alla sfuriata di Ellis, alzò gli occhi al cielo. «Pensavo solo che se ne facessi un po' saresti meno stressata. Mi preoccupo per te, Ellie. Che razza di madre sarei altrimenti?»

«Io sto bene. Giuro. Adesso lasciami andare. Papà ci aspetta.»

«Come sta andando il negozio?» disse Phillipa ignorandola. «Era bellissimo l'ultima volta che sono venuta ma, sinceramente, non capisco perché hai voluto abbandonare del tutto l'avvocatura.» Phillipa mollò la presa e alzò le mani in segno di resa. «Lo so. Odiavi occuparti di diritto d'impresa e personalmente non ti biasimo per non aver voluto rappresentare quegli schifosi bastardi, ma non potevi almeno accettare qualche cliente ogni tanto? Occuparti di legislazione ambientale o di libertà civili e cose simili? Sai quanto ci è costato farti studiare legge a Harvard?»

Ci risiamo. Lei e Phillipa discutevano di questo da quando Ellis aveva annunciato che avrebbe mollato il suo lavoro altamente remunerativo a Manhattan. Inizialmente Ellis aveva valorosamente argomentato il motivo per cui era meglio che lasciasse l'avvocatura, ma neanche il suo talento da mediatrice era riuscito a prevalere in una discussione con la dottoressa Phillipa Gregory.

Sua madre non capiva che la sua vecchia vita la rendeva triste. Phillipa aveva sempre sognato che la figlia diventasse avvocato, ed Ellis era andata avanti perché desiderava che la madre fosse orgogliosa di lei. Tuttavia, quando ruppe con Jack capì che non poteva vivere per compiacere gli altri. Doveva fare ciò che la rendeva felice.

«Migliaia e migliaia di dollari.»

«C'è un uomo» le uscì di bocca prima che la madre potesse continuare. «Ci siamo appena conosciuti ed è stupendo e io sono pazza di lui.»

Le bugie fanno crescere il naso.

«Che cosa?» Phillipa interruppe la sua invettiva. «Chi è? Come si chiama?»

«Ehm.» Ellis si morse il labbro inferiore. «Non te lo dico perché ho paura che porti iella. Davvero, ci siamo appena conosciuti.»

«Oh, avanti! Sono tua madre.»

Sei anche una gigantesca rottura di palle. «Vuoi rovinare tutto? Sono superstiziosa. Probabilmente da domani non ci frequenteremo più solo perché te ne ho parlato e io non farò mai più sesso con nessuno.»

«Okay, okay.» Phillipa cedette ed Ellis tirò un bel sospiro di sollievo. «Ma promettimi che presto mi racconterai di lui.»

«Sicuro.» Ellis mentì di nuovo, sperando che il naso non le stesse crescendo smodatamente.

«Ellis, Phillipa» Walter comparve sulla porta della veranda. «La cena è qui da sei minuti ormai.»

«Arriviamo, papà» disse Ellis, avviandosi velocemente all'interno della casa. Aveva l'orribile sensazione di aver commesso un tremendo sbaglio. Sua madre probabilmente non l'avrebbe più lasciata stare ora, ma forse se Ellis avesse pregato abbastanza intensamente Phillipa avrebbe perso completamente la memoria.

Sì, certo, e forse i maiali cominceranno a volare e per Natale si raggiungerà la pace in Medio Oriente.

3

Ogni volta che Mike guardava fuori dalla finestra della stazione di polizia di Durant scorgeva una tranquilla strada alberata. Non c'erano venditori di hot dog. Né senzatetto che facevano i bisogni nel vicolo. Nessuno stronzo che lo chiamava 'sbirro'. Raramente si udivano rumori. Quando era arrivato per la prima volta a New York City, dieci anni prima, quella roba lo eccitava. Adorava i rumori, la frenesia. Amava la vita che la città poteva offrirgli, ma qualche mese prima qualcosa era cambiato dentro di lui e non aveva più pensato di voler passare il resto della sua vita lì. Il problema era che non riusciva a vedersi in nessun posto. Non sapeva cosa volesse dalla vita e questo lo rendeva nervoso. La sua esistenza era pianificata da quando aveva tredici anni. Andarsene da Buffalo. Frequentare il college. Entrare nel dipartimento di polizia di New York, l'NYPD. Per dieci anni aveva inseguito quegli obiettivi con ostinata determinazione, raggiungendoli tutti.

E adesso?

La sua testa di tredicenne non aveva pensato a nulla fuori da quello schema. Non era da lui non avere un piano. Forse per questo era tornato a Durant, la città in cui aveva frequentato l'università, dove aveva passato i momenti più belli.

L'atmosfera qui era così... rilassata. L'America delle grandi catene non era approdata in questo luogo, al loro posto c'erano piccole imprese e negozi a gestione familiare. La gente lo salutava e gli sorrideva quando lo incontrava per strada. E dopo aver fatto il detective in una delle zone di New York con il più alto tasso di criminalità, tornare nella città dove aveva frequentato il college fu uno shock culturale. A Manhattan Mike viveva freneticamente. Era sempre in movimento. C'era sempre qualcosa a tenerlo occupato, ma qui... poteva riflettere sulla sua vita e decidere la prossima mossa.

Capì che meditare non era uno dei suoi migliori talenti. Era così abituato ad agire, a vivere sul filo del rasoio che non sapeva come rilassarsi.

L'unica missione di polizia un minimo eccitante era consistita nell'occuparsi della sicurezza durante la maratona di ballo degli anziani. Ed era stato divertente solo perché qualche idiota aveva corretto il punch con l'alcol, rendendo più scatenato del solito un gruppetto di ottuagenari sulla pista da ballo.

Era stato esilarante, ma non aveva calmato l'impeto di energia incontenibile che non gli dava pace. Eppure, non si era pentito di aver abbandonato la sua vecchia vita. Dieci anni passati a lavorare nelle zone più povere di New York tra rapine violente, ad arrestare ragazzini spaventati, lo avevano cambiato. Quando un tizio aveva brutalmente malmenato una donna di ottantanove anni per una borsetta che conteneva nove dollari e Mike non aveva quasi battuto ciglio, aveva capito che era il momento di andarsene. Non voleva diventare insensibile fino a quel punto né essere un uomo incapace di commuoversi.

Questo lo portò a chiedersi se lavorare in polizia fosse ancora la sua passione. Ma quando ci rifletté, comprese che non poteva più rendersi utile in quella città. Quindi, lasciò l'NYPD e fece richiesta per Durant. Fu una scelta importante, accettò uno stipendio inferiore per avere la possibilità di meditare sulla sua vita.

Sarebbe potuto tornare a Buffalo. La madre era ancora lì a gestire il suo negozio di fiori. Le sue sorelle e le loro numerose famiglie vivevano tutte entro tre chilometri dal luogo in cui era cresciuto, però Buffalo non era mai stata un'opzione valida. C'era troppo del suo passato lì. Troppe cose che non voleva ricordare.

«Mike, hai fame?»

Mike alzò gli occhi verso il suo nuovo collega, Lester, che sedeva alla scrivania di fronte alla sua. Lester era un detective navigato, un po' burbero, ma a posto. Gli ricordava Danny Glover in *Arma letale,* e sperava segretamente di sentirgli dire la battuta: 'Sono troppo vecchio per queste stronzate.'

«Sì, mangerei qualcosa» rispose Mike. «A te cosa andrebbe?»

«Ali di pollo fritte superpiccanti» disse Lester con una smorfia. «Ma quella roba mi fa venire la diarrea.»

Mike rise per l'eccessiva schiettezza di quella risposta. «Non posso permetterti di passare la giornata sul cesso, vecchio mio. Forse dovrei ordinarti solo un po' di semolino.»

«Invecchiare fa maledettamente schifo» rispose l'uomo con un sorriso, scuotendo la testa. «Non ascoltare nessuno che ti dica il contrario perché sono solo stronzate.» Lester si rilassò sulla sua poltrona e scrutò Mike per un momento. «Come ti trovi con il nuovo lavoro, ragazzo di città? Ti stanno trattando bene?»

«Sì, nessuna lamentela.»

Lester annuì. «Durant è abbastanza tranquilla. So che ci vuole un po' per adattarsi a questo lavoro. Abbiamo sentito parlare di te. Hai fatto parecchie stronzate nel tuo anno da recluta.»

Mike alzò le spalle. «Nulla che non avresti fatto anche tu.»

«E qui ti sbagli, collega. Io non ho mai fermato una rapina

in corso da solo, inseguito un criminale per dodici isolati dentro edifici diroccati, e non mi sono fatto rompere il naso da uno spacciatore. Simili stronzate potrebbero costarti care.»

Mike annuì. 'Naso rotto' era il suo secondo nome a quei tempi. Aveva ventitré anni, era stato appena assunto, e bramava dalla voglia di affermarsi. L'ultima cosa che sua madre aveva desiderato per lui era che diventasse un poliziotto, ma da bambino guardava *Hill Street* giorno e notte e *NYPD Blue* ed era letteralmente impazzito per quelle serie televisive. Aveva finito i suoi quattro anni al college, laureandosi in giustizia penale e, invece di prendere la specializzazione in legge come avrebbe voluto la madre, era diventato un poliziotto. Non riusciva a immaginarsi avvocato. La sua famiglia era di umili origini. Il padre di Mike, quando ancora c'era, lavorava nell'edilizia. Sua madre si consumava di fatica per gestire il negozio, e desiderato ardentemente per il figlio un lavoro importante e uno stile di vita che lei poteva solo sognare, ma per il quale Mike non era tagliato.

«È per questo che sono qui. Mia madre mi chiama da Buffalo venticinque volte al giorno giusto per controllare se sono ancora vivo. Pensavo che se mi fossi trasferito in una città più piccola si sarebbe calmata.»

Stava esagerando, anche se Margie, sua madre, lo chiamava spesso. Sapeva che era preoccupata perché lui era l'unico dei suoi figli ad aver cambiato città, quindi Mike le rispondeva sempre senza lasciar trasparire alcun fastidio.

Lester annuì. «Mio figlio stava pensando di cercarsi un lavoro fuori per un po' ma mia moglie lo ha intrappolato con il senso di colpa. Il mio ragazzo è un mammone e Shirley riesce a convincerlo a fare quello che vuole. Adesso si sta specializzando in biologia all'università.»

«Detective.» Il loro capitano, Maria Montoya, li chiamò, ed entrambi si voltarono a guardarla. «C'è stata una rapina giù in St Lucy Street. La negoziante, che si è rifiutata di consegnare l'incasso, è stata picchiata. Ho già degli uomini sulla scena del crimine, ma voglio che andiate lì e che ve ne occupiate voi.»

Mike era già scattato dalla poltrona prima che la donna potesse finire la frase. Finalmente, c'era qualcosa da fare.

La presenza delle auto della polizia in St Lucy Street attirò la folla. A quanto sembrava i cittadini di Durant non erano abituati alle rapine in pieno giorno, il che era positivo. Quando Mike uscì dalla macchina trovò circa una ventina di persone che girovagavano attorno alla scena, la maggior parte erano proprietari di negozi e clienti che facevano shopping all'ora di pranzo.

«Allontanateli, per favore» ordinò Mike ai poliziotti, facendosi largo verso la proprietaria del negozio dall'aria stravolta.

Lester scosse la testa. «Questo tizio deve essere uno con le palle. Quale idiota compirebbe una rapina alla luce del giorno in una strada affollata?»

«Un tossico?» suggerì Mike, ben sapendo che i drogati erano tristemente noti per l'assenza d'inibizioni. Ne aveva visti parecchi quando lavorava a New York e sapeva che molti di loro avrebbero rapinato qualcuno anche per pochi spicci.

«Non ci sono molti tossici qui, ma è possibile.» Lester estrasse il suo taccuino mentre si avvicinavano. «Parla tu con la signora. Fammi vedere come lavora un ragazzo di città.»

«Vuoi una lezione, vecchio mio?» Mike sorrise a Lester. «Nessun problema.»

Uno dei suoi migliori talenti consisteva nel saper parlare con la gente. La signora Underwood era chiaramente scossa. Il primo passo era guadagnarsi la sua fiducia. Doveva aver superato di poco i cinquanta, era minuta, con i capelli biondo cenere. Possedeva un negozio di filati, quindi probabilmente lavorava a maglia. Il grosso anello con diamante sulla mano sinistra indicava che era sposata e il fatto che il malvivente non l'avesse rubato rivelava che non si trattava di un vero criminale.

«Salve, signora Underwood. Sono il detective Richards e questo è il detective Edwards. Vorremmo farle qualche domanda.»

«Ma...» la donna sgranò gli occhi. «L'altro agente ha già raccolto la mia deposizione.»

«Lo so.» Mike poggiò la mano sulla spalla della signora Underwood e la strinse per confortarla. «So che è stata una giornata dura per lei, ma io e il mio collega non possiamo lasciare che un idiota se ne vada in giro per la città facendo del male alla nostra gente. Quindi, abbiamo bisogno di farle qualche altra domanda per essere sicuri di catturarlo e sbatterlo dentro. Se la sente di rispondere?»

«Sì» rispose lei annuendo lentamente. «Penso di farcela.»

Dieci minuti dopo, con un po' di gentile incoraggiamento, Mike aveva ottenuto delle informazioni con cui poter procedere. L'aggressore della signora Underwood era basso, pelato, e villoso, con un marcato accento di New York. Secondo la proprietaria del negozio non sembrava sotto stupefacenti, non era agitato e le aveva chiesto solo duecento dollari. A quanto pareva era stato anche educato prima che la donna si rifiutasse di collaborare, e solo allora l'aveva afferrata per il colletto scuotendola violentemente finché lei non aveva ceduto. Era un caso strano per Mike, ma abbastanza semplice da risolvere. L'uomo aveva il volto scoperto e aveva lasciato impronte ovunque. Con un po' di fortuna probabilmente era già segnalato.

«Sei scaltro, ragazzo di città.» Lester rise, scuotendo la testa. «Sfruttavi queste stronzate da ragazzo per bene a New York?»

Mike alzò le spalle, l'angolo della bocca s'incurvò leggermente. «Uso tutto ciò che funziona.» Fortunatamente Mike piaceva alla maggior parte delle donne.

Osservò i passanti che si assiepavano lì attorno. A Manhattan se ne sarebbero già andati da un pezzo, ma quelle persone sembravano seriamente preoccupate. Non succedeva tutti i giorni che qualcuno in quella comunità venisse rapinato.

«Probabilmente dovremmo cominciare a interrogare qualcuno di loro» disse Lester ad alta voce, fissando la folla. «Magari hanno visto qualcosa.»

Mike stava per rispondergli, quando individuò una figura familiare a qualche metro di distanza. Ellis. Forse gridò il suo nome o qualcosa la colpì perché all'improvviso lei alzò i suoi occhioni castani verso di lui. Sembrava turbata. Mike si ricordò subito di quel giorno alla caffetteria e di quello che aveva detto a quella fumatrice accanita nonché fanatica della dieta. Ellis aveva un negozio. E doveva trovarsi proprio in quel quartiere.

«Vado da questa parte» borbottò Mike lasciando Lester da solo.

Mike si diresse verso Ellis e la vide mettersi sulla difensiva, incrociando le braccia sotto al seno procace.

«Cosa ci fai tu qui?» domandò lei mentre Mike si avvicinava. Lo guardò con diffidenza, come se fosse lì per rubarle la virtù. Lui sapeva di non essere stato un angelo con le donne, ma non aveva mai mancato loro di rispetto. Aveva quattro sorelle e una madre che non accettavano stronzate da nessuno.

«Avevo finito la lana gialla per il maglione che sto lavorando ai ferri» disse Mike, scuotendo la testa. «Perché diavolo pensi che io sia qui?»

Lei lo scrutò a lungo dalla testa ai piedi. Lui fece lo stesso. Era bella, ancor più di quel giorno alla caffetteria. Le sue curve morbide erano avvolte in un vestito attillato color cioccolato con dei piccoli pois. Le lunghe gambe erano nude e per un istante si domandò che sensazione gli avrebbero provocato quelle cosce carnose e soffici strette attorno ai suoi fianchi. O forse lo sapeva già, ma se n'era semplicemente dimenticato. No. Era sicuro che non fosse mai accaduto. Non avrebbe mai scordato un simile evento.

«Lavori nella polizia di Durant adesso, giusto?» Ellis chiuse gli occhi come se provasse dolore. «Dovresti essere a New York. Perché sei venuto qui?»

Ma per quale dannatissimo motivo sembrava così seccata? «Forse... per starti più vicino» disse Mike, abbassando la voce mentre avvicinava la testa a Ellis.

«Ah!» I suoi occhi si sgranarono divertiti. «E forse sei solo pieno di stronzate.» Appoggiò la mano sui fianchi. «Non mi conosci neanche.»

«Ellis...»

«Oh, ti sei ricordato stavolta!» Gli batté le mani. «Stiamo facendo progressi.»

«Perché devi sempre essere così rompipalle?» Mike si avvicinò, annusando leggermente il suo profumo. «Potresti semplicemente dirmi chi sei e smetterla con questi giochetti.»

«È molto più divertente romperti le palle.» Incrociò di nuovo le braccia sotto al seno e gli lanciò un sorrisetto malizioso. «Il detective Romeo ha dimenticato un volto. Hai passato un'ora buona nella mia camera da letto e non hai ancora capito chi sono. E io che pensavo di essere indimenticabile.» Ellis incrociò il suo sguardo per un istante. «Dimmi, Mike, porti ancora le mutande di Calvin Klein?»

Mike rimase a bocca aperta dallo stupore. Aveva colto nel segno. Gli slip erano un regalo di una delle sue amichette di un tempo. Ma non aveva fatto sesso con Ellis. Ne era sicuro. Lei non era una donna facile da gestire. La sua intelligenza traspariva da quello sguardo acuto e lui sapeva che non ci sarebbe cascata con le stronzate di repertorio. Mike aveva capito che avrebbe dovuto lavorare sodo per conquistare una persona come lei. Per questo andava a letto solo con donne con cui riusciva a malapena a sostenere una conversazione.

Non cercava legami e quattro anni prima non era pronto per l'impegno che richiedeva Ellis.

Era un tipo complicato, lei. Mike attese qualche istante per ritornare in sé. «Se vuoi proprio conoscere la risposta dovrai fare delle ricerche personali.»

Lo sguardo di Ellis cadde all'altezza delle sue mutande mentre si mordeva il turgido labbro inferiore. Lui ebbe un'erezione.

«Ci stai pensando?» domandò lui. Questo la fece sussultare e arrossire per l'imbarazzo.

«Sei un viscido idiota» rispose indignata. Il suo sguardo vagò verso il luogo in cui la proprietaria del negozio si era trovata fino a pochi minuti prima. «Come sta la signora Underwood? È la prima domanda che avrei dovuto farti.»

«È comprensibilmente scossa.» Mike tornò al suo lavoro, estrasse il suo taccuino e lo aprì su una pagina bianca. «Hai un negozio in questo quartiere?»

«Sì, di abbigliamento.» Indicò dietro di lei. «Allora, Betty è stata rapinata sul serio? Non posso crederci. Mi sono sempre sentita al sicuro qui.»

Mike prese nota del nome del negozio, Size Me Up, ed elogiò mentalmente Ellis per la scelta. «È ancora un posto sicuro» cercò di tranquillizzarla. «Però a volte capita qualche stronzo che incasina la situazione. Lo prenderemo.» Le afferrò la mano e gliela strinse. «Hai visto qualcosa di strano o visto un uomo correre davanti al tuo negozio?»

«No.» Sembrava un po' preoccupata. «Ero sul retro a lavorare su dei vestiti.» Ellis si voltò verso le due donne dietro di lei. «Voi ragazze eravate davanti, avete notato qualcosa?»

Le donne, che Mike non aveva neanche notato prima, scossero la testa. La bionda alta parlò: «Non sapevamo neanche che ci fosse un problema finché non abbiamo sentito le sirene.»

Mike annuì, si appuntò le dichiarazioni e i loro nomi e poi tornò da Ellis. «Posso avere il tuo nome completo?»

«Perché? Pensi che ti aiuterà a ricordare chi sono?»

«Ellis...»

Gli lanciò di nuovo quello sguardo malizioso. «Sì?»

Le persone non lo turbavano così di solito, ma lei gli stava entrando dentro. «Potrei accusarti di ostacolare un'indagine di polizia.»

«Provaci» lo sfidò lei, diventando pensierosa per un istante. «Verrebbe respinta dopo pochi minuti. Non ci sono le basi legali.»

«Sei un avvocato?» Gli tornò in mente qualcosa, ma non tutto di lei. Non era ancora sicuro di chi fosse, ma quel lavoro sembrava adatto a Ellis. «Ci siamo incontrati in tribunale? Ho testimoniato contro un tuo cliente o roba del genere? Per questo sei talmente rigida che sembra che indossi le mutandine di ferro?»

«Quanto ti piacerebbe scoprirlo, eh?» disse Ellis alzando un sopracciglio. «Non ci siamo mai incontrati in tribunale e come vedi ho un negozio di abbigliamento. E non sono un avvocato.»

Invece sì, e lui lo sapeva. «Ma sei una vera rompipalle.» Presto Mike avrebbe scoperto chi era e quel giochetto sarebbe finito.

«Secondo alcuni.» Ellis si strinse nelle spalle. «Ora, se mi vuoi scusare, devo tornare al lavoro.» Ellis si voltò per andarsene e, come l'ultima volta che l'aveva vista, la mano di Mike agì d'istinto e le afferrò il polso. Lasciala andare, lo avvertì la sua coscienza. *Non vale tutta questa fatica.* Eppure, Mike non poteva lasciare che lei avesse l'ultima parola. Il suo ego non le avrebbe permesso di sottometterlo.

Lei si girò, i suoi occhi si erano fatti grandi per la curiosità, la bocca rosa e carnosa era socchiusa. «Il mio bigliettino da visita» disse lui estraendolo dalla tasca. Glielo mise in mano, soffermandosi sul palmo un po' più del necessario. «Chiamami per qualsiasi cosa, Ellis.»

Lei annuì, poi andò via.

***

Quando Ellis rientrò nel suo negozio vuoto era indecisa se maledire il fato o sorridergli. Vinse il sorriso. Mike viveva a Durant adesso. Non era lì in visita o semplicemente di passaggio. Era lì per restarci. Non sapeva perché trovasse la situazione divertente o perché sentisse il bisogno di prendersi gioco di Mike. Forse era una sorta di giustizia divina. Mike Edwards, il tizio che non aveva mai dovuto faticare per ottenere l'attenzione di una donna, avrebbe dovuto penare con lei. Essere una rompipalle sarebbe stata la sua buona azione per quell'anno. Punirlo significava vendicare ogni donna che lui aveva trattato male.

Santa Ellis. Richiederò anche l'aureola adesso.

«Ellis, capo, mia cara?» urlò Belinda.

«Mmh?» Ellis era così persa nei suoi sciocchi pensieri che sentì a stento la sua voce.

«Non rifilarmi quel 'mmh', signorina. Cosa diavolo stavi facendo?»

«Cosa?» Ellis si voltò per guardare l'amica. Cherri era corsa dietro al bancone, fingendo di essere indaffarata a piegare dei foulard, nonostante quell'ampio sorriso sulle labbra. Belinda, la più coraggiosa tra loro due, si poggiò le mani sui generosi fianchi e fissò Ellis con aria intimidatoria.

«Stavi flirtando con quel poliziotto sexy!» la accusò Belinda. «E a giudicare dal modo in cui voi due vi stavate spogliando con lo sguardo, ne deduco che vi conoscete già.»

«Non ci stavamo affatto spogliando con lo sguardo» protestò Ellis mentre le compariva l'immagine di Mike nudo. «O almeno io non lo stavo spogliando.»

«Gli fissavi il pacco!» gridò Belinda.

Beccata. Merda!

Sperava che Mike fosse l'unico ad averlo notato. In effetti si era totalmente dimenticata delle sue amiche dietro di lei.

Mike Edwards le faceva perdere la ragione. Era quel *bum*, okay, forse aveva flirtato con lui, ma solo un po'. Pochissimo, appena un tantino. Era surreale ritrovare nella propria vita la sua cotta di un tempo. Soprattutto ora che lei era così diversa.

«Credo che fosse semplicemente un gioco tra noi.» Ellis sospirò e sprofondò su una delle comode poltrone che aveva acquistato per le clienti stanche. «Mike non è interessato a me. Non lo è mai stato. Non si ricorda neanche chi sono.»

«Noi c'eravamo» dichiarò decisa la dolce Cherri. «A me sembrava molto interessato. Forse non si è ricordato di te all'inizio, ma sicuramente ora non ti scorderà più.»

Ellis scacciò quell'idea con un cenno della mano. «Stai esagerando. Mike è il tipo che indossa magliette con la scritta VIETATO ALLE RAGAZZE GRASSE.»

«Aspetta.» Belinda si sedé sull'ottomana di fronte alla poltrona di Ellis. «Torna indietro un attimo. Cosa significa che non gli sei mai interessata? Da quanto conosci esattamente quel tipo?»

Belinda era la sua migliore amica in assoluto, ma non le aveva mai raccontato di Mike. Era a San Francisco allora, e quella cotta era sembrata così insignificante a Ellis.

«Da quattro anni, abitavamo nello stesso quartiere. Lo vedevo ogni mattina all'edicola o mentre prendeva un caffè e corteggiava la ragazza del bar. Pensavo che fosse così... non lo so... sexy. Affascinante. Da sogno.» Sospirò forte, ricordando quel periodo della sua vita che avrebbe preferito dimenticare.

«Certo l'ho anche visto ogni week-end con una donna diversa e sempre dal seno prosperoso e ho pensato che non fosse proprio il mio tipo. Ma come una stupida, ho parlato di lui a Dina. Tre settimane dopo, me lo ha presentato come il suo ragazzo. E come se quella non fosse già stata una coltellata allo stomaco, lo incontrava sempre nel mio appartamento prima di uscirci insieme. Sosteneva di abitare troppo lontano. Credo invece che mi stesse ancora punendo per essere nata.»

«Perché sopportavi quelle carognate, Ellis?» Belinda aggrottò le sopracciglia. «Io avrei preso Dina a calci in culo da qui al Connecticut.»

Ellis alzò le spalle. «Avrei dovuto farlo anch'io, se solo si fosse trattato di qualcun altro, ma mia sorella e io... non so spiegare il nostro rapporto. A volte era la mia migliore amica e altre mi domandavo come avrei potuto sbarazzarmi del suo cadavere senza essere scoperta.»

«È un po' oscuro e contorto» disse Cherri.

«Questo è ciò che siamo io e Dina.»

«Sì» affermò Belinda. «Siete entrambe più folli di un grande magazzino affollato per i saldi del Black Friday. Adesso torniamo a te e al sexy detective.»

«Già.» Annuì. «Va bene, inizialmente Mike veniva semplicemente a prenderla al mio appartamento. Ma dopo un po' Dina cominciò a invitarlo per cena o a guardare un film. Una parte di me desiderava cacciarli a calci, ma un'altra era affascinata dalla loro relazione. Sia Mike che Dina sono bellissimi, ma oltre a questo non sembravano avere molto in comune. Parlavano a malapena e questo mi induceva a credere che Mike soffrisse di SUS.»

«Cos'è?» Cherri inorridì.

«Come, non conosci la SUS?» domandò Belinda. «La sindrome dello stupido uomo sexy. Uno che potrebbe posare per le copertine delle riviste, ma non riuscirebbe a battere un ragazzino di prima elementare a una gara di spelling.»

«Sì, Mike ne mostrava tutti i sintomi, ma aveva finito col sorprendermi. Una volta Dina gli diede buca e, invece di andarsene, restò a parlare con me e io capii che non gli mancava affatto la materia grigia. *Il ragazzo è intelligente.* Parlammo tutta la notte della sua famiglia, di politica e di cibo e di tutto ciò che ci veniva in mente e, quando alla fine esaurimmo gli argomenti, mi prese il viso tra le mani e mi diede il bacio più delicato e dolce che avessi mai ricevuto. E la mia piccola cotta si tramutò in una profonda infatuazione.»

«Che tenero» mormorò Cherri.

Belinda, un tipo meno sentimentale, alzò gli occhi al cielo.

«Sì, in quel momento, ma poi un paio di sere dopo si è presentato alla mia festa per l'esame d'iscrizione all'ordine di avvocato insieme a Dina e mi è passato accanto come se non esistessi. E poi, ci si è messa anche Dina, gli spingeva la lingua fino in gola ogni volta che ne aveva l'occasione. Ho cercato di ignorarli e di preoccuparmi solo dei miei ospiti, ma quando sono scomparsi sapevo che stavano combinando qualcosa.»

Belinda strizzò gli occhi. «Non mi è mai piaciuta molto tua sorella, ma non dirmi che ha fatto quello che penso.»

«Proprio così» annuì Ellis. «Li ho trovati nel mio letto.» Cherri emise un lamento ed Ellis scosse la testa. «Mike indossava solo i suoi slip di Calvin Klein e stava entrando in confidenza con le zone innominabili di mia sorella. E come se non bastasse, Dina, la mia unica sorella, ha avuto il coraggio di urlarmi di uscire.»

«Basta!» disse Cherri.

«Basta, giusto.» Ellis scosse la testa. «Sono uscita fuori di testa. Quella era la mia serata e la mia camera, ed era una vita che Dina mi combinava stronzate di quel tipo. E poi Mike. Per qualche motivo pensavo che fosse diverso, ma quando si è comportato come tutti gli altri mi sono sentita tradita. Ovviamente ho cominciato a urlare. In realtà, urlare sarebbe un eufemismo; credo che mi abbiano sentito fino a Chinatown.» Ellis si coprì il volto con le mani, ricordando quella notte. «È stato orribile. I miei ospiti se ne andavano tutti e quando Mike ha cercato di mediare gli ho lanciato addosso i vestiti, gridandogli di andare all'inferno.» Guardò le sue amiche. «È stato quattro anni fa, perciò quando l'ho incontrato all'Hot Lava

Java la scorsa settimana ero sicura che mi avrebbe ricordato come la pazza ragazza grassa che aveva perso il controllo durante la sua festa. Invece non immagina nemmeno chi sia!»

«Wow» disse Belinda. «Egocentrico figlio di puttana.»

Ellis rise, era felice che le sue amiche la comprendessero. «E adesso che è a Durant sento di dovergliela far pagare.»

«È perfettamente comprensibile» concordò Cherri.

«Cosa è successo tra te e Dina dopo?» domandò Belinda.

Ellis sospirò. «Non ci siamo rivolte la parola per molto tempo. Le cose non vanno ancora bene tra noi. Non è solo per questo che non ci parliamo, quell'episodio è stato la goccia che ha fatto traboccare il vaso dopo una serie di comportamenti di Dina che mi hanno fatto venire voglia di ritirarmi in un convento. C'è stato un periodo in cui mostrava la mia biancheria intima ai suoi amici e gli diceva che non esistevano mutandine per bambine della mia taglia, quindi le dovevamo comprare nei negozi per signore anziane. Una volta si è anche presentata in bikini davanti al ragazzo con cui avevo il mio primo vero appuntamento. Lo ha fatto di proposito. E poi ha proseguito mostrandogli la coreografia che stava preparando a lezione di danza. Dopo aver visto il suo corpo tonico, perfetto, taglia 42 piegarsi in ogni possibile posizione maliziosa, quello passava a prendermi solo per sbavare dietro alla mia sexy sorellina.»

«Oh, Ellis.» Cherri scosse la testa. «È così triste.»

Ellis si strinse nelle spalle. «Così è la vita con Dina.»

Il campanellino sulla porta annunciò l'arrivo di tre nuove clienti. Ellis si alzò e le accolse con un sorriso mentre Cherri e Belinda ritornavano alle loro postazioni. Il tempo per pensare a Mike e al passato era finito. Doveva lavorare. «Benvenuti a Size Me Up. Posso aiutarvi?»

4

Perché gli uomini preferiscono segretamente le ragazze grasse

Cucinano meglio.
Non sono schizzinose quando le porti a cena fuori.
C'è più ciccia al fuoco al momento giusto (decisamente la mia preferita, e *chicka chicka bum!*).
Sono calde anche nelle notti più gelide.

Da un punto di vista biologico, gli uomini sono attratti istintivamente dalle ragazze con i fianchi larghi, il sedere morbido e il punto vita sottile. Andate in un museo e osservate dei dipinti di un centinaio di anni fa. Le ragazze nei ritratti assomigliano più a Adele o a Jennifer Aniston?

Il giorno seguente Ellis arrivò in negozio un po' prima delle nove, chiedendosi quali avventure le riservasse la giornata. Il giorno prima, oltre alla rapina e alla ricomparsa del sexy detective, aveva anche ricevuto una chiamata da Phillipa. In qualche modo la madre era venuta a conoscenza in tempo record del crimine avvenuto in St Lucy Street e non era affatto tranquilla. «Nessuno è stato mai rapinato quando tu facevi l'avvocato» sottolineò Phillipa anche se non era esattamente vero. Uno degli ex clienti di Ellis era l'ideatore di un elaborato schema Ponzi, ma lei teneva saggiamente la bocca chiusa.

Passò un'ora al telefono con la madre, rassicurandola di aver personalmente parlato con il detective incaricato; solo allora Phillipa chiuse la conversazione. Alla fine di quella giornata, Ellis era esausta ma c'era anche una buona notizia: aveva guadagnato tre nuove clienti, una delle quali aveva bisogno di un guardaroba nuovo di zecca. Se gli affari continuavano così, Ellis sarebbe riuscita a ricavare una piccola somma per sé.

Forse riuscirò a comprare del cibo vero questo mese. *Kentucky Fried Chicken, arrivo!*

Ellis apriva il negozio tutte le mattine e, molto spesso, rimaneva oltre la chiusura. Preferiva la calma delle prime ore, era il momento in cui era più produttiva. Così accadde anche quel giorno: aggiornò il blog, pulì il magazzino e rimosse le impronte dalla grande teca di vetro in cui teneva la gioielleria. Oltre alla normale routine mise nel cassetto sotto alla cassa lo sfollagente di metallo estensibile fino a sessanta centimetri che le aveva comprato Phillipa quando Ellis si era trasferita a Manhattan. Non lo aveva confessato a sua madre, ma la rapina alla signora Underwood l'aveva resa nervosa. Durant era la cittadina sicura della sua infanzia. La gente di notte non chiudeva neanche a chiave la porta. Ellis era ritornata per scappare dal trambusto di Manhattan, e per sentirsi di nuovo protetta.

«Ho letto il tuo blog oggi.»

Oh, merda. Era fuggita da Manhattan anche per allontanarsi da lui.

Ellis alzò lo sguardo e vide il suo ex, Jack Toomey, fermo all'entrata. Sentì una fitta allo stomaco. Jack era un uomo bellissimo. E lei era l'idiota che, dopo aver guardato una sola volta i suoi abbaglianti occhi blu e quel corpo slanciato dentro un costoso abito elegante, se n'era perdutamente innamorata. Era avvocato come lei. Intelligente, ambizioso, e inizialmente più ammaliante di un incantatore di serpenti. Le fu difficile convincersi che lui potesse desiderare una donna come lei: una ragazza sovrappeso, con gli occhiali, che recitava il Proclama di emancipazione a memoria da quando aveva dieci anni. Ma lui la fece sentire bella e dopo una lunga serie di sfigati, Jack le sembrava proprio l'uomo perfetto. Tanto da ignorare tutti i segni rivelatori che non era quello giusto per lei.

Non aveva mai pensato che lui potesse mettere piede nella sua piccola boutique. Se n'era andata da sei mesi. Periodo durante il quale aveva deciso che lei valeva molto di più di quanto lui credesse.

«È curioso. Non avevo idea che tu sapessi scrivere.»

Jack si guardò attorno, scrutando il negozio con occhio critico, in quel modo che a volte l'aveva fatta sentire a disagio. Per un istante si domandò cosa stesse pensando del posto in cui lei aveva messo l'anima. Ma si odiò per averlo fatto. La sua opinione non le importava più.

«Non ho nulla da dirti, Jack.» Si mostrò impegnata, sistemando gli orecchini nella teca, sperando che il pavimento lo inghiottisse. Purtroppo non accadde. Jack si avvicinò, fermandosi proprio davanti a lei.

«Io credo che abbiamo ancora molte cose da dirci, Ellis.» Jack poggiò la mano sulla teca appena pulita lasciando grasse impronte ovunque. «Per favore, guardami.»

Bastardo.

Ellis lo guardò, ma non perché glielo avesse chiesto lui, bensì per mostrargli che non la intimidiva più. «Credo di essere stata chiara la sera un cui me ne sono andata.»

«Ti prego, Ellis.» Le poggiò la mano calda sulla sua e, quando quel contatto non fu più abbastanza, andò dietro il bancone e le mise le mani sulle spalle. «So di aver commesso degli errori. Ma voglio riparare. Per favore, ascoltami.» La avvolse tra le braccia e sprofondò il viso nella piega del suo collo.

Ellis chiuse gli occhi, cercando di rimanere rigida, tuttavia una parte del suo cervello non poté trascurare che il suo tocco non era poi così ripugnante come aveva sperato. Era caldo e familiare e il suo profumo sapeva di lusso. Lui era il suo primo amore ed era così che la abbracciava i primi tempi. Ellis, allora, pensava che quell'abbraccio fosse la sensazione più meravigliosa al mondo.

La vita assieme non era stata totalmente negativa. Una piccola parte di lei non riusciva a odiarlo, perché lui le aveva fatto passare alcuni dei momenti più favolosi della sua vita. Ma non ci sarebbe cascata di nuovo. Jack era anche l'uomo che l'aveva trattata di merda. «La-scia-mi.»

Fece un passo indietro, sembrando sorpreso da quelle parole. Doveva esserlo. Ellis non era la stessa donna che aveva incontrato. Quella che aveva fatto del suo meglio per anteporre la felicità di Jack alla sua. Aveva sacrificato una parte di sé per quell'uomo. Non l'avrebbe fatto di nuovo.

«Okay.» Alzò le mani in alto in segno di resa. «Mi dispiace. Voglio solo parlarti.»

«Solo il personale è ammesso da questa parte del bancone.»

Annuì e ritornò dall'altro lato. A quel punto Ellis fece un bel respiro. La sua vicinanza la soffocava. Le rendeva difficile respirare.

«Hai guidato fin qui. Parla.»

«Ti rivoglio nella mia vita» si lanciò lui. «Non ho mai desiderato che te ne andassi. Lo sai.»

«Non hai mai voluto che me ne andassi?» Ellis rise amaramente. «Be', non l'avevo capito. Hai passato gli ultimi mesi della nostra relazione cercando di farmi sentire che non ero alla tua altezza.»

Lui scosse la testa, passandosi le mani tra i capelli. Lo faceva solo quando era nervoso. «Era un periodo particolare,

Ellis, e ti prego di capirlo. Avevo bisogno della tua comprensione.»

Ellis prese un profondo respiro. «Vuoi dire che è colpa mia se ci siamo lasciati?»

«No ma...» Scosse la testa. «No, certo che no, ma puoi onestamente affermare che quando abbiamo rotto eri la stessa persona che avevo conosciuto?»

«No» rispose immediatamente lei. «Forse ho qualche colpa. Pensavo che l'uomo che amavo desiderasse vedermi crescere come persona, e riuscire nella vita. Non pensavo che tu pretendessi che io mi occupassi esclusivamente di te.»

«Non è così infatti! La tua carriera stava avanzando così velocemente e invece io ero ancora lì nella stessa azienda da dieci anni, costantemente scavalcato da qualcun altro. Non sapevo in che modo gestire il fatto di vivere con una donna che avviava cause da miliardi di dollari.»

«Non ci hai neanche provato. Non me ne hai neanche parlato. Invece, continuavi a denigrarmi e io ero così sciocca da lasciartelo fare perché pensavo che fosse colpa mia se non eri felice.»

«Non era colpa tua. Ascolta, Ellis, non so come spiegare quello che è successo. So solo che ti rivoglio nella mia vita. Gli ultimi sei mesi sono stati terribili senza di te.»

«Bene. Adesso sai come mi sentivo quando eravamo assieme.»

«So che sei sconvolta. So che hai bisogno di tempo, ma io ti amo ancora. Credo che possiamo risolvere le cose.»

«Mi ami ancora? Mi hai detto cose orribili. Mi hai tradito...»

«Io non ti ho mai tradito!»

«Ti ho visto con quella. A casa mia. E non rifilarmi la stronzata che stavate lavorando. Quale avvocato lavora con la sua assistente a cena a lume di candela? E di cosa vi occupavate esattamente mentre lei teneva le sue labbra sul tuo collo?»

«Non ci sono andato a letto.»

«Be', solo perché non te la sei scopata non significa che non mi hai tradito.»

Lui trasalì, stupito dal suo linguaggio volgare. «Ho sbagliato, ma l'ho fatto per mandarti un messaggio. Per dimostrarti che se tu non mi apprezzavi potevo trovare un'altra donna che lo avrebbe fatto.»

«Ah, certo, mi hai mandato un messaggio. Era chiaro e forte e mi stava dicendo di mollarti.»

Jack chiuse gli occhi per un momento. «Ho fatto un casino. So che ti serve un po' di tempo, ma io non mi arrendo, Ellis. Ho passato un periodo duro, ma ora è finito. Sai che ci apparteniamo e che tu sei nata per fare l'avvocato. Questo negozietto e il tuo trasferimento a Durant sono solo una fase e io non ti lascerò in pace finché non riesco a fartelo capire.»

«Vattene!»

Negozietto? Solo una fase? Jack ancora non riusciva a comprenderla e lei non avrebbe mai più sprecato fiato per fornirgli spiegazioni. Forse avrebbe dovuto ringraziarlo perché senza quel tradimento non avrebbe avuto il coraggio di inseguire i propri sogni.

«Bene. Me ne vado, ma non per sempre.»

Venti minuti dopo Ellis respirava ancora con estrema fatica. Non poteva credere che lui volesse ricominciare. Proprio quando si era finalmente liberata di lui, e aveva riacquistato la sua autostima, Jack era tornato a turbare la sua vita. Aveva cercato di toglierselo dalla mente rimettendosi al lavoro. Ma le parole 'stronzo', 'faccia di merda', e 'coglione' le volevano scappare di bocca come se avesse una sorta di sindrome di Tourette indirizzata contro gli uomini.

«Tesoro, qualcosa non va?» gridò Belinda. Si diresse velocemente dietro al bancone e afferrò la spalla di Ellis. «Cos'è successo, Ellis? Siamo state rapinate? Sei ferita?» Belinda si guardò attorno. Tutto era al suo posto.

«Jack» fu tutto ciò che rispose Ellis.

«Cosa?» Belinda si accigliò. «Se mi stai dicendo che Jack è stato qui, sappi che mi metterò a urlare.»

«È così.» Ellis annuì.

«Dov'è il mio coltello?» Belinda la lasciò per frugare nel cassetto. «Ah, queste funzioneranno benissimo!» Tirò fuori un paio di robuste forbici taglia-abiti. Scommetto che potrei tagliargli le palle con queste. Viscido bastardo» continuò a borbottare Belinda. «Non riesco a credere che abbia avuto il coraggio di presentarsi qui dopo quello che ti ha fatto.»

Belinda conosceva ogni sordido dettaglio della vita con Jack. Quando avevano rotto Ellis era andata da lei. Belinda conosceva le parole dure che Jack aveva rivolto a Ellis, cose che lei non riusciva a ripetere neanche a sua madre, perché si vergognava di aver trascinato quella storia così a lungo. Era stata Belinda a darle la forza di aprire il negozio.

«Dammele.» Ellis rimosse quella potenziale arma dalla mano della sua amica. Non aveva certo tempo per testimoniare in un processo per omicidio, ma era contenta di avere un'amica disposta a mutilare qualcuno per vendicarla. «Se n'è andato. E non tornerà.»

«Sarà meglio che non lo faccia.» Si voltò a guardare Ellis, la sua espressione era decisamente eloquente.

«Cosa voleva?»

«Tornare insieme.» Ellis non aveva mai pensato che Jack sarebbe tornato da lei strisciando. E neanche di ascoltare le sue scuse. Nei due anni in cui erano stati assieme aveva sperato spesso di sentirlo dire che aveva sbagliato. Finalmente lo aveva fatto. Solo che era un po' tardi.

«E tu che ne pensi?» chiese Belinda cautamente.

«Assolutamente no.» Ellis sfogò la sua rabbia sotterranea. «È lo stesso stronzo di sempre. Pensa che io stia giocando e che abbia aperto questo negozio solo per stuzzicarlo.»

«Ma questo è il tuo sogno. Hai lavorato sodo per realizzarlo.»

«Morirei piuttosto che abbandonarlo.»

«Ehi.» Entrò Cherri, in anticipo di un'ora sul suo turno. «Cosa sta succedendo?» domandò dopo aver notato lo sguardo di Ellis. «Una rapina?» Anche lei si guardò attorno per vedere se era tutto a posto.

«No. È molto peggio. Jack è stato qui» la informò Belinda.

«Non ci credo.»

«Già» disse Ellis. «Sono in bilico tra l'istinto omicida e la depressione.»

«In questo caso, ho la soluzione perfetta» disse Cherri. «Oggi c'è una serata con giochi a quiz giù al Bagpipes. Possiamo ubriacarci, mostrare che siamo intelligenti e sfrontate allo stesso tempo.»

«Mi sembra divertente. Credo che ci meritiamo tutte un po' di relax.» Belinda guardò Ellis. «Tu cosa ne dici?»

Ellis non usciva con le ragazze da quando aveva aperto il negozio. Era ora di lasciarsi andare. E dimenticare quel piccolo incontro con Jack.

«Dico solo: fatemi divertire.»

5

«Da quando diavolo frequenti le serate con i giochi a quiz?» Mike urlò al suo migliore amico Colin O'Connell per sovrastare la musica e il vociferare della folla al Bagpipes Pub.

Era la prima volta che uscivano insieme da quando erano tornati a Durant. Non vedeva Colin da quasi un anno, il che era piuttosto strano per loro due. Erano stati inseparabili al college e prima... Mike non aveva avuto molti amici. C'erano sua madre, le sue sorelle, qualche ragazza ogni tanto e il negozio di fiori. Suo padre aveva abbandonato la famiglia il giorno prima del suo tredicesimo compleanno. Il giorno in cui Mike aveva smesso di essere un ragazzino. Era diventato l'uomo di casa, si svegliava alle quattro del mattino per aiutare la madre e due delle sue sorelle al negozio mentre la sorella maggiore lavorava in una casa di riposo per sbarcare il lunario. Quando il padre di Mike se n'era andato non aveva portato via solo sé stesso, ma anche gran parte del denaro sul conto in banca, lasciando sua moglie con cinquemila dollari con cui crescere quattro figli.

La vita di Mike era trascorsa tra il negozio di fiori, la scuola e la casa finché non aveva compiuto diciotto anni e la madre lo aveva spinto ad andare al college. Lì aveva conosciuto Colin che si era trasferito dall'Irlanda con un permesso di soggiorno per studio. Sentivano entrambi nostalgia di casa, condividevano infanzie simili fatte di lavoro e un solo genitore. Era ovvio che familiarizzassero subito; passarono ogni giorno di quei quattro anni facendo cose che non avrebbero dovuto. Colin andava a casa di Mike durante le vacanze quando non poteva tornare in Irlanda, il che significava la maggior parte delle volte. D'estate lavorava nel negozio di fiori della famiglia di Mike, e per il Ringraziamento avevano sempre condiviso il pranzo in famiglia, ancora oggi, Colin mandava a Margie, la madre di Mike, il regalo di compleanno. Erano fratelli, non semplici amici, ecco perché Mike si sentiva in colpa per non aver frequentato Colin quanto avrebbe dovuto. Erano entrambi impegnati, certo. Mike era occupato con il crimine mentre Colin lavorava come restauratore di mobili antichi. Mike aveva sempre trovato buffo il fatto che il suo amico dal fisico massiccio e dal linguaggio irriverente nutrisse una grande passione per raffinati pezzi di antiquariato, ma svolgeva il suo lavoro con molto amore e la sua numerosa clientela ne era la prova. Poiché nove mesi senza vedere il suo migliore amico erano stati un periodo troppo lungo, quando Colin aveva suggerito la serata con i giochi a quiz, Mike aveva accettato subito.

«Da quando ho compiuto trent'anni» Colin rispose alla domanda di Mike con la leggera cadenza irlandese. «Un giorno mi sono voltato e tutte le ragazze del locale erano delle bambine. E invece di desiderare di portarmele a casa volevo dire loro di mettersi una maledetta felpa.» Bevve un lungo sorso di Guinness. «Mia sorella ha vent'anni, cazzo. Mi sarei sentito un pervertito.»

«Stai invecchiando.» Mike sorrise all'amico. Cominciava a capire di cosa stava parlando. Entrambi avevano quasi trentatré anni. Barcollare verso casa dopo la chiusura dei locali non era più così invitante. Svegliarsi accanto a una ragazza poco più che adolescente lo era anche meno. «Ma perché proprio le serate con i quiz?»

«Vedi, amico mio...» Colin, scherzando, gli diede una pacca sulla schiena. «Queste serate ti offrono l'occasione di poter osservare tante persone diverse.» Indicò un gruppo di donne di mezza età sedute al bar. «Mamme borghesi. Sono un gruppetto divertente, vengono ogni settimana, di solito il giorno sono impegnatissime, con la merda fino al collo, e i figli altrui da caricare in un'auto che condividono. Perciò quando hanno la possibilità di uscire diventano disinibite, rumorose, flirtano come puttane e sanno un sacco di cazzate inutili, più di chiunque altro qui. Cerco sempre di entrare in squadra con loro.»

Mike scosse la testa di fronte a quella valutazione perspicace. Colin si era parecchio addolcito negli ultimi anni. L'uomo che non aveva mai paura di una rissa in un bar adesso frequentava mamme borghesi, limitandosi nell'assunzione di alcol. Quando era improvvisamente cresciuto?

«Quindi con chi siamo in squadra stasera?»

«Dunque.» Colin esaminò il locale. «Quei ragazzi della confraternita laggiù sono esclusi. Non sanno niente e di solito sono già ubriachi fradici prima del quarto giro. Vedi se riesci a trovare delle insegnanti di scuola elementare o roba simile. Conoscono le risposte almeno quanto le mamme borghesi e odiano perdere.»

«Che diavolo di aspetto hanno le insegnanti delle elementari?» Mike ispezionò il pub, scrutando diversi gruppi di donne. Aveva in mente solo la sua insegnante di quinta elementare, la signora Larson, che indossava orecchini a forma di gatto e aveva un neo peloso sul mento. Si strinse nelle spalle. Non poteva passare tutta la serata in una squadra con donne del genere.

«Cerca delle ragazze sui vent'anni che sembrano piuttosto dolci ma serie. Di solito sono quelle che non hanno le tette di fuori.»

«Avresti dovuto fare il poliziotto.» Mike guardò il suo amico prima di continuare a scovare possibili maestre elementari e potenziali compagne di squadra. Vide molte donne, ma un lampo di rosso catturò il suo sguardo. Qualcosa, un richiamo che non riusciva a spiegare lo aveva forzato a concentrarsi sulla donna che indossava quel colore. Ellis. Era seduta dall'altra parte della sala con un cocktail rosa in mano. «Avrei dovuto immaginarlo.»

Ellis alzò lo sguardo verso di lui come se l'avesse chiamata. I suoi occhi si sgranarono per la sorpresa mentre incrociava quelli di Mike. Lui voleva voltarsi, fingere di non averla vista. Quella donna lo irritava, eppure, non riuscì a distogliere lo sguardo. Aveva pensato a lei ogni giorno, ed era sicuro che non si trattasse solo di attrazione. La trovava sexy, ma lo stesso valeva per molte altre donne. Lo incuriosiva il fatto che non si ricordava come l'avesse conosciuta. Se solo lo avesse scoperto avrebbe potuto togliersela dalla testa per concentrarsi su qualcos'altro. Qualcun'altra.

Non volendo essere maleducato con la donna che invece lo era sempre con lui, la salutò con un cenno del capo, aspettandosi lo stesso gesto da lei.

Ellis gli fece la linguaccia.

«Mocciosa!» Si ritrovò a ridere, realizzando che ciò che aveva pensato prima era sbagliato: non sarebbe stato facile togliersela dalla testa. Aveva già commesso quello sbaglio.

«Uhm?» fece Colin guardando in direzione di Ellis.

«Ellis.» Mike scosse la testa a quel gesto immaturo. Ellis era con la stessa rossa e la bionda del giorno della rapina. Entrambe le amiche lo fissavano con interesse. Si chiese cosa esattamente Ellis avesse detto di lui. Pensò velocemente alle donne che aveva frequentato quattro anni prima. Michelle, Dina, Rachel, Kara. Le ricordava tutte. Nessuna di loro era durata più di due mesi. Non era uscito con nessun'altra. Non era mai stato con Ellis.

«Chi?»

Mike non prestò attenzione a Colin. Era troppo distratto da Ellis che gli stava sorridendo in quel suo modo malizioso.

«La bruna in rosso.» L'unica donna al mondo in grado di irritarlo e di attrarlo allo stesso tempo. Si rivolse a Colin, pensando che l'amico avrebbe potuto aiutarlo. «La conosci? Dice che ci siamo incontrati quattro anni fa, ma non mi ricordo di lei e adesso ogni volta che la vedo mi rompe le palle per questo motivo.»

«Quella?» Colin guardò Ellis a lungo. «L'ho vista in giro un paio di volte ma non ho idea di chi sia.»

«Nemmeno io. Ma so di averla già conosciuta.» Fece una smorfia e poi sorseggiò la sua birra. «Sa che tipo di mutande indosso.»

Colin si strinse nelle spalle. «Probabilmente ci sei andato a letto.»

«No.» Dieci anni fa sarebbe stato probabile, ma adesso era sicuro che non fosse andata così.

Colin osservò Ellis come quando valutava un pezzo d'antiquariato, piegando la testa da una parte. «Credo che sia un po' troppo paffuta per te, ma è possibile. Le ragazze dalle curve morbide sono buone per una rotolatina ogni tanto e lei sembra proprio quella giusta con cui passare un paio d'ore. Altamente scopabile.»

«Piano con questo linguaggio.» Mike ammonì il suo amico, salvo poi pentirsi di averlo fatto. Cosa gli importava se Colin faceva un commento su di lei? Mike la conosceva a malapena e per quel poco che sapeva era davvero una rompipalle, però meritava comunque un po' di rispetto.»

«Provi qualcosa per quella ragazza, Edwards?» Colin inarcò il sopracciglio e poi guardò di nuovo Ellis.

Gli occhi di Mike seguirono automaticamente quelli dell'amico. Lei rideva a una delle battute delle sue amiche, divertendosi in compagnia delle due donne che lui aveva a stento notato la settimana prima. Anche se era dall'altra parte della sala buia, Mike poteva vederla illuminarsi in volto. Ellis piegò la testa all'indietro, tenendo la bocca socchiusa. Gli venne voglia di essere lì con loro.

«Non provo niente» negò, anche se la immaginava con indosso solo un paio di slip rossi più spesso di quanto riuscisse ad ammettere. «La conosco appena.»

Colin si mise una mano sul cuore. «Io, Colin O'Connell, non avrei mai pensato di vivere fino al giorno in cui Mike Edwards, 'il seduttore', si sarebbe preso una sbandata per una ragazza. Sono commosso.»

«Quale uomo parlerebbe in questo modo?» Mike scosse la testa. «Sembri tua nonna.»

«Io adoro la mia nonnina.» Colin finì la sua birra scura. «E non cambiare argomento. Mi racconti sempre delle tue conquiste e adesso hai la bocca più chiusa delle gambe di una suora.»

«Non c'è nulla da dire.» Mike si stava irritando per l'improvvisa indelicatezza di Colin. Si pentì di avergli raccontato di Ellis. Era solo una donna. E lui neanche le piaceva.

«Bene. Non parleremo più della tua ragazza. Ma la bionda seduta accanto a lei è una potenziale preda. Andiamo.» Si alzò. «Entriamo in squadra con loro.»

Mike sapeva che passare le ore successive con Ellis era una cattiva idea, ma il suo cervello non riuscì a impedire al corpo di alzarsi e seguire il suo amico attraverso la sala.

Ellis vide Mike alzarsi dalla sedia di fronte al bancone e attraversare la sala. Probabilmente era lì per abbordare qualche donna. Gli uomini lo facevano ancora? E le donne permettevano che accadesse?

Forse di fronte a Mike sì. Aveva un fascino particolare, quel sorriso da mascalzone e bravo ragazzo al tempo stesso. Lei cercò di concentrarsi sulle amiche, ma i suoi occhi erano calamitati verso di lui mentre percorreva la sala. Doveva essere una serata tra ragazze. Doveva rilassarsi, e dimenticare gli uomini. Soprattutto Jack. Non le andava giù che averlo rivisto dopo sei mesi l'avesse sconvolta. Non perché lo amasse ancora, piuttosto perché aveva passato così tanto tempo con un uomo che alimentava la propria autostima umiliandola.

Mike oltrepassò il bancone del bar. E un gruppo di ragazze molto sexy. Superò il bagno. *Cazzarola.* Era come se lo stesse guardando al rallentatore, come la scena di un film in cui lei era la ragazza grassa e sfigata innamorata del quarterback che non l'avrebbe mai notata. Ma quello non era un film. Lei non era affatto innamorata, il ragazzo sexy era diretto verso di lei e non le staccava gli occhi blu di dosso. *Cazzarola!*

«Non lasciare che mi comporti da stupida» disse Ellis afferrando la mano di Belinda.

«Cosa?» domandò Belinda seguendo lo sguardo di Ellis. «Oh, l'affascinante poliziotto a cui stavi facendo gli occhi dolci sta venendo qui con il suo amico irlandese altrettanto sexy.»

«Conosci il suo amico, Belinda?» domandò Cherry con evidente interesse. Ellis non aveva neanche notato l'uomo davanti al detective. Era alto come lui, scuro e attraente con lo stesso guizzo da mascalzone negli occhi.

Strafighi in saldo. Due al prezzo di uno.

«Sì. Ha restaurato la cassapanca antica di mia madre e credetemi: quell'uomo sa dove mettere le mani.»

Cherri guardò i due uomini che si avvicinavano. «Non ne dubito affatto» disse piano.

«Davvero avvincente» le interruppe Ellis. «Adesso ascoltatemi. Non lasciate che mi comporti da idiota. Mike sembra avere un'influenza sulle mie cellule cerebrali. Dovete ricordarmi che lui non mi piace.»

«Ma non è vero» puntualizzò Cherri.

«Non deve piacermi. Ho chiuso con gli uomini, ricordate? E lui è come il cibo spazzatura il martedì: assolutamente proibito.» Lasciò scappare un sospiro di frustrazione mentre Mike si avvicinava. Non c'era dubbio su dove fosse diretto. I suoi occhi la puntavano ancora. Si pentì di avergli fatto la linguaccia. «È andato a letto con mia sorella» rammentò alle sue amiche e a sé stessa. «Non lasciatemi da sola con lui.»

«Perché no, Ellis?» chiese Belinda sorridendo. «Credo che tu sia perfettamente in grado di controllarti.»

«Sbagli. Sono fuori di testa, stressata, il mio futuro è instabile e Mike è il tipo d'uomo che potrebbe... potrebbe... Porca merda ragazze, non faccio sesso da troppo tempo.» Ellis parlò velocemente cercando di dire tutto prima dell'arrivo di Mike. «Comportatevi da buone amiche e salvatemi da me stessa. Sapete che io farei lo stesso per voi.»

«Fare cosa?» domandò Mike.

Altolà, ficcanaso!

Ellis tirò un bel respiro e si ricompose. Nessuno l'aveva mai eccitata così prima d'ora. Mike era splendido, quella maglietta nera e i jeans a vita bassa gli stavano magnificamente. Naturalmente era altrettanto fascinoso quando portava anche solo le mutande di Calvin Klein.

«Niente.» Si costrinse a guardarlo negli occhi, evitando di fissargli il torace. Si domandò se avrebbe potuto farci rimbalzare sopra una monetina. «Cosa ci fai qui, Mikey? In cerca di nuove conquiste?»

«No.» Si sedette accanto a lei nel salottino; Ellis sentì il fisico nerboruto del detective premere contro il suo mentre invadeva il suo spazio. Profumava di buono. Non di colonia ma di shampoo e di pulito. Era un odore ben diverso dalla fragranza costosa di Jack. Sapeva di fresco. «Questo è il mio amico Colin» disse Mike e indicò l'uomo alto ancora in piedi. «Ci uniamo alla vostra squadra.»

«E se non volessimo compagnia?» disse Ellis assecondando il bisogno di prenderlo in giro. «E se fosse una serata tra ragazze?»

«Non ci importa.» Gli occhi di Mike incrociarono i suoi. «Adesso comportati educatamente e saluta il mio amico.»

«Ciao, Colin.» Non voleva salutare il suo amico. Voleva dirgli di sparire, via, lontano, ma prevalse il suo lato dispettoso. «Non devo essere un tipo indimenticabile.» Ellis guardò l'irlandese con occhi desolati. «Scommetto che neanche tu ti ricordi di me.» Lanciò un'occhiata a Mike e poi di nuovo al suo amico. I due uomini si scambiarono uno sguardo.

«No, amore, purtroppo no.» Colin fece scivolare il suo lungo corpo sulla sedia accanto a Cherri. «Sai che tipo di mutande indosso?» continuò Colin sorridendo.

Quindi Mike aveva raccontato di lei al suo amico. Ellis non era sicura se esserne felice o no. Probabilmente era un segnale negativo. Non c'era da gioire quando due uomini si confidavano tra di loro, ma guardò il lato positivo della situazione. Mike non si ricordava di lei, non aveva potuto raccontare molto al suo avvenente amico.

«Oh, Colin, sappiamo entrambi che tu non le porti affatto» ribatté Ellis.

Il sorriso di Colin sparì lentamente e i due uomini si fissarono per un lungo istante e poi guardarono di nuovo Ellis. Mike non sembrava contento. Ah! Li aveva beccati.

«Ho tirato a indovinare, lo giuro!» disse Ellis ridendo.

«Mocciosa» mormorò Mike, scuotendo la testa di fronte a quel comportamento.

Ma cosa le era preso? Era laureata in legge a Harvard, nonché proprietaria di un negozio. Era un'adulta per l'amor di dio. Perché ogni volta che era vicino a Mike finiva per diventare una tredicenne in balia degli ormoni? C'era qualcosa in lui che la istigava a diventare dispettosa. Ed era divertente.

«Scusami, Colin» disse Ellis scuotendo anche lei la testa. «Non ci siamo mai incontrati e non immaginavo che ti piacesse sentirti libero lì sotto, se non altro ora so cosa non regalarti a Natale.»

«Questa ragazza mi piace» dichiarò Colin sorridendo a Mike prima di rivolgersi ancora a lei. «Mi fa molto piacere conoscerti, Ellis. Presentami le tue incantevoli amiche.»

Ellis fece le presentazioni e notò il particolare interesse di Colin verso Cherri, decisamente troppo giovane e troppo educata per lui. Oh, dio, pensò Ellis. Cherri non sarebbe la ragazza giusta per l'irlandese dal sorriso sexy.

«Ragazze, avete già ordinato qualcosa da mangiare?» domandò Mike mentre scorreva con gli occhi il menu sul tavolo.

Ellis distolse l'attenzione dalla sua amica per rivolgerla a Mike. Stava per rispondere, quando Belinda la batté sul tempo.

«Non possiamo» disse imbronciata. «Ellis segue la regola di non toccare cibi grassi nei giorni infrasettimanali, sembra un cucciolo affamato quando mangiamo davanti a lei. Non sappiamo se darle del cibo o portarla al canile.»

«Cosa?» Mike esaminò accuratamente la silhouette di Ellis che improvvisamente si fece piccola sulla sedia.

Sospirò interiormente. La sua regola di alimentazione non era un segreto, ma per qualche motivo non voleva che Mike e il suo avvenente amico la conoscessero. Non voleva fornirgli nessun pretesto per scrutarle il corpo tutt'altro che gracile né per indagare sulle sue abitudini alimentari. Conosceva i tipi come lui. Gli piacevano le ragazze come sua sorella. Quelle con meno del cinque percento di grasso corporeo. Le venne da chiedersi perché si fosse seduto con loro quella sera.

«Domandaglielo tu» continuò Belinda, ed Ellis pensò di darle dei calcetti sotto al tavolo senza che se ne accorgessero gli altri. «Se non è sabato o domenica non mangia nulla che contenga grassi o zuccheri.»

Mike strinse gli occhi, riprendendo a studiare Ellis. Lo odiava quando la osservava come se fosse un microorganismo in una capsula di Petri. «Quando ti ho incontrata era martedì e tu stavi per comprarti un biscottone black and white.»

Dannazione. Mike si ricordò. Aveva assistito all'intera mortificante scena tra lei e Agatha Toomey. «Era una giornata di merda» disse lei scrollando le spalle. «Ho fatto uno strappo.»

«Perché non mangi semplicemente quello che vuoi, Ellis?»

«Perché, Mikey, noi ragazze grasse non possiamo mangiare quello che vogliamo ogni volta che lo desideriamo. È molto più semplice per voi uomini. Potete mangiare ciò che volete e al massimo quello che accade a metà di voi è di mettere su la pancia da birra. È davvero esasperante: se io mangio un sacchetto di patatine, non riesco ad allacciarmi i pantaloni. Voi non dovete mai preoccuparvi di strizzare il culo dentro una di quelle guaine contenitive della Spanx. Sai quant'è difficile infilarsela? Voi uomini avete mai dovuto indossare una panciera? Vi siete mai dovuti preoccupare della cellulite? Per non parlare del grasso sulla schiena! Oh, non fatemi neanche iniziare a parlare dei rotolini sulla schiena. Nessuno vi dice mai che dovreste perdere peso. La gente non vi avvicina in una caffetteria offrendosi di mettervi a dieta. Voi non tremate alla sola idea di dovervi infilare un costume da bagno.» Ellis prese un respiro. «E perché diavolo voi due lasciate che me ne esca con questa filippica?» aggiunse rivolgendosi alle due amiche silenziose ma sorridenti. «Vi ricordate quando vi ho chiesto di non permettermi di sproloquiare come una pazza? Questo era il segnale che vi avvertiva di fermarmi.»

«A noi piace sentirti delirare» rispose Cherri. Si rivolse a Mike. «Hai letto il blog di Ellis? È divertentissimo. Lei scrive quello che tutte noi pensiamo ma che non abbiamo il coraggio di dichiarare. Il blog è il motivo per cui lavoro per lei. Il suo negozio è un sogno divenuto realtà per le ragazze come me. È un posto dove finalmente possiamo essere noi stesse.»

Ellis sentì uno slancio di affetto per Cherri in quel momento.

Indovinate chi è l'impiegato del mese?

«Blog?» Mike guardò Ellis. «Ragazze come voi?» Sbatté le palpebre incredulo. La guardò confuso. Lei non ne fu sorpresa. Gli uomini non capivano mai. «Che genere di negozio hai aperto, Ellis?»

«È per un tipo di donna che io amo definire difficili da vestire, ma che adora la moda» spiegò. «Parlo delle ragazze smilze e lunghe, delle nostre sorelle con i piedi grandi, e di quelle piccole di statura ma formose, e anche delle dive dalle taglie forti. Per noi è molto difficile trovare dei vestiti carini, così ho deciso di aprire un negozio e riempire questa nicchia di mercato. E se non trovano la taglia, confeziono io gli abiti su misura dietro loro richiesta.»

«Che tipo di ragazza sei, tu?» domandò Colin con un sorrisetto. I due sembravano interessati a quello che stava dicendo, oppure erano molto bravi a fingere.

«Io?» Ellis si puntò il dito addosso, sorpresa che lo avesse chiesto a lei. «I politicamente corretti mi definirebbero una taglia morbida, la maggior parte della gente, invece, grassa; ho anche i piedi grandi e sono piuttosto alta.»

«Tu non sei grassa.» Mike scosse la testa. «Credo che la tua regola sia stupida.» Prese i menu e li distribuì a tutti, tralasciando Ellis. Sembrava serio, come se credesse a quello che stava dicendo quando affermava che non era grassa. Questo la rese diffidente verso di lui. «Ordinate tutto ciò che volete.» Mike la guardò e scosse di nuovo la testa.

«Non ho mai detto che non fossero libere di farlo» affermò lei decisa. Lui non aveva diritto di giudicare le sue abitudini alimentari. Proprio come faceva Jack, anche se lui la spingeva a limitarsi con il cibo. «Solo perché voglio mantenere un po' il peso ciò non significa che la mia regola sia stupida. Molte persone lo fanno. Cerco di tenere le mie forme sotto controllo.»

«A me piacciono le tue forme.» Mike fissò il menu e poi brevemente lei, dilungando lo sguardo sulle sue labbra. «Le terrò d'occhio io per te.»

Ci sta provando con me?

«Cosa?» domandò lei nervosamente mentre sentiva una scarica elettrica salirle su per il collo.

Lui ignorò lo scatto di Ellis. «Cosa ti va? Offro io.»

«Non mi offri proprio nulla.» Scosse la testa risoluta. «Ho mangiato una zuppa prima di venire. Non ho fame.»

«Non devi per forza essere affamata per concederti un dolce.»

Girò il menu dall'altra parte, le passò il lungo braccio attorno alla vita e afferrò un angolo del menu con l'altra mano. Ellis era racchiusa tra le sue braccia e la sua reazione immediata fu quella di rannicchiarsi, ma il suo cervello le intimava di allontanarsi. Il corpo la tradì e invece di sgusciare via, sentì un fremito in ogni punto del corpo in contatto con quello di lui. Per un istante si chiese come sarebbe stato essere entrambi nudi in quella posizione.

Sei una cattiva ragazza. Fai pensieri sporchi. È andato a letto con tua sorella!

Il menu era di fronte a lei e non le restò altra scelta se non di dargli un'occhiata. Le altre opzioni erano: guardare le sue amiche traditrici che non avevano impedito a quell'uomo di avvinghiarla, o fissare Mike che era nocivo per lei almeno quanto il cibo spazzatura.

«Cosa ti sembra appetitoso, Ellis?»

Lei lanciò un'occhiata breve al profilo di Mike. Tu, pensò. Aveva la barba leggermente incolta che rendeva il suo volto duro ancora più attraente. «Mike, non voglio...»

«Ho visto i tuoi occhi soffermarsi sui nachos al cioccolato.» Indugiò lo sguardo sul viso di lei per qualche istante. «Li dividerai con me.» Fece un cenno con la mano e, immediatamente, una cameriera molto carina giunse a prendere l'ordine.

Mike l'aveva di nuovo beccata. I suoi occhi si erano attardati sui nachos al cioccolato. Triangolini alla cannella guarniti con zucchero a velo e una colata di peccaminosa salsa al cioccolato caldo. L'ideatore di quest'opera d'arte – quel perfido uomo – aveva decorato il tutto con fragole fresche, panna appena montata, e una pallina di gelato alla vaniglia. Quell'accostamento di sapori poteva apparentemente sembrare disarmonico, invece era uno dei migliori dessert che Ellis avesse mai assaggiato. Quando si sentiva trasgressiva se lo concedeva come strappo.

E quella sera si sentiva piuttosto trasgressiva.

«Non avresti dovuto ordinarli» gli disse mentre la cameriera annotava gli altri ordini. Il cioccolato era il suo punto debole, l'unico cibo in grado di farla cedere. «Il cioccolato è come del buon sesso con un uomo sexy. È fantastico per un po', ma finirà col farti star male.»

«Cosa?» Lo sguardo di Mike si fissò sulle sue labbra. «Puoi ripetere?»

Come, non era stata abbastanza chiara? E perché diavolo Mike teneva sempre gli occhi puntati sulle sue labbra? Quel giorno non sarebbe potuto andare peggio, prima Jack e adesso Mike. Aveva già raggiunto la sua razione di uomini per quell'anno. Le tornò in mente l'idea di entrare in convento. La madre, che era ebrea, non avrebbe apprezzato, ma non si poteva sempre compiacere tutti.

Commise l'errore di guardarlo negli occhi. *Merda.* La stava scrutando con interesse maschile. Naturale: aveva appena nominato il sesso. «Non ho detto nulla, adesso lasciami.» Ellis ritornò in sé e finalmente riuscì a liberarsi dalla sua presa, ma la pelle di Mike aveva lasciato un'impronta sulla sua e continuò a sentire il suo tocco caldo anche molto tempo dopo. Prese un breve e profondo respiro, si calmò e guardò le sue amiche felicemente impegnate a conversare con Colin. Traditrici. Non erano di nessun aiuto. Sentiva che si sarebbe comportata da sciocca da un momento all'altro.

Mike si voltò verso di lei. «Cosa ti ho fatto per costringerti a odiarmi?»

«Ancora non ti ricordi di me?»

I suoi occhi le studiarono il volto di nuovo. «No.» Scosse la testa. «Ma so che non siamo mai stati insieme. Non ho più avventure da una notte da molto tempo, e sono sicuro che quattro anni fa non ti avrei corteggiata.»

«Lo so» disse lei un po' offesa. «I tipi come te non guardano le ragazze come me.»

«Però adesso ti sto guardando, Ellis. Che diavolo, probabilmente ti ho notata anche allora, ma tu sembri una femmina da riproduzione.»

«Prego?» domandò lei sulla difensiva. Se intendeva dire che era una mucca da allevamento gli avrebbe mollato uno schiaffo sulla bocca. «E che diavolo significherebbe?»

«Rilassati» disse lui arricciando un angolo della bocca. «Chiamiamo così le donne come te perché sembrate nate per fare figli. Quelle ragazze che vogliono sposarsi e cominciare e sfornare una squadra di ragazzini. Sembrate serie, quando invece un ragazzo come me cerca solo un po' di divertimento.»

«Ah! Ma guarda quante cose credi di sapere. Io non voglio figli, detective So-tutto-io. E non desidero neanche sposarmi. È così tipicamente maschile presupporre che le ragazze grasse muoiano dalla voglia di diventare mogli e madri. Alcune di noi sono in grado di occuparsi di altro che la vita domestica.»

«Non ha nulla a che vedere con il peso. Ma cos'hai?» Assunse un'espressione infastidita. «Perché sei così ossessionata dal grasso? Ellis, sei morbida e bella. Il tipo di donna che un uomo immagina con i propri figli, una che dà l'impressione di essere in grado di riuscire in tutto.»

Lei alzò gli occhi al cielo. «Mi percepisci in modo completamente sbagliato. La mia vita è confusa. Ho lasciato il mio ex lavoro dall'ottimo stipendio, ho speso il mio fondo pensione aziendale, per aprire il negozio e vado avanti per miracolo. Dei bambini e un marito sono l'ultima cosa che potrei desiderare.» Rise amaramente. «Tu non ricordi come ci siamo conosciuti quattro anni fa, ma io sì. Mi hai ignorato e hai continuato a frequentare la tua ragazza sexy. È una vita che vengo scartata da uomini come te. E tu credi che io voglia sposarmi? Ah! Non ho mai desiderato di vincolarmi a un uomo per il resto dei miei giorni. Forse anche io sto cercando semplicemente di divertirmi un po'.»

Lui la guardò interessato. «Non credi neanche nel matrimonio?»

«Sì, ma in quello degli altri. Ho lavorato troppo duramente per ottenere la vita che volevo per lasciarmela incasinare da un uomo qualunque.»

«Io non credo nel matrimonio, in nessun caso. Esci con me.»

«Cosa?» domandò lei, ridendo. Un appuntamento era l'ultima cosa che si aspettava da Mike. «No!»

«Perché no?» Mike si accigliò.

«Oh!» Ellis rise ancora di più. «Non sei abituato ai rifiuti. Vero?»

«No, quindi non farlo.»

«Perché mi stai chiedendo di uscire?» Ellis smise di guardare il lato divertente di quella situazione.

Non poteva uscire né con lui né con nessun altro. Era passato poco tempo dal suo ultimo fallimento sentimentale e c'era qualcosa di speciale in Mike. E anche tra loro due. In questo momento Mike non le interessava, ma avrebbe potuto in futuro, e se un tipo come Jack l'aveva distrutta, allora un uomo come Mike poteva annientarla.

«Non lo so» rispose lui, perplesso quanto Ellis. «Non ci piacciamo neanche.» I suoi occhi tornarono sul volto di lei. «Esci con me lo stesso.»

«No.»

Si fissarono a lungo, gli occhi impegnati in una sorta di tacita battaglia. Quattro anni fa l'aveva baciata e poi dimenticata. Sarebbe stato diverso ora? Non era così sciocca da volerlo scoprire.

«Scusate l'attesa. La cucina è sovraccarica di lavoro» disse la cameriera, interrompendo quel momento magico.

Ellis sbatté le palpebre cercando di schiarirsi i pensieri e concentrarsi sull'enorme vassoio di patatine al formaggio lasciato davanti a Colin e Cherri. Belinda aveva ordinato un cestino di bastoncini di pollo, ma quando la cameriera poggiò i nachos di fronte a Ellis e Mike, lei scordò tutto. L'aspetto era ancora più invitante di quanto ricordasse. Il rosso delle fragole contrastava armoniosamente con il bianco della panna e il nero del cioccolato. Si morse il labbro inferiore. Non avrebbe ceduto. Le restavano ancora due interi giorni prima di poter trasgredire.

Tu non mangerai nachos al cioccolato di giovedì.

«Prendine uno» le sussurrò Mike all'orecchio, nel ruolo del diavolo tentatore.

Lei scosse la testa. «Non posso.» Oh, dio, quanto desiderava farlo.

«Qualche nacho non ti nuocerà mica.» Sì che poteva. Sarebbe stata male: il giorno dopo, il senso di colpa l'avrebbe costretta a punirsi nutrendosi solo di sedano. Lui non sembrò preoccuparsi del tormento interiore di Ellis; lei lo guardò prendere un nacho ricoperto di cioccolato, immergerlo nella panna e ficcarselo in bocca. «Accidenti, Ellis» gemette, e lei sentì una fitta allo stomaco. «Sono meravigliosi.»

«Lo so» replicò triste. «Mike Edwards, odio te e tutto ciò che rappresenti.»

Lui le sorrise, morse un altro nacho e mugolò. «Ne devi provare uno.»

«No.» Lei incrociò le braccia sotto al petto e scosse la testa.

«Che ne dici di una fragola, allora?» Ne prese una, la intinse nel cioccolato e nella panna e gliela portò davanti alla bocca. «Le fragole ti fanno bene.»

«Non come le hai guarnite tu.» Ellis gli afferrò il polso sospeso davanti alla bocca. «Mike, no.»

Lui le passò la fragola sul labbro inferiore, avanti e indietro, ricoprendolo con del cremoso cioccolato. «Avanti, Ellis. Assaggiane una.»

Lei tirò fuori la lingua per leccare via quel pasticcio che aveva lasciato. E, come se un coro di angeli le avesse invaso la testa, sentì cantare.

Niente forza di volontà. Non ce n'era assolutamente più traccia.

«Bene.» Cedette e diede un morso alla fragola matura. Era rotonda e buona, e dolce – come dovrebbe essere ogni frutto –, e in più era ricoperta di cioccolato.

«È un tuo feticismo, Mikey?» domandò lei mentre finiva di masticare. «Imboccare le ragazze grasse soddisfa le tue smanie? O ti riempie immensamente di gioia come dar da mangiare agli animali allo zoo? È come nutrire una cavalla da riproduzione?»

«Smettila.» Lui le prese il mento tra le dita possenti, costringendola a guardarlo negli occhi. Ellis vide la rabbia nel suo sguardo. Era rivolta verso di lei. «Non voglio più sentirti parlare di te stessa in questo modo. Chiaro? Non è divertente» le disse a bassa voce. «Non è un fottutissimo scherzo. Sei bella, sexy e ogni uomo sano di mente se ne renderebbe conto. Perché tu non ci riesci?»

Ellis rimase immobile, per un istante le venne da piangere. Dopo essere stata mortificata da Jack negli ultimi sei mesi della loro storia le parole di Mike furono un balsamo per la sua anima ferita. Non riusciva a vedersi bella, e le era difficile non dubitare delle parole del suo ex perché una piccola parte di lei ancora credeva a ciò che le aveva detto Jack.

Mike le trapassò lo sguardo con i suoi occhi blu cobalto. «Ti proibisco di definirti usando quella parola quando sei con me. Okay?»

Lei annuì. Non poté fare nient'altro. Lui le porse la fragola e questa volta, senza protestare, lei aprì la bocca e lasciò che la imboccasse.

Improvvisamente, si udì la voce dell'animatore risuonare per tutta la sala. Vennero distribuiti fogli e penne. Il quiz stava per cominciare.

Mike notò che Ellis era diventata silenziosa durante le ultime partite. Rispondeva solo quando era sicura, ostentando la sua intelligenza. Lui non aveva idea di chi avesse scritto *Lo zoo di vetro* o dell'anno in cui era uscito il primo fumetto dei Peanuts. Colin sembrava molto contento di lei. Annuì tre volte a Mike: era il loro segnale segreto per approvare una donna. Come avrebbe potuto non piacergli Ellis? Alla fine del terzo round erano in lizza per il primo posto e Colin si stava divertendo con le amiche di Ellis. O almeno a Mike sembrava fosse così.

Colin era sempre stata un'ottima spalla e quella sera non si smentì. Riuscì a intrattenere le amiche di Ellis mentre Mike le faceva cose che non avrebbe dovuto. Come passarle la fragola sulle labbra ad esempio, ma Ellis aveva una bocca così bella e rosa e guardarla mentre si leccava era come vedere realizzate le sue fantasie. Mike era attratto da lei anche se – dannazione! – non avrebbe voluto affatto.

Trovarsi seduto lì accanto, con il suo corpo morbido premuto contro, a parlare per quei pochi minuti: Mike aveva goduto della possibilità di conoscerla molto più di altre donne che aveva frequentato. Un uomo, in un periodo della sua vita, l'aveva convinta che non era bella ed era un peccato perché i suoi occhi castani erano screziati di pagliuzze dorate e la sua pelle sembrava morbida come la panna che stavano mangiando. Quell'uomo probabilmente le aveva anche spezzato il cuore. Mike non usciva con donne bisognose di attenzioni e insicure. Erano troppo incasinate. Ma Ellis non l'aveva colpito per quel motivo. Era coraggiosa, qualità che gli piaceva molto. E non era in cerca della confezione famiglia: marito, bambini, e tutto il pacchetto. Poteva starle accanto senza temere che avesse secondi fini. Quella sera capì che voleva passare del tempo con lei, anche se bisticciavano e la situazione non era semplice come piaceva a lui, Ellis aveva qualcosa che lo attraeva.

«Mi piaci di più quando sei silenziosa» le disse Mike all'orecchio tra il terzo e il quarto round.

«Vai a farti fottere...» si lamentò lei.

Lui sorrise. «Solo se posso scegliere io dove.» Le scrutò il corpo in maniera sfacciatamente lenta. Indossava dei jeans neri attillati con degli stivaletti di pelle intonati e un top rosso incrociato davanti. Era sexy ma non volgare e Mike sperava che si alzasse solo per vedere come quei jeans le fasciavano il sedere.

«Oh, dio, sei proprio un viscido pervertito.»

Lui alzò le spalle, irriducibile.

«E perché ti sei seduto così vicino a me?» Ellis si dimenò cercando di prendere le distanze, ma finì per strofinarsi contro il suo corpo. «Sei stato con così tante donne che potresti trasmettermi qualche malattia sessuale solo standomi accanto.»

Mike si offese. Non erano così numerose. «Come fai a sapere con quante donne sono stato? Non mi conosci così bene.» Si accigliò. «Credo.»

«Ti ho visto in giro qualche volta, da Machado a New York. Sempre con una ragazza diversa.»

Lui la guardò. Il ristorante cubano era uno dei posticini preferiti di Mike quando viveva a Manhattan e spesso ci portava le sue donne al primo appuntamento. «Abitavamo nello stesso quartiere?» domandò; lei annuì. «E io non ti ho mai notata?»

«Sì che l'hai fatto, ma credo di essere un tipo trascurabile.»

Si scervellò, cercando di ricordarsi il suo volto, ma niente. «Non pensi che sia ora di rivelarmi il tuo piccolo segreto? Raccontami come ci siamo conosciuti.»

«No» rispose lei, scuotendo la testa. «Posso mangiare l'ultima fragola?»

«Certo.» Lui prese tra le dita l'ultimo frutto ricoperto di cioccolato e panna e la imboccò. «Non capisco perché tu non possa dirmelo. Abitiamo di nuovo nella stessa città. Siamo destinati a incontrarci più spesso. Questo gioco è stupido.»

Lei scrollò le spalle, dando un morso alla fragola. «È divertente invece.»

Lui la guardò masticare per un istante, distratto nuovamente dalle sue labbra. Ellis aveva ragione. Gli piaceva imboccarla, ma non per i motivi che pensava lei. Gli piaceva semplicemente osservarle la bocca mentre si muoveva. Con la mente cercò di liberarsi da quella specie di incantesimo in cui era caduto. Questa donna gli avrebbe fatto compiere azioni di cui si sarebbe pentito. «Perché non ti piaccio?»

«Non riesci a sopportarlo, eh?» Gli lanciò un sorrisetto e gli spinse la mano verso la propria bocca, dove si depositò l'ultimo pezzo di fragola. «C'è più cioccolato sulle tue dita che su quella maledetta fragola» disse Ellis, poi si portò il pollice di Mike davanti alla bocca, lo infilò dentro e gli leccò via ogni traccia di cibo.

Porca merda!

Mike si irrigidì. Il sangue cominciò a scorrergli veloce dalla testa verso tutto il corpo.

«Cosa?» disse lei alzando lo sguardo, il pollice di Mike ancora dentro la sua bocca calda e umida.

Quella sciocca ragazza non aveva cercato intenzionalmente di farglielo diventare duro come il marmo, eppure era andata così. Mike sentì soffocare un gemito e vide Colin con gli occhi sgranati. Niente scioccava il suo amico, eppure lei quella sera ci era riuscita. Ellis tolse il pollice dalla bocca e si voltò per guardare Colin e le sue amiche. Cherri era rimasta a bocca aperta; Belinda fissava Ellis come se non l'avesse mai vista prima.

«Non è quello che... lui aveva del cioccolato sul...» provò Ellis. «Ho bisogno di un drink» aggiunse. Scavalcò Mike, strusciandogli il seno contro la guancia, e si diresse velocemente verso il bancone del bar. «Sei così stupida» borbottò tra sé. «Stupida. Stupida. Stupida.»

Ellis si fece largo verso il bancone, il respiro affannato, la mente in subbuglio. Perché era stata così idiota? Come aveva potuto lasciare che un uomo così irritante la facesse uscire di senno? Gli aveva permesso d'imboccarla! E diverse volte, tanto da essere così presa da quel movimento che aveva perso la ragione e gli aveva succhiato il pollice. Il lato peggiore era che non si era resa conto di quanto fosse intimo e sbagliato quel gioco, finché Mike non si era immobilizzato e l'aveva fissata come se fosse una puttana. E sì che lo era. Chi altro avrebbe succhiato il pollice di un uomo in un locale?

«Ehi, rosso fuoco» sentì chiamare dietro di lei. Ignorò la voce, pensando che stesse cercando qualcun'altra. La fila al bancone era lunga ed Ellis aveva davvero bisogno di bere. Non avrebbe preso un cocktail forte. Anzi, le sarebbe bastata una bottiglia d'acqua. Chi poteva immaginare cosa avrebbe potuto combinare dopo altro alcol? «Ehi, rosso fuoco.» Questa volta si sentì toccare la spalla.

Si voltò per capire chi fosse. «Sì?» Era uno dei ragazzi della confraternita che aveva visto prima. «Cosa bevi?» biascicò lui e poi le fissò il seno. «Offro io.»

«Niente, grazie. Prendo solo dell'acqua.» Ellis si voltò attendendo pazientemente il suo turno. Non era in vena di ascoltare stronzate.

«Avanti, rosso fuoco. Ho scommesso con i miei amici che ti avrei portato nella mia stanza prima dell'ultimo round.»

Lei si voltò di nuovo. *Oh, non posso crederci.* «Bene, tesoro.

Adesso credo sia meglio che te ne torni con la coda fra le gambe dai tuoi amici perché hai perso la scommessa.»

«Oh, non tirartela, stronza. Quanti ragazzi vorrebbero portarti da loro stasera? Ti do al massimo un sei.» Barcollò sulle gambe. «Considerati fortunata che mi piacciono le donne grasse.» Vacillò ubriaco e afferrò il braccio di Ellis. «Dammi un bacio.»

«Ehi, amico.» Ellis alzò lo sguardo e vide Mike. Lui afferrò il polso del ragazzo e glielo girò nella posizione più innaturale che Ellis avesse mai visto. Il ragazzo della confraternita cadde sulle ginocchia. «Attento a come parli e la prossima volta che la parola 'stronza' ti esce dalla bocca, augurati che sia diretta a tua sorella. Chiaro?»

«Sì» ansimò il ragazzo.

«Sì, cosa?»

«Sì, signore.»

«Bene. Adesso riporta il tuo culo ubriaco a casa.»

Mike lasciò andare il ragazzo, ma prima che potesse rivolgere l'attenzione di nuovo a Ellis, lei era già sparita.

Ellis scappò dalla porta di servizio che dava sul vicolo. Annaspava, cercando aria. Mike aveva quasi rotto il braccio a quel ragazzino solo perché le aveva dato della stronza. Ma cosa gli era preso? E perché era così attraente, persino in quel momento? Trenta secondi dopo, Mike si precipitò attraverso la porta cercandola nell'oscurità. Ma non poteva essere lo stesso stronzo che aveva cercato di fare sesso nella sua camera da letto? Perché faceva piccoli gesti che le rendevano impossibile odiarlo?

«Stai bene?» domandò quando la vide.

No, non stava bene. Era fuori di sé. «Perché diavolo hai reagito in quel modo?» gli gridò contro. «Dovevi fare il macho e spezzargli quasi il polso. Non avevo bisogno di essere salvata. Avrei potuto cavarmela da sola. Non era nulla.»

Gli occhi blu di Mike divennero confusi, poi arrabbiati. Si avvicinò, la mise con le spalle contro il muro di mattoncini del pub, bloccandola con le braccia ai lati della testa. «Quel lo ti insulta come un uomo non dovrebbe mai fare con una donna, ti mette le mani addosso e tu hai la faccia tosta di incazzarti con me?»

Era davvero arrabbiato. Ellis rimase stupita, senza sapere cosa dire. Nessuno l'aveva mai difesa prima.

«E quindi? Mi hanno chiamata in modi peggiori di 'grassa'.»

«Ti ha dato della stronza!» Colpì il muro dietro di lei per la frustrazione. «Maledizione, Ellis, non dovresti accettare che qualcuno ti parli in quel modo. Meriti rispetto. Come diavolo fai ad avercela con me? Hai bisogno di aiuto, un serio supporto psicologico.»

Oh, signore!, pensò lei. Aveva assolutamente ragione. La discussione con Jack quel giorno doveva averle annullato il buonsenso. Mike continuò la sua invettiva, ma Ellis smise di ascoltare, riusciva a pensare solo a quanto fosse caldo il suo corpo, a come profumasse di buono, a quanto fosse sexy quando era arrabbiato. Era così diverso da Jack, in tutto: nel modo in cui la guardava, come la faceva sentire.

Attento, stupido, sto arrivando.

Ellis lo afferrò per le orecchie e lo attirò a sé, costringendo la bocca di Mike sulla sua. Lo baciò intensamente per farlo stare zitto, ma presto il bacio divenne più profondo, e la sua lingua cominciò ad assaporargli la bocca che sapeva ancora di cioccolato e panna. Lui ricambiò il bacio e lei lo sentì fin dentro l'anima. Magari fu perché nessuno lo faceva da molto tempo, o perché non era mai stata baciata in modo così appassionato, ma sentì di nuovo quel coro di angeli.

La baciò con un ultimo schiocco, poi la guardò con espressione frastornata. «Porca merda.» Scosse la testa. «Cosa diavolo ti è preso?» le domandò, mentre il suo ampio torace si muoveva affannosamente. «Non si afferra qualcuno per le orecchie quando si desidera baciarlo» aggiunse. Le fissò le labbra, Ellis se le sentì più voluminose.

«Ellis, mi stai fottutamente mandando fuori di testa.» Si passò la mano tra i capelli corti e scuri, si girò e poi la guardò di nuovo. «La metà delle volte vorrei strangolarti, l'altra metà vorrei baciarti.»

«Scegli la seconda» disse lei, gli afferrò la maglietta e lo avvicinò. Sentì di nuovo il *bum*. «Baciami.»

L'aria divenne elettrica. Mike si curvò per baciarla di nuovo. Il corpo morbido di Ellis e quel suo comportamento irrazionale gli avevano instillato, per la prima volta nella sua vita, un senso di insicurezza totale. Le sue mani vagarono ovunque su di lei mentre assaporava le sue labbra. Le accarezzò la schiena, arrivando fino al piccolo e pronunciato girovita e poi riuscì a farsi strada sotto al top. La strinse, toccandole la pelle che trovò liscia, molto più di quanto immaginasse. I sui seni premettero contro di lui che gemette mentre la baciava. Il corpo soffice, le labbra turgide di Ellis erano pronte per essere sue. La sua erezione ritornò con forza. Lei era una di quelle donne che sapevano baciare, che davano e traevano piacere allo stesso tempo da un uomo. La sua anima tirò un sospiro di sollievo perché, per la prima volta, si sentiva soddisfatto.

Sentì qualcosa colpirlo in testa, Mike smise di baciarla e la guardò. Teneva gli occhi chiusi, le labbra rosa erano gonfie e tumide, le braccia lo avvolgevano stretto.

«Ancora» ordinò lei.

Come calamite, le sue labbra la cercarono di nuovo, ma sentì un altro colpo molto più forte di prima. Si voltò e vide una rossa incazzata, Cherri, con la bocca aperta per lo stupore, e Colin che rideva come un colossale idiota.

«Andate via» disse Mike, e poi rivolse l'attenzione di nuovo alla ragazza che lo aveva inebriato con la sua bocca.

«No» dichiarò decisa Belinda. «Riaccompagniamo Ellis a casa.»

«Non voglio tornare a casa con voi» mormorò Ellis mentre si preparava a baciare ancora Mike. Stavolta Belinda colpì con la borsetta talmente forte che Mike vide le stelle.

«Maledizione, Belinda.»

«Ellis» disse la rossa ignorando il disappunto di Mike. «Ci hai chiesto tu di impedirti di comportarti da stupida.»

«Dove diavolo eravate un'ora fa?» incalzò Ellis.

«Non pensavamo che te lo stessi quasi scopando contro un muro!» Belinda si infilò la borsetta sotto il braccio e diede a Ellis uno strattone. «È pericoloso. È andato a letto con tua sorella nel tuo letto.»

«Oh, merda!» Ellis si diede un colpetto alla testa. «È vero. Sei stato con Dina, porco. Stammi lontano.»

Ellis si allontanò seguita dalle sue amiche.

All'improvviso Mike ricordò tutto. Dina... Erano usciti insieme quattro anni prima, ma non avevano fatto sesso a causa di sua sorella... Sua sorella! Merda. Ellis era sua sorella.

«Ti si è accesa una lampadina?» domandò Colin, sempre sorridendo come un idiota.

«Sì, e adesso so perché mi detesta.»

6

Anche i magri portano le guaine contenitive della Spanx!

In quanto appassionata di moda è mio dovere ribaltare un diffuso luogo comune. I pantaloncini contenitivi, le panciere, i body modellanti, o come preferite chiamarli, non sono indumenti a esclusivo appannaggio dei ciccioni. Anche le persone magre ne hanno bisogno! Hanno pancette flaccide e culi gelatinosi e smagliature proprio come noi. Quindi, la prossima volta che siete in un locale e vedete una ragazza con un vestito attillato, fermatevi a pensare: c'è una guaina lì sotto che strizza e tiene su tutta quella roba.

«Mi sta bene questo colore?» domandò Maryanne, una delle clienti abituali di Ellis. Lei osservò la donna appena uscì dal camerino. Indossava una scamiciata verde militare con bottoni di ottone lungo tutto il vestito. Era un abito aggressivo. Eleganza militare. Ellis lo aveva ordinato perché le era piaciuto subito, ma serviva un certo tipo di donna per sfoggiare quel look. Maryanne era una bionda trentenne, dal viso dolce e rotondo per via delle guanciotte. Era troppo vezzosa per quel vestito.

«No, tesoro, per niente» rispose Ellis sincera. «In realtà quest'abito è completamente sbagliato per te.»

«Lo pensavo anche io. Sembrava così bello sull'appendiabiti» sospirò Maryanne. «Mi capita sempre così.»

Anche Ellis un tempo aveva avuto lo stesso problema e annuì per empatia. «È un bel vestito e tu hai un gusto eccezionale. È solo che non è indicato alla tua conformazione fisica. Ma non temere. Se nel mio negozio non trovi un vestito che funzioni su di te, te ne cucirò uno io stessa.» Si girò e cominciò a frugare tra gli scaffali quando lo sguardo le cadde su un abito blu zaffiro. «Vedi, Maryanne, tu hai quello che amo definire un corpo a forma di diamante. Le ragazze come te non dovrebbero indossare dei vestiti strutturati, piuttosto qualcosa di più comodo e morbido e con una maliziosa scollatura.» Le porse il vestito. «Ecco, prova questo. Il blu dona sempre molto alle bionde.» Poi Ellis fece una pausa. «Aspetta.» Poggiò il dito sul mento e osservò la sua cliente. «Credo che ti serva un reggiseno più piccolo.»

«Più piccolo!» Rise Maryanne. «Non ho mai dovuto prendere una taglia più piccola in vita mia!»

«Adesso sì. Le tue gemelle lì davanti hanno bisogno di essere strizzate e sollevate.» Ellis si mise una mano sotto alla maglia, afferrò una bretellina del suo reggiseno e la tirò. «Lo so» concordò lei quando Maryanne aggrottò la fronte. «Non sembra comodo, difatti non lo è. Ma la verità è che il reggiseno che ti veste meglio è sempre quello più stretto. Probabilmente l'ha inventato un uomo. Forse lo stesso bastardo che ha creato i tacchi alti.»

«A quale indirizzo posso inviargli una lettera di ringraziamento?» domandò Maryanne sarcastica.

«Che diavolo» rispose Ellis. Si guardò attorno in cerca della sua store manager. «Belinda, che ne diresti di far provare a Maryanne qualche reggiseno?»

«Naturalmente.» Belinda andò in cerca del metro da sarta.

Ellis guardò il vestito che la cliente si era appoggiata sulla spalla, soddisfatta di aver scelto la linea giusta. «Credo che questo colore blu farà risaltare in modo favoloso il colore dei tuoi occhi, anche se una volta che ti avremo trovato il reggiseno giusto, nessuno ti guarderà più negli occhi.»

Maryanne lasciò uscire una risatina. «Lo spero. Grazie, Ellis. Sono così felice che tu abbia aperto questo posto.»

«Ma prego.» Ellis sorrise, e si sentì sicura di aver preso la strada giusta abbandonando la sua vecchia vita. «Adesso provalo, così vedo se l'orlo va bene e, in caso contrario, lo sistemerò io gratis, perché sei una cliente fantastica.» Le fece l'occhiolino in segno di complicità. «Però non dirlo a nessuno.»

«Te lo prometto.» Il viso di Maryanne si illuminò di un sorriso malizioso. «Se tu mi dici tutto su quel tipo sexy alle tue spalle.»

«Cosa?» Ellis seguì lo sguardo di Maryanne e vide Mike nel suo negozio a qualche metro da lei.

Oh, dio.

Indossava una maglietta bianca attillata sul petto. I capelli erano umidi, la pelle brillava. Portava dei pantaloncini e le scarpe da ginnastica. Era ovvio che quest'uomo aveva appena fatto dello sport. Maledetto. Emanava feromoni. Doveva essere per forza così perché i piedi di Ellis andarono per conto loro e si spostarono verso di lui prima che potesse fermarli.

Negli ultimi due anni quel bacio che le aveva dato era tornato di continuo nei suoi pensieri. Riusciva ancora a sentire le sue labbra. Era una delle cose più stupide che lei avesse mai fatto.

È andato a letto con Dina. È andato a letto con Dina. Doveva tenerlo sempre a mente. È andato a letto con tutte. Proprio tutte. Non avrebbe dovuto essere attratta da lui. Non avrebbe dovuto avere nulla a che fare con lui, eppure si ritrovò a pochi centimetri da Mike.

«Cosa ci fai qui?»

«Stavo correndo da queste parti e ho pensato di fare un salto.»

«Tu fai jogging?» Ellis si portò una mano alla bocca e l'altra sul fianco e lo scrutò. «Io corro solo se sono inseguita.» Lui le lanciò quel suo sguardo obliquo che le stava diventando familiare. A Ellis non le piaceva il fatto che le facesse sentire le farfalle nello stomaco. «Nessuno fa jogging in St Lucy Street. Qual è il vero motivo per cui sei qui, Mike?»

«Stavo correndo, davvero.» Si guardò addosso. «Non si vede?»

«Ah ah.» Annuì lei, mordendosi il labbro inferiore e studiando ancora il suo fisico atletico. La maglietta era così bagnata che si intravedeva la pelle, e i pettorali, e ogni muscolo mantenuto allenandosi duramente. «Perché sei venuto?» disse lei e si allontanò dirigendosi verso il suo ufficio-sartoria. Lui la seguì. Ellis sentì il calore del corpo di Mike dietro la schiena.

«Mi hai baciato l'altra sera.»

Si era domandata quanto ancora avrebbe aspettato per rinfacciarglielo. Voleva chiarirgli che era stato un errore. Ed era vero, ma non poteva dire di essersene pentita. Ogni donna meritava di essere baciata in quel modo, almeno una volta. Peccato che Mike probabilmente baciasse con quella stessa passione ogni altra ragazza.

«Sì, è vero.» Si fermarono sulla porta del suo ufficio e lei si voltò per guardarlo in faccia. «Sicuramente avrai baciato migliaia di donne. Non venirmi a raccontare che i miei baci sono speciali.»

Lui le scrutò il viso, indugiando sulla bocca prima di fissarla ancora negli occhi. «Ti ho guardata mentre aiutavi quella donna. Sei stata bravissima e sincera senza demoralizzarla» disse, poi rimase in silenzio per un istante. «Sei tagliata per questo lavoro.»

Lei annuì. «Grazie. Questo negozio è la cosa più preziosa della mia vita.»

«Come hanno reagito i tuoi quando gli hai comunicato che mollavi l'avvocatura per aprire una boutique?»

«Probabilmente come i tuoi quando gli hai detto di voler entrare nella polizia di New York.»

Mike alzò le spalle e si avvicinò ancora un po' a lei. «I miei genitori non mi hanno mandato alla facoltà di legge di Harvard.»

Ellis fu colta di sorpresa. «Come fai a sapere che sono andata a Harvard?»

«Adesso mi ricordo di te, Ellis.» Colmò la poca distanza tra di loro, e le prese il viso tra le mani. «E ricordo questo.» La baciò dolcemente sulle labbra. «Ricordo che portavi gli occhiali, e i capelli legati e che hai una passione inspiegabile per delle orrende magliette di Harvard. Hai paura dei piccioni e Jackie O' è la tua icona. Ricordo che quella sera eri a piedi nudi e portavi lo smalto fucsia.» Ellis lo guardò meravigliata, anche se non si ricordava di che colore fosse lo smalto. «Quella sera ti ho baciata perché ero attratto dalla tua intelligenza. Sono andato in camera tua con Dina perché allora fuggivo da quel tipo di attrazione, stare con una donna come te mi spaventava a morte.» Le scrutò il viso attentamente. «Ma non sapevo che fosse la tua camera da letto. Se lo avessi saputo non ti avrei mai fatto una cosa del genere. Non sono così stronzo come credi. Non faccio mai sesso nei letti che non appartengono a me o alla donna con cui sto.»

«Mike...» Ellis non sapeva cosa dire. Non si aspettava che si ricordasse proprio tutto, e così chiaramente per giunta.

Mike le poggiò le labbra sull'orecchio e la tirò a sé. «Mi dispiace, Ellis.»

Non poteva essere così dolce. Non si fidava di lui, ciononostante si emozionò profondamente. «Perché ti stai scusando?» disse lei, fingendosi spavalda. «Pensi che facendo lo sdolcinato con me mi porterai a letto, così potrai fare il confronto con mia sorella?»

«Non comportarti da mocciosa» disse Mike allentando la presa sul girovita. «Non ora. Non sono mai stato con Dina. Quella sera è stata l'ultima volta che l'ho vista.»

Una vocina dentro Ellis le sussurrò 'fidati di lui', ma il suo lato cinico sapeva che gli uomini mentivano, e che probabilmente con quel discorso cercava solo di portarsela a letto. Per un istante si soffermò su quell'idea.

Perché non poteva fare sesso con lui?

Mike e Dina avevano rotto da anni e non sarebbe andata così se lei fosse stata seriamente innamorata. Ellis di sicuro non si sarebbe legata a lui. Sapeva bene a cosa andava incontro. Il detective Edwards era un campione di seduzione. Fece un sospiro mentre lui la stringeva a sé. Se era veramente andato a letto con Dina, Ellis non avrebbe potuto farci sesso. Non avrebbe retto il paragone.

«Lasciami» si lamentò freddamente. «Sei tutto sudato.» Ma aveva anche un buon profumo, ed Ellis non si mosse per divincolarsi dal suo abbraccio.

«Non c'è da stupirsi se non mi ricordo di te, Elle. Come potevo immaginare che la ragazza sfigata di quattro anni fa mi avrebbe infilato la lingua in gola fuori da un locale.»

«Ah! Taci, faccia da scemo.» Lo schiaffeggiò sul torace muscoloso.

Lui le sorrise. «Ci insultiamo come bambini? Credevo che avessimo superato quella fase.»

«Temo di no» disse, triste per la caduta di stile.

Lui rise per un istante. Aveva un bel sorriso, le labbra erano disegnate armoniosamente ed Ellis pensò di avvicinarsi e baciarlo ancora. La bocca di Mike si incastrava così perfettamente alla sua.

«Ellis? Ehi! È permesso?»

Un segno divino. *Tu non bacerai nessun detective sexy e un po' bastardo.*

Ellis non riuscì a vedere la sua esile mamma dietro all'imponente fisico di Mike, ma il suono della sua voce era inconfondibile. *Cazzarola. Merda. Porca merda!*

«Dottoressa Gregory?» Mike si voltò di scatto e lasciò Ellis prima che lei potesse divincolarsi dalla sua presa.

«Michael Edwards?» Ellis guardò la bocca di Phillipa aprirsi in segno di stupore e poi allargarsi in un gran sorriso. «Cosa diavolo ci fai qui?»

«Sono tornato a vivere qui!» Mike si avvicinò alla donna, la tirò su e la fece volteggiare. «Come sta, dottoressa Greg?» La riappoggiò a terra e le sorrise. «Penso sempre alla mia professoressa preferita.»

«Non abbastanza per venirmi a trovare, vero, zuccone?»

«Mamma, tu conosci Mike?» Ellis non poteva credere a quella scena. Mike conosceva sua madre? Sua madre conosceva Mike? E si erano simpatici? Era impossibile, maledizione!

«Se lo conosco? Era l'unico ragazzo nella mia classe di etica ed ecofemminismo. Pensavo che fosse stupido come una zucca, e invece indovina un po'? Si è rivelato uno dei miei migliori allievi.»

Mike guardò Ellis e poi ancora Phillipa. «Mi ero iscritto solo per farmi le compagne di corso, ma poi ho imparato davvero tantissimo dalla dottoressa Greg. È fantastica.» D'improvviso gli tornò in mente qualcosa. «Non l'hai chiamata mamma, vero?»

«Sì.» Phillipa si sedette accanto a Ellis. «Questo splendore è mia figlia.» Alzò un sopracciglio grigio argento. «Come mai vi conoscete?»

Oh, merda, pensò Ellis. Riconosceva quello sguardo di sua madre. Era entrata in modalità impicciona rompipalle. Phillipa non le avrebbe dato tregua.

«Non ne avevo idea» disse Mike osservando le due donne; Ellis notò che stava cercando di scorgere delle somiglianze tra loro. Non le avrebbe trovate. «Ellis e io siamo amici» spiegò lui.

«Sapevi che usciva con Dina?» disse Ellis, sperando in questo modo di costringere la madre a darsi una calmata.

«Frequentavi Dina?» urlò Phillipa. «Oh, no.» Scosse la testa. «La mia deliziosa signorina ribelle non è affatto adatta per te. Non poteva durare.»

«Infatti è andata così.» Mike lanciò un'occhiata a Ellis e poi si rivolse di nuovo a sua madre. «Allora, come sta, doc? Scrive ancora quei libri contro gli uomini?»

«Sì.» Phillipa alzò il mento orgogliosa. «Sono a due terzi del mio manifesto contro gli uomini e ora che sei tornato esigo che tu venga alla mia prossima presentazione.» La dottoressa si voltò verso Ellis e le sussurrò: «Quest'uomo è splendido. Farà impennare le vendite solo con la sua presenza.»

Mike sorrise: «Farei qualsiasi cosa per lei, dottoressa Greg. E se oggi vi portassi a pranzo fuori? Sempre che non le dispiaccia farsi vedere in giro con me vestito così.»

«No» disse Ellis.

«Ci piacerebbe molto» disse Phillipa nello stesso momento, scontrandosi con la figlia.

Non ne ho la minima intenzione. Nessuna maledettissima intenzione.

«Cosa?» Phillipa fissò Ellis. «Andiamo qui in fondo alla strada a mangiare un panino, mica al Ritz. Mike sta benissimo» continuò.

«Non posso venire a pranzo, e non per come è vestito Mike» disse Ellis, i suoi occhi incrociarono quelli di lui per un istante. Non sarebbe uscita con Mike. Mai. Specialmente con la madre al seguito.

«E allora perché?» domandò Phillipa.

«Devo lavorare, mamma.» Ellis le girò attorno. «Ho un negozio da mandare avanti e tre vestiti da modificare. Non posso uscire adesso, davvero.» Guardò Phillipa stringendo gli occhi. «In ogni caso, come mai sei qui? Non dovresti essere occupata ad affinare giovani menti o roba del genere?»

«Ho già tenuto due lezioni stamattina.» Si poggiò le mani sugli inesistenti fianchi. «E poi ho forse bisogno di un motivo per venire a trovare mia figlia più piccola? Non ti vedo da una settimana. Potresti anche ritagliarti un'ora da passare con me. Questa non è una delle ragioni per cui hai lasciato Manhattan? Oh, e tuo padre! Mi ha chiesto di te tre volte questa settimana. Pensa che stai morendo di fame!»

Ellis sospirò. «Okay, dottoressa 'senso di colpa'. Verrò a cena.»

Mike le lanciò uno sguardo di solidarietà. Se aveva frequentato per un semestre le lezioni della dottoressa Phillipa Gregory sapeva quanto fosse esigente. «Vi lascio parlare da sole, signore.»

Uscì dalla porta prima che Ellis potesse replicare, lasciandola sola con la madre sorridente.

«È Mike il ragazzo di cui mi hai parlato?» Gli occhi di Phillipa si illuminarono. Aveva un sorriso talmente ampio che il suo viso sembrava sul punto di rompersi. Afferrò le braccia di Ellis e la scosse. «Oh, mio dio, Ellis! Sono così felice per te. Ci sei già andata a letto?»

«Mamma!»

Questa conversazione è frutto della mia fantasia. Non può essere reale.

«Ah, non fare la moralista» disse Phillipa facendo un gesto di rifiuto con la mano. «Quel ragazzo era una leggenda al campus. Le ragazze dicevano che poteva farti provare orgasmi multipli.»

«Mamma!»

«Tesoro.» Phillipa la fissò in modo circospetto. «Probabilmente non l'hai mai provato. Jack l'idiota non era un grande amante, vero? Io non avevo mai sperimentato un orgasmo multiplo finché non ho incontrato tuo padre.»

«Phillipa Elisabeth Gregory!» Ellis si tappò le orecchie arrossate con le mani. «Aggiungi un'altra parola su questo argomento e io commetterò un matricidio.»

«Oh, per favore.» Phillipa alzò gli occhi al cielo. «Mi tremano le gambe. Ascolta, amore, non c'è niente di male nel condividere queste esperienze con me. Mike è un uomo fantastico. Approvo completamente.»

«Usciva con Dina! Non ti importa?»

«No, affatto.» Phillipa scrollò le spalle. «Non erano una coppia ben assortita, invece Mike è perfetto per te. Gli piaci. Una madre lo sente.

«Ah sì, o Grande Saggia?»

«Sì.» Phillipa si alzò sulla punta dei piedi e schioccò a Ellis un forte bacio materno. «Vieni a cena domani sera. Vedo se riesco a convincere anche tua sorella.»

«Davvero?» Ellis cercò di contenere il suo disappunto. Ellis e Dina: immiscibili come l'olio e l'acqua.

«Proprio così. Quando è stata l'ultima volta che abbiamo cenato insieme come una vera famiglia?»

«Non ricordo» disse con voce delicata Ellis. Era passato troppo tempo. Probabilmente anni.

«Neanche io, quindi domani serata in famiglia. Preparati a rinforzare i legami familiari.»

«Certo» sospirò Ellis. «Non vedo l'ora.»

Phillipa uscì dal negozio qualche istante dopo e quando Ellis ritornò nella stanza principale l'unica persona che trovò, a parte qualche cliente, era Belinda. Sentì una piccola fitta al cuore. Mike se n'era andato e le andava anche bene, ma avrebbe almeno potuto salutarla. Non capiva perché le importasse, probabilmente era il modus operandi di Mike. Si chiese quante donne avesse mollato senza neanche dir loro addio.

«Ehi, dov'è andata tua madre?» Ellis si voltò di scatto quando udì la voce di Mike. Era lì, in piedi all'ingresso, con un sacchetto di carta marrone tra le braccia. «Perché sei così sorpresa di vedermi?» Il volto era attraversato da un ampio sorriso. «Pensavi che non sarei tornato?»

«Non me ne importava nulla» mentì lei. Un odore di patatine fritte le salì alle narici, facendola avvicinare a Mike. «Cosa c'è nel sacchetto?»

«Il pranzo.» Mike si diresse alla cassa, verso Belinda e le allungò un panino. «Sandwich gigante al tacchino per la rossa.»

Belinda gli sorrise. «Non avresti dovuto offrirmi il pranzo. Mi fa quasi sentire in colpa per aver tentato di spaccarti la testa.»

«Allora il mio diabolico piano ha funzionato» ripose, poi si voltò verso Ellis. «È arrivato il week-end, Harvard. Ho delle leccornie per te e non voglio sentire stronzate, tipo che non le accetti.» Si diresse verso di lei. Ellis tenne fede alla sua regola. Quello era il giorno della trasgressione, in cui mangiava di tutto. Non avrebbe rifiutato del cibo da un uomo sexy per nessun motivo.

«Venerdì ho mangiato solo carote per compensare lo strappo della sera prima.»

«È ridicolo. Per due fragole!»

«No.» Si morse il labbro inferiore. «Dopo che siamo andati via dal Bagpipes ho fatto fuori mezzo pacchetto di biscotti al cioccolato.»

«Davvero?» Mike le poggiò la testa sulla spalla. «Dopo... io ho fumato una bella sigaretta.»

Ellis ci mise qualche istante prima di cogliere l'allusione, ma quando capì sgranò gli occhi. «Pervertito» disse, scuotendo la testa. «Andiamo a mangiare in magazzino. Spero per te che ci siano delle patatine fritte in quel sacchetto.»

Si girò per fargli strada e lui la seguì da vicino. Troppo vicino. Così tanto che poteva sentire il suo respiro sulla nuca. Lei si fermò all'improvviso facendolo quasi cadere su di lei.

«Non pensavi mica che me ne sarei andato senza salutarti, vero?» domandò Mike. Ellis non disse nulla perché era esattamente quello che aveva immaginato. «Non sono stronzo come credi.»

«La giuria deve ancora deliberare in merito.» Ellis si voltò per guardarlo. «Perché sei venuto?»
«Non lo so.» Sembrava sincero. «Un uomo non può offrire il pranzo a una ragazza che bacia come una pornodiva?»
«Mike.» Non voleva sorridere, ma non poté impedire alle sue labbra di contrarsi nervosamente. «Ti odio ancora per avermi dimenticata, quindi smettila di comportarti da bravo ragazzo.»
I suoi occhi blu la scrutarono in quel tipico modo disarmante. «Non hai mai incontrato un bravo ragazzo?»
«Non sapevo esistessero.»
Invece di sorridere a quella battuta, Mike assunse un'espressione preoccupata. Le sollevò il mento con le dita calde.
«Cosa ti ha fatto quel tipo, Elle?»
Il campanellino sulla porta suonò, annunciando l'entrata di Agatha Toomey.
«Oh, dio.» Ellis si mise la mano sulla fronte. «Cosa ci fa lei qui?»
Mike si voltò per capire a chi si riferisse Ellis. «Ah, è quella stronza della caffetteria» disse lui senza mezzi termini, facendola sorridere.
«Sì, ed è anche la zia del mio ex e la rovina della mia vita. Aspettami nel retro. Arrivo appena me ne sbarazzo.» Ellis cercò di oltrepassare Mike, ma lui la afferrò per la mano prima che ci riuscisse.
«Non mi piace il modo in cui ti parla. Lascia che ti accompagni.»
«Perché?» chiese lei, inarcando un sopracciglio. «Proverai a spezzarle un polso se diventa troppo insolente?»
«No, ma se si comporta male le farò sequestrare la macchina.»
«Ah.» Sentì ancora quella strana, lieve fitta al cuore. Lentamente, ogni pregiudizio su di lui stava sparendo, ed Ellis riusciva a vedere il vero Mike. Era un uomo premuroso. «Sa-

rebbe interessante» disse lei, stringendogli delicatamente la mano. «Mangi pure, detective. Chiamerò i rinforzi se ne avrò bisogno.»

Ellis fece un profondo respiro prima di sollevare il mento e dirigersi verso la signora Toomey. «Benvenuta a Size Me Up, signora Toomey, posso aiutarla a cercare un abito?»

«Oh, dio, no.» Agatha si guardò attorno, e contrasse il viso come se sentisse un cattivo odore. «Sono venuta a parlarti di Jack.»

«Wow!» esclamò Ellis con falso entusiasmo. «Ha scelto l'ultimo argomento al mondo che vorrei affrontare. Parliamo invece dei cinquanta grammi di zucchero che ho ingerito giovedì.»

«No ho tempo per le tue battutine» ribatté brusca Agatha. «Sono venuta a discutere di mio nipote. È infelice per causa tua» disse, puntandole contro il dito ossuto.

Un moto di rabbia crebbe dentro Ellis, ma si guardò bene dal mostrarlo. Non avrebbe dato a nessuno dei due Toomey la soddisfazione di sapere che potevano scalfirla. «Mi rifiuto di parlare di Jack con lei. Abbiamo rotto. Fine. Chiuso.»

Le guance sottili di Agatha avvamparono. «Si può sapere cosa ti è preso, Ellison? Jack è l'uomo migliore che ti possa capitare. È intelligente, attraente e di successo, e non desidera nessun'altra donna. Secondo me può trovare di meglio, ma lui vuole solo te, e io sono qui per assicurarmi che riesca a ottenere ciò che brama.»

La madre di Jack era morta quando lui era solo un bambino e Agatha stravedeva per il nipote, però Ellis non capiva come mai sua zia tenesse così tanto alla loro relazione. Comunque, questo la aiutò a capire come ragionava Jack. Era una vita che si faceva accudire da Agatha, non c'era da stupirsi se esigeva lo stesso comportamento da Ellis. «Non stavolta. Adesso, se vuoi scusarmi, ho del lavoro da sbrigare.» Ellis fece per allontanarsi, quando sentì qualcosa di ossuto afferrarle il polso, bloccandola. Sentì dolore: le unghie di Agatha, fresche di manicure, le stringevano la pelle.

«Faresti meglio a diventare più furba, ragazza, e a tornare con Jack, altrimenti te ne pentirai.»

Visto che c'erano clienti in negozio Ellis sapeva di non poter fare una scenata e mandare Agatha al tappeto come avrebbe voluto. Doveva invocare Ghandi e scegliere la non violenza. Non era mai piaciuta ad Agatha, ma quel giorno era come se tutto il suo odio si fosse condensato tramutandosi in una fitta nebbia.

«Ellis, tesoro, stai bene?» Mike emerse dal retro. Il suo corpo prorompente sembrava rilassato, ma lo sguardo intenso era concentrato sulla mano di Agatha. Ellis se la sapeva cavare, eppure sentì un certo sollievo sapendo che lui era lì in caso di bisogno.

«Tutto bene, Mikey. La signora Toomey se ne stava andando.» Ellis girò il polso, liberandosi dalla presa. Abbassò la voce e disse: «Esca dal mio negozio, Agatha. E non si faccia vedere mai più.»

Agatha soffermò lo sguardo su Mike poi ancora su Ellis. «Puttana» sentenziò piano.

«Stronza pelle e ossa» replicò Ellis.

Agatha la freddò con un ultimo, prolungato sguardo e poi se ne andò. Ellis fece un profondo respiro, lanciò un ampio sorriso alle clienti incuriosite e camminò verso Mike, che era ancora in piedi sulla porta del retro. Vedendola arrivare lui si fece da parte, la lasciò passare e poi la condusse nell'ufficio invece che in magazzino dove Ellis aveva pensato di pranzare.

Entrando fu sorpresa di trovare la scrivania sistemata, tutti i documenti erano stati ordinati disciplinatamente con un'etichetta sopra a ogni pila. «Hai curiosato tra i miei registri?» domandò lei.

«Le tue capacità organizzative sono scarse» ribatté lui, mentre chiudeva la porta dell'ufficio con il piede. «Stai bene?» La spinse delicatamente verso il divanetto a due posti che prima era affollato di accessori da cucito e si sedette accanto a lei.

«Tutto okay, Mike» mentì. Non si sentiva bene per niente. Era confusa e si appoggiò delicatamente sulla spalla di Mike.

Lui le prese il polso per controllarlo e vide dei segni a forma di mezzaluna. «Cazzo! La uccido, quella.»

«Mike...»

«Dove abita?» Si portò il polso alle labbra e la baciò teneramente.

Era fantastico, così tanto che Ellis lasciò gli occhi chiusi mentre lui indugiava sulla sua pelle.

«Non te lo dico.»

«Devo saperlo per essere il tuo alibi il giorno in cui la vai a prendere a calci in culo.»

Lei sorrise, crogiolandosi all'idea di togliere quell'espressione supponente dal viso di Agatha Toomey a forza di schiaffi. «Grazie, ma non importa. Il mio ex è il suo adorato nipote. Voleva solo che io riconsiderassi la mia decisione di aver scaricato quel cocciuto idiota.»

«Potrei rendere la vita di quella lì un inferno, se vuoi. Dammi qualche informazione su cui lavorare.»

Era troppo protettivo. Doveva essere un atteggiamento tipico da macho. Non le dispiaceva. «Guida un maggiolino cabriolet verde con la targa personalizzata. Potresti dare il colpo di grazia alla sua auto.»

«Consideralo fatto.» Le baciò ancora il polso, più delicatamente stavolta, e più a lungo. Le massaggiò i segni sulla pelle e per un istante Ellis fu in pace con il mondo. I pollici di Mike sconfinarono sulla sua mano, sciogliendole ogni tensione muscolare. Era il paradiso. Gli occhi di Ellis si chiusero di nuovo sotto il tocco magico di Mike.

«Raccontami com'è andata con il tuo ex» disse a bassa voce.

Gli occhi di Ellis si aprirono a quel commento, fissandolo. Il modo in cui la stava guardando...

«Niente.» Non poteva dirgli cosa le aveva fatto Jack. Lei stessa lo aveva affrontato con fatica. «Ho capito che due anni erano stati un periodo troppo lungo da passare insieme. Lui non era d'accordo.»

I loro sguardi si incrociarono. «Non ti credo.»

«Be', non mi va di parlarne con te.» Scosse la testa. «Perché ti interessa?» gli chiese.

Mike alzò la mano e le sistemò dietro all'orecchio una ciocca di capelli ribelle. «Non lo so. La metà delle volte che ti sono vicino ignoro il motivo delle mie azioni.»

Le accarezzò delicatamente la guancia con il pollice e per un momento Ellis perse la parola e la ragione. Voleva baciarlo ancora, stringersi a lui, toccare il suo forte corpo bollente. Mike era uno di quegli uomini per cui una donna, se non stava attenta, poteva impazzire. 'Attenta' era il suo secondo nome.

«Okay, mi hai palpeggiato abbastanza» disse lei allontanandosi, mentre si protendeva per afferrare il sacchetto di carta sulla scrivania. «Cosa mi hai portato per pranzo? Spero tu ti sia ricordato il ketchup.»

«È facile, Ellis. Puoi farcela» disse Mike.

Non aveva ancora lasciato la boutique, non si era reso conto dello scorrere del tempo. Non si era mai trattenuto così a lungo in un negozio di abbigliamento femminile in tutta la sua vita, ma gli piaceva stare lì. Era un bel locale. Accogliente come una casa. Gli ricordava il negozio di fiori di sua madre. Alcuni aspetti gestionali erano uguali: Ellis, come sua madre, doveva ordinare la merce e prendersi cura dei clienti. Gli tornarono in mente le volte in cui la madre si tratteneva oltre l'orario di chiusura per completare un allestimento da matrimonio o quanto si impegnasse oltre ogni limite per accontentare le richieste di un affezionato cliente. Dava sempre il massimo e anche di più, e alcune di quelle qualità le rivedeva in Ellis. L'amore per il suo negozio, la motivazione a renderlo un successo, il bisogno di veder uscire i propri clienti felici. L'unica differenza era che sua madre aveva lui e le sorelle ad aiutarla con l'amministrazione. Ellis faceva tutto da sola.

«Spiegamelo un'altra volta, Mikey.» Ellis si voltò per guardarlo, e lui fu distratto dal suo profumo, dimenticando ogni altra occupazione.

Quando si era svegliato quella mattina non aveva progettato di passare da lei. Doveva correre i suoi soliti tre chilometri, tornare a casa, fare la doccia, mangiare e proseguire la sua giornata. Ma non andò così. Il ricordo dell'attraente e soffice corpo di Ellis continuava a riemergere e, invece di attraversare il parco come sempre, i piedi lo avevano condotto in centro e poi sulla strada dov'era il negozio di Ellis.

«Apri il foglio di calcolo.» Si avvicinò dietro di lei per puntare il mouse sull'icona dello schermo. «Vai al menu 'Funzioni' e clicca su 'Calcola'. Ora puoi vedere cosa si vende e cosa no.»

Ellis eseguì e girò la poltrona per guardarlo. «È davvero così semplice?»

«Già.»

Il suo viso si illuminò di un ampio sorriso e lei batté le mani come un'adorabile bambina. «Grazie! Mi hai appena salvato da ore di lavoro.»

Mike poggiò le mani sui braccioli della poltrona, protendendosi verso di lei. Ellis profumava di crema ora, una fragranza diversa da prima. Trattenne l'istinto di affondare il naso nella pelle morbida del collo. «Qual è il premio per il mio aiuto?»

Lei sospirò e si allungò sulla poltrona, incrociando le braccia dietro la testa, dandogli un'ottima scusa per guardarla a lungo. Indossava una gonna aderente e una camicetta bianca con la scollatura a V fino al seno. Le lunghe gambe erano accavallate, lisce e nude. Tuttavia, erano i piedi a magnetizzare maggiormente il suo sguardo: ingioiellati in un paio di scarpe grigie di camoscio con un fiocchetto sopra e i tacchi. Le dita dei piedi erano scoperte, mostrando le unghie dipinte di rosa stile Barbie. Notava raramente i piedi di una donna, ma quelli di Ellis, come ogni altro suo dettaglio, erano sexy.

«Premio?» domandò lei dopo un istante. «Che ne dici della soddisfazione di aver compiuto una buona azione? Troverai la ricompensa in paradiso.»

«Stronzate.» Lo sguardo gli cadde sulle labbra. «Preferirei un bacio, invece.»

«Piantala» replicò Ellis, ma i suoi occhi gli scrutarono la bocca e Mike era sicuro che anche lei stesse pensando al loro ultimo bacio.

Doveva ripetersi altrimenti sarebbe impazzito. «Esci con me, Ellis.»

«Tu frequentavi mia sorella!» Lo spinse via e si alzò dalla poltrona. Ma Mike non arretrò. Ellis con i tacchi era alta quasi quanto lui e per la prima volta Mike si trovava faccia a faccia con una donna. «Non ti è già bastata una discendente di Phillipa Gregory?»

Sembrava di no. Non poteva credere di aver perso la testa per la figlia della sua professoressa preferita. Non riusciva neanche a capacitarsi di essere uscito con sua figlia maggiore. Il mondo era piccolo... oppure era colpa del fato, ma Mike non era il tipo d'uomo che credeva a quelle stronzate. Aveva conosciuto Dina per caso. Era bella, un po' egoista e pazzerella, ma divertente da frequentare. Aveva capito subito che sarebbe stata una storiella senza futuro. Ma con Ellis era diverso. Qualcosa in lei continuava ad attrarlo anche quando desiderava scappare. Non aveva senso, visto che ogni sua azione sembrava condurlo verso di lei.

«Non sono andato a letto con tua sorella, se è questo il problema.»

Ellis annuì. «Me l'hai già detto.»

Mike sentiva che lei non gli credeva e questo lo innervosiva ancora di più. «Domandaglielo. Siamo usciti insieme solo qualche volta.»

«Non mi importa se l'hai fatto o no, non desidero affatto essere l'ennesima tacca sulla testiera del tuo letto.» Lei avvicinò il viso e Mike notò di nuovo quelle piccole pagliuzze dorate nei suoi occhi. «Dimmi, Mike, tu e Colin tenete un elenco? Rossa: ce l'ho. Svedese: ce l'ho. Forse ti mancava solo la voce 'grassa'? Per questo mi desideri?»

«Smettila.» Mike la afferrò per la vita, avvicinandola a sé. Solo lei riusciva a farlo incazzare così. «Ti ho già detto di non denigrare te stessa quando sei con me. Non mi piace, dannazione. Tu sei molto di più che un numero sulla bilancia. Non lo capisci?»

Lei sgranò gli occhi. «Non mi sto denigrando! Non sono la tipica ragazza a cui sei abituato. Ho aperto questo negozio perché finalmente mi sono accettata. Sono giunonica. Non dirmi che non lo vedi.»

Quel suo discorso un po' impetuoso lo turbò. Ellis lo capì e cercò di indietreggiare, ma lui non glielo permise. Erano così vicini. Lui avrebbe dovuto solo avvicinarsi di un centimetro o due e prendersi ciò che bramava. Ma non doveva accadere in quel modo. Anche Ellis doveva desiderarlo spontaneamente. Ci sarebbe voluto più tempo rispetto a come era abituato Mike, ma avrebbe aspettato. Il bisogno di sentirla nuda sotto di lui lo assaliva nei momenti meno appropriati. Forse, se fossero andati a letto, il pensiero costante di lei si sarebbe affievolito. O magari no, ma doveva scoprirlo. «Sei ancora innamorata del tuo ex?» domandò lui. Ogni volta che ritornava sull'argomento, Ellis lo liquidava. Non erano affari suoi e non sapeva neanche se gli importasse, in realtà. Eppure, se era ancora innamorata di quel tipo, Mike si sarebbe fatto da parte. Non entrava in competizione con altri uomini anche se la donna in questione era favolosa.

«No» disse lei con tale convinzione che lui le credé. «Questo non ha niente a che fare con lui.»

«E allora cos'è Ellis?» Non riusciva a capire perché continuasse a rifiutarlo. «Sono stato con delle donne, e allora? Ti aspettavi che fossi vergine?»

«No, ma...»

«Ma cosa? Non voglio sposarti, solo portarti a cena.»

Ellis lo scrutò per un lungo istante. Mike si chiese cosa stesse pensando. «Il mio rifiuto ti sta uccidendo?» domandò lei. Gli lanciò quel tipico sorriso malizioso che lo faceva eccitare e infuriare al tempo stesso. «Un bel karma di merda, vero?» continuò lei, poi si alzò in punta di piedi e gli stampò un bacio sul naso. «Grazie per aver trasferito tutte le mie scartoffie nel computer.»

Ellis indietreggiò e stavolta lui la lasciò andare. «Sarà tutto più semplice se riesci a organizzarti» disse lui burbero.

«Davvero?» chiese lei, piegando la testa di lato mentre lo osservava. «Come fai a sapere così tante cose sulla gestione di un'attività commerciale? Sei un poliziotto.»

«La mia famiglia possiede un negozio di fiori a Buffalo. Ogni tanto davo una mano.»

«Oh.» Sbatté le palpebre stupita. «Mi è difficile immaginarti tra centinaia di fiori.»

«Prova a pensarmi nudo. Potrebbe aiutarti.»

Rimase a bocca aperta mentre Mike si godeva la soddisfazione di averla turbata. A volte era fin troppo facile. «Alla prossima, Ellis.»

Uscì subito dopo quell'affermazione. Aveva passato già troppo tempo con una ragazza con cui non aveva un futuro.

«Dove cazzo eri?»

Mike stava camminando verso l'ingresso dell'appartamento che aveva preso in affitto in una casa a schiera, quando trovò Colin seduto sui gradini.

«Merda.» Si era completamente dimenticato di Colin. Dovevano guardare insieme la partita, invece lui si era intrattenuto con Ellis. E non nel modo in cui sperava. Era un segno. Non era adatta a lui. Riusciva solo a farlo arrapare o arrabbiare. «Scusami ho perso la cognizione del tempo.»

Mike guardò l'orologio e vide che erano quasi le cinque. Era rimasto ore nella boutique, come aveva potuto non accorgersene?

«Cazzo» sbraitò Colin. «Sto qui seduto a congelarmi le palle da un'ora.»

Mike gli scoccò uno sguardo. «Ci sono ventiquattro gradi, stronzo.»

Colin si strinse nelle spalle. «Metaforicamente parlando, allora.» Colin alzò il suo lungo corpo e aspettò che Mike salisse gli scalini. «Non mi racconterai che hai fatto jogging per tutto questo tempo? So che voi maledetti americani amate allenarvi, ma sei ore mi sembrano esagerate.»

«Non ho corso tutto questo tempo» disse Mike tirando fuori la chiave dalla tasca, poi entrò in casa assieme all'amico irlandese alquanto irritato.

«Allora, dov'eri?»

«Sei mia madre, per caso?» Mike sprofondò nel suo divano nero di pelle e accese la televisione. C'era la partita di baseball, già al secondo inning. «Non dirmi che ti sei preoccupato per me?»

«Eri con la ragazza del pub, vero?»

«Cosa te lo fa pensare?» domandò Mike senza guardare Colin. *Come diavolo ha fatto a indovinare?*

«Perché se si trattasse di qualcun'altra mi staresti spifferando tutto peggio di una ragazzina dopo il ballo di fine anno.»

Mike rise di cuore a quella curiosa frase di Colin. «Come ti vengono in mente queste uscite?»

Colin, che non capiva cosa ci fosse da ridere, lo guardò male. «Eri con lei? Con Ellen?»

«Ellis» lo corresse Mike automaticamente. «E sì, ero da lei.»

«Ti piace.» Colin finalmente si calmò, lasciandosi cadere sul divano accanto a lui. In effetti era così, ma non sapeva perché. «Mi fa diventare matto, dannazione.» E lo attraeva.

«Vale la pena impazzire per una ragazza che ti bacia in quel modo. Non credi?»

«No.» Mike scosse la testa. «Non lo so. È la figlia della dottoressa Greg.»

«Cosa? Quella hippy castrauomini?»

«Già.» Sospirò Mike.

«Questo significa che tu sei stato con entrambe le figlie della dottoressa Gregory?»

«No.» Non era andato con nessuna delle due, almeno non nel senso che intendeva Colin. «Ascolta, basta parlare di Ellis. Guardiamo la partita.»

«Va bene, però prima alza il culo e vammi a prendere una birra.» Mike gli lanciò un'occhiataccia e Colin aggiunse: «Mi hai fatto aspettare un'ora, cazzo!»

Mike si alzò e si diresse in cucina. Nel tragitto notò la luce pulsante della segreteria telefonica.

Premette su *Play* e continuò verso la cucina.

«Mike, sono tuo padre.» Mike rimase immobile, fermo, persino il cuore smise di battergli. Non avrebbe mai pensato di ascoltare ancora la voce roca del padre. «È passato un bel po' di tempo. Credo che dovremmo parlare...»

Colin era in piedi di fronte a lui in cucina. Conosceva la storia. Sapeva che Mike non nutriva più affetto per l'uomo che l'aveva abbandonato. «Porco d'un diavolo» disse dopo qualche istante. «Cosa farai, Edwards?»

«Nulla.» Era tardi per tornare indietro. Mike si avvicinò al telefono e cancellò il messaggio.

7

La mamma è sempre la mamma...

Sono una di quelle donne sfortunate con una madre molto più magra di loro. Da adolescente lo trovavo parecchio irritante. Ma da adulta ho avuto la possibilità di riesaminare la mia posizione. Ci sono dei pro e dei contro.
Contro: chiede sempre a me, e a non alla mia slanciata sorella, di fare esercizio fisico insieme.
Pro: chiama mia sorella, e non me, tre volte a settimana solo per assicurarsi che stia mangiando abbastanza.
Contro: i suoi vestiti non mi entrano.
Pro: i suoi vestiti non mi entrano! Mia madre non ha proprio gusto.

Dina era in ritardo per la cena. Niente di nuovo, pensò Ellis mentre l'aspettava seduta nel salotto dei suoi genitori. L'attendevano da quasi un'ora, tanto che il padre camminava su e giù nervosamente davanti al telefono.

«L'Indian Star è affollatissimo alle sei» disse Walter tenendo in mano il menu del ristorante preferito di Dina. «Se Dina non arriva entro quattro minuti ci vorrà il doppio del tempo normale per la consegna della cena.»

«Ordina adesso, papà» Ellis lanciò un'occhiata alla madre

che stava lavorando seduta davanti alla scrivania. Solo Phillipa avrebbe potuto fermare l'andirivieni del padre.

«Voglio aspettare» disse lui deciso. «Dina ha saltato quattro cene con noi negli ultimi tre mesi. Non voglio spendere undici dollari e ottantacinque per il loro rojan josh se lei non viene a mangiarselo.»

«Walter, amore mio.» Phillipa si alzò dalla poltrona e gli porse la mano. «Andiamo in cucina, metteremo il numero dell'Indian Star in selezione rapida, così quando arriva Dina non perdiamo tempo a digitarlo.»

«Risparmieremmo solo quattro secondi» brontolò mentre prendeva per mano la moglie, dirigendosi in cucina.

Ellis rimase da sola ad aspettare la sorella. In famiglia c'era sempre qualcuno in attesa di Dina Gregory. Ellis cercò di non innervosirsi. Una volta voleva stare vicino a sua sorella, ma crescendo, invece di diventare adulte assieme, si erano allontanate.

«Ehi, Ellie la puzzola.» Dina piombò in casa con cinquanta minuti di ritardo per la cena. Somigliava molto alla madre da giovane: indossava un body rosa e una gonna lunga con motivo cachemire, i fluenti capelli color castano ramato erano raccolti in un improvvisato chignon. Forse veniva direttamente dal suo secondo lavoro come insegnante di danza moderna.

Ellis alzò gli occhi al cielo, ascoltando il suo soprannome da bambina. «Sei in ritardo. Papà è pronto a farsi esplodere un vaso sanguigno. Sai che odia ordinare dopo le sei.» Si voltò verso la cucina. «Papà, è arrivata Dina. Puoi chiamare.»

«Come vi pare.» Dina fece un sospiro di disappunto. «Non so perché dai retta alle sue stronzate da sindrome di Asperger. E se anche ci fosse da aspettare? Resisterà.»

Ellis voleva difendere Walter, ma tenne la bocca chiusa. Walter non era il padre biologico di Dina. E neanche di Ellis, però al contrario della sorella, Walter Garrett era sempre stato suo padre.

Ellis era stata adottata, invece Dina era figlia naturale di Phillipa Gregory e sembrava che non avesse superato il fatto di dover condividere la madre con un uomo. «Vedi, quando sai di essere in ritardo basta semplicemente avvisare. L'ultima volta che ti ho guardato le dita non mi sembravano rotte.»

Dina si ammirò le mani per un istante. «No, non sono rotte...»

«Ma sarei felice di spezzartele io.» Ellis terminò la frase per lei.

«Sei affamata, Ellie? È per questo che ti comporti da stronza esaurita?» Dina sprofondò nel divano accanto a Ellis e le poggiò la testa sulla spalla.

«Sono nervosa perché tu ti comporti da stronza a volte» disse piano. «Non mi piace quando fai dispiacere papà.»

«Lo so.» Dina alzò lo sguardo verso Ellis. «È per questo che non mi vuoi più bene?»

«Oh, Dina» si lamentò Ellis, un po' meno arrabbiata con sua sorella. La natura del loro rapporto era così. Dina offendeva, poi diceva qualcosa di dolce, e tutti l'amavano di nuovo.

«Ti voglio bene, ma sei pur sempre una stronza egoista. La gente non te lo ripete abbastanza.»

«Hai ragione. È così» sospirò lei. «Il mio analista dice che danneggio di proposito i miei rapporti interpersonali. Crede che io allontani costantemente le persone per testare il loro affetto.»

«Cosa?» Ellis fissò la sorella. «Vai dall'analista?»

E stai davvero imparando qualcosa?

«Già» disse, scrollando le spalle. «Ho trentacinque anni, non sono sposata e vivo in uno studio sopra a un locale notturno. Qualcosa è andato storto nella mia vita.»

Ellis si sforzò di non spalancare la bocca per lo stupore. «Non posso crederci.»

«Devi, invece. So perché non andiamo d'accordo» sussurrò. «Io sono invidiosa di te.»

«Cosa? Dina tu sei una bellezza mozzafiato. Hai il due

percento di grasso corporeo ed esci con gli uomini più sexy del pianeta.»

«Gli uomini vogliono solo scoparmi» si strinse nelle spalle. «Tu invece sei intelligente. Lo dicono tutti. È una vita che ce l'ho con te per questo motivo. Adesso mi rendo conto che ero invidiosa di te quando hai superato l'esame da avvocato perché hai sei anni meno di me e hai ottenuto molti più risultati. Volevo fartelo pesare. Sapevo che l'unica cosa che avevo più di te era il successo con gli uomini. Ecco perché ho portato quel ragazzo nel tuo letto quella sera. Volevo farti soffrire. Ma, dio mio, Ellis, non credevo che avresti messo il muso per anni.»

Ellis non seppe cosa rispondere. Non avrebbe mai immaginato di poter intrattenere una conversazione del genere con la sorella. E neanche di chiarirsi. Accidenti se era felice che fosse accaduto.

«Sei riuscita a fare sesso con quel tipo?» Ellis sapeva che non avrebbe dovuto chiederlo. Lei e Dina non si parlavano da anni e invece di godersi quell'emozione, Ellis le stava chiedendo di Mike.

«Sfortunatamente no.»

Mi ha detto la verità. Ah!

Dina alzò di nuovo gli occhi al cielo. «Non l'ho più visto dopo quella sera. Era diventato presuntuoso e ripeteva di non poter frequentare una donna che si comportava così con la sorella» disse sospirando malinconica. «È un vero peccato. Mi piaceva. Era supersexy.»

«Lo è ancora» borbottò Ellis. Ripensò a lui in piedi nel suo negozio, tutto sudato, la maglietta bagnata aderente ai muscoli. Aveva voglia di leccarlo, di sentire la sensazione di quel corpo possente e umido sopra di lei.

«Cosa?» Dina si drizzò ed Ellis tornò bruscamente al presente. «Lo hai visto?»

«Sì... Ehm, ci siamo incontrati per caso. Non mi ha riconosciuto» disse frettolosamente.

Non era esattamente una bugia. Mike finalmente si era ricordato di lei, ma per qualche motivo Ellis non voleva che Dina lo sapesse né che venisse a conoscenza della strana ma potente attrazione tra di loro. O che si erano baciati in un modo che l'aveva lasciata senza respiro. Ma perché? Mike e Dina si erano frequentati solo per qualche settimana, però Ellis non voleva svelarle che l'uomo per cui avevano litigato era lo stesso che ora le faceva perdere la ragione.

«Sono sorpresa che non si sia ricordato di te» disse Dina accigliata. «La tua è stata una colossale scenata da stronza.»

Ellis sollevò il sopracciglio. «Ero giustificata.»

«Forse. Allora, mi perdoni adesso?» disse Dina dandole una piccola gomitata di incoraggiamento.

A Ellis non piaceva stare separata dalla sorella. Naturalmente aveva perdonato Dina, ma non poté evitare una richiesta. Dina Gregory porgeva le sue scuse molto raramente. «Solo se chiedi perdono a papà per il tuo ritardo.»

«Bene» disse lei stizzita. «Mi scuserò con 'lo scienziato pazzo'.» Si alzò e strattonò la mano di Ellis. «Vieni con me. Possiamo dire a mamma che abbiamo fatto pace davvero. Forse adesso la pianterà di invitarmi a cena.»

«Molto improbabile» disse Ellis. «Adesso lo farà ogni settimana.»

Il mattino successivo Ellis si svegliò per via del telefono che squillava. Guardò l'orologio. Le 6:58. Due minuti prima della sveglia abituale.

«Se è mia madre che vuole andare a correre, mi metto a urlare.»

Phillipa glielo aveva chiesto la sera prima. Sua madre aveva saputo della visita di Agatha Toomey al negozio e le due compagne di allenamento avevano tagliato i ponti. Da una parte Ellis era felice che sua madre si fosse allontanata da quella vecchia strega rinsecchita, dall'altra era triste perché così non aveva più un'amica con cui andare a correre. Forse si sarebbe infilata un paio di scarpe da ginnastica per unirsi a lei.

Sì, certo. E magari un giorno porterò la trentotto.

Le venne in mente il viso di Mike. Al detective strafigo piaceva correre e, ancora più importante, andava d'accordo con Phillipa. Forse poteva prendere il posto di Ellis e risparmiarle l'imbarazzo di tutto quel sudare, ansimare e sbuffare.

Ellis disattivò la sveglia in procinto di suonare e rispose al quarto squillo. «Pronto?» disse, per niente contenta che qualcuno le avesse rubato due ulteriori minuti di prezioso sonno.

«Sono Jack.»

Il suo stomaco si contorse in uno spasmo. «Non voglio parlarti, Jack. Pensavo di avertelo detto chiaramente l'altra volta.»

«Ti ho spiegato che non mi sarei arreso con te» disse piano. «Dobbiamo discutere del nostro rapporto.»

Ellis si guardò le unghie e sospirò. «No. Non voglio parlare con te.»

Una volta Jack controllava gran parte della sua vita. Il suo orario di lavoro, dove vivevano, cosa indossava, come si sentiva. Adesso era finita. Non era più accecata dall'amore.

«Ellis, se è colpa di mia zia, ti porgo le mie scuse. Non avevo idea che venisse nel tuo negozietto, ma lei ha ragione: sono triste senza di te. Ti rivoglio nella mia vita.»

Lo aveva chiamato di nuovo 'negozietto'. Quel nomignolo sminuiva ogni duro sacrificio fatto per metterlo in piedi. Sentì un sapore acido salire dallo stomaco. «Oh, davvero? Be', non sono più la tua ragazza quindi non è compito mio preoccuparmi della tua felicità. Non ruota tutto intorno a te, Jack. Sono io la mia priorità ora e non voglio più stare con te.»

«Perché non lasci che mi spieghi?» La sua voce divenne severa. «Ho commesso molti errori con te, ma ho fatto anche qualcosa di buono. Non riesco a credere che tu permetta a sei mesi negativi di rovinare un anno e mezzo di felicità.»

«Non vuoi capire, Jack. Non si tratta solo di te. Io desideravo una nuova vita.»

«La tua vecchia vita era bella. Ellis, ripensaci. Sai quanto ti amo. Finirai col pentirtene se non cambi idea su noi due.»

«Mi dispiace, Jack ma non credo proprio.»

Gli riagganciò il telefono in faccia. Era la prima volta che lo faceva e, dannazione, era una sensazione meravigliosa.

Belinda aveva un appuntamento dal medico e il turno di Cherri iniziava all'una. Ellis era sola in negozio. Non era un problema per lei. Il sabato era il giorno più affollato, nei giorni infrasettimanali entravano pochi clienti e di solito non prima dell'ora di pranzo. In questo modo aveva tempo di cucire. In giornate come quella portava il busto sartoriale nella stanza frontale per poter modificare i vestiti. Quel sabato stava lavorando a un abito per una rimpatriata tra ex compagni di liceo. Una delle clienti aveva un seno molto procace, il vitino e grandi difficoltà a trovare dei vestiti che le stessero bene. Ellis l'aveva aiutata a provare ogni abito del suo negozio, ma nessuno le stava bene. Mancavano quattro giorni all'evento ed Ellis doveva scegliere: rischiare di perdere una cliente – cosa che non poteva permettersi – oppure dare un taglio completamente nuovo a uno dei vestiti. Lydia, la cliente, si era innamorata di un vestito di seta rosso che s'intonava benissimo al suo incarnato. La seta era il tessuto più difficile da ritoccare, ma Ellis, lavorando con precisione, aveva quasi ultimato le modifiche.

«Mi merito proprio un dolcetto» disse Ellis scrutando la sua opera. «Una fetta di torta red velvet. In onore di questo abito.» Annuì, accarezzò la seta con le mani e annotò mentalmente di chiamare Lydia.

Il campanellino sulla porta suonò, avvisandola che stava entrando una cliente. Lasciò il vestito e sorrise aspettandosi di accogliere una donna. Invece, vide un uomo calvo, panciuto, oltre i quaranta, con un volgare anello sulla mano sinistra. Probabilmente era in cerca di un regalo per la moglie.

«Benvenuto a Size Me Up. Mi dica pure, cerca qualcosa in particolare?»

«Sì» disse l'uomo avvicinandosi alla cassa. «Il contante.»

«Prego?» Il sorriso di Ellis cominciò a svanire. «Cerca un bancomat?»

«No, tesoro.» L'uomo infilò le mani nelle tasche. «Svuota la cassa. Questa è una rapina.»

«Cosa?» Ellis poggiò le mani sui fianchi. «Sta scherzando? Le rapine non funzionano così, con un uomo basso, grasso e di mezza età che entra in un negozio e chiede del denaro.»

«No. Non sto scherzando. Svuota il cassetto.»

«No!» rispose Ellis e alzò gli occhi al cielo. Prima la telefonata di Jack l'idiota, e adesso questo. «Chi si mette a rapinare un negozio in pieno giorno? Uno di abbigliamento, poi? Perché non è andato alla gioielleria all'angolo più avanti? Hanno molti più soldi di me.» Le venne in mente un'altra domanda. «Lei è il tizio che ha svaligiato il negozio di filati?»

L'uomo indietreggiò di un passo e corrugò la fronte. «E credi che lo direi a te?»

Ellis alzò le spalle. Avrebbe dovuto avere paura, ma non era così. Era alta dieci centimetri più di quel tizio. Non sembrava pericoloso e, oltretutto, era abbastanza stupido da rapinare il suo negozio. Non era una grande mente criminale. «Credo di no. Ascolti, io non ho contanti. Perché non se ne va e ci dimentichiamo entrambi di questa faccenda?»

Il ladro avanzò verso di lei, fortunatamente li separava la teca di vetro. «Apri la cassa.»

«No. Vada a derubare qualcun altro. Le ho appena detto che non ci sono soldi qui. Abbiamo aperto un'ora fa e la maggior parte dei clienti paga con carta di credito. Non è un minimarket.»

«I gioielli, allora.» L'uomo guardò la teca di vetro.

«È bigiotteria. Non vale molto.»

«Ascoltami bene, puttana.» Alzò di scatto la testa. «Sono stufo di chiacchierare. Non me ne andrò a mani vuote, quindi stai zitta e apri questa vetrina.»

«Vaffanculo. Io chiamo la polizia.» Ellis si voltò verso il telefono, con il cuore in gola.

Una mano pelosa le afferrò la camicia da dietro, costringendola a voltarsi. «Non sto giocando. Apri questa dannata vetrina.»

«Okay.» Ellis era spaventata ora. «La chiave è nel cassetto. Devo prenderla da lì.»

«Ti tengo d'occhio.»

La lasciò andare ed Ellis sfruttò l'opportunità per frugare nel cassetto. Sentì le chiavi, ma anche del metallo freddo sulla mano. Lo sfollagente estensibile. Il regalo più adatto da parte di una madre premurosa. Lo tirò fuori, pronta a colpire, ma l'uomo dalla grossa pancia e le mani villose era più veloce di quanto non sembrasse. Afferrò l'arnese con una mano e mollò un potente rovescio sul volto di Ellis, l'anello d'oro le tagliò una guancia.

«Ti ho avvertito di non fare cazzate con me, puttana.» Colpì bruscamente la vetrina con lo sfollagente, mandandola in pezzi. Le schegge raggiunsero il viso di Ellis. «Non provare a fregarmi ancora.»

Lei annuì, mentre lo guardava svuotare la teca, desiderando di ucciderlo.

«Buona giornata, signora.» L'uomo mimò un colpetto di congedo su un immaginario cappello e uscì dalla porta come se non fosse accaduto nulla.

8

«Hai visto la partita l'altro giorno?» Lester domandò a Mike. Erano alle rispettive scrivanie al lavoro su documenti e vecchi casi.

Mike annuì e poi scosse la testa. «È stata patetica. Essere un fan dei Mets equivale a farsi spezzare il cuore, lasciare che lo calpestino ripetutamente, guarire e poi farsi sparare.»

Lester annuì. «È una brutta situazione, amico. Come mai te la prendi così tanto?»

«Dio solo sa il perché.» Mike guardò di nuovo in basso, verso il file. «Ehi, hai seguito poi il caso della vecchietta che pensava che il vicino le avesse rubato il gatto?»

«Sì, è matta da legare. Il gatto si è fatto vivo il giorno dopo. Ancora non riesco a credere che ti abbia fatto compilare il modulo per la denuncia.»

«Eppure, è così. Dice che i vicini la perseguitano perché ha cinque Chevrolet arrugginite parcheggiate nel cortile davanti casa.»

«Cinque.» Lester scosse la testa. «Non sono abbastanza come movente per rapire un gatto. Ce ne vogliono otto» disse annuendo. «Allora sì che la situazione diventa assurda.»

Mike rise alle battute del collega e poi ritornò alla burocrazia. Qualche minuto dopo squillò il cellulare e quando vide il nome Ellis sullo schermo, fece un sorriso.

«Ci hai ripensato e hai deciso di uscire con me? Sapevo che avresti usato il tuo buon senso.»

«Mike» disse Ellis, con la voce tremolante.

Il corpo di Mike si drizzò in allerta. «Cosa succede, Ellis?»

«Io... Io. Puoi venire in negozio? Mi hanno rapinata.»

Mike ci impiegò solo quattro minuti per raggiungere St Lucy Street. Non ricordò nulla della corsa in auto né delle lamentele di Lester sulla loro incolumità.

Ellis. Il suo viso gli invase i pensieri, la sua voce dolce e impaurita continuava a risuonargli nelle orecchie.

'Mi hanno rapinata.'

Non si aspettava che le potesse mai accadere. Non di nuovo in St Lucy Street. Non avevano ancora nessuna pista da seguire sul furto precedente. Neanche un indizio su dove potesse essere il criminale. Mike pensava che non lo avrebbero trovato. Ora, invece, sapeva che ci sarebbero riusciti.

Non appena vide l'insegna del negozio di Ellis, fermò al volo l'auto, ignorando Lester che gli urlava contro per aver parcheggiato diagonalmente.

«Ellis!» Mike corse verso l'ingresso. Prima che potesse entrare, Ellis gli andò incontro frettolosamente.

«Mike.»

Si gettò tra le sue braccia e lo strinse per un istante prima di alzare lo sguardo. Mike non avrebbe mai voluto vederla così: sentì nello stesso momento una fitta allo stomaco, la gola stringersi e gli occhi bruciare. Il lato sinistro del viso di Ellis era tumefatto. Aveva un taglio sotto l'occhio, il sangue ancora colava lentamente. Il resto del volto era pieno di graffi. Aveva passato un inferno.

«Non guardarmi in quel modo, Mike» disse a bassa voce. «Mi farai venire i complessi.»

«Oh, tesoro» disse lui mentre le prendeva delicatamente il volto tra le mani. «Hai un aspetto terribile. Cosa è successo?»

«Sono stata picchiata e poi rapinata, ma non preoccuparti, mi sono difesa come una vera campionessa del ring.»

«Una campionessa?» Lui le fece un tenero sorriso, non voleva turbarla. Era visibilmente scioccata. Chiunque fosse l'aggressore, l'aveva ridotta molto male. Si stavano già formando i lividi.

«Già, come Tyson.» Ellis lo strinse improvvisamente, affondandogli le dita nelle spalle. «Mike?»

«Sì?»

«Mi sento un po' stordita.»

«Okay, tesoro. Adesso ci andiamo a sedere.»

Prima che potesse spostarla, Ellis crollò tra le sue braccia, completamente svenuta.

Ellis aprì gli occhi circa dieci minuti dopo e Mike si sentì sollevato come mai in tutta la sua vita.

«Elle, stai bene?» Le scostò i capelli dal viso pallido e livido.

«Sì.» Lei cercò di sollevare la testa, ma sprofondò di nuovo tra le sue braccia. «Ahi! No. Perché mi stai tenendo? Mi hai drogato?»

«Non è divertente.» Mike aggrottò le sopracciglia. Ellis era l'unica persona che dopo essere stata rapinata e aggredita restava comunque una rompipalle. «Vuoi che ti lasci?»

«No.» Ellis si corrucciò poi trasalì. «Non ho detto che non mi piace.»

«Va bene, allora» disse Mike, avvicinandola a sé. Erano passati quindici minuti dal suo arrivo e metà polizia di Durant era già sul posto. Avevano chiamato un'ambulanza e Belinda era venuta per iniziare il turno. Era un manicomio fuori. Si era radunata di nuovo una folla su St Lucy Street. Un'altra rapina, questa volta peggiore. Gli abitanti della cittadina cominciavano ad aver paura.

Così, Mike condusse Ellis nel suo ufficio. Si sedettero sul divanetto, il corpo formoso della donna sdraiato contro il suo. Quando era svenuta il cuore di Mike aveva smesso di battere. Si era spaventato moltissimo e, per qualche istante, aveva smesso di pensare razionalmente.

«Cos'è successo?» chiese lei, sbattendo le palpebre. «Come sono arrivata qui?»

«Sei stata rapinata. Ricordi?»

Ellis scosse la testa come per schiarirsi le idee, poi annuì. «Sì, ma come sono arrivata qui? L'ultima cosa che ricordo è che ti stavo parlando.»

«Sei svenuta, Ellis» rispose Mike a voce bassa.

«No, invece! Io non sono mai svenuta in tutta la mia vita.» Ebbe la forza di adirarsi, facendo ridere Mike. «Oggi è successo.»

«Davvero?» disse lei, guardandolo negli occhi, in cerca della verità.

«Perché dovrei mentirti?»

«Che seccatura» sospirò lei. «Tutto questo solo perché mi sono difesa come una vera campionessa.»

Mike notò il suo capo e Lester in attesa appena fuori la porta. Presto sarebbe cominciato tutto: le domande, l'identikit del ladro, la valutazione dei paramedici, l'indagine sulla scena del crimine. Era un procedimento duro da affrontare e, visto che la rapina era stata violenta, Ellis sarebbe stata maggiormente coinvolta. Voleva risparmiarglielo. Avrebbe voluto che tutto fosse finito prima ancora di cominciare.

«Puoi dirmi cos'è accaduto?» sussurrò lui in modo da farsi sentire solo da Ellis. «Dovrai raccontare questa storia una dozzina di volte.»

«Oh, Mikey, vuoi essere tu il primo?» domandò lei, accennando un sorrisetto malizioso. Il cuore gli martellò in petto.

«Stavolta, sì» rispose lui.

Gli disse cosa ricordava, fornendo la descrizione di un delinquente più dettagliata che il detective Edwards avesse mai ascoltato. Mike ricordò i disegni che aveva trovato nel suo ufficio il giorno che l'aveva messo in ordine. Alcuni raffiguravano vestiti elaborati, altri delle persone. Ellis aveva una propensione per il dettaglio, l'abilità di catturare le più piccole sfaccettature.

«Posso disegnarti uno schizzo del ladro» disse lei mentre gli occhi le si riempivano di lacrime che scacciò sbattendo le palpebre. Non era in grado neanche di concedersi il lusso di piangere. «È colpa mia, Mike. Avrei dovuto stare zitta e dargli ciò che voleva. Ma non c'era denaro in cassa e non riuscivo a credere che qualcuno mi stesse rapinando. Ce la stiamo cavando a fatica e non potevo lasciare che mi portasse via ciò che ho ottenuto lavorando duramente.»

«Sssh, tesoro.» Le passò la mano tra i folti capelli. «Non è stata colpa tua. Non voglio che ti addossi la colpa.»

«Volevo picchiarlo con lo sfollagente, ma me l'ha tolto di mano» disse Ellis, poi fece un profondo respiro. «Me lo ha regalato mia madre. Vorrei tanto averlo colpito.»

«Sei stata coraggiosa» la rassicurò Mike.

«Sono stata stupida.»

«Anche.»

Era contento che se ne rendesse conto. Mike si sforzò di non rimproverarla per aver cercato di difendere il negozio. Non sapeva che la gente moriva in quel modo? Quanti proprietari aveva visto distesi a terra senza vita perché avevano fallito nel tentativo di difendere ciò che gli apparteneva? Se quel criminale avesse avuto una pistola, se avesse sparato... Mike evitò di pensarci. Ellis era lì, sveglia, viva, e solo un po' ammaccata.

«Sembro un pugile professionista, vero?»

«Sì, ma molto attraente. Molto più di Ali.»

Le labbra di Ellis si arricciarono in un sorriso che la fece trasalire ancora. «Non farmi ridere, stupido. La faccia mi fa male da morire.»

«Scusa.» Le poggiò una mano sulla guancia ferita e avvicinò il viso al suo. Non poteva resistere. Doveva baciarla. Un attimo prima che le sue labbra incontrassero quelle di lei, due paramedici entrarono nella stanza, seguiti dal capo della polizia e da Lester. Tuttavia, questo non lo fermò. Sapeva quali sarebbero state le conseguenze di quel bacio, ma se ne infischiò.

9

La vita è come...

La vita è come una ciotola piena di ciliegie? Odio quel detto. Cospargetele di zucchero, avvolgetele di pasta frolla e servitemele su un bel piatto. Mmm... torta di ciliegie... Di cosa stavo parlando?

Ellis notò la fila di persone che entrava nell'ufficio un attimo prima che Mike la baciasse. Pensò che questo l'avrebbe fermato, invece lui premette le labbra contro le sue, indugiando in un tenero e lungo bacio. Dopo, la guardò con i suoi occhi blu scuro, e le sorrise in modo dolce e rassicurante.

«Devo parlare con il mio capo. I paramedici ti medicheranno il viso.» Fece un cenno a un uomo di colore, alto, con un abito grigio. «Questo è il mio collega, Lester. Si prenderà cura di te. Io tornerò tra poco.»

«Okay» disse Ellis anche se non voleva che se ne andasse. Era un pensiero sciocco. Mike stava lavorando.

Lo guardò fare un cenno con la testa a Lester e poi seguire il suo capo.

«Ciao, Ellis» disse Lester mentre i paramedici si affrettavano verso di lei.

Lei ricambiò il saluto distrattamente, mentre avvertiva una buffa sensazione allo stomaco.

Lester restò in silenzio per un istante, come se non fosse sicuro di come comportarsi vicino a lei. «Sei parente di Walter Garrett?»

«Sì» rispose lei, facendo una smorfia di dolore mentre il paramedico le tamponava il viso. «È mio padre.»

«Lavora con mio figlio Cameron all'università.» Lester tacque un istante. «Mio figlio dice che è una mente brillante.»

«È vero.» Ellis risucchiò l'aria tra i denti per via della soluzione antibatterica sul viso.

«Fa un male cane, eh?»

«Mike è nei guai?» Intuì che qualcosa non andava dall'espressione imbarazzata di Lester e dall'evidente disagio nei suoi modi. Se Lester era piuttosto navigato come sembrava, avrebbe dovuto essere più tranquillo accanto alla vittima di una rapina. Pensò che forse non avrebbe dovuto chiamare Mike. Non sapeva perché avesse composto il suo numero invece del 911 come voleva la prassi. Dopo che il ladro se n'era andato, il suo unico pensiero era stato quello di cercare Mike. Il suo nome era il solo che le fosse venuto in mente.

«Ehm» Lester esitò ed Ellis ottenne la risposta che cercava. «Non troppo. Comunque, questo caso non sarà nostro, probabilmente. Il capitano non dovrebbe arrabbiarsi troppo con lui visto che è venuto a soccorrere la sua fidanzata.»

«Ma io non sono la sua...»

Lester le scoccò uno sguardo tagliente. «Per lui sarebbe meglio che tu lo sia. Capisci cosa intendo?»

Ellis annuì. «Non volevo che succedesse nulla del genere.»

«Nessuno ti sta biasimando per l'accaduto. Non preoccuparti per lui. Mike ha solo fatto quello che doveva.»

Il taglio sulla guancia di Ellis aveva bisogno di punti. I paramedici volevano portarla in ospedale, ma lei si oppose. E si ribellò nuovamente quando il medico dell'ambulatorio di fronte al negozio tirò fuori un ago per chiuderle la ferita. Mike la vide impallidire, così chiese al dottore di applicarle dei cerotti liquidi. Si sarebbe davvero arrabbiata se fosse svenuta due volte in un giorno.

«Vai a farti fottere» brontolò Ellis.

«Dimmi solo dove» Mike la scrutò dalla testa ai piedi scherzando un po' con lei, benché l'unica cosa che desiderasse era prenderla tra le braccia e baciarla.

Lei si accigliò e poi trasalì, facendolo sentire in colpa per il dolore. Ellis si era comportata come un valoroso soldato fino a quel momento. Era rimasta calma, aveva risposto alle domande dettagliatamente e aveva fornito un ritratto accurato dell'aggressore. Era una vittima modello, e ora aveva diritto di essere nervosa.

«Non sfottere. Mi fa male il viso.»

«Avresti dovuto prendere gli antidolorifici.» Mike le prese la mano mentre lasciavano l'ambulatorio.

«Forza, prendi quei farmaci andiamocene a mangiare qualcosa.»

Ellis si divincolò. «Io non prendo antidolorifici. Mi rendono confusa, e non posso andare a pranzo, devo tornare in negozio. Ho tre vestiti da finire e devo anche sistemare tutto.»

Era così maledettamente determinata, e lui l'ammirava, ma stavolta avrebbe dovuto anteporre la propria salute al lavoro. Mike avrebbe voluto proibirglielo perentoriamente, ma capì che era pronta al litigio e lui voleva evitare ogni discussione.

«Mi dispiace, Ellis. Ma non puoi tornare in negozio. È ancora la scena di un crimine.»

«Ma tu sei un poliziotto. Puoi lasciarmi entrare per farmi prendere le mie cose.»

«Non posso.» Non doveva, ma avrebbe potuto. Ellis aveva bisogno di riposare quella sera, anche se significava lasciare in sospeso un paio di abiti.

Ellis lo fissò, scrutandogli il volto. «Finiresti nei guai se lo facessi?»

«Sì.»

«Okay.»

«Okay?» Mike era pronto a una discussione, ma lei non lo contraddisse. «Nessuna battuta impertinente delle tue?»

«Non ne ho l'energia.»

Le afferrò la mano e questa volta lei non si scostò. «Deve proprio farti male se non riesci a essere la solita rompipalle.»

«Sì che lo sono. Mi procurerai un impacco di ghiaccio e mi comprerai un enorme sacchetto pieno di cioccolato.» Chiuse gli occhi per un istante e lui fu sopraffatto dall'istinto di metterla a letto. «Tieni presente che non posso masticare.»

«Che ne dici di un po' di gelato?»

Ellis sgranò gli occhi. «Con cioccolato fuso?»

«Tutto ciò che desideri.»

Mentre la portava verso la gelateria più vicina, il telefono di Ellis cominciò a squillare. La suoneria era *Crazy* di Gnarls Barkley.

«Merda. È mia madre.» Ellis si grattò il naso, e Mike notò che sembrava più sofferente di prima. «Vorrei non parlare più di oggi.»

«Probabilmente vuole assicurarsi che tu stia bene. Rispondi.»

«Non voglio» disse imbronciata.

«Fallo lo stesso.»

Si arrese e tirò fuori lentamente il telefono dalla borsa. «Ciao, mamma.»

«Ellis, stai bene?» Mike sentì chiaramente la voce alta di Phillipa. «Ho appena saputo della rapina. E dalla radio! Perché non mi hai chiamata? Lo speaker diceva che la proprietaria era stata aggredita. Cos'è successo? Sei ferita gravemente? Sto arrivando.»

Ellis guardò Mike disperata. Lui afferrò il telefono. La dottoressa Greg a volte era come uno schiacciasassi. «Dottoressa Greg? Sono Mike. Non deve preoccuparsi. Sono qui con Ellis.»

«Davvero? Grazie a dio! Non mi dice mai nulla. Come sta?»

«Sta bene» mentì. Quando Phillipa avrebbe visto il viso di Ellis, sarebbe entrata nel panico.

«Vi raggiungo.»

«No!» esclamò lui. La vetrina non aveva un aspetto migliore di Ellis, oltre alla teca ridotta in pezzi c'erano ancora dei poliziotti lì. «La accompagnerò da lei.»

Venti minuti dopo Mike stava accostando l'auto accanto al cottage. Era una bella casa, con vasi di fiori sotto le finestre. Non se lo aspettava dalla dottoressa Gregory. Quando frequentava le sue lezioni, dieci anni prima, non la riteneva una persona reale con una famiglia. Vedeva solo una donna minuta dall'enorme carisma. Ma quel giorno, parlandole al telefono, ascoltando la paura nella sua voce, capì che prima di essere una professoressa e una femminista, era una madre.

«Come sto?» gli domandò Ellis. Avevano parcheggiato da qualche minuto, nessuno dei due aveva fretta di uscire dall'auto.

«Ti chiederei volentieri di uscire insieme» rispose lui scrollando le spalle. La verità era che sembrava malconcia, però Mike non voleva dirglielo. Prima di partire, Ellis aveva cercato di coprire i lividi con il trucco, e Mike non le aveva permesso di mettere nulla vicino ai punti. Non c'era quantità di makeup che potesse nascondere lo stato in cui era il suo viso. L'unico risultato era stato quello di apparire come una che aveva provato a nascondere gli ematomi.

«Questo non mi fa sentire meglio» biascicò lei.

Cercò invano di coprirsi il volto con i capelli. Lui sapeva già che i suoi genitori avrebbero capito. Erano sua madre e suo padre dopotutto, e sapere che la figlia più piccola era stata rapinata era abbastanza per farli preoccupare un anno intero. «Avanti, Ellis. Ci stanno aspettando.»

«Non voglio entrare» disse lei, guardandosi le mani.

«Perché no? Qual è la cosa peggiore che possono fare? Ricoprirti di attenzioni?»

Nel momento in cui lei disse quelle parole, Mike capì che non era abituata a catalizzare le preoccupazioni altrui o a essere coccolata. Era una delle donne più strane che avesse mai incontrato. La gran parte delle ragazze che conosceva avrebbero pianto a dismisura, ma Ellis era rimasta forte tutto il giorno. Aveva incolpato sé stessa invece che quello stronzo che l'aveva ferita. Questo preoccupava un po' Mike.

«Mia madre mi trascinerà per i capelli verso lo studio legale più vicino, costringendomi a elemosinare un lavoro. Non le è piaciuto il fatto che ho mollato. Adesso avrà una buona scusa per assillarmi.»

«Davvero?» Mike fu sorpreso da quelle parole. «Pensavo che fosse una di quelle madri dallo spirito libero che ti sprona a seguire il cuore.»

«Lo era. Con Dina si comportava così.» Ellis guardò fuori dal finestrino. «Con me hanno usato un diverso approccio. Avevano aspettative di altro tipo.»

«Ne deduco che Dina sia stata una teenager problematica.»

Ellis annuì. «Le lasciavano fare qualsiasi cosa, sperando che tutto sarebbe andato a posto. Anche se mia madre è una femminista credo che pensasse che a un certo punto sarebbe arrivato un ragazzo per bene a prendersi cura di mia sorella. Sapevano che non poteva accadere a me, quindi hanno investito nella mia formazione accademica. Dina doveva essere la bella e creativa di casa e io invece l'avvocato.»

«Ma tu *sei* una creativa» affermò Mike. E sei anche bella, pensò, ma non lo aggiunse. Non capiva perché Ellis non riuscisse a rendersene conto. «Ho visto i tuoi disegni in ufficio. Quello con la donna alla toilette da trucco era fantastico.»

«Oh» disse lei, avvampando. «Era solo per distrarmi un po'.» Scrollò le spalle. «Dina lavora come direttrice di sala in un ristorante e io sono la proprietaria di un negozio di abbigliamento appena aperto.» Sorrise in modo beffardo. «Suppongo che nessuno dei progetti di mia madre sia riuscito.»

Stava per dirle che aveva talento e che era bella quanto sua sorella. Che la sua determinazione l'avrebbe portata al successo, ma non ne ebbe la possibilità. Si aprì la porta principale e comparve un uomo con la cravatta gialla.

«È mio padre» spiegò Ellis. «Faremmo meglio a uscire.» Ellis impugnò la maniglia della portiera, poi si voltò a guardare Mike. «Mio padre non è come gli altri, ma io gli voglio davvero bene.»

«Okay.» Mike annuì a quell'avvertimento. Se quell'uomo aveva sposato un'accanita femminista come Phillipa Gregory doveva essere straordinario.

«Hai impiegato quattro minuti e trentasette secondi per uscire dall'auto» precisò il padre mentre si avvicinavano. «Occorrono meno di trenta secondi normalmente. Mi stavo preoccupando.»

«Mi dispiace, papà. Io e Mike stavamo parlando.»

«Mike?» L'uomo fissò il detective per un istante, prima di distogliere lo sguardo per puntarglielo sui piedi. «È il tuo nuovo ragazzo? Non mi piaceva l'ultimo. Tua madre diceva che non dovevo mettere bocca, ma quello non si comportava bene con te.»

Mike si chiese di nuovo cosa le avesse combinato Jack. Lo avrebbe assolutamente dovuto scoprire in seguito.

«Mike è un mio amico» disse Ellis paziente mentre raggiungevano la soglia di casa passando davanti al padre. «Te lo presento per bene. Mike, questo è mio padre, il dottor Walter Garrett. Papà lui è il mio amico, il detective Michael Edwards.»

Mike porse la mano a Walter. Lui la strinse senza incrociare mai il suo sguardo. Mike cominciava a capire a cosa Ellis alludesse in auto. «Molto lieto di conoscerla, dottore. Seguivo le lezioni di sua moglie qualche anno fa.»

«Ricordo che mi ha parlato di te. Solo cinque uomini hanno frequentato le lezioni di Phillipa. E io ero tra quelli.»

Walter entrò e chiuse la porta dietro di sé. Prese una grande scatola rettangolare dal tavolo e la consegnò a Ellis, senza mai guardarla in viso.

«Ti ho comprato una scatola di cioccolatini. Quelli che ti piacciono. Tutti alla nocciola. Niente cocco. Tu detesti il cocco.»

«Sì» disse lei con un sorriso accennato. «Grazie.»

Walter finalmente puntò lo sguardo verso il viso di Ellis, dall'esterno Mike notò chiaramente quanto faticasse per riuscire a guardare la figlia. «Il tuo viso.»

Walter sollevò la mano e, con la preoccupazione negli occhi, toccò delicatamente la pelle di Ellis vicino alla ferita. «Ellis.» Tolse la mano velocemente. «Domani faremo i pancake alla banana per colazione. Stasera dormirai nella tua vecchia cameretta e guarderai qualche film con me e tua madre.»

Ellis guardò Mike con un'espressione confusa. Lui annuì. Lei forse non voleva restare, ma suo padre lo desiderava. Walter ne aveva bisogno per la propria serenità mentale. Suo padre la adorava. Mike non aveva idea di cosa significasse. Ellis era fortunata.

«Possiamo vedere *Forrest Gump*?» domandò lei.

Walter annuì. «Mike, vuoi restare a pranzo? Ordineremo la pizza da Michelangelo.»

«Sì, grazie.»

Mike scorse Phillipa dall'altra parte della stanza. Le diede un'occhiata, sperando che ne comprendesse il significato: doveva mantenere la calma. Era stata una giornata dura per Ellis e l'ultima cosa di cui aveva bisogno era una madre agitata.

«Ellis...» Phillipa le andò incontro, e strinse tra le braccia la figlia molto più alta di lei. «Sono così contenta che tu sia qui.

Ero molto preoccupata. Per poco non prendevo uno Xanax. Sai che non do il meglio di me sotto pressione.»

«Bugiarda» mormorò Ellis. «Una volta ti ho visto sfornare un manoscritto di quattrocento pagine in due settimane.»

«È diverso. Le scadenze sono fonte d'ispirazione per me. Le mie figlie mi fanno venire le palpitazioni.»

«Sto bene, mamma.»

«Il tuo bel viso» disse Phillipa. «Prendo una bistecca. Ce la mettiamo sopra.»

«Niente carne cruda vicino alla ferita» l'ammonì Mike. «Un sacchetto di piselli surgelati andrà benissimo.»

Phillipa alzò gli occhi al cielo. «Gli uomini pensano sempre di poter dare ordini a noi donne.» Si diresse verso Mike e lo abbracciò. «Grazie per esserti preso tanta cura della mia piccola. È stato un bene che tu fossi lì.»

«Si figuri» disse lui. «La vostra ragazza è un valoroso soldato. Dovreste esserne orgogliosi.»

Mike osservò i Garrett e si rese conto che Ellis non somigliava affatto a Phillipa. E neanche a Walter. Nessun lineamento del volto, o caratteristica particolare, niente in comune. I genitori avevano entrambi la carnagione color pesca mentre Ellis era olivastra. Nessuno dei due aveva i suoi folti capelli castano scuro. Inoltre, la struttura fisica di Ellis era completamente diversa. Senza tacchi era alta come il padre.

«Oh, ma lo siamo. Adesso raccontaci cos'è successo.»

«Più tardi» disse Mike vedendo impallidire Ellis. «Dopo che avrà mangiato.»

«Non starai insinuando che dovrei aspettare prima di ascoltare da mia figlia cos'è accaduto?»

Mike lanciò uno sguardo a Ellis. Era esausta. «Non lo sto insinuando. Le dico chiaramente che dovrà aspettare.»

Phillipa strinse gli occhi, sfidando il suo comando. Mike non la temeva. Era cresciuto in una casa piena di donne forti. «Bene.» La dottoressa desisté dopo qualche istante. «Aspetterò, ma non per sempre. Voglio ogni dettaglio, Ellison Elisabeth Garrett.»

«Come potrei negartelo, mamma» sospirò Ellis. «Ho bisogno di un po' d'aria. Mike e io staremo qui fuori finché non arriva il pranzo.»

Ellis condusse Mike verso la porta della cucina che sbucava in cortile. L'aria sapeva di autunno. Inspirò profondamente, prendendosi un momento per guardare il cortile assolato. Cominciava a sentire la stanchezza fisica, ma cercò di combatterla. La sua giornata era tutt'altro che finita. Avrebbe passato la notte lì a guardare film con i suoi genitori. Gli voleva molto bene e capiva che erano preoccupati, ma aveva bisogno di tempo per pensare e riorganizzarsi. Il negozio sarebbe rimasto chiuso tutta la giornata di domani per via delle indagini e, probabilmente, anche il giorno successivo per le pulizie. Due giorni di chiusura; di incasso perso. Altre due giornate in cui non avrebbe controllato il proprio destino. Doveva esserci un modo per recuperare. Doveva solo scoprirlo.

«Sei cresciuta qui?» chiese Mike, lì accanto a lei.

«Sì.» Lo guardò. Indossava ancora il completo, i capelli erano un po' arruffati, eppure era sexy. «Questa casa era di mia nonna. La mamma di mio padre» spiegò. «Gliel'ha lasciata quando si è trasferita in Arizona. È stato un bel posto dove passare l'infanzia.»

«Ne ha tutta l'aria.»

Rimasero in silenzio per un istante. Ellis stava per scendere gli scalini della veranda verso il cortile, quando Mike la prese delicatamente per il braccio e la portò sul dondolo. Le sedé accanto e il lento cullare della sedia cominciò a farla stare meglio.

«Niente passeggiate, Elle. Sei troppo stanca.»

«No che non lo sono» mentì, solo in parte. Era molto più che stanca. Era mentalmente esausta. «E va bene allora, sono stanca. Voglio stare seduta.»

«Okay.» Ellis si appoggiò a Mike. Il dondolo era così piccolo che era difficile stare lontani. Il corpo del detective era caldo, la sua spalla solida, e il buonsenso di Ellis svanì da qualche parte per alcuni istanti. «Puoi andare a casa se vuoi. Starò bene.»

«E perdermi la pizza di Michelangelo? Altamente improbabile.»

«Oh, okay.» Era contenta che restasse. I suoi genitori potevano essere opprimenti a volte.

«Ti vogliono molto bene» disse Mike leggendole i pensieri. «I tuoi genitori.»

«Anche i tuoi ti adorano, immagino.»

«Mia madre» disse lui piano. «Mio padre ci ha abbandonati.»

«Sono molto dispiaciuta.» Non seppe cos'altro dire, ma dal suono della sua voce capì che quell'esperienza lo aveva segnato.

«Non dovresti. È un fannullone che non poteva occuparsi di noi. Siamo stati meglio senza di lui. Ma tu sei fortunata. Puoi tornare dalla tua famiglia quando vuoi; molte persone non hanno questa possibilità.»

«Sono stata adottata» dichiarò Ellis, senza sapere cosa l'avesse spinta a farlo. «Ecco perché non somiglio a nessuno dei due né a Dina. La mia madre biologica era una delle studentesse di Phillipa.»

Mike si voltò, guardandola con interesse. Ellis non sapeva perché glielo avesse raccontato. Non parlava delle sue origini di solito, ma per qualche motivo voleva che lui sapesse. «È per questo che hai la carnagione olivastra?» Mike sollevò la mano e gliela passò delicatamente sulla guancia ferita. La fissò per un lungo e silenzioso istante. «Dannazione, Ellis» sospirò. «Oggi mi hai fatto prendere un colpo.»

«Oh» disse sorpresa da quell'affermazione. Distolse lo sguardo. «Perché? Non hai mai assistito al teatrale svenimento di una donzella in pericolo? Ti ho chiesto di venire subito in negozio, dovevo recitare la parte in modo credibile.»

«Sei un'attrice formidabile.» Mike scosse la testa. «Sei rimasta svenuta per dieci minuti. Se desideravi svegliarti tra le mie braccia potevi venire a letto con me ieri sera.»

Ellis alzò gli occhi al cielo. «Perché devi fare sempre il depravato?»

«Perché alzi un muro ogni volta che ti dico qualcosa di serio?»

Le parole di Mike erano disarmanti. Aveva ragione. Non sapeva come comportarsi vicino a lui. Ogni volta che pensava di tenerlo sotto scacco, lui faceva o diceva qualcosa per sorprenderla. Odiava quella sensazione di insicurezza. Detestava non riuscire a credere che lui non l'avrebbe distrutta. Jack le tornava in mente in continuazione. Si era innamorata e fidata, eppure lui l'aveva tradita, umiliata. Le aveva fatto del male. Sapeva che Mike e Jack non erano la stessa persona. Era sicura che Mike non fosse crudele, ma continuava a pensare a quattro anni prima quando l'aveva baciata e poi del tutto ignorata. Se quel piccolo episodio l'aveva ferita per mesi, poteva solo immaginare cosa sarebbe accaduto se si fosse innamorata e lui le avesse spezzato il cuore.

«Ellis, guardami.»

Lei non ci riuscì, quindi cambiò argomento. «Ti sei messo nei guai per causa mia oggi?»

«No» rispose dopo qualche istante. «Ma io e il mio collega siamo fuori da questo caso.»

«Per avermi baciata?»

«Sì, è uno dei motivi.»

Ellis finalmente si voltò a guardarlo. «Perché mi hai baciata davanti a tutte quelle persone?» Era stato come se non gli fosse importato di chi stesse guardando. «Davanti al tuo collega? E al tuo capo?»

Mike alzò le spalle. «Perché tu avevi bisogno di essere baciata e io avevo bisogno di baciare te.»

Merda. Sta tentando di farmi innamorare di lui.

«Mikey.» Ellis gli prese dolcemente il viso tra le mani, avvicinando la bocca di Mike alla sua. Questa volta il bacio fu più bello del primo, quasi perfetto, che si erano scambiati. Lui era delicato. Le lasciò il pieno controllo, consentendole di baciarlo profondamente senza sentire dolore; la fece avvicinare sempre di più, in cerca della sua lingua, poi gliela porse, lasciandogliela succhiare dolcemente, dando a quel bacio un nuovo significato.

Ellis ebbe l'impressione di cadere. Si ritrasse. Era troppo per lei, ma Mike non avrebbe lasciato che si allontanasse. «Merda» sospirò mentre la tempestava di piccoli baci lungo il collo. «Merda.»

Capiva come doveva sentirsi Mike. Nessuno dei due poteva spiegare quell'attrazione. Nessuno dei due, pur sforzandosi, sembrava riuscire a smettere. «Era solo un bacio di ringraziamento» disse lei, cercando di creare una distanza tra loro, ma lui non ne volle sapere. Le sue mani cominciarono a muoversi dentro la camicetta di Ellis, accarezzandole la schiena, sentendo il suo corpo. La parte insicura di lei voleva scappare. L'altra non voleva muoversi. «Non...» esitò lei. Lo sentiva ardere di desiderio, eccitato. Era una sensazione intensa alla quale non sapeva come reagire. «Non pensare che sarò così delicato con te in futuro.»

Non credere che io mi innamori di te.

Mike le baciò delicatamente la parte ferita e poi la bocca. «Ti desidero da impazzire, Ellis.» La strinse a sé, sussurrandole tra i capelli: «Vieni da me stanotte.»

10

Guida ai piaceri peccaminosi
(a cura di una ragazza formosa.)

Miglior posto dove trovare i black and white: l'Hot Lava Java.
Miglior posto dove trovare uomini sexy e lascivi: vedi sopra.

«No» mormorò lei e lo baciò ancora. Voleva andare a casa con lui. Desiderava sentire il peso del suo corpo di maschio sopra di lei. Voleva baciarlo dalle sopracciglia alle caviglie. Aveva bisogno di sentirlo dentro, ma sapeva di non poterlo fare. Non poteva rischiare. Contrariamente a quello che gli aveva detto al pub, non era una donna che prendeva il sesso alla leggera. Naturalmente poteva baciarlo visto che lui era dolce con lei ed era stata una giornata dura, e anche perché sentire quelle labbra era dannatamente favoloso.

«Ellis.» Mike si scostò con il respiro affannato. «Smettila di baciarmi.»

«Perché?» Ellis gli baciò con tenerezza gli angoli della bocca.

«Perché non sono il tipo di uomo che può solo baciarti.»

«E io non sono il tipo di ragazza con cui vai solo a letto.»

Si fissarono per un lungo, incandescente momento. Mike dischiuse le labbra per parlare, ma non ne ebbe la possibilità.

«Ragazzi» gridò Phillipa. «Venite. È ora di mangiare.»

Il mattino seguente un detective chiamò Ellis per comunicarle che poteva tornare al negozio. Ellis scelse il percorso più lungo per arrivarci senza sapere il motivo. Non l'aveva pianificato, ma dopo aver lasciato casa dei suoi genitori ed essere passata a casa sua per fare la doccia e cambiarsi, entrò in macchina e prese le stradine secondarie. Rimase bloccata dietro a uno scuolabus, e per la prima volta, non le importò. I pensieri che aveva scacciato dalla mente il giorno prima ricominciarono a ronzarle in testa.

Era uno sbaglio mandare avanti il negozio? Aprirlo era stato un errore? Strappare Belinda dal suo lavoro ben retribuito? Regalare false speranze a quelle donne? E se non avesse potuto consegnare gli abiti? Odiava dubitare di sé stessa. Era un comportamento della vecchia Ellis, quella che viveva, respirava, solo in funzione di una parola gentile da Jack.

«Basta» disse ad alta voce. Non avrebbe lasciato che Jack le entrasse nel cervello annientandole l'autostima. Amava il suo negozio. Era la decisione giusta. Questa rapina era solo un piccolo incidente di percorso, non un segno divino. Doveva continuare. Non c'erano altre possibilità.

Parcheggiò l'auto nel vicolo accanto al negozio e uscì lentamente. Di norma si precipitava dentro con la voglia di iniziare a lavorare e di aggiornare il blog. Ma quel giorno era diverso. Ricordava ancora la sensazione della mano di quell'uomo sul suo viso. Poteva sentire persino il rumore del vetro che si rompeva.

«Ehi.»

Ellis, sulla soglia, alzò lo sguardo per ricambiare il saluto. Fu sorpresa di vedere Mike. La notte prima era stata straziante. Sedergli accanto tutta la sera, conoscendo bene il tocco delle sue labbra, sapendo che lui la desiderava e che lei non avrebbe mai potuto cedere, aveva reso la serata dedicata al cinema quasi insopportabile. I suoi genitori avevano pensato che fosse silenziosa per via di quell'esperienza traumatica, ma non era così. Quasi neanche ci pensava quando era vicino a Mike.

«Non pensavo di rivederti così presto.»

«Perché hai rifiutato l'invito a venire da me?»

Eccolo, pronto a lasciarmi di nuovo senza fiato.

«Dubitavo che il tuo fragile ego potesse superare un diniego.»

«Oh, per poco non crollava» disse lui, arricciando un lato della bocca. «Ho pianto un po'.»

Ellis rise benché non volesse. «A volte faccio questo effetto agli uomini» disse lei.

Mike camminò verso di lei, tenendo in una mano una cintura porta attrezzi e, nell'altra, dei sacchi per rifiuti pesanti. Fu in quel momento che riuscì a vederlo perfettamente. Indossava dei pantaloncini cargo e una maglietta blu sbiadita. I capelli erano ancora umidi come se fosse corso in negozio subito dopo la doccia.

«Non devi lavorare oggi?»

«Sì, sono pronto ai tuoi ordini!»

«Davvero?» Come faceva a stargli lontano se Mike continuava ad avvicinarsi?

«A terra, venti flessioni!»

«Con o senza maglietta?» Mike continuava a ridere, poi si calmò e le scrutò il viso soffermandosi sulle labbra. La guardò negli occhi, e con voce desolata disse: «Non avrei dovuto chiederti di venire a casa con me ieri sera.»

Non avrebbe dovuto, ma non le era dispiaciuto. «Sembra che perdiamo la ragione quando siamo vicini» affermò lei.

Mike scosse la testa. «Ero perfettamente in me, Ellis. Desideravo invitarti, solo che la tempistica non era appropriata.»

Lo sarebbe mai stata? «Sono certa che riuscirò a pulire da sola. Belinda e Cherri arrivano nel pomeriggio. Sei assolto da ogni colpa.»

«Non mi sento in colpa.» Le porse i sacchi dell'immondizia e le poggiò una mano alla base della schiena, accompagnandola verso l'ingresso del negozio. «Semplicemente, non voglio che tu rimanga da sola in negozio oggi.»

«Non credo che mi rapineranno di nuovo. Sarebbe statisticamente impossibile» disse lei, dirigendosi verso la porta con il cuore che le batteva fortissimo. Perché non riusciva a essere davvero sicura di sé come fingeva di solito con gli altri? «È mai successo?»

«Possibile che devi sempre contestare?»

«Ero un avvocato. Tecnicamente ancora lo sono. Contestare è nella mia natura.»

Dalla vetrina Ellis guardò all'interno: i vetri erano sparsi per tutto il pavimento. Sentì un dolore fisico. Cercò di ignorarlo e si rivolse a Mike. «Ho sete. Mi andrebbe una granita al limone. Ne vuoi una?»

«Sì» rispose lui. «Ne andrò a prendere due più tardi.» Mike era dietro di lei davanti alla porta del negozio. «Aprila» insisté.

La mano di Ellis tremò leggermente mentre girava la chiave nella serratura. Mike le premette più forte la mano sul corpo, un piccolo gesto per ricordarle che lui era ancora lì. Lei aprì la porta, entrò e si guardò attorno. Sembrava tutto uguale al giorno prima. I vestiti erano ancora perfettamente ordinati sugli scaffali; l'abito rosso sul busto sartoriale. La sola differenza era la teca distrutta irreparabilmente, gli articoli che conteneva erano tutti spariti e ora, probabilmente, riempivano le tasche di qualche criminale.

«Dove tieni la scopa, Ellis?» domandò Mike, risvegliandola dal suo stato di trance.

«Nel retro.»

Le strinse delicatamente una spalla. «È ora di tornare alla normalità.»

«Buona giornata anche a voi!»

Mike osservò Ellis agganciare il telefono mentre lui finiva di togliere i frammenti di vetro dal pavimento. Percepì che era combattuta tra il senso di frustrazione e l'amore per il suo negozio. Per lui si trattava solo di un posto colmo di vestiti, ma per lei, quel luogo era tutta la sua vita. Mike non aveva mai tenuto a nulla così tanto. Qualcosa dentro di lui voleva che tutto le andasse per il meglio.

«Stupidi, stronzi taccagni» borbottò tra sé. «Se non dovessi pagare l'assicurazione ogni mese, potrei permettermi cinque teche adesso!»

«Deduco che le cose non sono andate bene con la compagnia di assicurazioni, giusto?»

«No.» Ellis afferrò la vecchia scopa e cominciò a spazzare il pavimento furiosamente. «Mi rimborseranno solo per i gioielli rubati, non per la teca.» Si soffiò via una ciocca di capelli dal viso pulendo ostinatamente lo stesso punto del pavimento. «La teca costava una fortuna. Non ho abbastanza denaro per ricomprarne un'altra. E non posso lasciarla così.» Smise di spazzare nervosamente e lo guardò. «Forse mia madre ha ragione. Magari dovrei tornare a fare l'avvocato.»

«Smettila.» Mike le tolse la scopa prima che Ellis avesse la possibilità di usarla come arma.

«Come sei drammatica. È solo vetro rotto. Non lascerai che questo ti costringa a mollare la tua attività.»

«No, mai. Morirei piuttosto, ma forse potrei iniziare a prendere qualche cliente ogni tanto, finché gli affari non migliorano.»

«E quando ne avresti il tempo, Ellis?» Le afferrò le spalle e la scosse leggermente. «Passi quindici ore al giorno qui dentro. Devi riposarti e stabilire le priorità.»

«Il sonno è decisamente sopravvalutato» brontolò lei. «E da quando tu sei diventato così sensibile? Il detective supersexy che dà saggi consigli. Chi l'avrebbe mai detto?» sospirò. «È colpa tua se mi ritrovo in questa situazione.»

Mike aggrottò le sopracciglia. «E come sei giunta a questa conclusione?»

«Perché ci sei solo tu qui! Chi altro dovrei incolpare?»

Mike scoppiò a ridere. «Sono contento che tu segua una logica.»

Ellis gli sorrise debolmente, gesto che fece venir voglia a Mike di baciarle l'angolo della bocca. Perché era lì? Le aveva detto che non voleva lasciarla sola in negozio quel giorno, ed era vero, ma c'era dell'altro. Lei lo faceva arrabbiare. Gli rispondeva in modo brusco, lo prendeva in giro, lo faceva impazzire, era più la fatica che la ricompensa, eppure aveva fatto di tutto per starle accanto.

Magari perché continuava a pensare a sua madre e a quel piccolo negozio che era stato come una casa per lui, almeno quanto quella in cui era cresciuto. Poteva solo immaginare come si sarebbe sentita se qualcuno avesse profanato il negozio di fiori. E lui avrebbe voluto che ci fosse qualcuno con la madre.

O forse erano solo stronzate. A lui piaceva Ellis, e il suo grazioso negozio, e stare lì con lei; aiutarla a pulire lo faceva sentire un uomo migliore, molto più che stare seduto a una scrivania a compilare documenti della polizia. Quando era con Ellis la sensazione di irrequietezza, che spesso lo attanagliava, scompariva. La smetteva di riflettere tutto il tempo su di sé, non doveva rimuginare su quale direzione prendere nella vita, perché riusciva a pensare solo a lei.

«Mi sto comportando da mocciosa» mormorò, guardandolo negli occhi. «Al tuo posto me ne sarei già andata da un pezzo.»

Mike scrollò le spalle. «Credo di essere diventato una sorta di feticista del dolore.»

«Un tipo eccentrico...» disse Ellis, guardandolo in quel modo malizioso che lo intrigava sempre. Ma quell'espressione le fece contrarre il viso brutalmente ferito, ed Ellis trasalì per il dolore. Se Mike fosse riuscito a prendere il tizio che le aveva fatto del male, quell'uomo avrebbe sofferto. Non era sorpreso che l'avessero sollevato dal caso. Il capo gli aveva detto che era troppo coinvolto, e aveva ragione. Quando era vicino a Ellis perdeva il raziocinio.

«Credo che possiamo risolvere il tuo caso senza troppi sacrifici.» Mike spostò lo sguardo da quel bel viso, che purtroppo era stato malmenato, verso l'oggetto della loro discussione.

«Fai il vetraio nel tempo libero?»

«No, ma Colin è un esperto restauratore. Sono sicuro che sei gli portiamo le misure e facciamo qualche foto potrebbe trovarci un'occasione e montarlo gratis.»

«Pensi davvero che lo farebbe?»

Mike annuì benché non glielo avesse ancora chiesto. A Colin non sarebbe dispiaciuto. O almeno, Mike ci sperava. «Hai un metro?»

Due minuti dopo Mike era in ginocchio a misurare la teca distrutta quando suonò il campanellino sopra la porta.

«Ellis?» chiamò la voce di un uomo.

Ellis, in piedi accanto al detective ad appuntare le misure, restò immobile per un istante, poi si avvicinò a Mike, la gamba nuda contro il suo braccio.

«Cosa c'è?» Mike fece per alzarsi, ma Ellis lo fermò mettendogli la mano sulla sua spalla.

«È il mio ex» sussurrò mentre Mike piegava la testa, toccandole le gambe, per vedere l'uomo che si stava avvicinando. Indossava dei pantaloni cachi, una polo rosa e un orologio che costava più di quello che Mike guadagnava in un anno. «Resta qui, per favore.»

Mike annuì pur non essendo sicuro di voler rispettare la

richiesta. Odiò quel tizio all'istante: quell'idiota emanava presunzione da tutti i pori.

«Vattene, Jack. Non ho più nulla da dirti. Pensavo di essere stata chiara ieri.»

Gli aveva parlato il giorno prima? Quando?

«La zia mi ha detto che ti hanno rapinato.» Jack si avvicinò a Ellis; Mike smise di fingere di prendere le misure e alzò gli occhi verso di lei, notando che aveva il corpo rigido, ma teneva la testa fieramente alta come se si aspettasse di essere colpita. «Dovevo assicurarmi di persona che tu stessi bene.»

«Sto bene. Puoi andare adesso.»

«Non stai bene.» Jack puntò gli occhi sulla sua guancia. «Fottutissimo animale» imprecò a bassa voce. «Te lo ha fatto quel tizio, ieri?»

«No, ho cominciato a fustigarmi per averti frequentato.»

Mike dovette soffocare un sorriso. Accolse di buon grado il ritorno repentino e caustico della solita Ellis.

«Basta, Ellis! Questa rapina dovrebbe provare che la mia teoria è giusta: abbandonare me e la nostra vita insieme è stato un errore. È arrivato il momento di mollare questo tuo sogno insensato e tornare a casa. È ora che tu la smetta di comportarti da sciocca e comprenda che hai commesso un enorme sbaglio a lasciarmi.»

Mike stava per alzarsi, pronto a dare un pugno in bocca a quello stronzo, quando Ellis gli sprofondò le dita nella spalla. Sapeva che lei poteva cavarsela, quindi rimase dov'era. Ma se quell'uomo avesse aggiunto un'altra parola, gli avrebbe assestato un bel colpo in faccia.

«Dovresti fare più attenzione a come mi parli, Jack. Non accetterò mai più che mi manchi di rispetto.»

Ecco, brava.

«Scusami, tesoro.» L'espressione di Jack si addolcì immediatamente. «Ti dico sempre la cosa sbagliata, ma non posso accettare il fatto che per te contino di più gli ultimi sei mesi negativi piuttosto che un bellissimo anno e mezzo. So di averti ferita e sono disposto a cambiare, però non posso farlo da solo. Devi aiutarmi.»

Ellis scosse la testa. «Mi hai fatto del male, ma la mia decisione di abbandonare il lavoro, di trasferirmi non riguardava solo te. Non vedevi che non ero felice quando facevo l'avvocato? Non ti rendevi conto che volevo di più dalla mia vita?»

Jack cercò la mano di Ellis, ma lei si allontanò. «Non lo accetto questo. Stavamo bene finché non mi hai trovato con Louise. E non hai mai accennato di essere scontenta del tuo lavoro.»

«Perché eri troppo egoista per cogliere i segnali!» Ellis si voltò, cercando di tornare in sé. «Non vedi che non sono sola? Sono in compagnia. Non ho voglia di riesaminare il nostro fallimento adesso.»

«Pensi che mi interessi se l'operaio ci ascolta?» sibilò lui. «Voglio parlare con la mia ragazza.»

«Ti sbagli di nuovo, amico.» Questa volta, Mike si alzò senza interferenze da parte di Ellis. «Io non sono l'operaio e lei non è la tua ragazza.» Mike abbracciò Ellis e le stampò un bacio sulla fronte. «Ellis è andata avanti con la sua vita e adesso tocca a te. Non chiamarla. Non venire più qui e di' a tua zia di fare lo stesso. Sono stato comprensivo nelle ultime settimane, ma adesso stai iniziando a innervosirmi.»

Jack gonfiò il petto. «Chi pensi di essere?»

Mike lasciò Ellis e fece un passo verso Jack. Lui indietreggiò. Mike lo aveva inchiodato. Jack era tutto chiacchiere, il tipo di uomo che denigrava gli altri per mettersi in mostra. «Sono il detective Michael Edwards e il solo uomo da cui lei tornerà a casa d'ora in poi.» Avanzò di un altro passo. «Sparisci.»

«Sei tu che ci perdi, Ellis» disse Jack, lanciandole un'occhiata di disgusto mentre indietreggiava. «Imparerai la lezione sbattendoci il muso. Spera che io sia ancora nei paraggi quando lui troverà prati più rigogliosi dove pascolare. Perché è così che farà, prima o poi. Io sono il meglio che ti possa capitare.»

Mike scattò verso Jack, ma quello sfrecciò via veloce come un furetto prima che potesse mettergli le mani addosso. Avrebbe potuto uccidere quell'uomo.

«Me la sarei cavata da sola» disse Ellis dietro di lui. Mike si voltò a guardarla. Il sangue gli ribolliva ancora. «Ma sono contenta di non averlo dovuto fare.» Lo abbracciò e rimase stretta a lui per un istante. «Mi dispiace che tu abbia dovuto assistere» gli sussurrò all'orecchio. «Grazie per essere venuto, Mikey, non credo che avrei sopportato questa giornata senza di te.»

«Figurati» la strinse forte, ignorando la fitta che sentiva al petto. Cominciava a provare un sentimento per lei, qualcosa di molto più intenso del desiderio sessuale e questo lo spaventava a morte.

Ellis osservò tutto il giorno Mike nel ruolo di tuttofare del negozio. La aiutò a sistemare la nuova merce e a portare fuori la spazzatura. Grazie a lui, tutti gli ordini effettuati e consegnati ora si trovavano su un file nel suo computer. Mantenne anche la promessa riguardante il vetro della teca, chiamando Colin subito dopo che Jack se n'era andato. Al momento era su una scala a cambiare una lampadina che si era fulminata il giorno prima. Odiava ammetterlo, ma adorava averlo attorno. Era di grande aiuto, efficiente e gratuito.

Ellis sapeva perché Mike era lì. Il detective era uno che amava riparare le cose, prendersi cura degli altri, protettivo per natura. Se avesse mai incontrato la madre l'avrebbe dovuta ringraziare per averlo educato a essere così amabile. Ma Ellis sentiva che la sua presenza nel negozio aveva a che fare con qualcosa di più, oltre a lei. Sembrava che gli piacesse quel posto, e discutere di numeri e di merce. Sembrava essere nel proprio elemento. Ellis avrebbe potuto sbatterlo fuori già da un pezzo, assicurandogli che Cherri e Belinda l'avrebbero aiutata a pulire, ma una parte di lei sentiva che Mike aveva bisogno di restare lì.

Rifletté sulla probabilità che Mike fosse più legato di quanto volesse ammettere a quel piccolo negozio di fiori a Buffalo.

«Vedo uscire del fumo dalle tue orecchie» disse Mike, poi scese dalla scala e andò a mettersi davanti a lei. «Smettila di rimuginare. Mi stai facendo venire il mal di testa.»

«Ho tanti pensieri» rispose lei.

Mike la tirò a sé e fece scivolare le mani lungo la sua schiena. «Vuoi parlarne?»

«No.» Appoggiò la testa sulla sua spalla, stupita da quanto fosse surreale ottenere sostegno proprio da lui. Quattro anni fa lo aveva giudicato uno stronzo egoista. Adesso ogni istante passato assieme le provava che non lo era affatto.

«Vuoi discutere della proposta di aumento delle tasse per il prossimo anno?»

«Cosa?» domandò Ellis guardandolo. Gli brillavano gli occhi, e questo la fece sorridere. Gli mise le mani attorno al collo e si allungò per dargli un bacio.

Ma prima che le sue labbra toccassero quelle di Mike, il campanellino sulla porta suonò e una donna dai capelli bruni e l'aria trafelata si precipitò dentro. «Oh, Ellis. È stato orribile!»

«Karen, cosa è stato orribile?» Ellis osservò il volto coperto di macchie rosse di quell'affezionata cliente. «Cos'è successo?»

«Non riesco a trovare un vestito da sposa.» Scoppiò a piangere stringendosi al petto di Ellis. «Ho perso sedici chili e non riesco ancora a entrare in nessun vestito. Sono stata in sei negozi. Due non vendevano vestiti sopra la quarantasei e gli altri che avevano la mia misura... sembravano abiti per mia nonna. Manca meno di un mese al mio matrimonio. Che ne sarà di me?»

«Oh, Karen, mi dispiace così tanto.» Ellis sapeva come doveva sentirsi Karen. Quando era alle superiori non riusciva a trovare nulla che vestisse il suo fisico per il ballo di fine anno. Anche lei era andata in moltissimi negozi ed era finita a piangere sul cuscino a mani vuote. Fu allora che imparò a cucire. Se non c'era un vestito che potesse comprare, ne avrebbe realizzato uno lei.

«Non sapevo dove altro andare. Conosci un atelier di abiti da sposa che potrebbe aiutarmi?»

Ellis allontanò delicatamente la futura sposa in lacrime e le afferrò le spalle stringendole. «Fai un bel respiro, tesoro. Non mi viene in mente nulla, ma adesso ragioniamo insieme e troviamo una soluzione. Tu dovrai essere favolosamente sexy il giorno del tuo matrimonio.»

«Addirittura. Per me già sarebbe molto non arrivarci nuda!»

«Potremmo provare a New York. C'è sempre internet. Cerchiamo un vestito, e poi magari lo adatterò io alle tue misure.»

Ellis prese il taccuino che teneva dietro alla cassa e osservò attentamente Karen. «Raccontami come immagini il giorno del tuo matrimonio. Dimenticati delle taglie. Scordati dei vestiti che tu ritieni adatti a una ragazza formosa e descrivimi come sogni di apparire.»

«Non capisco cosa intendi.»

«Ti vedi come una sexy sposa in stile pin-up? Oppure vuoi sentirti come una dea, una principessa, quindi semplice e chic?»

Karen tirò su con il naso. «Mi è sempre piaciuto l'abito di Grace Kelly. Forse quel tipo di eleganza?»

«Ah.» Ellis sorrise. «Ottima scelta. Adesso abbiamo qualcosa su cui lavorare.» Cominciò a disegnare un modello di base. «Quindi ti piace il pizzo. Le maniche lunghe funzionavano su Grace, ma tu non vuoi copiarla. Vuoi essere originale. Maniche corte, credo. E pizzo sopra alla seta.» Disegnò con impeto, entrando in un'altra dimensione. «Stile impero, decorazione di perline qui. Una fila.»

«Ellis...» sospirò Karen.

Il suono del suo nome la distrasse dall'atto creativo, riportando l'attenzione sulla cliente.

«Che ne dici di questo abito? Ti piace?»

«No, non mi piace. Io lo adoro. Scordati di cercarlo su internet. Devi cucirmelo tu.»

«Cosa? Non ho mai realizzato un abito da sposa prima d'ora. Non puoi fidarti di me, è una responsabilità troppo grande.»

«Sì che mi fido. Per favore, Ellis. Sei la mia ultima speranza.»

Ellis fissò la bocca aperta di Karen per un istante. Poteva farlo davvero? Ne aveva il tempo? Il talento? E se avesse fallito? Il pensiero di deludere Karen il giorno del suo matrimonio era insopportabile. Ma poi incrociò lo sguardo di Mike che le prese la mano e la avvolse in una stretta rassicurante. Non sapeva perché quel gesto l'avesse calmata, tuttavia le conferì la forza per annuire alla richiesta di Karen.

«Lo farò.»

«Davvero?» urlò Karen e abbracciò Ellis talmente forte che riusciva a malapena a respirare. «Il mio budget è di cinquemila dollari, può andare bene?»

Ellis quasi perse i sensi solo a sentire quella cifra. Cinque mila dollari le avrebbero permesso non solo di tenere aperto il negozio, ma sarebbero stati anche un prezioso aiuto. Solo che credeva non fosse giusto accettare una somma simile da Karen. «Posso farlo per molto meno. Tipo la metà.»

«No, Ellis.» Karen scosse la testa. «Stai per disegnare e realizzare a mano un abito per cui ero disposta a spendere cinquemila dollari in un negozio. Te li meriti tutti. A dire il vero vorrei potertelo pagare di più.»

«Ma Karen...»

«È deciso. Non vedo l'ora di raccontarlo a mia madre. Quando vengo per la prima prova?»

«Ehm... domani? Alle dieci?»

«Fantastico! A domani, allora.»

Karen uscì allegramente dal negozio, lasciando di nuovo Mike ed Ellis soli.

«Sei stata bravissima, Elle.» Mike la spinse contro la cassa e strofinò il naso contro la sua guancia. «È questo il talento su cui devi puntare.»

Lo era davvero? La faceva stare bene? Sentiva di essere più competente nel realizzare un vestito che come avvocato. «Non ho mai realizzato un abito da sposa prima, Mike. E se faccio schifo?»

«Non accadrà» rispose lui, poi sprofondò il naso nel suo collo e ne inspirò il profumo. «Non capisco nulla di vestiti, ma so che lavori bene.»

All'improvviso fu sopraffatta da tutte le emozioni degli ultimi due giorni. Sentiva il viso pulsare di dolore, e la testa scoppiarle. Il pensiero di Jack continuava a infastidirla. Tutto la preoccupava, ma c'era Mike lì, a confortarla ancora. Non era sicura di potercela fare. La vista divenne sfocata. «Perché sei così gentile con me? Non so come gestire tutto questo.»

Si scostò un po' e la guardò. «Hai affrontato due giornate molto dure. Piangi pure se vuoi.»

Era come se Ellis avesse bisogno del permesso di piangere. Lasciò uscire le prime lacrime mentre Mike la stringeva di nuovo, accarezzandole la schiena con le sue grandi mani.

«Oh, basta piangere, bambinona» le sussurrò all'orecchio.

Ellis rise, poi si alzò in punta di piedi e posò le labbra sulle sue. «Grazie. Sono felice che tu sia qui oggi» ripeté.

«Prego.» Lui le prese il viso tra le mani e le diede un lungo e profondo bacio. Questa volta Ellis sentì Mike dappertutto. I capezzoli si irrigidirono. Il respiro diventò affannoso. Sentiva pulsare punti del suo corpo che pensava sopiti.

Lui smise di baciarla lentamente, scostandole i capelli dal viso. «Sei stanca. Credo che dovresti andare a casa e riposare.»

Lei annuì. Era stanca e aveva voglia di andare a casa, ma non da sola.

11

Cose per cui sarei disposta a vendere persino mia madre...

Un rifornimento a vita di cioccolato al latte della Lindt.
The Rock, alias Dwayne Johnson, ricoperto del già citato cioccolato (delizioso!).
Un grande lenzuolo di plastica per il mio letto. (Sono un po' pasticciona quando mangio.)

«Dovrei preoccuparmi io della tua cena. Vieni a casa mia e organizzerò qualcosa per noi due» propose lei.

Mike guardò Ellis per un lungo istante, i suoi occhi indugiarono sulle labbra. La fissò così a lungo che Ellis ebbe paura della sua risposta. Sapevano entrambi cosa sarebbe successo se Mike l'avesse accompagnata a casa. Ed erano consapevoli che il loro rapporto sarebbe cambiato irrevocabilmente.

«Mi piacerebbe» disse lui, accarezzandole la guancia con le dita prima di allontanarsi. «Ti seguo.»

Ellis prese la strada principale stavolta, Mike la seguì con la sua Mercedes nera d'epoca. Cercò di non pensare agli sviluppi della serata né al bel detective mentre il suo corpo fremeva per l'attesa. Era passato così tanto tempo dall'ultima volta che aveva provato desiderio o si era sentita desiderabile. Jack l'aveva privata di tutto questo. Le aveva tolto la gioia del sesso, la sua autostima, l'orgoglio. Le parole del suo ex le invasero di nuovo la testa.

'Hai idea di cosa voglia dire andare a letto con una come te?'

Ellis scosse la testa mentre si fermava lentamente nel vialetto di casa. Voleva togliersi Jack dalla testa una volta per tutte. Non c'era più posto per lui.

Uscì dall'auto nello stesso momento in cui Mike spegneva la sua. Non si dissero nulla mentre lei gli faceva strada dentro casa, ma Ellis poteva sentire l'intensità dello sguardo di Mike fisso sulla sua schiena. Riusciva a percepire il desiderio di Mike, almeno quanto sentiva il proprio.

Si fermarono in salotto. Lei si voltò a guardarlo, voleva dirgli qualcosa di profondo, ma quando Mike la perlustrò con lo sguardo, la sua mente si ridusse in poltiglia.

«Hai... hai fame?» riuscì a dire Ellis.

«Sì.»

Lui le afferrò il braccio e la tirò verso il suo corpo tonico, travolgendola con la sua bocca. Quel bacio stavolta era diverso: non era delicato né lento, non perdeva tempo. Era sexy, concupiscente e profondo. Era famelico; prima che Ellis potesse assuefarsi al contatto con la sua lingua morbida, sentì dell'aria fresca accarezzarle il sedere. Mike le aveva tolto i pantaloncini, le sue mani le raggiunsero l'interno delle mutandine avvolgendole le natiche, e spingendola contro la sua forte erezione. Lei si strusciò su di lui, la mente annullata, il corpo che prendeva il sopravvento. Mike emise un profondo gemito.

Si tolse la maglietta, rivelando un torace talmente perfetto da lasciarla senza parole; poi le mutandine di Ellis scivolarono a terra, andando a finire tra le sue caviglie. Era quasi nuda, solo qualche altro indumento e lui avrebbe visto ogni centimetro della sua pelle. L'insicurezza, sua vecchia compagna, la pervase. Non aveva mai fatto sesso alla luce del giorno e neanche nel suo salotto ben illuminato. Lei e Jack lo facevano sempre al buio e sotto le coperte. Con Mike era tutto così diverso. Sarebbe stata completamente esposta.

Mike spostò le labbra quel tanto che bastava per toglierle la canottiera. «Spogliami» le ordinò.

Lei obbedì, portando le mani sulla patta dei pantaloncini. Fremettero entrambi mentre li sbottonò, aprì la chiusura lampo e infine lo liberò dalle mutande. Era magnifico, enorme, liscio e scuro come tutto il suo corpo. Ellis voleva baciarglielo, passarci la lingua e sentirne il sapore, ma le sue ginocchia erano troppo instabili per poterle piegare. Invece, lo prese delicatamente in mano e sfiorò la punta con il pollice, espandendo quella piccola goccia di liquido che c'era sopra. Mike scattò in modo violento tanto che Ellis indietreggiò spaventata, come se avesse fatto qualcosa di male.

«Oh tesoro, scusami» sussurrò lui, avvicinandola a sé. «Le tue mani mi fanno impazzire.» La condusse sul divano, lui si sedé sul bracciolo e lei rimase in piedi a guardarlo. «Rallentiamo un po'.»

Si allungò per slacciarle il reggiseno, lasciandola completamente nuda davanti a un uomo per la prima volta in tutta la sua vita di adulta. I capezzoli, esposti al contatto con l'aria, si irrigidirono doloranti dal desiderio di essere toccati. Mike non disse nulla. Non fece nulla, la fissò per un istante. Poi le sue dita e i suoi occhi cominciarono a percorrerle lentamente il corpo, mentre Ellis pensava a tutte le sue imperfezioni. Scivolarono sui suoi fianchi giunonici e attorno alla pancia leggermente tonda, poi giù verso le natiche carnose e sulle cosce. La accarezzava con quelle mani un po' ruvide, continuando a fissarla con un'intensità che la fece scoppiare a piangere.

«Cosa c'è, baby?» disse lui con un'espressione preoccupata. «Stai tremando.»

«Il modo in cui mi guardi... Non pensi che io sia brutta?»

«Dio, no.» Le avvolse il viso tra le mani attirando a sé la bocca, baciandola, risucchiandole la lingua come se appartenesse a lui. «Sei talmente bella.»

Il modo in cui lo disse, in cui la fissava e la toccava la spinse a credergli. Mike Edwards la desiderava e saperlo la fece bagnare come se avesse un lago tra le cosce.

«Siamo perfetti insieme.» Incastrò le mani nelle sue mentre sprofondava la testa tra i suoi seni, esplorandoli con le labbra, baciandola dove il cuore le batteva forte. Le afferrò i seni tra le mani, li strizzò, li soppesò, e poi se li portò alla bocca e le baciò i capezzoli doloranti di desiderio. Ellis sentì mancare il respiro quando Mike cominciò a succhiargliene uno, poi gemette. Le spinse le labbra umide in profondità e lei inarcò la schiena, premendo tutto il corpo contro il suo.

«Mike, per favore» lo pregò, senza sapere esattamente il perché. Era sicura solo di una cosa: lo voleva più vicino. «Ancora.»

Lui la toccò in mezzo alle gambe, e sentì che era tutta bagnata. «Ellis. Sei pronta per me.» Le sfiorò il pube, poi fece scivolare le dita sul clitoride, cominciando a strofinare. Ellis si lasciò andare al piacere, e venne in modo così violento che sentì cedere le ginocchia. Mike la afferrò prima che potesse cadere e la adagiò sul divano. Restò a guardarla dall'alto, con un lieve sorriso sulle labbra perfettamente disegnate.

«Oh, non essere così compiaciuto di te.»

Mike fece un ampio sorriso. «Impossibile.»

La baciò sul collo, leccandola, assaporandole la pelle, mentre le intrufolava le dita tra i capelli togliendo l'elastico con cui erano legati. Si sentì in paradiso quando sdraiò il suo corpo forte sopra di lei. Ellis per un istante fu appagata dalla sensazione di essere avviluppata a quel massiccio fisico nudo. Ma presto, il semplice contatto non le bastò più: gli strinse le gambe attorno ai fianchi, e le loro parti intime, infiammate di desiderio, cominciarono a strofinarsi l'una contro l'altra.

«Tu mi farai morire così» le disse.

«Che modo fantastico...» Ellis sollevò la testa, bramando i suoi baci. Lui la accontentò, mordicchiandole il labbro inferiore, succhiandolo, esplorandole la bocca fino in fondo con la lingua. Lei cominciò a strofinarsi contro di lui, e a sentire il suo membro che scivolava verso le sue labbra gonfie.

Mike smise bruscamente di baciarla. «Mi dispiace, Ellie. Non posso più aspettare.»

«E chi ti ha chiesto di farlo?»

Lui le lanciò un sorrisetto malizioso prima di scivolare lentamente dentro di lei. Era passato così tanto tempo dall'ultima volta e Mike era enorme. Ellis spalancò le gambe per accogliere i suoi fianchi. Non riuscì a trattenere un gemito. Mike si fermò un istante, penetrandola con i suoi occhi blu. Era tutto nuovo per lei: il contatto, la tenerezza. Sembrava la sua prima volta.

Mike si spinse lentamente dentro di lei, senza smettere di guardarla. Scrutò ogni sua espressione, accelerando il ritmo dei colpi per soddisfarla. Non immaginava che il sesso potesse essere così. Non era mai stato talmente... bello. Lei lo baciò sul pomo d'Adamo, voleva sentire i loro corpi a stretto contatto in ogni punto. Lui continuò a muoversi con colpi sempre più veloci e forti. Ellis raggiunse violentemente l'orgasmo cominciando a sussultare e a dimenare le dita dei piedi.

«Tesoro.» Mike si appoggiò sull'avambraccio e la fissò: «Aspettami la prossima volta.»

Lei provò ad annuire, ma quando Mike cominciò a baciarle un capezzolo, succhiandolo in profondità, perse il controllo del proprio corpo. Era passato troppo tempo. E lui la faceva stare così bene. Quella era una promessa che non poteva mantenere.

Mike proseguì con un ritmo lento e profondo che la faceva

impazzire; talmente tanto che quasi non si accorse del rumore del clacson di un'auto che entrava nel suo vialetto. Ma il colore rosso della macchina la risvegliò dall'estasi erotica. «Mike!»

No!

«Ellis» gemette lui.

Dio? Buddha? Zeus? Qualcuno?

Sentì spegnere il motore e capì ogni cosa.

Perché questa punizione?

«Lasciami!»

«Cosa?» Mike smise di muoversi. «Perché?» Un'espressione preoccupata adombrò il suo bellissimo viso ed Ellis provò dei sentimenti che non voleva affrontare in quel momento. «Ti sto facendo male?»

«No, è che sono arrivati i miei genitori.»

«Cosa?» Si voltò verso la finestra e imprecò violentemente. Le tapparelle erano alzate. Se i suoi genitori si fossero avvicinati avrebbero visto chiaramente tutto, persino Mike dentro di lei.

«Sbrigati, hanno le chiavi.»

«Le useranno?» domandò lui, allontanando il proprio corpo da quel contatto.

«Certo! E poi io non ho intenzione di andare ad aprirgli in questo stato.»

«E cosa facciamo adesso?» ringhiò Mike.

Ellis non lo guardò, troppo impegnata ad afferrare gli indumenti sparsi per tutto il salotto. «Corriamo.»

Gli lanciò le scarpe da ginnastica e si affrettò velocemente al piano di sopra, in camera sua, seguita da Mike.

«Ellis?» Sentì la voce di sua madre da fuori, e subito dopo il rumore del campanello. «Abbiamo chiamato in negozio.»

«Merda.» Ellis gettò a terra il mucchio di vestiti che aveva in mano e cercò le mutandine.

«Non preoccuparti di quelle, Ellis. Non abbiamo tempo.»

Mike aveva quasi finito di vestirsi e si stava abbottonando i pantaloncini quando sentirono la porta principale cigolare e poi aprirsi. «Aiutami» piagnucolò lei, tirandogli il reggiseno. Mike le diede una mano a rivestirsi mentre la voce di sua madre la chiamava ancora.

Le porse la canottierina mentre lei calciava le mutandine, nascondendole sotto al letto. Si infilò una camicetta e lo guardò. «Ho l'aspetto di una che ha appena fatto sesso bollente?»

«Sì» rispose con un sorriso. «Io?»

L'erezione gli premeva contro i pantaloncini. «Temo di sì» disse lei e non poté evitare di ridere. «Non puoi fare qualcosa?»

«Ellis dove sei?» Sentirono dei passi sulle scale.

«Credimi, lo vorrei tanto» sussurrò lui tenendo una mano sugli shorts per sistemarsi. «Come spieghiamo il fatto che siamo qui in camera tua?»

Ellis non riuscì a pensare a un solo motivo oltre a quello più ovvio, e non appena fosse rimasta da sola con la madre gliene avrebbe dette quattro a proposito di piombare in casa sua senza preavviso. «Un puzzle!» esclamò lei, notando la scatola da cinquecento pezzi raffigurante il Big Ben che sua nonna le aveva regalato tre anni prima. Lo tirò giù dal ripiano nell'armadio e lo gettò a terra accanto a lei proprio nel momento in cui si apriva la porta.

«Ah, eccoti!» disse Phillipa entrando, seguita da Walter. Entrambi avevano l'aria confusa. «Non hai sentito che ti chiamavo? E perché diavolo siete seduti sul pavimento voi due?»

«Stiamo facendo un puzzle.» Persino Ellis si rese conto che la sua voce sembrava sulla difensiva. Avrebbe voluto dare un pugno alla madre per aver interrotto il miglior sesso della sua vita, ma c'era anche quel pover'uomo del padre, che non doveva sapere cosa stava facendo fino a qualche minuto prima.

«Già» aggiunse Mike. «Ho letto da qualche parte che i puzzle alleviano lo stress e mantengono la mente allenata.»

«Okay.» Phillipa sembrava sospettosa. «Ti abbiamo portato qualcosa da mangiare, ma in realtà siamo venuti per vedere come stai.»

«Sto bene, mamma.»

«Non si preoccupi, dottoressa Greg» disse Mike con l'aria più innocente di un neonato. «Ci penso io a intrattenerla.»

'Intrattenerla', è proprio l'espressione più adeguata.

Ellis stava per scoppiare in una risata isterica, ma fu costretta a trattenersi mordendosi il labbro inferiore.

«Non ne dubito affatto» disse Phillipa, spostando lo sguardo da Mike a Ellis. «Avanti, Walter. Andiamo a prendere la spesa in auto.»

Quando li sentì scendere le scale, Ellis cominciò a ridere. Non poteva trattenersi. Quella corsa folle al piano superiore, la ricerca dei vestiti mentre erano completamente nudi, lo stupido puzzle che non avrebbero mai terminato. Era tutto surreale.

«Stai piangendo?» domandò Mike.

«No» rispose ansimando. «È solo che... non riesco a crederci...»

«È proprio divertente.» La risata fu contagiosa e presto Mike si lasciò cadere sul pavimento, con la schiena a terra accanto a lei. Continuarono a ridere a crepapelle, finché le lacrime solcarono le guance di Ellis.

«Sono davvero dispiaciuta, Mike.» Ellis si avvicinò e appoggiò il braccio sopra al suo petto che sussultava ancora per le risate.

«Devi esserlo» disse lui, mettendosi su un fianco e attirandola a sé. «Avevo intenzione di farti provare una dozzina di orgasmi oggi.»

«Sul serio?» domandò lei, sorridendo. «Qualcuno qui ha un'altissima opinione di sé.»

«No.» Le prese la guancia tra le mani e gliela baciò dolcemente. «Qualcuno ha un'alta opinione di te.»

Ellis lo guardò negli occhi e improvvisamente quella sensazione la colpì di nuovo.

Bum! Bum! Bum!

Mi sta facendo innamorare di lui. Cazzarola.

12

Mike guardò l'orologio sul comodino. Segnava le 22:37. Sospirò, diede un pugno al cuscino e si costrinse a chiudere nuovamente gli occhi. Non riusciva a prendere sonno. Si rigirava nel letto da più di mezz'ora, cercando di addormentarsi. Non era sorpreso che l'omino del sonno non gli avesse ancora fatto visita. Non andava mai a letto presto, ma quella sera dopo aver letto il giornale e aver fatto una lunga doccia, era andato dritto sotto le lenzuola. Sperava che il sonno gli togliesse Ellis dalla mente. Ma non funzionò. Ogni volta che chiudeva gli occhi, vedeva il suo viso, o ricordava la sensazione di quel corpo voluttuoso contro il suo, o il modo in cui muoveva i fianchi quando l'aveva penetrata a fondo.

Spalancò gli occhi. Sospirò di nuovo, si alzò dal letto, si diresse verso il salotto e accese la televisione. Forse il notiziario l'avrebbe aiutato a schiarirsi la mente. 22:46. 22:48. 22:52. Nulla. Nessun'altra persona lo aveva mai affascinato a tal punto. Forse perché il sesso non era solo sesso con Ellis. Tutto era diverso con lei. Troppo intenso e qualcosa dentro di lui gli diceva che se avessero di nuovo fatto l'amore, la sua vita non sarebbe più stata semplice.

Doveva starle lontano, e normalmente lo avrebbe fatto. Non

cercava legami o impegni, ma neanche Ellis li stava cercando. Se solo avessero potuto finire ciò che avevano iniziato quel pomeriggio.

I suoi genitori. Non aveva mai sentito il desiderio di strangolare qualcuno, tranne quando la dottoressa Greg e suo marito erano entrati in casa. Capiva che erano ancora preoccupati per la figlia, ma dovevano proprio rimanere a dormire lì? Dovevano per forza insistere nel voler preparare la cena? Dovevano a tutti i costi incastrare nel dannatissimo posto giusto ogni singolo pezzettino del puzzle?

Povera Ellis, doveva aver mormorato 'mi dispiace' almeno una dozzina di volte nel corso della serata e quando erano passate Belinda e Cherri, poco prima delle otto, Mike pensava che avrebbe iniziato a urlare. A quanto pareva era inutile aspettare che se ne andassero, quindi alle otto e mezzo, Mike aveva deciso che ne aveva avuto abbastanza per quella giornata ed era tornato a casa. Solo che adesso se ne stava pentendo. Era il miglior sesso della sua vita, ma era rimasto in sospeso.

Aveva due opzioni. Poteva starsene seduto in casa tutta la notte pensando a Ellis con un'erezione di marmo, oppure sarebbe potuto andare dove voleva. La scelta fu semplice. Balzò giù dal divano, afferrò le chiavi e si infilò le scarpe da jogging. Ma quando aprì la porta rimase immobile.

«Ellie» disse con il cuore che gli martellava in petto. Aveva finalmente incontrato una donna che non aveva paura di prendersi ciò che desiderava.

Lei era lì, in piedi davanti alla sua porta, con indosso un corto trench nero, la mano pronta a bussare. «Stavi uscendo?» gli domandò, sgranando gli occhi. «Io... avrei dovuto chiamare ma...»

Ellis urlò quando Mike la sollevò tra le braccia. Il tragitto fino al letto sembrò durare un'eternità, ma una volta arrivati la lasciò cadere sul materasso, sorridendo quando lei ci rimbalzò sopra dolcemente. «Tu mi leggi nel pensiero, tesoro. Stavo venendo da te.» Si distese sopra di lei e la baciò. Lei gli prese il viso tra le mani. «Non riesco a credere che tu sia riuscito a sollevarmi.» Lo baciò voluttuosamente. «Non sai quanto mi hai fatto eccitare.»

«Bene perché è tutta la sera che ce l'ho duro. Passerà molto tempo prima che tu possa lasciare il mio letto.»

«Grazie a dio» sospirò sognante. Le venne in mente un'ipotesi surreale: «Giurami solo che i miei genitori non faranno irruzione di nuovo.»

«Giuro.» Mike la baciò lungo tutto il collo, fin sotto il mento, risalendo verso le guance.

«Adesso tu giurami che hai confiscato le chiavi a tua madre.»

«Le ho strappate da quelle piccole mani magrissime due ore fa.»

«E brava la mia ragazza.»

Il lucido trench nero di Ellis era legato in vita da un fiocco. Mike lo sciolse con uno strattone e quello si aprì, rivelando il suo corpo quasi nudo. Indossava solo delle mutandine rosse di seta. Lui cominciò letteralmente a sbavare.

Come faceva a leggergli nella mente? Sapeva forse che spesso la pensava vestita solo con quel particolare indumento intimo?

«Ti piace?» domandò lei con la sua occhiata da ragazzina maliziosa. Mike sentì una stretta al petto.

«Come facevi a saperlo?» le chiese.

Fu sopraffatto dal desiderio urgente di toccare la sua pelle. Era distesa sotto di lui come un bocconcino pronto per essere gustato. Voleva divorarla, penetrarla con forza e spingersi dentro di lei con un ritmo sempre più veloce, fino a diventare solo due corpi sudati e ansimanti. Ma non poteva, o almeno non ancora.

Mike scivolò giù lungo il suo corpo finché le sue labbra non le sfiorarono il ventre morbido. Lo baciò, vagò con la lingua attorno all'ombelico perfetto fino a farla fremere.

«Spogliati» mugolò lei. «Voglio sentire la tua pelle.»
Lui la lasciò drizzarsi sulla schiena affinché gli togliesse la maglietta. Ellis fece scorrere le mani lungo il suo torace. Gli accarezzò i capezzoli con i polpastrelli, a quel punto anche lui fremette.
«Non ho mai visto un corpo più bello» disse lei, più a sé stessa che a lui. «Non avrei dovuto dirlo» aggiunse, lanciandogli uno sguardo. «Non vorrei che tu pensassi che sono attratta da te.»
Mike sorrise. «Non la smetti di punzecchiarmi neanche durante il sesso.»
Lei lo abbracciò, baciandolo dolcemente sul lato del volto, poi aggiunse: «C'è qualcosa in te che mi rende felice.»
Il cuore di Mike sembrò fermarsi per un istante. Si scostò da lei quel tanto che bastava per guardarle gli occhi screziati da pagliuzze d'oro. Ellis diceva sul serio. Non sarebbe stato facile separarsi da questa donna e, per una volta nella sua vita, non desiderava farlo.
Merda.
La distese con forza sul letto, pronto a soddisfarla, ma lei non voleva sdraiarsi. «Non sei ancora nudo.» Ellis infilò le mani calde dentro ai suoi pantaloncini, strofinandogli forte il sesso eretto mentre le spingeva sempre più giù.
«Smettila, baby, ansimò lui. Non resisterò neanche trenta secondi se continui così.»
Mike le scansò le mani, sdraiandola con forza sul letto. Insinuò la testa tra le sue gambe baciandole delicatamente l'interno soffice delle cosce.
«Mike, no...» mugolò lei.
Lui cominciò a leccarla attraverso le mutandine. «Voglio sentire il tuo sapore.»
«Per favore, niente preliminari. Ti voglio adesso.»
«Sono già qui per te.» Le scostò gli slip da una parte svelando la sua parte intima, morbida e setosa. «Sei bella anche

qui.» La baciò lì, usando le dita per allargarla e poi gliela leccò tutta.

«Ti prego» gemette lei, stringendo le dita tra i suoi capelli. «Ti prego, Mike non farmi più aspettare.»

Dopo quella preghiera Mike si fermò e accostò il viso al suo. «Ma io voglio baciarti dappertutto e quando avrò finito, ricomincerò da capo.»

«Dopo» disse lei, premendo il suo corpo contro quello di Mike. «Amami adesso. Baciami dopo.»

Come poteva rifiutare una richiesta simile? Premette la bocca contro la sua, baciando quelle labbra rosa che tanto lo distraevano. Ellis gli strinse i fianchi tra le gambe, strofinando la sua parte più intima contro di lui. Mike sentì quanto fosse bagnata e fu difficile per lui mantenere l'autocontrollo.

«Adesso, Mikey. Ti prego.»

Le scostò gli slip rossi da una parte e la penetrò con un solo lento movimento. Strinse i denti cercando di non venire. Stretta. Umida. Morbida. Era una bella sensazione starle dentro. Il cuore cominciò a palpitare. Stava per venire, il che era un peccato perché voleva durare tutta la notte. Uscì piano, poi la penetrò ancora. Questa volta più forte. Ellis raggiunse immediatamente l'orgasmo. Grazie a dio. Poteva rallentare.

Uscì fuori e lei emise un gemito di protesta. Le tolse le mutandine mentre le prendeva in bocca i capezzoli duri. Sapevano di dolce come il profumo della sua pelle, e Mike continuò a succhiarglieli finché lei si dimenò tutta.

Procedere lentamente non funzionava. Lei lo eccitava troppo. Gli faceva venire voglia di ignorare ogni traccia di autocontrollo. Si spinse di nuovo dentro di lei, senza preoccuparsi di andarci piano. Ellis non sembrava volerlo, del resto. Accolse ogni suo colpo, incitandolo a muoversi sempre più veloce con i suoi gemiti di piacere.

Mike sentì che lo stringeva forte e capì che era pronta per venire di nuovo. Premette la bocca sulla sua, spingendo la lingua fino in fondo. Lei si irrigidì e cominciò a tremare mentre raggiungeva ancora l'orgasmo. Stavolta venne anche lui, inondandola.

«Ti sto allargando la maglietta» disse Ellis a Mike mentre gli sedeva accanto nella sua piccola cucina. Lui preparava un'omelette al prosciutto e formaggio: dopo tre sessioni di sesso selvaggio e bollente, avevano bisogno di proteine.

Mike alzò lo sguardo dai fornelli e la spogliò lentamente con gli occhi in quel modo che la faceva fremere ogni volta. «Sta molto meglio indosso a te.»

Ellis sospirò, guardandosi il seno molto procace. «Non sono mai stata un tipo a cui stanno bene i vestiti del suo ragazzo. Hai presente quanto sono sexy le ragazze nei film quando indossano la camicia bianca botton down e nient'altro? Ecco, io non sono così. Non riesco nemmeno ad abbottonarla sulle gemelle.»

Mike smise di cucinare e la tirò a sé, dandole un lungo bacio. Lei si commosse. Il sesso era stato fantastico e quando lo aveva sentito dentro di lei aveva pensato solo a quanto fosse favoloso. Adesso che era tutto finito, erano tornate anche le insicurezze. Non era sicura di come comportarsi. Non praticava il sesso occasionale. E adesso non sapeva cosa dire, ecco perché si perdeva in stupide chiacchiere.

«Ti piace il succo di mirtillo?» domandò lui, sfiorandole l'orecchio con le labbra.

Ellis rispose con un gemito. Non riusciva a credere di trovarsi lì. Aveva dato il proprio corpo al supersexy detective pur giurando a sé stessa che non sarebbe mai accaduto. Adesso capiva come mai le donne lo desiderassero tanto, e perché nessuna di loro durasse neanche una stagione. Era facile innamorarsi di lui e, se non stava attenta, sarebbe finita nella collezione di donne che Mike Edwards aveva amato e poi lasciato.

Il tempo passato assieme era stato meraviglioso, e non se

ne pentiva affatto. Ma quella notte non avrebbe dovuto ripetersi se non voleva restare con il cuore spezzato.

«Prendilo tu, è in frigo. I bicchieri sono nel pensile sopra al lavandino» disse Mike, poi le diede dei piccoli baci sulla bocca. «Il nostro spuntino è pronto.»

Lei si girò per fare ciò che le aveva chiesto, le labbra ancora calde del suo bacio. Quando si voltò di nuovo, era seduto al tavolo davanti a un'omelette fumante. Ellis fece per scostare la sedia di fronte, ma quella non si mosse.

Lo guardò confusa.

«Siediti qui» disse lui, dandosi dei colpetti sul grembo.

Prende qualche droga?

«Ti spezzerò le gambe» rispose lei.

Lui aggrottò le sopracciglia. «È quello che hai detto quando ti ho chiesto di stare sopra. Credo che sappiamo entrambi quanto sia andata bene.»

Le guance di Ellis avvamparono a quel recente ricordo. Era andata bene eccome. Molto, molto bene in effetti. «Ma è diverso. Noi eravamo... tu eri...» sospirò per la frustrazione «su un letto.»

«Vieni qui, Ellie.» Alzò il braccio, sollecitandola a raggiungerlo.

«Bene» brontolò lei. «Spero che la tua sedia sia così resistente da sopportare tutta questa roba.»

Si accomodò con cautela sul grembo di Mike, senza lasciar andare completamente tutto il peso. Ma lui non ne fu contento e la strinse a sé finché lei non si rilassò. Ellis si aspettava qualche rumore di protesta da parte della sedia che, invece, rimase beatamente silenziosa.

«Mi piace sentirti addosso, Elle.»

Lo abbracciò e gli appoggiò la testa sulla spalla.

E ti piace anche far innamorare di te delle povere donne fragili.

«Credo che, segretamente, tu sia un feticista delle donne grasse. Sai che alcuni uomini traggono piacere dalla sensazione di soffocamento? Pagano donne corpulente per farle sedere o sdraiare su di loro. È un business redditizio. Forse dovrei chiederti del denaro.»

Mike emise un profondo sospiro: «Perché devi sempre dire cose di questo tipo?»

«Perché tu fingi che io non sia enorme? Sappiamo entrambi che è così.»

«Io non ti vedo grassa.»

«Davvero? Ah!» esclamò lei, sorridendo. «Dovresti farti controllare la vista.»

Lui le prese il viso in una mano. «Sei sinuosa e sexy e se solo me lo lasciassi fare, fotograferei il tuo culo per incorniciarlo. Perché non riesci ad accettare che sono veramente molto attratto da te?»

«Ci credo» disse lei dopo un istante. «E non faccio queste affermazioni solo perché non mi piaccio o perché voglio che tu mi rassicuri» aggiunse sorridendogli. «Ma a tutte le ragazze piace sentirsi dire che sono supersexy ogni tanto.» Lo baciò sulla punta del naso. «Voglio che tu sappia una cosa e non pensare che sono pazza: io non entrerò mai in una taglia senza una X, e le mie cosce si toccheranno sempre quando cammino, e a me va bene così.»

Ripensò al suo ex. Era così diverso da Mike. Jack aveva dichiarato di amarla. Glielo ripeteva ogni giorno, ma non appena faceva qualcosa che lo offendeva, lui ricambiava commentando il suo aspetto fisico, o il modo in cui mangiava, parlava, o sorrideva.

Ellis non si era resa conto che la stava lentamente distruggendo e umiliando finché, durante la loro ultima conversazione, lui l'aveva chiamata salsicciona. Le era servito molto tempo per potersi riprendere.

Ellis era sicura che Mike non cercasse una relazione stabile, ma aveva capito che lui non avrebbe tollerato che qualcuno la denigrasse. Ed era bello saperlo.

«Come vuoi, ma mi fa incazzare comunque.»

«Mi dispiace, Mikey.»

«Non dispiacerti» disse lui, prese la forchetta e la infilò nell'omelette. «Mangia. Si sta raffreddando.»

Si imboccarono, scambiandosi dei baci ogni tanto e, per i successivi venti minuti, parlarono della loro infanzia. Ellis sospirò interiormente. Quella era stata la serata più romantica della sua vita. Le aveva ricordato la notte che avevano passato quattro anni prima e la conversazione che l'aveva fatta innamorare. Era triste che fosse tutto finito.

«Devo andare» disse, cercando di scendergli dal grembo, ma si ritrovò di nuovo bloccata.

«Sono le due e mezza» disse lui.

Ellis guardò il microonde, scoprendo che aveva ragione. «Come si dice... il tempo vola quando ti diverti.»

«È vero» rispose Mike, poi si interruppe per un istante. «Resta.»

«Restare? Come fai ad avere ancora voglia di sesso? Non sei... esausto?»

«Sono stanco, ho comunque voglia di fare sesso con te, ma non è questo il motivo per cui ti sto chiedendo di rimanere.»

«Tu di solito non dormi insieme a una ragazza, dopo» affermò Ellis, scrutandogli il viso per capire se dicesse sul serio. Era sincero. «Perché vuoi che resti?»

«Non lo so. Voglio svegliarmi accanto a te domani mattina.»

«Ah!» Sbatté gli occhi incredula. Il suo stupido cuore pulsava forsennatamente. *Bum. Bum. Bum.* Domani la sua vita sarebbe tornata alla normalità. Avrebbe riaperto il negozio, finito di cucire i vestiti, ritornando alla sua vita felice da single. Era passato troppo poco tempo da quando aveva lasciato Jack per essere pronta a innamorarsi di nuovo. La posta in gioco era troppo alta: il suo negozio. Il suo futuro. Il suo cuore. Correva troppi rischi. Ma quella notte era una cosa diversa. Avrebbe goduto della compagnia dell'uomo con cui non aveva mai sperato di ritrovarsi.

Rimase in piedi, porgendogli la mano. «Va bene. Andiamo a letto.»

13

Il mattino seguente, Mike si fissò allo specchio mentre si faceva la barba. Aveva l'aspetto stanco: era riuscito a dormire solo qualche ora la notte prima. Ellis gli aveva chiesto di fare ancora l'amore, poi si erano addormentati e, al risveglio, aveva passato un'altra ora a farlo di nuovo. Sì, sembrava esausto, ma anche un po' tonto. Non riusciva a evitare di arricciare le labbra in uno stupido sorriso di autocompiacimento. Era sciocco da parte sua pensare che, dopo esserci stato a letto, non l'avrebbe desiderata ancora.

Picchiettò il rasoio sul lavandino e poi sciacquò la lama. Se non si sbrigava avrebbe fatto tardi al lavoro. Ma per qualche ragione non riusciva a muoversi più velocemente. Aprì l'armadietto delle medicine per prendere il dopobarba quando li vide. Profilattici. Una scatola intera che avrebbe dovuto usare la sera prima. Sentì una fitta allo stomaco.

Le donne prendevano tutte precauzioni oggi. Vero? Non era da lui essere così disattento. Non dimenticava mai di proteggersi. Non aveva mai fatto sesso senza condom. Ecco perché gli era sembrato tutto così diverso con Ellis. Era stato fantastico, dannazione!

«Merda.»

Sesso a casa di lei. Ancora sesso da lui. Nessuno dei due, durante tutto quel tempo, si era fermato a riflettere sulle possibili conseguenze. Doveva parlarle, scoprire se esisteva anche una sola eventualità che lei potesse essere incinta.

«Merda.»

La giornata di lavoro quel giorno era trascorsa in modo confuso per Mike. Non riusciva a non pensare a Ellis. Oltre alla sensazione di panico alla prospettiva di diventare padre, continuava a immaginare anche lui ed Ellis a letto. Avrebbe voluto pentirsi di quella notte insieme, ma non ci riusciva. L'avrebbe ripetuta se ne avesse avuto la possibilità.

Andò a trovarla in boutique un po' prima della chiusura. Trovò alcune clienti e Cherri alla cassa.

«È nel suo ufficio» gli disse con un sorrisetto.

Mike la ringraziò, chissà se Ellis aveva condiviso con l'amica i dettagli della notte assieme.

Probabilmente no. Non era una donna di quel tipo. La verità era che Mike la conosceva a stento. Era sicuro che non volesse bambini, come lei stessa gli aveva confidato. E lui le credeva. Sapeva anche con certezza che, se avesse tenuto il loro bambino, sarebbe stata bravissima. Magari la maternità non era la strada che aveva scelto, ma Mike sentiva che le sarebbe venuto naturale essere una buona madre.

«Ehi» le disse entrando nel suo ufficio.

Lei sgranò gli occhi. «Non mi aspettavo di vederti oggi.»

«Eccomi qui, invece.» Le sorrise in modo piuttosto freddo. Chiuse la porta e poi ci si appoggiò con la schiena. «Devo parlarti.»

Ellis assunse immediatamente un'espressione sospettosa. «Okay.» Posò il vestito su cui stava lavorando e girò la sedia per stargli di fronte. «Spara.»

«Non abbiamo usato protezioni ieri notte...» Mike non sapeva come continuare. «Volevo... Mi chiedevo se... Stai bene?»

Lei si alzò, sorridendo. Gli gettò le braccia attorno. «Certo che ti sposo, Mikey. Ho sempre desiderato un matrimonio in primavera, ma avrò già il pancione per allora. Credi che Natale possa andare bene? Un matrimonio a Natale potrebbe essere davvero divertente. Potremmo vestirci da Babbo Natale e sua moglie» continuò lei ridendo. «Le nostre foto nuziali sarebbero graziose. Non credi?»

«Ehm... sì.» Mike chiuse gli occhi e sprofondò il viso tra i suoi capelli, cercando di calmare i battiti accelerati del cuore. Matrimonio. Gli venne la nausea, ma non fu preso dal panico. Non sarebbe diventato come suo padre. Non avrebbe lasciato che crescesse un figlio da sola.

«Mike?» domandò lei, toccandogli il viso. «Capisci che sto scherzando, vero?»

Lui sgranò gli occhi di scatto. Ellis aveva aggrottato le sopracciglia. «Ah, certo.»

«No, invece!» esclamò mentre si scostava, incrociando le braccia sotto al seno. «Oh, tipico! Tu sei sicuro che io voglia sposarti. Be', sappi che non è così, anche se fossi incinta.»

«Aspetta un attimo. Se tu fossi incinta noi ci sposeremmo. Non permetterò che tu cresca mio figlio senza di me.»

Zitto, idiota, pensò Mike. Tu non vuoi sposarti.

«Grazie a dio io non sono incinta» ribatté lei stizzita. «Prendo la pillola. Non devi preoccuparti che io ti incastri in un matrimonio senza amore.»

Mike stava per dirle che non sarebbe mancato l'amore, ma poi si frenò. Come diavolo gli era venuto in mente? «Non ero preoccupato. Volevo essere corretto con te. È la prima volta che dimentico di usare una protezione.»

«Anche io, non sono così ingenua.» I loro sguardi si incrociarono. «Forse è un segno che ieri notte è stato uno sbaglio.»

Mike sentì uno spasmo allo stomaco. «Uno sbaglio?»

«Sì.» Ellis stornò lo sguardo. «Sei stato con molte donne

e non ci avevo pensato prima di passare la notte con te, ma potevi avere le piattole del puttaniere o qualcosa di simile.»

Mike avrebbe voluto difendersi, dirle che si sbagliava, ma non ci riuscì. «Non sono stato con così tante donne come immagini. Nell'ultimo anno sei stata l'unica.»

La bocca di Ellis si spalancò in una O perfetta. Rimase senza parole per la prima volta da quando si erano conosciuti. Lei aveva ragione su una cosa, anche se di solito Mike era attento a proteggere sé stesso e la propria partner, non si poteva mai essere sicuri. Tuttavia, Ellis aveva torto su di loro. Ieri notte non era stato uno sbaglio e lui glielo avrebbe dimostrato.

Quando Ellis tornò a casa la sera, aveva un nodo allo stomaco. Quella mattina, dopo che Mike l'aveva salutata con un lungo bacio, aveva camminato fino a casa sulle nuvole, sessualmente soddisfatta, ma quella sensazione era finita quando aveva notato la lucina del telefono lampeggiare.

«Ehi, sono Dina. Dove diavolo sei? Ti ho mandato tre messaggi.»

Si era completamente dimenticata della sorella. Avevano cercato di rimanere in contatto dalla cena dai loro genitori, ma Ellis non le parlava da giorni. Era troppo presa da Mike. Magari avrebbe dovuto farle sapere di loro due.

Scartò quell'idea quasi immediatamente.

Non c'era bisogno che Dina sapesse che Ellis aveva dormito con Mike visto che era finita tra loro; si era trattato solo di una notte di ottimo sesso. Poco importava che Ellis pensasse ancora a lui un centinaio di volte al giorno o che il cuore le sobbalzasse ogni volta che lo vedeva entrare nel suo ufficio. Michael Edwards era ufficialmente off limits. Mettersi con lui era troppo pericoloso. Stava finalmente ritrovando sé stessa. E non voleva annullarsi di nuovo per un uomo.

Si sedette sul divano e digitò il numero della sorella.

Dina rispose al primo squillo. «Perché diavolo non hai risposto ieri sera? Ero preoccupata da morire.»

«Cosa?»

«Dov'eri ieri sera? Mamma mi ha detto che hanno rapinato il negozio, e che ti hanno ferita e hai il viso tumefatto. Accidenti, Ellis. Ho continuato a chiamare per assicurarmi che stessi bene.»

«Ero... ehm... a letto...» Raccontò una mezza verità. Non si aspettava quelle parole dalla sorella. Non avrebbe mai pensato di sentirla preoccupata per lei. «Hai parlato con mamma. Ti ha detto che stavo bene, giusto?»

«Sì, ma volevo sentirlo da te» rispose e poi rimase in silenzio per un istante. «Ascolta, Elle, so che per gran parte della tua vita non ho fatto altro che considerarti peggio del muschio che cresce sotto i sassi. Ma si dà il caso che io adori quel muschio, e detesto l'idea che possa capitargli qualcosa.»

«Dina...» Ellis avvertì arrivare le lacrime mentre il senso di colpa le devastava l'anima. Sua sorella si preoccupava per lei quando Ellis in realtà stava faceva sesso bollente con il suo ex ragazzo. Che classe. «Sto bene, giuro. Non preoccuparti.»

«Oh, non succederà più perché ti vengo a prendere e ti porto al poligono.»

«Cosa? Armi. Sono sicura che lo Stato di New York non rilascia il porto d'armi facilmente. E sai bene che la nostra mamma pacifista e non violenta non approverebbe.»

«E allora? Non glielo diremo. So che sei coraggiosa eccetera eccetera, ma devo farlo. Perché ho bisogno di sapere che, in caso di emergenza, saprai difenderti.»

«Dove diavolo era questa sorella quando eravamo ragazzine? Mi saresti stata utile all'inizio delle superiori.»

«Nah, non avrebbe mai funzionato. Mi divertivo troppo a torturarti.»

«Stronza.»

«Mocciosa.»

«Grazie per aver chiamato, sorella.»

«Lo farò ancora. Miglioreremo il nostro rapporto. Te lo prometto.»

Si lasciarono e, per la prima volta da molto tempo, Ellis sperò che le cose avrebbero funzionato con sua sorella.

«Ho fame» si lamentò Colin, scrutando il contenuto del frigorifero di Mike.

Il detective fissò la schiena del suo amico, chiedendosi se avrebbe potuto trafiggerlo attraverso la camicia con la sola forza dello sguardo. Era in compagnia di Colin da più di mezz'ora e, per la prima volta in quindici anni che si conoscevano, Mike avrebbe voluto prenderlo a pugni. Come faceva un uomo solo a sapere tutte quelle barzellette?

«Ignora il tuo maledetto stomaco per due secondi e prendimi un impacco di ghiaccio.»

Colin guardò dietro e gli sorrise. «Ti fa male la testa, eh?»

«Lo sai benissimo che mi fa male» rispose brusco. Mike aveva già affrontato situazioni imbarazzanti nella vita, e quel giorno si era ritrovato in una di quelle. Anzi, le altre occasioni erano state nulla a confronto.

«Non ti arrabbiare.» Colin aprì il freezer e gli tirò un impacco di ghiaccio. «Lo sapevi che hai paura degli aghi. Non capisco perché oggi sei dovuto scappare via dal medico in quel modo.»

«Non ho paura degli aghi.» Mike fece una smorfia mentre si poggiava il ghiaccio sulla testa. «È solo che non li amo particolarmente. C'è una bella differenza.»

«Io direi che svenire, sbattere la testa sul tavolo, dover chiamare me per venirti a prendere è molto più che 'non amarli particolarmente.'»

Forse Colin aveva ragione. «Non sono stati gli aghi» ammise Mike. «Ma tutto quel sangue; il medico mi ha piantato l'ago nel braccio e poi continuava a riempire una fottuta provetta dietro l'altra. Quando ha finito la quinta non ho retto. Non è giusto tirar via tutto quel sangue da una sola persona.»

«Perché hai guardato? Bisogna sempre voltarsi, amico. Specialmente tu che tendi a svenire come una ragazzina.» Prese due birre dal frigo, lanciandone una a Mike. «Hanno dovuto usare i sali per farti rinvenire?»

«Vaffanculo.» Mike tastò cautamente il bernoccolo che gli pulsava sulla testa.

«Non dovresti ringraziarmi? Ho mollato il lavoro per venire a prenderti.»

«Scusa se ti ho disturbato mentre rinnovavi la tappezzeria di un divano. Comunque, non è stata una mia idea. Sarei tornato a casa da solo.»

«Stavo restaurando una slot machine d'epoca, ma questo è irrilevante.» Prese un lungo sorso di birra. «Perché avevi bisogno del medico?»

«Motivi... intimi» grugnì Mike prima di sorseggiare la sua birra.

«Allora la prossima volta chiama una ragazza. Sicuramente saprà giocare all'infermierina meglio di me.» Colin si fermò a osservarlo. «Cosa sta succedendo tra te ed Ellis?»

Ellis. Non la vedeva da qualche giorno, e avrebbe mentito se avesse detto che non l'aveva pensata almeno un migliaio di volte. Ogni volta che metteva piede in cucina, gli tornava in mente quel corpo dalle curve generose con indosso la sua maglietta e gli slip rossi. Ogni volta che era sdraiato a letto percepiva vagamente il suo odore sul cuscino. Aveva quasi l'impressione che fosse lì, sdraiata sul suo petto. «Ha riaperto il negozio un paio di giorni fa» disse sbagliando appositamente. «Credo che stia benissimo.»

«Non fare il finto tonto. Sai di cosa sto parlando. Hai fatto qualche progresso con lei? Hai raggiunto l'obiettivo?»

Mike si prese del tempo prima di rispondere. Non aveva segreti per Colin, ma questa volta non era così entusiasta di raccontargli tutto. Non si sentiva a suo agio a parlare di lei, persino con Colin. Mike non sapeva cosa stesse accadendo tra loro. Lei sosteneva che il tempo passato assieme fosse stato uno sbaglio. Eppure non era così. Non era finita, ancora.

«Ci frequentiamo» disse Mike, scrollando le spalle. «Mi piace.»

Colin fece un bel sorriso. «Dài, amico. Non essere timido, adesso. Diventerò presto lo zio Colin?»

«Quando dici queste stronzate sembri il folletto ciabattino di san Patrizio.» Mike si rilassò sulla sedia, incrociando le braccia davanti al petto. «Parliamo di te piuttosto. Non stai con qualcuno da molto tempo.»

Tempo addietro, Colin era uscito con una donna per circa un anno, tanto che Mike era certo che l'amico fosse pronto per andare all'altare. Poi era successo qualcosa alla coppia, solo che lui non aveva voluto parlarne con l'amico. Da quel momento, era sempre stato single. A quanto pareva Mike non era l'unico a tenere la bocca chiusa in materia di donne.

«Mantengo aperta ogni opzione» rispose Colin, poi si alzò e aprì il cassetto dove Mike teneva i menu dei ristoranti con consegna a domicilio. «Ordiniamo una pizza. Sto morendo di fame.»

Evidentemente, la conversazione era chiusa.

Ellis era impegnata a cucire l'orlo di un vestito, quando Belinda fece capolino nel suo ufficio. «Ehi, Ellie, c'è Mike al telefono.»

«Mike?» domandò lei. Sinceramente non pensava di risentirlo così presto, dopo quella discussione. Aveva osservato l'espressione di Mike quando lei aveva affermato che la notte assieme era stato uno sbaglio. Le era bastato un piccolo dettaglio – Mike aveva leggermente serrato la mascella –, per capire che lo aveva ferito.

Ma Ellis non aveva mentito. Era consapevole che non sarebbe dovuta andarci a letto, e non per via di tutte quelle donne nel suo passato. Se si fosse concessa il lusso di innamorarsi di lui, gli avrebbe affidato il cuore e stavolta aveva paura di non poterlo più riavere indietro.

«Sì, Mike. Il detective strafigo. Il tizio che ultimamente ti dedica molte attenzioni.» Belinda studiò Ellis per un istante. «Cosa state combinando voi due?»

«Sono stata a letto con lui» si lasciò scappare.

«Puttanella!» la accusò Belinda. «È andata bene?»

Ellis annuì. «Il miglior sesso della mia vita.»

«Perché non sembri felice?»

«Perché sono una di quelle persone sfortunate che ridiventa un'adolescente e prova dei sentimenti per il ragazzo con cui va a letto.»

«E tu hai paura che lui voglia solo sesso da te?»

Ellis si strinse nelle spalle. «In parte. È solo che non voglio innamorarmi di nuovo, Belinda. È troppo doloroso.»

«Oh, tesoro. Lo so. Perché diavolo pensi che io cerchi di evitarlo?» disse Belinda, sorridendo teneramente. «Prendi il telefono e parlagli. Dopo il lavoro ci concediamo una serata tra ragazze. Uscita da qui vado a fare scorta di alcol e poi ci vediamo da me.»

«Mi sembra ottimo.» Forse una chiacchierata con la sua migliore amica le avrebbe fatto bene. Magari stava esagerando riguardo a tutta questa storia di Mike. «Grazie, Belinda.»

L'amica rispose facendole l'occhiolino e poi lasciò la stanza.

Ellis afferrò il telefono sulla scrivania e fece un profondo respiro prima di rispondere. «Ciao, Mike.» Cercò di sembrare tranquilla, come se non l'avesse affatto pensato negli ultimi giorni.

«Ehi» rispose lui, la sua voce aveva un suono diverso. Pesante. Ellis drizzò la schiena. «Ti ho chiamata sul cellulare, ma non hai risposto, quindi ho pensato di provare a questo numero.»

«Scusami. Devo aver impostato la modalità silenziosa. Come va? Senti già la mia mancanza?»

«Forse. Non parliamo da un paio di giorni. Mi chiedevo semplicemente come stavi.»

«Sto bene, e tu piuttosto? Sembri diverso.»

«Tutto okay, sono solo un po' stanco.»

C'era dell'altro. Il sesto senso di Ellis la avvertiva che qualcosa non andava per il verso giusto. «Dove sei?» gli chiese.

«Al lavoro. So che anche tu stai lavorando e non voglio farti perdere tempo, ma...»

«Ma cosa, Mike?»

«Volevo solo dirti ciao al volo.»

«Ah.» Ellis rimase muta per un istante. «Ciao.»

«Devo andare, Elle. Magari ci si vede in giro.»

Riagganciò prima che lei potesse aggiungere un'altra parola.

Quando Mike chiuse la comunicazione, si sentì un completo idiota. Non sapeva perché l'avesse cercata. Due volte. Avrebbe dovuto capire dalla prima chiamata senza risposta che non doveva disturbarla, ma qualcosa lo aveva spinto a digitare il numero del negozio. Desiderava ascoltare la sua voce, e non perché gli mancasse, ma per sfuggire a tutti quei pensieri che aveva in testa e da quella pesantezza che, ormai da qualche ora, gli rendeva difficile persino respirare.

Quella mattina lo aveva chiamato il suo ex collega, riferendogli che il ragazzino di quindici anni che avevano arrestato per rapina a mano armata l'anno prima, era stato ucciso in prigione. Dopo dieci anni in prima linea Mike non avrebbe dovuto sorprendersi. Tuttavia, non fu così. Anzi, la notizia lo aveva sconcertato.

Daryl Peters proveniva dal peggior quartiere di New York. Era povero. Il liceo che frequentava era pericoloso. Non era più intelligente della norma. E neanche atletico. La criminalità sembrava essere la sua unica scelta di vita. Normalmente, Mike non avrebbe battuto ciglio per l'arresto di un malvivente, ma quel ragazzo gli era rimasto nel cuore. Dimostrava meno dei suoi quindici anni. Aveva pianto quando lo avevano arrestato. Voleva sua madre quando lo avevano trattenuto per interrogarlo. E adesso era morto.

Quanti ragazzini poveri avevano mandato in prigione? Quanti di loro avrebbero potuto costruirsi una vita diversa se fossero nati in un posto con un altro codice postale?

Sapere che era morto gli faceva odiare un po' il suo lavoro. La prigione non riabilitava i ragazzi. Sbatterli dentro assieme a dei mostri di adulti non li avrebbe aiutati. Non faceva altro che trasformarli in bestie a loro volta. Oppure ucciderli.

«Mike?» lo chiamò l'agente all'ingresso della centrale. «C'è qualcuno per te.»

Mike alzò lo sguardo e vide Ellis con una tazza di caffè in una mano e una scatola rosa di una pasticceria nell'altra.

«Elle?» Si alzò in piedi. «Cosa ci fai qui?»

«Ho un debole per i poliziotti» disse distrattamente mentre attraversava la stanza, andandogli incontro. «Sono venuta a vedere se riuscivo a rimorchiarne uno. Cosa hai fatto alla testa?» Poggiò il caffè e la scatola sulla scrivania più vicina per scrutargli il viso. «Mikey...»

Non appena lui sentì quelle mani calde sulla pelle, si lasciò andare al suo tocco. Non poté trattenersi.

Era una delle poche volte che vedeva Ellis senza la sua corazza. Lei era preoccupata per lui, e non riusciva a nasconderlo.

«Chi ti ha fatto questo?» chiese Ellis, poi gli passò le labbra sulla fronte ferita.

«Io. Da solo» Mike non voleva dire la verità. «Stavo facendo l'esame del sangue e sono svenuto, sbattendo la testa sul tavolino.»

«Oh.» Lei si coprì la bocca con entrambe le mani in un vano tentativo di soffocare un sorrisetto.

«Non dovresti ridere di me» disse lui, aggrottando le sopracciglia. «Dovresti coccolarmi e preoccuparti e baciarmi per farmi guarire.»

«Scusa» rispose lei, ridendo ancora. «Mi è difficile immaginarti mentre svieni. Sembri un tipo a cui nulla possa fare male.»

Mike le scrutò il viso ancora livido. «Mi faccio male eccome, Ellis. Molto spesso.»

Rimasero in silenzio per un istante; mentre si fissavano qualcosa di indecifrabile si stabilì tra i loro sguardi. «A giudicare da come mi guardi, devo sembrare ancora reduce da dodici round contro Tyson» disse lei.

«Non credevo fosse possibile, ma il tuo viso è peggiorato.»

«Vuoi dire che non ami la sfumatura giallo-grigiastra sulla mia guancia? O sono quelle rivoltanti macchie viola disseminate sul viso a darti il voltastomaco?»

«Mmm.» Mike le passò delicatamente il pollice sulla guancia. «Credo che il massimo sia quel taglio profondo ricoperto dalla crosta.»

Ellis annuì avvicinandosi, quel corpo caldo e morbido era una cura miracolosa per l'umore da schifo di Mike. «È una vera gioia per gli occhi! Be', almeno siamo ben assortiti. Potremmo accaparrarci il titolo di miglior coppia malconcia» aggiunse lei.

«Oh, sicuro» disse piano. «Dimmi la verità: come mai sei venuta, Ellie?»

«Te l'ho detto. Per rimorchiare. Guarda.» Si diresse verso la scrivania di Maloney dove aveva appoggiato il caffè e la scatola di dolci. «Ho comprato persino un'esca per poliziotti, ma sembra che non ci siano molte prede da catturare da queste parti.» Gli lanciò quello sguardo malizioso da cui Mike era sempre più ammaliato. «Credo che dovrai essere tu la vittima. Vuoi uscire con me stasera?»

«Sì» disse lui senza pensarci. «Volentieri.»

Lasciarono la stazione di polizia poco dopo le sei del pomeriggio. Le strade di Durant di solito diventavano tranquille a quell'ora durante la settimana. Gli studenti del college erano nei dormitori. Le famiglie cenavano. Ellis e Mike passeggiarono per la città. Rimasero in silenzio per un po' e, invece di sentirsi in imbarazzo in cerca di qualcosa da dire, quella calma sembrò loro confortevole. Mike non aveva mai condiviso una sensazione simile con nessun'altra donna.

Non era mai semplicemente andato a spasso con una ragazza. Aveva sempre un piano in mente, uno scopo che giustificasse l'uscita. Ma con Ellis... erano loro due e basta. Niente progetti né pensieri. La metà delle volte non sapeva neanche a che punto erano. L'unica certezza era che lei gli piaceva.

Ellis si fermò davanti a McKeel, il negozio di hobbistica, e guardò attraverso la vetrina.

«Questa è Durant» disse. Premette leggermente le mani sul vetro mentre studiava l'intricata varietà di edifici in miniatura esposti. «Così era la nostra cittadina negli anni cinquanta, prima che gli hippy si trasferissero qui e rivoluzionassero questo posto. Vedi? C'è l'università e quella è St Lucy Street e il terzo negozio è il mio.»

Alzò lo sguardo verso di lui e sorrise. «Mio padre mi portava qui quando ero piccola. Ma solo nel periodo di Natale. Ogni negozio in questa strada allestisce una vetrina con il proprio modello in miniatura. La pasticceria lo realizza in pan di zenzero. Il commercialista crea un albero di Natale con i moduli per il pagamento delle tasse tagliati a strisce, ma quello di McKeel... è il migliore. Questa città si trasforma in un paesaggio invernale.» Indicò il laghetto: «Quello diventa una pista di pattinaggio su ghiaccio, e le persone lì accanto vengono vestite con abiti invernali, e tutto viene cosparso di scintillante neve bianca. È bellissimo.»

Anche tu lo sei, pensò Mike. Il viso le si era illuminato di entusiasmo mentre gli descriveva la cittadina. Mike non si ricordava di essere mai stato più felice. «Dovrai mostrarmi quello di quest'anno.»

Ellis annuì e lasciò scivolare il braccio attorno al suo mentre si dirigevano giù in fondo alla strada. «Devi vedere tutte le decorazioni natalizie qui a Durant. C'è la cerimonia di accensione delle luci dell'albero di Natale nel parco e si fa il tour per ammirare le case illuminate a festa e la gara di cucina per il miglior panfrutto.»

«Miglior panfrutto? Passo.»

«Non puoi! È divertentissimo. Di solito vince la torta con più alcol nell'impasto.»

Lui sorrise a tutto quell'entusiasmo. «Non sono mai stato qui a Natale. Le lezioni finivano prima. Non avevo idea che ci fossero così tante iniziative.»

«Durant è una cittadina fantastica. Mi è mancata molto quando ero via.»

Giunsero alla fine della strada, ma invece di girare all'angolo, Ellis lo sorprese dirigendosi verso il parco giochi deserto. Indossava una piccola gonna marrone svolazzante, tacchi vertiginosi e una giacchina cachi. Non era vestita per giocare al parco.

Si avvicinò all'altalena e si voltò verso di lui, allungandogli la mano. «Spingi.»

«Non è la prima volta che me lo sento dire da una donna, ma di solito non intendono quello che vuoi tu.»

«Pervertito!» Gli sfoderò il suo tipico sorrisetto impertinente. «Scommetto che arrivo più in alto di te.»

Ellis si tolse le scarpe e afferrò l'altalena alla base, le gambe cominciarono a spingere avanti e indietro, dondolandola sempre più in alto, alzandole la graziosa gonnellina. Portava degli slip gialli a pois neri. Mike non riusciva a distogliere lo sguardo.

«Non ci salgo da quando avevo otto anni» disse lei ansimando. «Adesso salto.»

«Ellis,» la avvertì lui «ti romperai...»

Prima che potesse finire la frase lei stava già urlando mentre precipitava a terra. Atterrò con il fondoschiena sull'erba e, senza pensarci due volte, Mike corse da lei.

«Stai bene?»

Lei sbatté le palpebre per qualche istante, poi gli afferrò il braccio e lo trascinò sull'erba accanto a lei. Lui cadde per metà sopra al suo florido corpo soffice e caldo e quando la guardò vide che rideva in modo incontrollabile.

«È stato divertente quasi quanto il sesso.»

Lui sorrise e quando non riuscì più a trattenersi la baciò dolcemente sperando che gli infondesse un po' di quella spensieratezza.

«Mmm» mugolò lei, chiudendo gli occhi per un istante. «Adesso dimmi cosa c'è che non va.»

«Cosa?» Lui si irrigidì, colto di sorpresa da quella domanda. «Niente.»

«Qualcosa, c'è» disse lei, e gli passò le dita fra i capelli.

«Un ragazzo che ho arrestato è stato ucciso in prigione ieri. Aveva solo quindici anni.»

Lei restò in silenzio per un po' mentre i suoi occhi gli scrutavano a fondo il viso. «Ti senti in colpa» disse leggendogli il pensiero. «Credi che se tu non l'avessi messo dentro sarebbe ancora vivo.»

Lui annuì. «Alcuni ragazzi sono cattivi di natura, ma altri hanno solo bisogno di un aiuto. Il padre era morto da un mese, investito da un'auto mentre attraversava la strada, quando Darryl ha fatto quella rapina. Il ragazzo vagabondava tutto il giorno, era povero e frequentava un brutto giro. Se qualcuno si fosse preso la briga di aiutarlo so che non sarebbe finito a rubare.»

«Invece lo ha fatto, Mikey. E tu hai svolto il tuo lavoro. Non avresti potuto comportarti diversamente. Non c'è motivo per cui tu debba sentirti di merda.»

«Lo so.» Scosse la testa. «Però mi fa arrabbiare. Ho messo dentro talmente tanti ragazzini solo per scoprire poi che la prigione li ha resi più violenti, che hanno ferito gravemente della gente una volta tornati in strada. Mi fa odiare il mio lavoro di poliziotto a volte.»

Ellis gli accarezzò la mascella con il dorso della mano. «È per questo che ti sei trasferito qui, perché non eri più felice?»

«Sono tornato qui perché un coglione ha quasi picchiato a morte una donna di ottantanove anni e io ho a malapena battuto ciglio. Non mi è piaciuta quella parte di me, il modo in cui stavo cambiando. Ho pensato che il rischio di essere disgustato da me stesso sarebbe stato minore.» Mike non lo aveva mai ammesso apertamente e adesso che si era tolto quel peso dal cuore sentiva di volerle raccontare il resto. «L'unica cosa che ho sempre desiderato nella vita era fare il poliziotto a New York. Non capisco cosa sia successo. Non so quando il mio lavoro ha smesso di rendermi felice.»

«E cosa vuoi ora dalla vita?»

«Non lo so. Sono venuto qui per capirlo.»

Ellis gli prese il viso tra le mani, e gli baciò la punta del naso. «Sei ferito e confuso. Mi piace questo di te.»

«Dunque, ammetti che io ti piaccio?»

«Mi sei sempre piaciuto. Avevo una cotta per te quattro anni fa, anche prima che ci presentassero» rispose arrossendo.

«Davvero?» Mike era sorpreso da quella dichiarazione e da quanto lo facesse sentire bene.

«Sì. Non avrei dovuto dirtelo» si lamentò. «Probabilmente il tuo enorme, stupido ego raggiungerà dimensioni epiche.»

«Ellis...»

«Ah, già, ero gentile con te fino a poco fa, vero? C'è qualcosa di positivo in te, Mike. Me lo sentivo anche prima di conoscerti meglio. Sei un uomo per bene, e un ottimo poliziotto. Meriti di essere felice e se il tuo mestiere non ti soddisfa più come una volta, voglio che trovi qualcos'altro di gratificante.»

La fissò per un istante, incapace di decifrare cosa stava provando dentro. Questa donna... gli rendeva difficile sentirsi triste.

«Hai dell'erba tra i capelli.» Mike fece scivolare le labbra sulla sua guancia. «Forse è meglio rialzarci. Comincia a far freddo.»

«Sul serio?» Ellis si avvinghiò a lui. «Non lo sento per niente.»

Neanche lui. Il suo corpo era premuto contro quello di Ellis e sentiva caldo ovunque; nonostante fosse comodo, sapeva di non poter passare la notte sdraiato sull'erba accanto a lei. Con riluttanza, si scostò per alzarsi. «Voglio portarti a cena.»

«Okay. Tutto tranne il sushi.» Ellis si mise in piedi, e si tolse l'erba da dietro la gonna. «Io odio il sushi.»

«Anche io.» Le raccolse le scarpe. «Se vuoi servirmi del pesce, prima cuocimelo.»

«Giusto. E non mi basta. Friggilo. Non voglio sentirmi una salutista mentre lo mangio» aggiunse lei.

La prese per mano e la condusse nel parco. «Sì, e trovo che il pesce in genere sia inquietante. Chi diavolo vorrebbe essere fissato dall'animale che sta mangiando?»

«Esatto! Ogni volta che vedo qualcuno mangiarne non posso evitare di immaginare che abbia dei batteri nello stomaco. E li vedo contorcersi all'interno della pancia.»

Mike aggrottò le sopracciglia a quel pensiero. «Credo che dovremmo rimanere su una classica bistecca per cena.»

«Cheeseburger.» Annuì lei. «E milkshake. Sai che adesso lo fanno al gusto di birra?»

«Non sono sicuro che mi piaccia.»

«Mia madre lo adora. Non riesco a farle mangiare il pollo, ma tracanna due milkshake alla birra in meno di venti minuti.»

Ascoltò Ellis parlare di sua madre mentre passeggiavano lungo la strada, e per la prima volta dopo molto tempo Mike si sentì felice.

***

Ellis scoprì che adorava realizzare l'abito da sposa di Karen. Tutta quella delicata stoffa bianca, il complesso lavoro di cucitura a mano e il talento che utilizzava per creare un vestito vero da un bozzetto la gratificavano. Certo, il vestito era ben lungi dall'essere finito, benché mancassero due settimane e mezzo al matrimonio. Le sue finanze erano ancora disastrose ed era subissata di lavoro, ma si sentiva bene. Felice, persino. Sapeva che cambiare il corso della propria vita era stata la scelta migliore che avesse mai fatto.

«Sarà favoloso» le disse Cherri, in piedi davanti alla porta dell'ufficio. «Karen scoppierà a piangere quando verrà a misurarlo.»

«Intendi dire un pianto simile a quello dell'ultima volta?»

«Sì.» Cherri le sorrise. «Ma molto più intenso.»

«Ricordami di fare scorta di fazzolettini.»

«Sicuro.» Cherri rimase in silenzio per un istante, l'espressione tesa sul volto.

«Cosa c'è, tesoro?» Ellis si preoccupò per la sua giovane impiegata. La ragazza non si riposava mai.

«Mia nonna» sospirò lei. «È caduta nella doccia stamattina. Sta bene, ma continuo a pensare a cosa sarebbe accaduto se non fossi stata lì con lei.»

«Vai a casa, Cherri. Stalle accanto.»

Cherri sgranò gli occhi. «Ma devo lavorare altre due ore. E tu hai un bel po' da cucire.»

«Me la caverò» disse sincera. Nessun lavoro era mai più importante della propria famiglia. «Vai a casa e non sentirti in colpa. Ti meriti un po' di tempo libero.»

«Sì, Cherri» disse una voce profonda. «È vero. Le darò io una mano.»

Mike comparve dietro a Cherri, indossava una felpa grigia con il cappuccio e il simbolo del college. Il cuore di Ellis cominciò a palpitare.

«Dici sul serio?»
Era sorpresa di vederlo così presto dopo la sera precedente. Avevano passato tre ore insieme solo a parlare. Era stata una delle più belle serate della sua vita, e non le era parso un appuntamento. Sembrava che fosse uscita con un vecchio amico da cui era selvaggiamente attratta. E questo la spaventava. Sapeva che si stava perdutamente innamorando, e tutto accadeva veloce. Ma non voleva. Era troppo presto dopo Jack. Era in una fase in cui avrebbe dovuto concentrarsi solo su di sé. Inoltre, non era sicura di ciò che provasse Mike. Aveva centinaia di ragioni per stargli alla larga, ma lì davanti a lei c'era il motivo per cui non ci riusciva: lui la faceva stare bene e, soprattutto, a proprio agio con sé stessa.
Lui annuì. «Potrebbe servirti un tipo tutto muscoli e niente cervello, non è vero?»
Ellis fece cenno di sì, per la prima volta intimidita al suo cospetto. «Non devi. Posso cavarmela da sola.»
Aveva notato a stento che Cherri era sparita mentre Mike attraversava la stanza. Si fermò davanti a lei, prendendole il pizzo dalle mani e attirandola a sé. «Sono qui, Ellis. In un negozio di abiti. E solo per una ragione.»
Lei gli diede un bacio sulla guancia, sperando che la sua espressione non tradisse quanto le sue parole l'avessero colpita. «Ammettilo. Non puoi vivere senza di me.»
«Ti piacerebbe.» Lui la strinse più forte, il volto che cadeva lungo la curva del collo. «Cosa vuoi che faccia stasera?
«Questo.» Ellis intrufolò le dita sotto la felpa e gli accarezzò la parte bassa della schiena. La sera prima erano tornati ognuno a casa propria. Non perché lei volesse così. Aveva dimenticato ogni suo proposito di mantenere le distanze. Ma lui non le aveva chiesto di passare la notte insieme. Non ci aveva neanche provato. Le aveva dato un tenero bacio della buonanotte e l'aveva riaccompagnata al negozio.
«Come stai oggi, Mike? Ti stavo pensando.»
Lui si irrigidì, scostandosi un poco per guardarla in volto.

«Che c'è?» domandò imbarazzata. Non voleva lasciarsi scappare quella frase. Non poteva dimostrargli quanto fosse vicina a innamorarsi di lui.

«Niente. Sto bene. Tutto a posto.» Scosse la testa e si allontanò. «Mettimi al lavoro, Ellie.»

Lei obbedì, confusa da quella conversazione. Per due ore lo guardò pulire la stanza principale, aggiornare il software e rendersi utile come poteva. Le rivolse al massimo due parole e un'occhiata fugace. A un certo punto era tentata di mandarlo via. Non capiva perché fosse lì. Il negozio non era più in disordine dopo la rapina. Non aveva bisogno di essere protetta, ma aveva il forte sospetto che la sua presenza avesse più a che fare con lui che con lei. Era come se Mike avesse bisogno di stare lì. Voleva sentirsi utile.

Sapeva che Mike si sentiva un po' perso. In qualche modo, si trovava anche lui al crocevia della propria vita. Ma Ellis era sicura che avrebbe ritrovato la felicità. Lei sapeva che Durant era il luogo in cui voleva passare il resto della vita, invece lui non poteva dire altrettanto. Avrebbe potuto fare i bagagli e partire l'indomani stesso, lasciandola un po' innamorata.

«Chi è quel tipo, Ellis?»

Si voltò verso Macy, una delle sue migliori clienti, sorpresa di essere talmente presa da Mike da non accorgersi che fosse entrata.

«Ah, lui? È... solo un amico. Come posso aiutarti?»

«Be', sono venuta per gli abiti in saldo, ma preferirei passare il tempo a fissare l'uomo che hai in esposizione.»

«L'ho visto prima io» disse mentre spingeva delicatamente Macy verso un camerino. «Ti porto qualcosa da provare.»

«Ti va di un dolce con me?»

Mike arrivò da dietro e le cinse la vita tra le braccia mentre Ellis aspettava che Macy finisse di vestirsi.

Si mantenne piuttosto rigida, ripensando al suo comportamento della sera prima.

Digli di no. Non hai bisogno di queste stronzate ora.

Ma le sue labbra le sfiorarono la nuca facendola rilassare un po', benché controvoglia.

«Dimmi di sì» la pressò. «E niente stronzate tipo che non mangi schifezze durante la settimana.»

«Abbiamo preso cheeseburger e milkshake ieri sera» ribadì lei, accorgendosi di essere petulante.

«Dimmi di sì lo stesso.» Le appoggiò il mento sulla spalla.

«No.»

«Ma ho lavorato sodo stasera. Mi sono anche tagliato con la carta per pulire quell'area disastrata che tu chiami scrivania. Vedi?» Aveva un piccolo taglio sull'indice. «Sei in debito con me.»

«Okay» rispose, odiando il fatto che gli era bastato spronarla un poco e lei si era arresa. «Sei stato utile stasera, talmente tanto che dovresti mollare tutto e venire a lavorare qui come mio ragazzo tuttofare.»

«Solo se mi paghi con il sesso.»

Lei chiuse gli occhi mentre dei pensieri poco candidi le attraversavano la mente. Immaginò le sue mani che le ispezionavano il corpo nudo, le labbra che le sfioravano i capezzoli, e lui che la accarezzava in mezzo alle gambe. Avvampò. Se voleva conservare anche una sola, remota possibilità di preservare il suo cuore, doveva piantarla con quelle fantasie.

Come se fosse possibile.

«Oh, tesoro, dimmi di sì.»

Ellis aprì gli occhi e vide Macy che li fissava con un gran sorriso in volto.

«Ellis non mi aveva detto che non eravamo soli» disse lui. «Comunque, io sono Mike.» Le porse la mano senza lasciare Ellis. «Molto lieto.»

«Molto lieta anche io. Ascolta, Ellis, prenderò l'abito verde e i pantaloni neri, ma dovresti farmi qualche adattamento. Torno domani per le misure. Vai a goderti il tuo dessert con il tuo amico.»

Qualche minuto dopo erano in un séparé all'Hot Lava Java, e dividevano un peccaminoso crumble ai mirtilli ricoperto di gelato alla vaniglia. Era la prima volta che tornava lì da quando si erano incontrati per caso. Cominciava a chiedersi se ormai quel posto non le avrebbe sempre ricordato lui.

«Farò l'amore con chiunque abbia preparato questa squisitezza» disse Ellis sospirando di estasi, mentre leccava il cucchiaio.

«L'ho fatto io» mentì Mike. «Mi ci è voluta un'intera giornata.»

Lei alzò un sopracciglio. «Puoi provarlo?»

«No» alzò le spalle. «Sono un poliziotto. Ho eliminato ogni traccia.»

«Peccato, allora.» Si portò un cucchiaio pieno di gelato alla bocca, lasciandolo sciogliere sulla lingua, mentre guardava Mike, intento a fissarla. Questo la fece sentire in imbarazzo e a suo agio allo stesso tempo.

Le squillò il telefono. *You Drive Me Crazy* di Britney Spears. Era Dina. Non rispose. Fu pervasa da un leggero senso di colpa. Aveva visto la sorella due giorni prima, ma non le aveva raccontato di Mike.

«Qualcosa non va, Ellie?»

«Era Dina. Non le ho ancora detto di noi.»

«Perché no? Noi due non siamo certo un segreto.»

Rimase stupita: era l'ultima cosa che si aspettava di sentirgli dire. «Non ne sarà contenta. Mi ha svelato che le piacevi molto.»

«Ne dubito» la rassicurò Mike. «Era solo un piccolo flirt.»

Lei distolse lo sguardo. Quelle parole non bastarono a confortarla. Mike non aveva idea di come ragionasse Dina. Non sapeva che da piccola era stata una ragazzina turbolenta e insicura che doveva ottenere sempre tutto ciò che desiderava. Suo padre aveva smesso di andare a trovarla quando aveva sei anni. La vedeva una volta o due l'anno, quando ne aveva voglia. Poi, quando lei aveva compiuto dodici anni, il padre era sparito del tutto. Dina aveva problemi con la figura paterna e con gli uomini, e si rifiutava di considerare altri punti di vista a parte il suo. Ellis la conosceva troppo bene e sapeva che la notizia della sua frequentazione con Mike l'avrebbe sconvolta. Non perché desiderasse da impazzire Mike, ma perché era stato lui a non volerla vedere più, e adesso usciva con quella cicciona di sua sorella minore che lei non aveva mai ritenuto alla sua altezza.

Mike lasciò il suo posto al tavolo e le scivolò accanto. «Perché sembri così infastidita da questa storia? È stato quattro anni fa e, se non ricordo male, lei ha cercato di scoparsi un tizio nel tuo letto durante la tua festa.»

«E cosa dovrei dirle esattamente? Che siamo stati insieme?»

«No.» Le prese il volto tra le mani. «Le dirai che ci frequentiamo e che continueremo così finché non ci stanchiamo l'uno dell'altra.»

«Potrebbe accadere molto presto» disse lei, avvicinandosi per baciarlo. «Ne ho quasi abbastanza di te.» Le labbra di Ellis sfiorarono le sue, non appena entrarono in contatto spazzarono via tutti i pensieri sull'impossibilità di stare insieme. Doveva smetterla di arrovellarsi. Aveva bisogno di vivere il presente e, soprattutto, di fare ciò che la rendeva felice.

Lui si spostò per darle un bacio più profondo, ma nel momento in cui la bocca si apriva sulle sue labbra, udirono: «Ciao, figliolo.»

Lui si irrigidì ed Ellis si voltò per vedere a chi appartenesse quella voce roca che esercitava così tanto potere su Mike.

Oh, merda!

L'uomo aveva i capelli neri con qualche filo d'argento e gli occhi di una sfumatura di blu che Ellis aveva visto solo in un'altra persona: il tizio era identico a Mike.

Suo padre!

Ellis si voltò verso Mike e scorse l'espressione impassibile del suo volto, benché riuscisse a percepire la rabbia scorrergli nelle vene.

«Mike...» L'uomo si sedette di fronte a loro. «Sono venuto per vederti. Dobbiamo parlare.

«Be', Harry, è un vero peccato. Ho smesso di avere voglia di parlarti vent'anni fa.» Mike diede una piccola spinta a Ellis sulla parte bassa della schiena. «Muoviamoci, Elle. Preferirei andare da un'altra parte.»

Ellis si alzò, spostando gli occhi dal padre al figlio. Condividevano la stessa espressione testarda, ma Harry non riusciva a nascondere i propri sentimenti bene quanto il figlio. Ellis non sapeva cosa stesse accadendo o se quell'uomo meritasse del tempo con Mike, ma riconobbe quello sguardo nei suoi occhi. Rimorso. Vergogna. Tristezza. Mike non sembrava notarlo né curarsene. Non si preoccupò di risparmiare al padre un'altra occhiataccia fugace mentre le afferrava la mano, scortandola verso la porta.

«Figliolo, aspetta.»

«Non osare!» Mike si fermò, ma non si voltò per guardare in faccia l'uomo che l'aveva messo al mondo. «Hai perso ogni diritto di chiamarmi figlio il giorno in cui ci hai abbandonato. Stammi lontano.»

14

Ricordava chiaramente il giorno in cui suo padre se n'era andato di casa. Era un giovedì. Sua madre e le sue sorelle maggiori erano al negozio di fiori, impegnate a preparare un ordine per un grande matrimonio in programma per quel week-end. Lui era a casa da solo con sua sorella minore, Janice, ad attendere il ritorno del padre dal lavoro. Avrebbe dovuto essere lì per le quattro, in tempo per preparargli la cena e portare Mike agli allenamenti di baseball. Arrivarono le quattro in punto e di lui non c'era ancora traccia. Lui aspettò, indossò la divisa e preparò un sandwich con del formaggio grigliato quando a Janice venne fame. Intanto si erano fatte le cinque, e ancora niente papà. Mike cominciò a preoccuparsi. Un incidente, un contrattempo al lavoro, qualcosa era andato storto. Per non spaventare la sorella andò in camera dei genitori per chiamare il negozio dal loro telefono, ma quando raggiunse l'apparecchio trovò un pezzo di carta giallo da documento legale sul cuscino della madre.

'Mi dispiace Margie. Non posso più vivere in questo modo. Me ne vado. Perdonami, ti prego.'

Il bastardo non si era disturbato di dirglielo di persona. Il vigliacco non riusciva a dire loro addio guardandoli in faccia. Il giorno seguente scoprirono che aveva chiuso i conti correnti, lasciando loro solo il denaro sufficiente per sopravvivere fino alla fine dell'anno. A tredici anni Mike sapeva cosa significava perdere l'amore. Suo padre, il suo eroe, li aveva abbandonati il giorno prima del suo compleanno. Avevano pianificato di saltare la scuola e il lavoro, passandolo lontano dalle donne che comandavano in casa. Invece Mike lo trascorse a guardare sua madre spaventata e le sorelle che piangevano. Quel giorno giurò che non si sarebbe mai affezionato così tanto a nessuno, in modo da provare solo indifferenza se mai qualcuno lo avesse lasciato.

Il rumore incalzante dei tacchi di Ellis sul marciapiede lo avvertì del fatto che lui non era da solo con i propri pensieri. Era così preso da dimenticarsi di essere in compagnia. Guardandola notò che le sue guance erano leggermente arrossate e il respiro affannoso.

«Ellis.» Rallentò il passo. «Scusami. Andavo troppo veloce.»

«Sto bene» disse lei, sbuffando. «La camminata veloce è un ottimo modo per bruciare il dessert. Solo, mi piacerebbe non indossare tacchi da dieci centimetri.»

«Mi dispiace, Elle. Non mi aspettavo di vederlo.»

Lei annuì, stringendogli forte la mano. «Così quello è tuo padre, eh? Almeno non è entrato in casa mentre facevamo sesso, come i miei.»

Lui rise, nonostante volesse trattenersi. «No, lui è molto più bravo ad andare via.»

Restò silenziosa per un istante, poi piegò la testa per studiarlo. «È la prima volta che lo rivedi da quando vi ha lasciato?»

Mike annuì. «Non l'avevo riconosciuto all'inizio. Non ero sicuro che fosse ancora vivo fino a un paio di settimane fa.»

«Oh.» Ellis seguì il suo istinto: «E questo come ti fa sentire?»

Rimase sorpreso per un istante. Nessuno aveva mai indagato sui suoi sentimenti riguardo all'abbandono del padre. «Non lo so. Basta parlare di lui. Non merita neanche che sprechiamo il nostro fiato.»

«Scusami, vorrei tanto sapere cosa dire in situazioni simili.» Ellis si morse il labbro inferiore. «Magari esiste un biglietto della Hallmark con una frase adatta all'occasione?» Si fermò a pensare. «Qualcosa tipo: 'Mi dispiace che sia tornato quel fannullone di tuo padre. Spero che qualcuno gli squarci le gomme dell'auto.'»

Lui sentì di nuovo una fitta al cuore. La stessa che aveva avvertito la sera prima al parco. E anche prima, quando era in negozio con lei. In qualche modo Ellis gli era entrata dentro.

Era l'ultima cosa che desiderava.

E ne era spaventato a morte.

Vent'anni prima aveva giurato a sé stesso che nessuno avrebbe mai esercitato un potere simile su di lui, tanto da potergli rivoluzionare la vita. Ellis, invece, avrebbe potuto turbarlo. Non poteva permettere che accadesse.

«Dovresti farti assumere alla Hallmark. Sei brava con i biglietti di auguri.»

Lei si strinse nelle spalle. «Sono superdotata.»

Lui annuì e continuò a camminare accompagnandola in negozio con una pesantezza nel cuore e il cervello in tilt. Si era trasferito a Durant per scappare da una vita frenetica. Ma non pensava di incappare in una serie di problemi diversi e ancora più complessi.

Qualche minuto più tardi erano accanto all'auto di Ellis. Lei lo guardò, e Mike capì che desiderava dirgli qualcosa. Ma lui non era in grado di ascoltarla, di qualunque cosa si trattasse.

«Buonanotte, Ellie.» Si curvò per baciarla sulla guancia, ma lei si girò premendogli le labbra sulle sue. Lo abbracciò, dilungandosi in un rassicurante bacio. In quel momento capì che non voleva andare a casa da solo. Desiderava rimanere avvolto da quel soffice abbraccio per tutta la notte, dimenticando ogni pensiero spiacevole che gli attanagliava la mente. Ma non poteva. Non le avrebbe permesso di esercitare lo stesso potere che il padre aveva su sua madre.

Interruppe il bacio e indietreggiò. «Mandami un messaggio sul cellulare quando arrivi a casa.»

Le aprì la portiera, aiutandola a entrare, quando accese il motore si allontanò, sforzandosi di non guardare indietro.

Erano passati nove giorni da quando Ellis aveva visto e sentito Mike per l'ultima volta. Si odiava per aver contato i giorni in cui erano stati separati. Si detestava per aver combattuto ogni suo dubbio su di lui. Avrebbe dovuto ascoltare l'istinto. Tenerlo a distanza. Non avrebbe dovuto abbandonarsi, affezionarsi a quel modo. Una notte, si era ripetuta inizialmente. Una sola notte di sfrenato sesso da urlo; ma poi, dopo aver passato qualche ora in sua compagnia, aveva dimenticato velocemente quel proposito. Mike era come le patatine fritte: non ne avevi mai abbastanza.

Inizialmente fu comprensiva. Pensò che il detective necessitasse di un giorno o due per metabolizzare la comparsa del padre. Era stato un evento traumatico; ma dopo cinque giorni di messaggi e chiamate sul cellulare senza alcuna risposta, capì che forse c'era dell'altro. Probabilmente aveva letto nella sua anima più di quanto avrebbe dovuto.

Si ripromise di dimenticarlo. La sua vita era già proseguita senza di lui. Era andata a pranzo con Dina due volte. Il negozio la impegnava sempre di più. Doveva modificare molti abiti. Il vestito da sposa a cui stava lavorando duramente stava per essere ultimato. La teca era stata aggiustata. Le finanze erano meno disastrose del solito. La sua vita era bella. Odiava solo il fatto di sentirsi così dannatamente infelice.

Ma avrebbe messo a posto anche quello. Si era presa due giorni interi di vacanza. Momenti da dedicare a sé senza vedere nessuno né avere nulla da fare. Magari si sarebbe fatta un bel bagno nella vasca e avrebbe letto quel libro che rimandava da un anno. Forse avrebbe dormito tutto il giorno senza nemmeno togliersi il pigiama. Accadeva raramente che potesse fare qualcosa solo per sé. Un tempo la sua vita ruotava attorno a Jack l'idiota, in modo da soddisfare ogni sua esigenza o richiesta. Prima, invece, si era dedicata alla facoltà di legge e all'esame per diventare avvocato. Adesso si logorava per rendere il suo negozio un successo. Ellis non si era mai ritagliata del tempo per prendersi cura di sé. Non si era mai rilassata.

Probabilmente era per questo motivo che era sveglia come un grillo di domenica mattina, piena di energia incontrollabile. Guardò l'orologio: le sette e due minuti. Non avrebbe dovuto svegliarsi a quell'ora. Si girò, cercando una posizione diversa e più confortevole che l'avrebbe immediatamente trascinata nel mondo dei sogni. Quella posizione non esisteva.

Sospirò. Forse sarebbe andata a trovare i suoi genitori o a controllare il negozio vintage di zona in cerca di ispirazione. Ellis non era brava a non far niente.

Il campanello suonò mentre si stava alzando. Doveva sicuramente essere sua madre. Nessun altro si sarebbe sognato di passare da lei così presto di domenica. Se Phillipa era in vena di andare a correre assieme, Ellis si sarebbe messa a urlare. Poteva anche esplodere di energia incontenibile, ma nulla l'avrebbe mai spinta a fare jogging.

Udì suonare ancora e questa volta si sforzò di uscire dal letto e scese di corsa le scale. Non voleva sentire sua madre che la chiamava, svegliando l'intero quartiere.

Quando aprì la porta, le si drizzarono i peli sulle braccia. Lui era l'ultima persona che si aspettava di vedere. Quella che aveva appena cancellato dalla mente. «Cosa ci fai qui?»

Non tu. Non adesso. Non oggi.

Proprio quando aveva cominciato a dimenticarlo, Mike si era presentato lì a rompere le palle. Era in piedi davanti a lei con l'espressione stanca e la barba incolta. Non sembrava più lui. Ellis sentì una dolorosa fitta al cuore. Voleva attirarlo a sé e abbracciarlo. Ma anche schiaffeggiarlo.

«Voglio passare la giornata con te.»

Nove giorni. Nove interi giorni senza una parola. Gli voleva bene, si era preoccupata e lui l'aveva ignorata, proprio come la notte della sua festa.

No, non avrebbe lasciato che accadesse. Si trattava della sua vita e non avrebbe certo giocato secondo le regole di Mike. «Sono impegnata.» Cercò di richiudere la porta, però Mike la fermò, riaprendola nuovamente.

«Non è vero. Ho chiamato Belinda ieri e mi ha detto che ti saresti presa due giorni liberi.»

Ellis rimase in silenzio. Aveva chiamato? Scosse la testa, ancora più risoluta. «Sì, giusto e ho in progetto di passarli a letto. Da sola.»

Quando lei cominciò a indietreggiare lui le afferrò il polso. «Sei arrabbiata con me.»

«No. Non sei così importante.»

«Stronzate» disse stizzito. «Ce l'hai con me perché sono sparito. Lo capisco, io...»

Lei si divincolò. «Non sono arrabbiata perché sei sparito. Ma perché mi hai ignorata, pensando di poter tornare quando più ti piace. Non so che tipo di donna pensi che io sia, ma non sono certo un passatempo nei tuoi momenti di noia. Non sono solo una con cui ti diverti. O con cui fai sesso quando ne hai voglia. Non ti lascio entrare e uscire dalla mia vita ogni volta che vuoi. Siamo in due a decidere.»

Lui scosse la testa, la sua espressione si addolcì. «Non è questo Ellie. Io... io ho...»

«Cosa? Hai trovato una ragazza che nuda è più bella di me?»

Gli si irrigidì la mascella. «Non cominciare, Ellis.»

«Sapevo che non avrei dovuto farmi coinvolgere sentimentalmente da te. Dovevo scappare» disse lei. Si strinse la radice del naso fra le dita, tentando di alleviare il mal di testa. «Fanculo, Mike. Avere a che fare con te si rivela sempre uno sbaglio.»

Si voltò e lo lasciò lì in piedi, senza preoccuparsi neanche di sbattergli la porta in faccia. Non immaginava di essere così arrabbiata sia con lui per aver pensato che poteva entrare e uscire dalla sua vita come voleva, sia con sé stessa per essersi innamorata dell'ultimo uomo al mondo verso cui provare sentimenti.

Mike guardò Ellis salire le scale con forza, diretta a letto. Doveva andarsene; chiudere la porta e scomparire per sempre.

'Uno sbaglio.'

Aveva usato quella parola, e lo aveva colpito al cuore. Avrebbe potuto qualificare con molti altri termini il loro rapporto. E 'sbaglio' non rientrava tra quelli.

Sapeva che ignorarla era stato un errore. Voleva così tanto prendere il telefono e ascoltare la sua voce. Ma non lo aveva fatto. Si stava affezionando troppo. Quando era a letto Mike la bramava fisicamente, ma con il cervello e l'anima rimpiangeva la sua conversazione brillante, il suo sorriso malizioso, la semplice presenza di Ellis nel suo mondo. Non era a Durant per una relazione seria. La cittadina era solo un luogo di sosta dove poter riflettere prima di proseguire la sua vita. Non voleva innamorarsi. Ma starle lontano era maledettamente difficile. Doveva procedere con cautela.

Chiuse la porta e corse su per le scale fino in camera. Da quello sfogo di rabbia aveva capito che gli ultimi nove giorni erano stati duri per lei proprio come lo erano stati per lui. Mike aveva contato i giorni passati lontano da Ellis, odiandosi per questo. Ma non aveva previsto di sentire la sua mancanza.

Ellis era nascosta sotto le coperte quando Mike entrò nella stanza. Non sapendo come comportarsi la fissò per un istante. Non aveva mai avuto problemi con le donne prima, eppure con Ellis gli sembrava di sbagliare sempre. Era come se non trovasse mai il giusto equilibrio quando era vicino a lei, e questa era una delle cose che lo infastidivano di più. Si tolse gli stivali, i jeans, la felpa e s'intrufolò nel letto accanto a lei;

fremette sentendo le curve morbide di lei entrare in contatto con il suo corpo.

«Vattene, Mike.» La sua voce attutita veniva da sotto il cuscino.

Mike lo tirò via. «No che non me ne vado.»

«Non permetterò che tu mi faccia questo.» Si voltò per guardarlo. «Non sono il tappetino davanti alla porta di casa. Non puoi calpestarmi uscendo ed entrando dalla mia vita come vuoi.»

«Non è mia intenzione. È che dovevo affrontare...»

Lo interruppe. «Ti sarei stata accanto.»

«Lo so.» Era esattamente questo a spaventarlo. Le scostò delicatamente una ciocca di capelli dal viso. La avvicinò a sé e fu contento di sentire il corpo di Ellis che cominciava a rilassarsi contro il suo. «Perdonami.» Le baciò la fronte. «Mi sono mancate le tue battute impertinenti. Mi sentivo davvero perso.»

«Avresti dovuto buttarti giù da un dirupo.» Ellis aggrottò le sopracciglia, ma lui capì che si stava calmando. «La tua barba mi punge. Ah, e io ti odio.»

«Ecco la mia ragazza!» La tirò a sé, avvolgendola tra le braccia. Sentì le palpebre diventare pesanti. Aveva passato nove giorni in preda all'ansia, teso, incapace di rilassarsi, ma ora quelle sensazioni erano scomparse.

«Mike?» chiamò Ellis, mentre lui chiudeva gli occhi.

«Mmh?»

«Dicevo sul serio, sai. Se sparisci di nuovo, non azzardarti a tornare mai più.»

15

Quegli odiosi rotoli dietro la schiena.

Generalmente mi piace il mio aspetto. Gran parte delle volte.
Fisso lo specchio a figura intera e mi vedo sensuale.
Solo che poi mi giro di profilo.
Grasso sulla schiena. Rotoli sotto al reggiseno. Cumuli di ciccia.
La rovina della mia vita.

Ellis fissò l'uomo dal fisico imponente che dormiva nel letto accanto a lei. Aveva bisogno di tagliarsi i capelli. La capigliatura corta di prima era cresciuta in piccole ciocche nere e setose. Era decisamente attraente così. Incapace di fermarsi, sollevò la mano per passare le dita tra i suoi ricci e sospirò. Era favoloso anche quando dormiva. Non russava. Non perdeva saliva. Non teneva la bocca aperta. Ed eccola lì, nella sua camicia da notte spiegazzata con le scimmiette disegnate, e i capelli probabilmente simili al nido di un uccello.

Dov'è la tua forza di volontà, donna?

Sarebbe finita con il cuore spezzato. Lo sentiva. E non sarebbe stato come con Jack, ma molto peggio. Mike non intendeva farle del male appositamente. Avrebbe dovuto rompere con lui una volta per tutte. Prima che il mondo le crollasse addosso.

«Mi piacciono le tue scimmiette» disse lui, distogliendola improvvisamente da quei pensieri.

«Grazie.»

Lui la tirò a sé, accarezzandole la guancia con le dita. Lei non voleva crogiolarsi in quella vicinanza tra i loro corpi, ma non appena entrò in contatto con la pelle di Mike, sentì un fremito. «Il livido è guarito finalmente» disse lui con voce assonnata. «Sei tornata a essere stupenda.»

«Ehi, non pensavi che lo fossi comunque?»

La baciò delicatamente sulla guancia. «Ogni volta che ti guardavo, volevo uccidere il tizio che ti aveva colpita.» Le sfiorò tutto il viso con le labbra, baciandola dietro l'orecchio, vicino al collo. «Mi ha quasi reso difficile fare l'amore con te tutte e sei le volte, ma in qualche modo sono riuscito a non pensarci.»

Le sue parole la fecero sorridere; chiuse gli occhi, godendosi quelle labbra morbide sulla pelle, i brividi di piacere che le attraversavano il corpo. Le era mancato. Nonostante tutto. Solo che non voleva che Mike le spezzasse il cuore. «Avresti dovuto restarmi lontano, Mikey.» Aprì gli occhi per guardarlo in viso. «Sarebbe stato meglio così.»

Mike serrò gli occhi per un istante, poi li spostò verso la sveglia accanto al letto. «Non riesco a credere che tu mi abbia lasciato dormire per quasi tre ore. Cosa vuoi fare oggi?»

«Mike.» Non le stava rendendo le cose facili.

«È passato tanto tempo dall'ultima volta in cui ho oziato tutto il giorno. Possiamo farlo, però. Magari andiamo al cinema più tardi? O facciamo una bella passeggiata nel parco?»

«Mikey...»

«Vuoi fare un bagno? Te lo posso preparare io e metterci tutta quella roba profumata da femminuccia che piace a voi donne. E quando avrai finito troverai un bel brunch in tavola.»

Si alzò dal letto e si diresse in bagno; Ellis lo sentì aprire i rubinetti. «C'è del cibo in casa o devo ordinare?» Fece capolino fuori da bagno in attesa di una risposta.

Avrebbe dovuto dirgli di tornare a casa, ricordargli che la loro storia era uno sbaglio, proteggere il suo cuore. Quella era una fase della vita tutta per sé. Doveva dedicarsi al negozio, ad accrescere il volume d'affari. Doveva chiudere del tutto con lui. Ma non ancora.

«Cibo? Sai che non ne ho in casa. Dobbiamo ordinare.»

Il giorno passò velocemente. Anche troppo, pensò Ellis. Fece un lungo bagno caldo e quando finì trovò il brunch come promesso. Bagel caldi, formaggio spalmabile, frutta fresca e succo d'arancia. Mangiarono a letto e dopo dormirono un po'. Ellis finalmente ebbe la possibilità di iniziare a leggere il libro che voleva mentre Mike sfogliava il giornale. Non parlarono molto, non si baciarono e si toccarono poco. Ellis continuò ad aspettare che lui facesse la prima mossa, provando a fare l'amore con lei. Ma non avvenne. Lei ne sarebbe stata più che felice. In quell'ultima settimana aveva pensato di continuo a lui, alla sua bocca, al suo corpo, alle sue mani dappertutto. Tutte le volte si era bagnata, non potendo evitare di immaginarselo.

Domani avrebbe ufficialmente interrotto ogni legame tra loro. Sapeva di non essere il tipo di donna che si accontentava del sesso. E anche che loro due non potevano solo rimanere amici.

Mike ripose il giornale, poggiò la mano calda sulla nuca di lei e le fissò la bocca. Ellis sapeva che gli piacevano le sue labbra, ricordava quante volte gliele aveva baciate durante la notte passata nel letto di lui. «Posa il libro, Elle.»

Lei obbedì, fremendo di anticipazione. Finalmente. Erano passate ore, settimane in verità. Si meritava di fare l'amore con lui. Quando erano insieme smetteva di sentirsi un'insicura ragazzina grassottella per diventare quella donna desiderabile che aveva sempre voluto essere.

«Vuoi giocare a ramino?»

«Cosa?»

«Ramino... Ho visto le carte sullo scaffale. Oppure giochiamo a Peppa. In realtà, a me andrebbe una partita a Sputo. Non ci gioco da quando abitavo ancora con le mie sorelle.»

Ellis scosse la testa, non sapendo se aveva sentito bene. «Vuoi giocare a carte con me?»

«Sì.» La guardò come se fosse la cosa più ovvia.

«Sei a letto con me e l'attività in cui preferisci impegnarti è giocare a carte?»

«Sì,» rispose accigliato «a meno che tu non voglia riposare un po'.»

«No» sospirò lei. «Non voglio fare un riposino. Va a prendere le carte.»

Mike era in piedi davanti alla porta di Ellis, pronto per andarsene prima che facesse notte. Erano quasi le otto di sera. Aveva passato la giornata lì, ma gli rimaneva difficile uscire da quella casa.

«Ne hai avuto abbastanza di me per oggi?» gli domandò.

No, voleva risponderle. Voleva di più. «Tu bari al gioco, e pensi che sia divertente farmi sentire i tuoi piedi gelati addosso, e poi continuavi a rubarmi le patatine a cena. Credo di non poter sopportare oltre.»

«Non ho barato» disse lei, cercando di mantenere un'espressione seria, ma fallì miseramente. «Ho perso, ricordi?»

Lui scosse la testa, sorridendo all'oltraggiosa bugia. «Non ho detto che sei brava a barare, ma cambiavi le carte mentre ero in bagno e questo è imbrogliare. Non dovevo essere così ingenuo da giocare a carte con un avvocato. Barano sempre per vincere.»

Lei si morse il labbro inferiore. «Se ti fa stare meglio, mi sono sentita un po' in colpa.»
«Solo un po'?»
Lei annuì. «Se avessi vinto mi sarei sentita molto in colpa.»
Lui le sorrise, voleva prenderla in braccio e portarla nel letto dove erano stati tutto il giorno e sprofondare dentro di lei. «Devo andare.»
«Oh.» Notò che Ellis curvò un po' le spalle, dispiaciuta. Anche lui lo era. «Mi sono divertito molto oggi.»
«Anche io.»
La afferrò per la mano e la tirò tra le sue braccia, sentì arrivare l'erezione non appena si toccarono. Era quasi bastato per indurla ad allontanarsi. Quasi. Invece, lui la strinse più forte a sé, sollevandole il mento così da poter sentire il suo sapore. La baciò con delicatezza, accarezzandole le labbra con le sue, in modo che quel fuoco che gli ardeva dentro non diventasse un incendio. Ma Ellis non si accontentò e gli diede un bacio profondo, facendogli scivolare la sua morbida lingua in bocca, invitandolo a consumarla di piacere. Gli fece palpitare il cuore. Lui interruppe il bacio delicatamente prima di spingersi oltre, e strapparle i vestiti di dosso proprio lì sulla porta.
«Mikey...» sussurrò lei, stringendolo forte. Rimasero in un silenzio prolungato per lunghi istanti mentre la testa di Mike era invasa da pensieri sgradevoli. «Non credo che dovremmo vederci più» gli disse.
Lui sentì un colpo allo stomaco, pur sapendo che quella non fosse la reale intenzione di Ellis: le erano scappate quelle parole, ma il suo corpo e le sue azioni gli comunicavano l'opposto. Non era ancora finita tra loro.
«No.» La baciò sulla fronte. «Ci vediamo domani.»
Guidando verso casa, sentì incombere di nuovo un senso di irrequietezza. Cercò di ignorarlo, di non pensare a un'altra notte da solo. Durante quei nove giorni di separazione aveva pensato di andare in un locale, rimorchiare una ragazza e

soddisfare i suoi bisogni basilari, ma non ci era riuscito. Finalmente l'ultima sera si era stancato di lottare contro sé stesso, rassegnandosi al fatto che stava per cominciare una vera relazione matura.

Non sapeva perché avesse cambiato idea. Forse perché ieri la moglie di Lester aveva fatto una sorpresa al marito, portandogli il pranzo alla stazione di polizia. Gli aveva chiesto come andava la giornata, e poi lo aveva salutato con un bacio.

Mike aveva assistito, ma non si era sentito solo. Aveva passato gran parte della sua vita di adulto per conto suo. Eppure, dopo quel gesto aveva avvertito la mancanza di Ellis, aveva cominciato a chiedersi perché era così determinato a starle lontano, quando lei era l'unica persona che lo facesse stare bene.

Mentre apriva la porta di casa, sentì squillare il telefono. Era tentato di ignorarlo, ma lanciando un'occhiata all'orologio, notò che quello era l'orario in cui chiamava solitamente sua madre e se non avesse risposto avrebbe continuato a telefonargli.

«Ciao, Ma.»

«Come sapevi che ero io?» Mike riuscì a vedere il suo sorriso mentre parlava.

«Chi altro mi chiama alle otto ogni domenica senza mai dimenticarsene?»

«Sei il mio unico figlio maschio» gli ricordò e Mike riuscì a immaginare il suo viso. Sollevava le sopracciglia ogni volta che sottolineava il suo punto di vista. La bocca si apriva in un dolce sorriso. «E vivi a centinaia di chilometri da qui. Se non ti telefonassi io, non avrei notizie di te.»

Sentì la mancanza di casa ascoltando la voce della madre caratterizzata da quel marcato accento newyorkese. Doveva andare a trovarla. «Non è vero. Ti chiamerei per la festa della Mamma o per il tuo compleanno se solo riuscissi a ricordarmi la data.»

«Ah ah ah, figlio mio» fece lei ironica. «Come stai? Mi sembravi un po' giù la scorsa settimana.»

Sto bene, Ma. Mi piace qui.»

«Sei sicuro?» domandò, poi fece una piccola pausa. «Colin ha accennato a una ragazza. Vuoi raccontarmi qualcosa?»

«Cosa? Te l'ha detto Colin?» Scosse la testa chiedendosi che tipo di punizione infliggere al suo migliore amico.

«Certo che è stato Colin. Chi credi che io chiami ogni domenica alle otto e mezzo?»

Mike non fu sorpreso che la madre fosse rimasta in contatto con Colin. Era il tipo di donna che proteggeva con passione le persone importanti della sua vita. «Non c'è nulla da raccontare.»

«Come si chiama?»

«Ma!»

«Vorrei vederti felicemente sistemato prima di morire, Michael. Compirai trentatré anni tra un paio di settimane è ora che tu mi dia dei nipotini.»

Stava per ricordare alla madre come la pensava sul matrimonio e sui bambini, ma risparmiò il fiato. «Okay, mamma.»

«Hai più avuto notizie di tuo padre?» Solo sentendo nominare il padre, Mike avvertì una fitta allo stomaco.

«No.» La sera dell'incontro in caffetteria, suo padre gli aveva lasciato un messaggio chiedendo la possibilità di parlargli. Mike non aveva richiamato e il padre non aveva provato a ricontattarlo. «Ha cercato anche te?» le domandò.

Lei rimase in un lungo silenzio.

«Mamma?»

«Sì. Voleva rimediare ai suoi sbagli.» Prese un respiro. «L'ho perdonato, Mike.»

«L'hai perdonato?» Mike si passò le dita tra i capelli. «Ti ha abbandonata, lasciandoti con quattro figli, e tu lo perdoni? Hai scordato tutto per caso?»

«Non ho scordato niente, è stata una mia scelta. Non devi

perdonarlo se non vuoi, però non ti permetterò di giudicarmi perché io ho deciso di farlo.»

Dopo quell'aspro rimprovero, Mike si scusò. «Non avrei dovuto alzare la voce. Scusami.»

«Ti perdono, figlio mio. Ci sono cose che non sai di tuo padre. Rifletti sulla possibilità di parlarci. Potresti cambiare opinione su di lui.»

«Ne dubito.»

Mike sapeva che non avrebbe mai dimenticato lo sguardo negli occhi della madre il giorno in cui Harry l'aveva abbandonata, o lo stress di non sapere se avrebbero avuto abbastanza soldi alla fine della settimana per mettere il piatto in tavola. La madre non aveva mai voltato pagina né frequentato nessun altro uomo, e aveva perso il suo tipico sorriso a causa di quel marito ignobile. Magari lei era in grado di perdonarlo, ma Mike non era altrettanto tenero.

«Non è un uomo cattivo, ma la decisione spetta a te, tesoro. Io ti sosterrò in ogni caso. Anche le tue sorelle sono combattute.»

«Come stanno?»

«Bene. Credo che Lara sia di nuovo incinta, ma non ha detto una parola. Onestamente, non so come faranno: lei e Bobby lavorano cinquanta ore alla settimana. Non so come riusciranno a crescere il quarto figlio.»

«Andrà tutto bene. Come sempre.»

Chiacchierarono ancora per qualche minuto, Mike si concentrò a stento su ciò che la madre diceva. Riusciva a pensare unicamente alla sua capacità di perdonare così facilmente l'uomo che le aveva distrutto la famiglia.

«Scommetto che se potessi guardarti, vedrei i tuoi occhi velati di lacrime.»

«Uhm?» Quelle parole catturarono bruscamente la sua attenzione.

«Devo andare adesso. Mio figlio adottivo irlandese si aspetta che lo chiami. Ti voglio bene.»

«Ti voglio bene anche io, Ma.»

***

Il mattino seguente, Mike camminò fino a casa di Ellis poco prima delle otto. Erano a malapena passate dodici ore da quando l'aveva salutata con un bacio. Il quel frangente aveva parlato con sua madre, e quella conversazione gli aveva scombussolato un po' la vita. Lei lo aveva perdonato. Tra le tante decisioni che Margie avrebbe potuto prendere, e che Harry poteva meritare, il perdono era l'unica a non essere contemplata. Aveva pensato alla famiglia di Ellis: non convenzionale, un po' autoritaria e molto affettuosa. Chissà come si sarebbe comportata Ellis se il padre le avesse lasciate, se Phillipa sarebbe stata in grado di perdonare. Si domandò se sbagliasse a disapprovare il perdono concesso dalla madre. Ma sapeva che lui non era in grado di dimenticare.

Raggiunse la porta, suonò e attese, chiedendosi quale graziosa camicia da notte avrebbe indossato Ellis per scendere le scale.

«Ehi.» Ellis aprì e lui fu sorpreso di trovarla con un paio di jeans aderentissimi e un lupetto marrone, a piedi nudi.

«Accidenti, speravo di coglierti ancora di sorpresa mezza nuda.»

Lei arrossì. «Vuoi che mi cambi?»

«Sì,» sospirò lui «ma non farlo. Ti porto fuori oggi.»

Lei sorrise, facendogli cenno di entrare. Gli piaceva quella casa accogliente. Lo faceva sentire come a casa.

«Vuoi un caffè? Mi offrirei di prepararti la colazione, ma conosci bene il contenuto del mio frigorifero.»

Era vuoto. Gli unici cibi presenti in casa erano una zuppa di ramen con tagliatelle, un pezzo di formaggio e qualche Ritz. «Prenderò un caffè. Metti un paio di scarpe comode, magari senza tacchi.»

Gli lanciò un'occhiataccia e si diresse verso l'armadietto in corridoio. «Non possiedo nessun paio di scarpe adatto alla stagione che non abbia i tacchi.»

Quando aprì l'anta Mike scorse interi scaffali pieni di scarpe, sandali e stivali, alcune ordinate in fila sul pavimento, altre in un contenitore appeso dietro allo sportello.

«Porca puttana! Ti servono tutte?»

«Sì» rispose lei, tirando fuori un paio di stivali marroni che gli ricordavano quelli da cavallerizza, ma con un tacco molto più alto. «La prima cosa che ho fatto dopo aver rotto con Jack l'idiota, è stata comprarmi venti paia di scarpe taccute. Una per ogni mese che ho passato con lui. Non voleva che le indossassi. Diceva che lo facevano sentire basso. Quindi, per due anni mi sono costretta a portare solo orrende scarpe comode. Ma adesso basta.»

«Non ti permetteva di indossarle?» Mike si accigliò. «Ellie, non riesco a credere che qualcuno riesca a impedirti di fare qualcosa.»

«Puoi immaginare» disse lei piano.

Mike la fissò per un lungo istante. Più scopriva aneddoti su Jack più rimpiangeva di non averlo preso a pugni fino a vederlo col culo a terra. «Perché ci sei rimasta insieme così tanto?»

«Non lo so.» Sospirò lei. «Era buono con me all'inizio e aveva successo e tutte quelle qualità che una donna pensa di volere dal proprio compagno. Io ero una che seguiva molto le regole a quel tempo. Credevo che l'unica strada verso la felicità fosse quella che stavo per intraprendere. Diventare avvocato. Sposarmi. Metter su famiglia. E anche se non ero sicura di volere davvero quelle cose, mi affannavo per raggiungerle. Ho consacrato la mia vita alla felicità di Jack, ma nel percorso ho perso una parte di me. Ci sono voluti mesi prima di capire che l'uomo di cui mi ero innamorata mi trattava come una merda di cane su un marciapiede. È stato allora che me ne sono andata.» Ellis alzò lo sguardo, fissando Mike negli occhi. «Meritavo di meglio, qualcuno che mi trattasse bene.»

Lui annuì, facendo tesoro del sottile avvertimento. «Metti le scarpe, Garrett. Dobbiamo andare in un sacco di posti.»

16

«Raccogliere mele?» Ellis rideva alla proposta di Mike mentre lui si fermava dalle parti di Wild Orchard dopo circa quaranta minuti di auto. «Non avrei mai pensato che il detective supersexy portasse una donna alla raccolta delle mele. «Ti ritenevo un tipo da lume di candela e lenzuola di seta nere.»

Mike si strinse nelle spalle. «In realtà, io sono più il tipo da coscia di pollo e vino dozzinale, ma pensavo di cambiare repertorio.»

«Mmm» sospirò lei con aria sognante. «Pollo e vino dozzinale, i miei due migliori amici. Pensi che qui facciano il vino di mele, sai quello con bassa gradazione? O il sidro che è più forte?» Lo guardò di nuovo. «Sembro un'alcolizzata, vero?»

«Un po', però mi piace una ragazza che ama bere.»

Risero entrambi prima di uscire dall'auto.

Era contenta di essere lì. Mike espirò, dopo essersi reso conto di aver trattenuto il fiato. Non aveva mai portato una donna a cogliere le mele né in altri posti all'infuori di un ristorante, ma con Ellis era tutto diverso. Doveva provarle che, dare una possibilità al loro rapporto non sarebbe stato uno sbaglio. E lui doveva dimostrare a sé stesso che poteva stare con lei senza perdere il suo equilibrio interiore.

***

«Inspira» gli ordinò Ellis. «Non profuma di autunno?»

«E di cosa sa l'autunno, Ellie?»

Stavano passeggiando da più di due ore senza aver colto neanche una mela. Visto che era lunedì, non c'era nessuno. Solo qualche genitore con i figli piccoli, e un paio di scolaresche in gita in campagna. C'era silenzio, una piacevole brezza, e il sole splendeva. Una perfetta giornata autunnale.

Ellis annusò l'aria. «Sa di sole che splende, di foglie che ingialliscono e di mele. È divino.»

Mike le sorrise mentre lei si voltava verso il sole inspirando ancora una volta.

«Credo che la caduta delle foglie sia la mia parte preferita. Da bambini ne raccoglievamo dei mucchi interi e ci nascondevamo da mio...» Mike si interruppe. Fu assalito da un ricordo potente e, per un istante, perse la facoltà di parola.

«Cosa c'è?» Ellis lo guardò preoccupata. «Dimmi.»

«Mio padre» disse, odiando il fatto che un bel ricordo si fosse insinuato nell'idea negativa che aveva di lui. Ma le cose non andavano male quando suo padre era ancora con loro. In effetti, era tutto maledettamente a posto. «Formavamo dei giganteschi mucchi di foglie nei quali ci nascondevamo e, quando mio padre tornava a casa dopo il lavoro, saltavamo fuori per fargli una sorpresa.» Lui scosse la testa. «Avremmo dovuto renderci conto che non era più stupito dopo le prime volte, ma lui fingeva sempre di esserlo. Si portava le mani al petto come se avesse un attacco di cuore per lo spavento.»

Ellis gli prese la mano e lo condusse verso il laghetto in mezzo alla fattoria.

«Ti va di parlarne?»

Lui esitò un istante. Non aveva mai parlato dell'abbandono del padre con nessuno. Né con Colin né con le sorelle. Crescendo, erano vissuti con la consapevolezza che il padre se n'era andato di casa. Si erano fatti forza, fingendo di non esserne stati turbati.

«Mia madre mi ha detto che l'ha perdonato.» Mike le fissò i grandi occhi castani, aspettando una reazione che non arrivò.

«Non approvi la sua decisione?» gli domandò.

«No.» Mike scosse la testa. «Quando è andato via è stato terribile, Ellie. Davvero tremendo. Non ci ha neanche spiegato il motivo, ci ha fatto trovare un biglietto sul cuscino di mia madre, lasciandola da sola a crescere i suoi quattro figli.» Distolse lo sguardo. «Mamma piangeva sempre di notte» sussurrò lui. «Lei non lo immaginava, ma io la sentivo. Una volta l'ho vista in lacrime e, da quel momento, restavo ad ascoltarla fuori dalla porta. Ha pianto ogni notte per tre mesi.»

«Oh» mormorò lei, stringendogli la mano. «Meriterebbe di essere torturato.»

«Oh, anche peggio.» Mike alzò gli occhi dal punto che stava fissando attentamente per guardarla in volto. «Non so come lei riesca a perdonarlo.»

«È inutile rimanere arrabbiati» iniziò a dire Ellis. «L'amarezza fa stare male. Credo che tua madre lo abbia perdonato per fare del bene a sé stessa, più che a lui.»

Fu stupito da quelle parole. «Tu concordi con lei?»

Ellis scrollò le spalle. «Non posso avere un'opinione precisa. Non conosco la loro vita matrimoniale. Forse ci sono cose di lui che conosce solo tua madre. Magari lo ha perdonato perché, a suo parere, lui lo merita veramente.»

Mike scosse la testa, accogliendo con difficoltà le idee di Ellis. «Pensi che io dovrei perdonarlo? È sparito per venti anni e adesso vuole ritornare all'improvviso. Non so se posso, tu ce la faresti?»

«Non lo so. Tu desideri farlo? I miei genitori biologici sono ancora insieme. Li ho conosciuti quando avevo sedici anni. Mia madre mi aveva detto che erano due ragazzini del college spaventati, e che mi avevano data in adozione per offrirmi una vita migliore. Ma quando li ho incontrati, sono rimasta sorpresa. Abitano in un'enorme villetta a schiera a Washington. Mio padre biologico è un consulente finanziario in una banca. Mia madre biologica lavora a Capitol Hill. Hanno una BMW. Sono ricchi.» Scosse la testa. «Ho pensato che non mi avevano dato in adozione per regalarmi una vita migliore, ma per garantirsela loro.»

«Egoisti.»

Lei annuì. «Già, era come se non potessero prendersi il disturbo di volermi bene. Dopo l'incontro, sono tornata a casa piangendo. Non c'era nulla che mia madre potesse dirmi per alleviare il dolore di essere stata abbandonata.» Ellis sorrise a quel ricordo. «Solo mio padre è riuscito a cambiare il mio punto di vista. 'Sono felice che non ti abbiano voluta. Io sono molto più soddisfatto di te di quanto lo sarebbero loro.' Con quel suo modo di fare senza tatto mi ha fatto capire che gli eventi accadono sempre per un motivo; e che i miei genitori biologici mi hanno dato in adozione affinché i miei veri genitori potessero volermi bene.»

Fissarono il laghetto in silenzio per alcuni istanti. «Li ho perdonati, ma non perché me lo hanno chiesto loro, bensì perché la loro decisione mi ha regalato dei genitori molto eccentrici, ma tanto affettuosi. Li ho perdonati perché era la cosa migliore per me. Probabilmente è andata così anche per tua madre.»

«Va bene» cedette Mike. «Credo che tu voglia dire che dovrei smetterla di mettere in dubbio la salute mentale di mia madre.»

Lei annuì. «Forse tu non lo vorrai perdonare, ma magari potresti attenuare un po' di rabbia. Che tipo di uomo saresti se tuo padre fosse rimasto con voi? Forse migliore?»

«Non lo so.» Si strinse nelle spalle. «Magari sì.»

Lei si mise in punta di piedi e gli stampò un bacio sulla guancia. «A me piaci esattamente come sei.»

«Questo è un grandissimo complimento» disse lui sorridendo.

Ellis rispose con un sorriso e per un istante restarono seri. «Voglio dire che invece di concentrarti su quanto sia stata orribile la tua vita quando se n'è andato, pensa a quanto è stata bella senza di lui.» Arricciò il naso in modo adorabile. «Ha un senso quello che ti ho detto? O sembro una versione meno affascinante della dottoressa Phil?»

«Sì e no a entrambe le domande» rispose Mike, poi la tirò tra le sue braccia, baciandola sul naso. «Mi hai dato da riflettere.»

«Sai, non dovresti dar retta a tutto ciò che dico. La mia famiglia è disfunzionale almeno quanto la tua. Mio padre è un po' autistico. Mia madre è un'agguerrita femminista e mia sorella è rimasta un'adolescente.»

«E tu?»

«Io?» Ellis alzò lo sguardo verso di lui. «Sono perfetta, come ben sappiamo entrambi.»

«Certo. Come ho fatto a dimenticarlo?»

Ellis si rannicchiò tra le sue braccia mentre saliva un soffio di brezza. Lui si sentì meglio dopo averle parlato, ma senza sapere bene perché. Non era cambiato nulla. Non si era convinto a perdonare il padre, però avere qualcuno con cui parlarne aveva allentato quel senso di oppressione al petto.

«Prendiamoci qualche donut al sidro» disse lei dopo che avevano passato lunghi istanti stretti l'uno all'altra.

«E una torta.» Mike le sfregò le mani sulla schiena. «E della salsa di mele, e magari un po' di succo.»

«Che ne dici di una zucca? Non possiamo andarcene senza prenderne una.»

«Certo che no.» Mike sorrise di fronte a quella sua esuberanza da bambina. «Credo di aver visto dei donut alla zucca. Dovremmo prendere un po' anche di quelli? E ti andrebbe del gelato?»

«E dopo che abbiamo mangiato tutto, potremmo assumere un imprenditore edile che mi allarghi la porta di casa perché non riuscirò più a passarci attraverso.»

«Telefonerò per qualche preventivo.» Mike strizzò l'occhio e si sciolse dall'abbraccio. «Vieni, Ellie. Credo sia il momento di dare un'occhiata al negozio.»

Camminarono a lungo per raggiungere il negozio del meleto, ma a Ellis non dispiacque. Stare con un uomo così era un'esperienza nuova. Parlare, scherzare senza dover temere di essere giudicata per quello che diceva o faceva era totalmente inconsueto per lei. Aveva paura che le piacesse, e di farci affidamento perché le sembrava troppo bello per essere vero.

Passeggiarono tra file sconfinate di alberi di Granny Smith, in cerca delle mele più mature cadute a terra. Mike ne aveva già trovata una, calpestandola con la scarpa. Gli rimase addosso l'odore dolce delle mele maturate troppo che, combinato con il profumo naturale della sua pelle, le facevano venire voglia di mangiarselo. La sera prima, Ellis aveva pensato che l'avrebbe portata a letto, invece le aveva dato solo un bacio, fin troppo breve per lei, prima di salutarla. Si era sentita frustrata, confusa e un po' insicura. Per quale altro motivo era tornato da lei se non per il sesso?

Amicizia? Ellis scartò immediatamente quell'ipotesi. Mike non era il tipo di uomo che collezionava amicizie femminili o che cercava una relazione. Se usciva era per passare una bella giornata con chiunque si trovasse. Oggi si stavano divertendo, ma Ellis non era certa di appartenere alla categoria di ragazze che cercavano solo il puro divertimento.

Cominciò a pensare di allontanarlo. Aveva fatto dei tiepidi tentativi il giorno precedente, ma quando si trattava di Mike le rimaneva poca forza di volontà. Avrebbe dovuto arrendersi a stare con lui finché il loro entusiasmo non fosse scemato. Sperava che, preparandosi al peggio, la loro inevitabile separazione sarebbe stata solo un momento dolceamaro.

Il pianto di un bambino la scosse dalle sue riflessioni. Davanti a loro vide singhiozzare un bambino con una felpa rossa con il cappuccio e un giubbino di jeans. Sentì una fitta al cuore. Non aveva più di quattro anni, il visetto dolce era impaurito e innocente.

Lasciò la mano di Mike e si avvicinò cautamente al bimbo. «Ciao, io sono Ellis. Stai bene?»

«No.» Il labbro inferiore del bambino tremava. «Io... io... non... non la trovo.»

«Chi?» Prima di capire cosa stesse facendo, prese in braccio il bambino e lo strinse teneramente a sé. «Chi non riesci a trovare, tesoro?»

«La mamma. Sono andato a cercare l'uccellino rosso, ma quando mi sono girato mamma non c'era più.» Un'ondata di nuove lacrime gli solcò il viso.

«Oh, tesoro» mormorò lei, dispiaciuta per quel bimbo dai capelli biondi. «Sono sicura che la troveremo. Cerca di stare tranquillo.» Guardò Mike che la osservava un po' accigliato. «Questo è il mio amico Mike. È un poliziotto. Mi aiuterà ad assicurarmi che tu ritrovi la tua mamma.»

Il bambino smise di piangere per un istante. «Hai una pistola?»

«Ovvio, ragazzino! Ma non è con me ora.» Mike scosse la testa. «Che aspetto ha tua madre?»

Gli occhi del bimbo si riempirono nuovamente di lacrime. «Non lo so.»

«Ascolta, Mike» disse Ellis, baciando la guancia bagnata del piccolo. «Non ti aspetti veramente che ti fornisca una descrizione dettagliata, vero?» Diede al bimbo delle piccole pacche sulla schiena. «Come ti chiami, tesoro?»

«Jared» rispose, appoggiando la testa sulla spalla di Ellis. «Sai di biscotti a forma di animaletto. A me piacciono tanto i biscotti a forma di animaletto.»

«Anche a me, Jared» aggiunse Mike, facendo l'occhiolino

a Ellis. «Avanti, torniamo al negozio. Sono sicuro che tua madre ti cercherà lì.»

Venti minuti e due donut al sidro più tardi, Jared si era riunito con la madre in pena, finalmente sollevata. Non era come Ellis l'aveva immaginata: era una vera bomba sexy con indosso un maglioncino rosa e un paio di jeans aderenti. Gambe lunghe, figura snella, seno troppo perfetto per essere naturale, la donna – quando ormai il figlio era salvo tra le sue braccia – fissò Mike come se stesse a dieta e lui fosse una devil's food cake, la peccaminosa torta a strati farcita e ricoperta di cioccolato.

«Grazie ancora per averlo trovato» disse, poggiando la mano sul bicipite di Mike. «Mi sono voltata ed era sparito. Sono felice che abbia trovato un poliziotto a prendersi cura di lui.»

«Io non ho trovato lui, mamma» disse Jared infastidito. «Ellis mi ha trovato, e mi ha comprato i donut.»

Katie, la madre di Jared, le lanciò una fugace occhiata. Ellis era abituata a non venir presa in considerazione dalle donne che ritenevano di essere più attraenti di lei. «Certo, tesoro. Spero solo che quei donut non ti abbiano rovinato l'appetito per il pranzo.»

Stronza.

«A volte, i bambini hanno bisogno di un cibo di conforto» disse Mike, scompigliando i capelli del piccolo.

«A proposito di pranzo, credo che sia arrivato il momento di andare.» Mike spostò lo sguardo prima su Ellis, poi verso la madre e il bambino. «Non perderti di nuovo, ragazzino. Devi badare a tua madre. È compito tuo tenerla d'occhio.»

«Okay, Mike. Arrivederci, Ellis.»

«Arrivederci, Jared.»

Mike guidò Ellis fuori dal negozio, poggiandole la mano sulla base della schiena.

«Pensavo che tu non volessi bambini.»

«È così.» Ellis lo guardò, sorpresa da quel tono accusatorio. «Non perderei mai i chili presi in gravidanza e dio solo sa se ho bisogno di altri problemi di peso.»

«Davvero? Dal modo in cui guardavi quel bambino non ero sicuro che glielo avresti restituito.»

In alcuni momenti Ellis sentiva scorrere le lancette del suo orologio biologico, ma le ignorava. Ogni donna provava certe sensazioni vicino a dei graziosissimi bambini.

«E dal modo in cui la madre guardava te, non ero sicura che ti avrebbe mollato.»

«Cosa?» Mike scosse la testa. «Non era quello sguardo.»

«Oh, Mikey» sospirò lei. «Hai ricevuto così tanti sguardi dalle donne che neanche li noti più. Probabilmente è una disastrosa conseguenza dell'essere strafigo.»

«Strafigo, Ellis?» Le sorrise in un modo che la emozionò profondamente. «Non avevo idea che mi vedessi così. Cosa ci trovi esattamente di così figo in me?»

«Oh, stai zitto, sbirro.» Lei arrossì, desiderando di non aver pronunciato quelle parole. Non voleva che Mike sapesse quanto i suoi sentimenti per lui stessero diventando profondi. Non voleva neanche che lo sospettasse lontanamente. E benché quella giornata fosse meravigliosa, sapeva che non avrebbe avuto un seguito. Camminarono verso l'auto, le mani vuote, ognuno assorto nel silenzio dei propri pensieri.

«Non abbiamo comprato nulla.» Ellis si fermò. «Come possiamo andarcene da un meleto senza neanche una mela?»

Mike fece schioccare la lingua come a esprimere dissenso e poi scosse la testa. «È un abominio. Abbiamo bisogno di una torta e, come minimo, di un po' di sidro.»

«Nel tragitto verso casa possiamo fermarci per un gelato alla vaniglia.»

«E magari ci prendiamo delle torte rustiche al pollo da Roma?»

Ellis annuì. «E del vino?»

«Ovviamente.» Mike le sorrise mentre tirava fuori il portafoglio dalla tasca. «Chiamo per ordinare. Prendi tutto ciò che vuoi dal negozio.»

«Ah!» Ellis ricambiò il sorriso. «Questa probabilmente è la frase più bella che abbia mai sentito.»

Mike guardò Ellis saltellare via, il viso sempre sorridente. Era felice oggi e quell'immagine lo faceva sentire sicuro della sua decisione di continuare la sua relazione con lei. Il cervello gli ordinava di agire con calma, ma il corpo gli urlava di portarla a letto. L'avrebbe fatto. Doveva solo aspettare un altro po'. Voleva che lei si fidasse, atteggiamento decisamente inedito per Mike. Non gli era mai importato della fiducia di una donna, ma era anche vero che non aveva mai provato sentimenti così forti per nessun'altra prima.

«Detective?»

Sentendosi chiamato con il suo grado, Mike alzò lo sguardo e vide la madre di Jared andargli incontro senza il figlio.

«Non può averlo perso di nuovo.»

Doveva ammettere che era un bambino davvero grazioso, anche se aveva passato quasi mezz'ora a piangere. Mike aveva poca esperienza con i bambini. Aveva dei nipoti, sia maschi che femmine, a Buffalo, ma non li vedeva spesso. Quando accadeva, portava sempre regali di Natale, cosa che lo rendeva uno zio molto amato.

Non si aspettava di vedere quello sguardo negli occhi di Ellis quando aveva preso in braccio il bambino. Era un po' di nostalgia. Si era chiesto se tutte le donne avessero quel bagliore negli occhi quando stringevano un bambino o se, nonostante quanto affermasse Ellis, la maternità era parte del suo futuro.

Sentì un peso schiacciargli il petto. La immaginò incinta e, stavolta, l'idea di diventare padre non lo turbava come in passato.

«Ciao, Mike» disse Katie avvicinandosi. Si gettò i capelli dietro la spalla e gli sorrise. I denti erano troppo bianchi. Non si fidava di quel sorriso.

«Le occorre qualcosa?»

«No» rispose, appoggiandogli la mano sul braccio. «Volevo solo ringraziarti ancora per aver ritrovato mio figlio.»

«Dovrebbe ringraziare Ellis. Non sono stato io a trovare Jared, ma lei. Io ero solo lì con Elle.»

«Oh! Non sminuire il tuo apporto. Quello che hai fatto è stato meraviglioso. Hai confortato mio figlio.»

«Veramente io non...»

«Desidero ringraziarti come si deve.» Il suo sorriso assunse un aspetto predatorio. «Mia madre si è offerta di rimanere con Jared stasera.» Katie fece scivolare la mano lungo il braccio di Mike, stringendogli il bicipite. «Possiamo bere qualcosa e poi magari andare da te per il bicchiere della staffa.»

Merda! Ellis aveva ragione. Mike sorrise, cercando di immaginare quanto si sarebbe autocompiaciuta dopo averlo saputo.

«Mi dispiace, Katie, ma non posso uscire con te.»

«Stasera non va bene?» Mise il broncio e lasciò scorrere i polpastrelli sul suo petto. «Possiamo fare durante la settimana. Jared va dal padre il venerdì sera. Avrò un'intera settimana per prepararmi al nostro incontro.»

Mike si tolse di dosso la mano di lei. «Non potrò mai bere qualcosa con te. Non hai visto che ero con Ellis?»

«Chi, quella? Tu stai con quella? È tipo... un appuntamento?»

Mike aggrottò le sopracciglia, disapprovando quel tono. «È molto più di un appuntamento. Noi due stiamo insieme.»

«Sul serio?» Katie scosse la testa. «Ma lei è... lei è...»

«Cosa?»

«Grassa.»

«Non provarci.» La avvertì Mike. «Non fare la stronza solo perché sei stata rifiutata.»

«Non mi sto comportando da stronza» replicò secca. «È solo che non riesco a immaginare un uomo come te che esce con una con l'aspetto di Ellis. Ma adesso che ho compreso i tuoi gusti, sono contenta di non dover sprecare il mio tempo con te.»

«Ah sì? Anche se fossi solo, non prenderei mai in considerazione di uscire con una donna che è troppo presa da sé stessa per badare a suo figlio. Fai un favore all'umanità: non mettere al mondo altri bambini.»

Katie se ne andò con passo pesante. Mike la guardò allontanarsi. Il fatto che quella donna dovesse denigrare qualcun altro per imporsi lo rese triste. Scosse la testa e prese il cellulare per ordinare il pranzo, come aveva promesso a Ellie.

17

Alcune stupidaggini che ho fatto per sembrare più magra.

Avvolgere pancia, cosce e culo nella pellicola trasparente. (Mi sentivo un insaccato.)
Indossare un corsetto sopra a una panciera sopra a due guaine contenitive della Spanx. (Mi sentivo una salsiccia.)
Morale della favola: impariamo ad amarci così come siamo.

«Perché sei così silenziosa?» chiese Mike a Ellis. «Qualcosa non va?»

Era seduta accanto a Mike sul divano di casa sua, davanti a loro delle fumanti torte rustiche al pollo. Erano tornati da venti minuti dal frutteto. Non appena entrati in casa Ellis gli aveva chiesto di concederle qualche minuto, dirigendosi in camera sua. Si era sciacquata il viso, cambiata i vestiti, prendendosi qualche momento per ritornare in sé. Non voleva che il suo umore rovinasse la bella giornata. Aveva cercato di mantenere il sorriso, tentando di non mostrare i suoi veri sentimenti, ma si stava accorgendo di aver miseramente fallito.

«Sto bene» disse.

Aveva visto cosa era successo tra Mike e la madre di Jared. Aveva sentito il tono incredulo della voce di Katie quando lui le aveva ribadito che stavano insieme. Le aveva persino letto nel pensiero prima che pronunciasse quelle parole.

'Stai con quella?'

Avrebbe dovuto esserci abituata, ormai. Ogni volta che uscivano insieme, ogni volta che incrociavano una donna per strada, qualcuno lanciava uno sguardo, le donne chiedendosi come diavolo aveva fatto ad accalappiare uno come Mike, altre per complimentarsi in silenzio.

E vai così, ragazza grassa! Il tuo fidanzato è un figo.

L'Ellis sicura di sé voleva gridare per seppellire quelle voci. Certo che Mike stava con lei. Perché non avrebbe dovuto? Anche lei era bella. Invece, il suo lato insicuro pensava che avessero ragione, che Mike doveva uscire con donne dall'aspetto adeguato a lui. Magari magre come sua sorella, come ogni altra ragazza che Mike aveva frequentato.

«Sei stanca?» Mike posò il pranzo e le poggiò la mano sulla nuca, massaggiandola con il pollice per sciogliere la tensione. «Raccogliere mele nel frutteto non ti ha rilassato?»

Lei annuì, incapace di parlare per un istante.

«Allora, niente trekking per otto chilometri a Wilbur Park domani?»

«No.» Lo abbracciò e gli sprofondò il viso nel collo, gli occhi che le bruciavano.

Smettila. Sii felice. Non comportarti come una piagnucolosa ragazza grassa.

«Cosa c'è che non va, Ellie? Non sono abituato a vederti così silenziosa» disse con un tono di voce profondamente preoccupato. «Non mi piace.»

«Sto bene. Giuro.»

Non le credette.

«Se ponessi a qualsiasi altra donna questa domanda, vuoterebbe il sacco per ore. Parlami.»

Piantala, dannazione. Non piangere. Non permettere a un'oca qualunque con le tette rifatte e un pullover attillato di rovinarti la giornata.

Le allontanò il viso rannicchiato sul collo e lo prese tra le sue mani. Quel modo garbato di preoccuparsi peggiorò la situazione. Non riusciva a guardarlo. Serrò gli occhi, stringendoli per impedire che si riempissero di lacrime. Era stanca di non sentirsi mai all'altezza.

Tu gli piaci. E anche a te piace il tuo aspetto. Cosa ti prende, adesso?

Aveva biasimato Jack perché la faceva sentire in quel modo, ma forse avrebbe dovuto sobbarcarsi lei un po' di quella colpa. Magari la sua autostima non era così alta come avrebbe dovuto.

«Non mi punzecchi con le tue battute da ore.» La baciò su entrambe le guance. «Comincio a pensare di non piacerti più.»

«Hai dei brutti piedi» riuscì a rispondere.

«Grazie.» Le fece un sorriso tiepido, la spinse indietro sul divano, e premette le labbra contro le sue.

Ellis sospirò di piacere e di sollievo, sentendo il suo corpo a contatto con quello di lui.

Grazie a dio.

Ellis era strana. Mike non poteva giurarlo, ma capiva dalla sua espressione che non era solo sonnolenza la sua, c'era qualcosa di più profondo. Sentì una fitta allo stomaco e la sensazione di voler adoperarsi in ogni modo per alleviare quel malessere.

Prenditi cura di lei.

La sdraiò sul divano, trasportato dall'irresistibile desiderio di baciarla. Le morbide cosce di lei erano attorno ai suoi fianchi, pronte ad accoglierlo. Si sentì a casa.

Merda.

Non era abituato a voler bene a una donna in quel modo.

Desiderare la felicità dell'altro più della propria. Odiava quella sensazione, ma detestava ancora di più non sapere come comportarsi per renderla di nuovo allegra.

Voleva sapere quale fosse il problema, ma Ellis non era in vena di parlare. Baciarla. Ma certo. Fare l'amore. Perfetto. Il corpo di lei si rilassò sotto al suo. Fece scorrere le mani dietro alle sue cosce nude mentre una piccola parte del suo cervello gli sussurrava che quella non era la cosa giusta da fare. Ma dannazione se era bello.

Interruppe il bacio per scrutarle il volto.

«Non fermarti.»

Dio solo sa quanto non ne avesse affatto intenzione. «Dobbiamo parlare» disse lui.

«Di cosa?» domandò Ellis, sollevando la testa dal cuscino per baciarlo.

«Mmm» gemette lui. «Smettila! Dovremmo discutere solo di quello che ti rattrista.»

«L'unica cosa che mi rattrista è che non mi stai più baciando.» Ellis si lasciò scappare un sospiro di frustrazione. «Che ti è preso, comunque? Quale uomo preferirebbe parlare invece di fare sesso?»

«E quale donna preferirebbe fare sesso invece di parlare? Oh, e per tua informazione, io preferirei fare sesso.» Strofinò il bacino contro il suo per dargliene prova tangibile. Lei gli rispose con il suo sorrisetto malizioso e parte del nodo che sentiva allo stomaco si sciolse. «Voglio sapere cosa c'è che non va.»

Lei sbatté le palpebre incredula. «Perché ti importa?»

«Perché non capisci quanto mi piaci?»

Ellis non si fidava ancora e, anche se la cosa lo innervosiva, Mike sapeva perché. I suoi precedenti, il passato con sua sorella, niente ispirava fiducia, e per la prima volta nella vita capì che ora possedeva qualcosa di troppo bello per rinunciarci. Doveva procedere a piccoli passi con lei.

«Baciami» gli ordinò.

Voleva costringerla a rispondergli, invece le obbedì, sentendola fremere di piacere mentre insinuava la lingua nella sua dolce bocca. Le mani di lei gli scivolarono dentro la camicia, lungo la schiena e Mike si sentì ardere dal desiderio. Bramava di strappare via ogni indumento che indossavano per sentirsi pelle su pelle, corpo su corpo. Il ricordo dell'ultima volta gli invase i pensieri. Solo a immaginarla, gli venne un'erezione.

Sapendo cosa provava Ellis vicino a lui, gli sembrò impossibile non scivolare dentro di lei, muovendosi fino a raggiungere l'oblio. Ma non era il momento giusto. Non ancora. Doveva provarle che lei era diversa dalle altre. Che lui poteva comportarsi in modo speciale con lei.

«Mike» ansimò Ellis quando lui interruppe il bacio.

Lui le infilò la mano tra le cosce, dentro gli slip. Era bagnata. Si era eccitata nonostante non le avesse toccato il seno o sfiorato i capezzoli. Aveva solo premuto le labbra contro le sue.

Strofinò il pollice sul clitoride gonfio, facendola fremere e sorridere e gemere nello stesso istante.

Voleva memorizzare l'espressione che Ellis assumeva sul volto quando facevano l'amore, in modo da poter catturare quel momento per sempre.

«Sei così bella, Ellis.» Lui la baciò lungo la linea del mento, spostandosi verso la pelle liscia della guancia e la punta del naso senza mai smettere di procurarle piacere con la mano. L'orgasmo di Ellis arrivò qualche istante dopo. L'intensità del piacere li lasciò entrambi senza fiato; Mike era talmente eccitato che dovette allontanarsi, altrimenti non sarebbe stato in grado di controllarsi.

Lei gli faceva quell'effetto.

«Devo andare, tesoro.» Mike guardò la sua espressione confusa, rammaricata, e poi si chinò a baciarla. Avrebbe capito molto presto. Non aveva intenzione di porre fine alla loro storia.

18

La vita troppo bassa uccide il look

Visto che passo le mie giornate cercando di aiutare le donne a ottenere il miglior look possibile, ho una verità da svelarvi. Nessuno, e intendo proprio nessuno, vuole vedere lo spacco all'inizio del vostro sedere. Prendete atto che è out. Come? Sul serio non sentite l'aria che vi soffia sullo spartiacque continentale?

«Una visita imprevista?» disse Phillipa a Ellis ferma sulla porta di casa dei suoi genitori. «Quale atto misericordioso ho compiuto per meritare questo onore? Un momento...» Phillipa allungò una mano per controllare la temperatura alla figlia. «Stai male? Qual è il problema? È quel periodo dell'anno in cui tendi ad ammalarti. Sei congestionata? Costipata? In bagno ho dell'olio di fegato di merluzzo. Funzionerà contro qualsiasi microbo tu abbia contratto là fuori.»

«Mamma» borbottò Ellis. «Come fai a dire così tante parole in così poco tempo?»

«Ho un grande talento.» Fece entrare Ellis e le diede un bacio sulla guancia. «Di' alla tua mamma come mai sei passata.»

Si sedettero vicine sul divano, Ellis tolse il volume del televisore. «Papà mi ha chiamato al lavoro oggi per invitarmi a cena.»

«Sul serio?» Phillipa aggrottò le sopracciglia. «Non mi ha detto nulla. Di solito mi racconta tutto.»

«Volevo farvi una sorpresa.» Walter entrò nella stanza, con indosso una cravatta color zucca e una camicia inamidata color salmone. «Ho chiamato Tomatillos e ti ho ordinato una quesadilla al formaggio, riso e dei fagioli senza coriandolo» disse annuendo. «A te non piace il coriandolo. Hai detto che sa di sapone.»

«Grazie tesoro, ma ho già preparato i miei macaroni and cheese vegani con pochi grassi. Abbiamo mangiato spesso fuori ultimamente e pensavo che ti avrebbe fatto piacere un piatto fatto in casa.»

Ellis guardò il padre annuire e andarsene. Lei sorrise. Di solito si comportava così quando stava per dire qualcosa che avrebbe potuto urtare i sentimenti di Phillipa.

«Mamma,» Ellis cominciò a dirle dolcemente «a nessuno piacciono i tuoi macaroni and cheese vegani. Probabilmente è la cosa peggiore di tutto il creato. In effetti, dovrebbero arrestare chiunque abbia inventato la ricetta solo per aver tentato di spacciare quella viscosa salsa gialla per formaggio.»

«Dannazione, Ellis. Ti prego, sii sincera.» Phillipa rivolse gli occhi al cielo come per chiedere l'intervento divino.

«Ti ho solo riportato quello che pensa papà, ma che non osa dirti perché ti ama troppo.»

«Sì.» Phillipa sorrise, guardando la porta che suo marito aveva appena attraversato. «È un uomo davvero dolce.»

Ellis guardò l'espressione un po' sognante sul volto della madre e cercò di ignorare quel grosso nodo che sentiva in gola. Phillipa amava suo marito: quell'uomo geniale, socialmente disastroso che non guardava mai nessuno negli occhi, e lui la ricambiava.

Improvvisamente pensò al viso di Mike e si chiese cosa fosse realmente l'amore. La sera prima se n'era andato via dopo averla baciata, confortata e averle procurato un intenso piacere. Lei si era sentita come se un fulmine le avesse colpito il petto: era la prima volta nella vita che provava dispiacere guardando andare via un uomo. Continuava a lottare contro la sua stessa volontà, ripetendosi di non affezionarsi troppo, e che quella storia era destinata a finire.

Goditelo.

Ma non offrirgli il tuo cuore.

Solo Dio sapeva quanto desiderasse farlo.

«Sono felice che tu sia qui, tesoro. Così stasera non dovrò chiamarti.» Phillipa si girò, poggiando le mani sulle spalle di Ellis. «Devo dirti una cosa.»

Ellis sentì immediatamente una fitta allo stomaco. Non era mai una buona notizia quando la madre la guardava negli occhi e assumeva la sua famosa espressione professionale.

«Che cosa, mamma?» Ellis si preparò al peggio.

«Tua sorella ha conosciuto un uomo» disse con voce roca.

«Cristo, Phillipa» imprecò Ellis, poggiandosi la mano sul cuore palpitante. «Mi stavo per fare la pipì addosso per la paura.»

«Be', volevo darti la notizia in modo drammatico come lei ha fatto con me.» Phillipa fece un gesto di sdegno con la mano. «Dina dice che non lo lascerà andare via, che è l'uomo giusto. Sai quante volte ho sentito questa frase da tua sorella? Io le voglio molto bene, ma non riconoscerebbe l'uomo adatto a lei neanche se si avvicinasse di soppiatto e le desse uno schiaffo.»

Ellis cercò di non accigliarsi di fronte all'opinione negativa sulle scelte sentimentali di Dina. Nutriva speranze per la sua sorellona. Se Dina aveva trovato il tipo giusto, allora forse Ellis non si sarebbe sentita profondamente in colpa per non averle detto di lei e Mike. «Non giudicare così in fretta, mamma. Cosa sappiamo di lui?»

«È un attore. Recita nei teatri off off off Broadway e ha fatto il figurante in alcuni dei migliori spettacoli di New York. Mi sembra che abbia ricoperto il ruolo del cadavere numero due in *Law and Order* lo scorso anno. Si sono conosciuti a una lezione di danza moderna. Ha un figlio di cinque anni e vive ancora nel seminterrato a casa della madre. E lei pensa che sia quello giusto? Io credo che sia un disastro pronto a scoppiare.»

«Accidenti.» Sospirò Ellis. «Okay, non sembra l'uomo dei sogni, ma forse è una persona per bene.» Pur avendolo affermato neanche Ellis ci credeva. Dina non sceglieva mai i bravi ragazzi, preferendo sempre quelli più belli e sexy, poveri e precari. Ma questa volta sarebbe stato diverso.

«Mamma?» Ellis si morse il labbro per un istante, non era sicura di voler aprire quel vaso di Pandora. «Perché non hai detto a Dina che mi vedo con Mike?»

«Perché sei innamorata di lui, Ellis. E devi confidarti tu con tua sorella, non io.»

Ellis annuì. Non c'era ragione di negare l'evidenza: amava Mike Edwards. Non era l'inizio di un sentimento né una semplice infatuazione. Era molto innamorata e Mike se ne era dovuto andare la sera prima affinché lei se ne rendesse conto.

«Dina non lo sopporterà.»

«Sì, ma le cose non sono andate bene tra lei e Mike e sarebbe finita così anche in circostanze diverse. Dovrebbe essere felice per te, e se non lo è, sarà colpa mia perché non l'ho educata come avrei dovuto.»

«Mamma...» Ellis si piegò verso di lei per baciarle la guancia. Era ridicolmente di nuovo vicina alle lacrime. «Forse non dovrei dire nulla. Non ho idea di cosa stia succedendo tra me e Mike. Lo conosci. Non è un tipo da relazione seria e probabilmente non dovrei neanche considerare l'idea di cominciarne una neanche io, ora che sto facendo ordine nella mia vita. E poi, c'è Jack. Non ti sembra un po' folle che io mi sia innamorata di nuovo così in fretta dopo una brutta rottura come quella?»

«Non credo che sia mai stato amore per te o, almeno, non quello che dura in eterno. Quando sei innamorata di qualcuno è impossibile lasciarlo andare via facilmente e voltare pagina in fretta. Tuo padre e io abbiamo rotto per tre mesi prima di sposarci. Io non riuscivo ad andare avanti, Ellis. Potevo frequentare altri uomini. Potevano anche piacermi, ma nessuno riusciva neanche lontanamente a farmi sentire come faceva tuo padre. Mike potrebbe essere questo tipo di uomo per te.» Si allungò per dare a Ellis un pizzicotto sulle guance. «Lui piace alla mamma. Per di più è così sexy che sento caldo solo a guardarlo. Dimmi, figlia mia, il sesso è come te lo aspettavi?»

«Mamma!» Ellis arrossì dalla testa ai piedi.

«Oh, non essere pudica con me, signorina. Col cavolo che stavate facendo un puzzle! Io ti avrei voluto provocare quel giorno, ma c'era il tuo povero papà e non volevo che sapesse cosa stavi combinando.» Alzò gli occhi al cielo. «Pensa davvero che tu e Mike siate fan dei puzzle. Sta pensando di regalarvene uno a Natale.»

«Porca miseria. Cerca di dissuaderlo.»

«Da cosa?» Walter entrò improvvisamente nella stanza dalla porta della cucina.

«Niente, caro.»

Lui annuì, ritenendo l'oggetto della conversazione irrilevante. «La cena dovrebbe arrivare tra ventidue minuti. Nel pomeriggio ho chiamato chiedendo la consegna per le sette in punto.» Annuì ancora. «Vorrei anche discutere con voi di un nuovo progetto che l'università vuole affidarmi.»

«Parleremo di tutto ciò che vuoi, Walter» disse Phillipa.

Il marito sparì di nuovo dalla porta della cucina.

«È proprio un uomo bizzarro» bofonchiò Phillipa.

Ellis scoppiò a ridere. «Mi sono sempre chiesta se anche tu lo pensassi o se fossi immune.»

«Immune? Come potrei mai? Ci conoscevamo da un anno, quando finalmente l'ho costretto a guardarmi negli occhi.»

«E come ti ha fatto innamorare?»

Phillipa scosse la testa. «Non ne ho idea. È un tipo strambo, è un nerd repubblicano, ma quando l'ho guardato ho capito che volevo passare la mia vita con lui. So che non suona molto femminista, ma non mi sento bene quando non stiamo insieme.»

Merda.

Ellis conosceva bene quella sensazione.

Qualcuno suonò alla porta ed entrambe guardarono l'orologio.

«Mancano ancora diciotto minuti» borbottò Ellis, ma andò comunque ad aprire.

«Ehi, Elle.» Mike si curvò per darle un lungo bacio e poi entrò. «Sei molto carina stasera.»

Ellis lo fissò a bocca aperta. Cosa diavolo ci faceva lì?

«Ti avevo detto che ci saremmo visti oggi» disse lui, al che Ellis si rese conto di aver parlato ad alta voce.

«Sì, ma... ma...»

Si curvò per baciare Phillipa sulla guancia prima di voltarsi e sorriderle. «Ho chiamato tuo padre e gli ho chiesto se potevamo cenare tutti insieme stasera.»

«Davvero?»

«Sì.» Spostò il sacchetto, che sorreggeva, da un braccio verso l'altro. «E visto che mangiamo messicano ho portato l'occorrente per una sangria alla pesca.»

«Tu hai intenzionalmente concordato di cenare insieme ai miei genitori?»

«Sì. Perché ti è così difficile crederci?»

«Sì, Ellis» aggiunse Phillipa. «Perché sei così sorpresa? Sai che ero la professoressa preferita di Mike. Se non fossi stata sposata con tuo padre sono sicura che Mike mi avrebbe chiesto di uscire. Non mi meraviglia che vada pazzo per la mia progenie.»

«Blah!» esclamò Ellis, incrociando gli occhi. «Dimmi che non è così, Mikey.»

Lui scosse la testa. «Mi si è spezzato il cuore quando mi ha rivelato di essere felicemente sposata, ma l'allegria è tornata quando ho saputo che aveva due figlie single.»

«Pervertito» bofonchiò Ellis, costretta a mordersi il labbro inferiore per non ridere.

Mike si strinse nelle spalle. «Non si può biasimare un ragazzo solo perché insegue ciò che desidera.» Le fece l'occhiolino. «Dài, Ellie, aiutami a preparare la sangria.»

Lo seguì in cucina, lo guardò poggiare il sacchetto sul tavolo e poi lui la tirò tra le sue braccia. Il cuore di Ellis prese a battere forte mentre sentiva le labbra di lui sulle sue. Fu un bacio profondo ed eccitante che la fece fremere dappertutto e confondere allo stesso tempo. Perché diavolo non era rimasto con lei la sera prima se oggi la baciava in questo modo?

«Mike» mugolò.

«Mmh?» La baciò tra i capelli, stringendola forte. «È tutto il giorno che ti penso.» Abbassò la voce fino a renderla un sussurro. «Ti ho mai detto quanto mi piaci vestita di rosso? Mi fa un effetto particolare.» Lasciò scorrere la mano sulla sua schiena, fermandola sui glutei.

«Smettila!»

I due si staccarono all'improvviso, dopo aver sentito quella voce. Il padre di Ellis era in piedi accanto al frigorifero, paonazzo in volto, la bocca serrata in una sottile linea.

«Papà...» Ellis desiderò morire. Era sicura che il suo viso si sarebbe sciolto talmente era bollente.

«Scusaci, Walter. Non ti avevamo visto.»

«Hai intenzioni serie con mia figlia?»

«Papà!» Ellis spostò lo sguardo dal padre a Mike mentre

il panico la assaliva. Non si era mai comportato in modo così protettivo. «Non devi rispondere.»

«Sì che devi.» Walter strinse gli occhi. «Hai intenzioni serie con mia figlia?»

«Sì» annuì Mike, il collo gli diventò tutto rosso. Ellis sperò che la terra si spaccasse per inghiottirli tutti, che una creatura mitica gli piombasse addosso e rapisse il padre. Era abituata alle uscite della madre, ma non a quelle di Walter.

Dio, ci sei? Sono sempre io, Ellis.

«La tratterai bene?» Ellis notò con stupore che il padre aveva alzato gli occhi verso quelli di Mike, sostenendo il suo sguardo. «Non mi piaceva Jack. Era molto cattivo con lei. L'ha ferita. Non lascerò che tu ferisca mia figlia. Non lo permetterò.»

Mike annuì. «Mi comporterò bene con Ellis, signor Garrett. L'ultima cosa che vorrei al mondo è farla soffrire.»

Lei notò che Mike non aveva fatto una vera e propria promessa. Non poteva. La loro storia sarebbe inevitabilmente giunta al termine. Lo sapevano entrambi.

«Vedi, papà? Mike è un bravo ragazzo. Non devi essere così protettivo.» Si allontanò da Mike e abbracciò il padre, il cui corpo era rigido. «Ma sono contenta che tu lo sia.»

«Ti voglio bene» disse lui talmente piano che lei quasi non sentì.

Ellis sbatté le palpebre incredula per un istante. «Anche io ti voglio bene.»

Il padre si sciolse delicatamente dall'abbraccio. «La cena arriva fra nove minuti. Andate a lavarvi le mani, per favore.» Annuì ancora e uscì dalla cucina.

«Stai piangendo?» Mike l'afferrò per le braccia.

Ellis non aveva notato le lacrime che le solcavano le guance finché Mike non gliele indicò. «Suppongo di sì.»

«Che c'è?» Mike aveva un'espressione talmente frastornata che le venne da ridere.

«Niente. Mio padre mi vuole bene.»

***

La cena era iniziata senza intoppi. La consegna era arrivata per le sette in punto, e Walter ne fu felice. Dopo essersi lavati le mani come lui aveva chiesto, si riunirono tutti attorno al tavolo in sala da pranzo. Ellis, nonostante la sua volontà, sentiva le farfalle nello stomaco per la tensione. Mike aveva pianificato quella cena. Voleva stare con la sua famiglia. Era così diverso da Jack, che non amava averli attorno. Voleva solo la sua di famiglia. E Jack si era seriamente impegnato con Ellis. Cosa significava questa cena per lei e Mike?

«Tomatillos è il miglior ristorante messicano della città» annunciò Walter mentre si riempiva il piatto di arroz con pollo. «Seguito da The Aztec, e poi da Mojitos. Vorrei parlarvi di lavoro adesso, se siete d'accordo.»

«Certo, tesoro» lo incoraggiò Phillipa.

«Ho qualche problema nel comprendere un nuovo progetto che vuole affidarmi l'università.»

Ellis si preparò a evadere mentalmente per i prossimi dieci o quindici minuti. Il linguaggio scientifico del padre era sempre fuori dalla sua portata e, negli anni, aveva imparato che se cercava di seguirlo finiva presto col perdersi. Lanciò un'occhiata a Mike che sembrava sinceramente interessato al discorso di Walter. O magari fingeva molto bene. Per lei andava bene in entrambi i casi. E poi era talmente bello da guardare.

Indossava un maglione acquamarina con il collo a V che gli faceva risaltare gli occhi. Si domandò quale donna del suo passato glielo avesse regalato. Gli uomini non scelgono mai i colori vivaci. Forse era stata sua madre, una delle sorelle o un'ex fidanzata? Non ne sarebbe rimasta sorpresa, sicuramente il suo armadio era pieno di regali.

«...Se la grandezza del pene è proporzionata alla corporatura, o se è unicamente attribuibile al patrimonio genetico, o magari è una combinazione delle due. Potrebbe anche trattarsi di pura fortuna sebbene, in quanto scienziato, io non creda nella fortuna genetica.»

La mente di Ellis tornò bruscamente a prestare attenzione quando sentì la parola 'pene' uscire dalla bocca del padre. Si aspettava che fosse sua madre la dispensatrice di conversazioni oltraggiose a cena, ma a quanto pareva era arrivato il turno di Walter.

Gli istanti successivi sembrarono procedere al rallentatore. Col senno di poi, Ellis avrebbe voluto poter impedire ciò che stava per accadere, ma nulla a parte un intervento divino, avrebbe fermato la direzione presa da quella discussione.

«Michael, trovi che la dimensione del tuo pene sia proporzionata alla tua corporatura e, se non è così, diresti che è sopra o sotto la media?»

Uccidimi ora. Ellis pregò un dio che non la stava ascoltando. *Oh, ti prego, uccidimi ora. Uccidimi ora. Uccidimi, ora.* Aprì gli occhi e vide Mike che rideva. «Per l'amor di dio non rispondergli, per favore.»

Guardò la madre per cercare aiuto, ma Phillipa scrollò semplicemente le spalle. «Veramente, vorrei sapere anche io la risposta a questa domanda.»

Ellis guardò la madre, desiderando di colpirla in testa per la frustrazione. «Papà, non puoi fare domande alla gente, e soprattutto al mio fidanzato, sulla dimensione del pene. Non sei al lavoro. Stiamo cenando e tu stai mettendo me e Mike in imbarazzo.»

Walter guardò Mike e aggrottò le sopracciglia. «Mike non mi sembra in imbarazzo.»

Non lo era. Quello stupido stava ridendo di lei!

Idiota!

«Sono consapevole di non comprendere le situazioni sociali a volte. Credi che questo sia un argomento di conversazione inappropriato?»

«Sì!»

«No» disse Mike sogghignando, ma smise quando Ellis gli lanciò un'occhiataccia. «Credo che la conversazione vada bene, ma alcune persone ritengono che le discussioni scientifiche a cena provochino problemi di digestione.»

«Quindi in futuro dovrei astenermi dal porre domande riguardanti l'anatomia personale durante le riunioni familiari o sociali?»

«Bingo.» Mike sorrise. «Chi vuole altra sangria? Io ne prendo ancora un po'.»

19

Mike ed Ellis tornarono a casa di lei insieme. Lui era un po' nervoso riguardo all'evoluzione della serata. Si sentiva di nuovo un adolescente in trepida attesa della sua prima volta. Ovviamente non era così, per di più era già stato con Ellis, ma questa era un'altra prima volta: si apprestava a fare quello spaventoso passo verso una relazione seria con una donna.

Tra tutte le ragazze che aveva frequentato, sentiva dentro di sé che Ellis era quella giusta con cui proseguire una storia.

Quando non era vicino a lei, non stava bene. La vita gli sembrava una serie di movimenti meccanici. Perché nascondersi dietro al cinismo, quando poteva essere felice con una bella ragazza? Si chiese perché non poteva lasciarsi andare e innamorarsi. Lei era amabile, e questo lo sapeva, ma se la loro storia non avesse funzionato, quando sarebbe fallita – perché andava inevitabilmente sempre così – voleva essere in grado di riprendersi e andare avanti come se non fosse successo niente. Sapeva che era da egoisti non darsi totalmente all'altro, ma sua madre aveva amato suo padre, gli aveva donato più di quanto potesse, ed ecco come era finita.

«Mi dispiace per stasera, Mikey» sospirò Ellis una volta entrati in casa sua.

«Non devi scusarti. Mi sono divertito tantissimo. E ho organizzato io la cena. Ricordi?» Era vero. Dopo averla lasciata, la sera prima, sapeva di dover fare qualcosa per dimostrare che voleva rimanerle accanto. La cena con i genitori si era rivelata bizzarra, ma non difficoltosa. Gli aveva fatto sentire la mancanza di appartenere a una famiglia.

«Io devo scusarmi. Prima mio padre ti obbliga a dichiarare che vuoi impegnarti con me – affermazione che io non ti costringo a rispettare –, poi vuole sapere quanto è grande il tuo pene. Se ci avesse domandato come andava la nostra vita sessuale, sarei esplosa lì a quel tavolo. E mia madre! L'ha persino incoraggiato. Perché diavolo gli hai chiesto di cenare tutti insieme?»

«Perché volevo essere il tuo fidanzato» rispose serio.

Lei deglutì. «Volevi? Al passato? Cioè... 'La cena con i tuoi genitori era così terribile che non voglio più essere il tuo fidanzato?'»

L'afferrò per i fianchi e la tirò a sé, ridendo di quelle farneticazioni. «Cioè... mi hai chiamato 'il tuo fidanzato' stasera davanti ai tuoi genitori. Credo che sia ufficiale, adesso.»

«Ti ho davvero chiamato 'il mio fidanzato'?» Ellis sgranò gli occhi. «Vuoi essere il mio fidanzato?»

Lui annuì. «Pensi che avrei fatto tanta fatica per una ragazza, se non volessi starci insieme?»

«Accidenti! Non lo so.» Si prese il labbro inferiore tra i denti. «Sono un disastro, emotivo e finanziario. Non dovresti desiderarmi come fidanzata, dovresti invece trovarti un tipo simile a te.» Distolse lo sguardo e giocherellò con il colletto della camicia di Mike.

«E chi sarebbe più simile a me, tesoro?»

«Lo sai.» Si morse il labbro inferiore talmente forte che lui temette che potesse spaccarselo.

«No, non lo so.»

«Una a cui piace fare jogging.»

Mike inspirò profondamente, deciso ad avere pazienza con lei. «Ti aspetti che io basi un'intera relazione su un solo interesse comune? Inoltre il jogging è il mio momento solo con me stesso. Pensi che io voglia una chiacchierona accanto a rovinarmelo?»

Gli fece un sorrisetto prima di assumere di nuovo un'espressione preoccupata.

«Cos'altro c'è, Ellie?»

«Una a cui piace praticare sport.»

«Ancora una volta: è una cosa tra uomini. Niente ragazze.» Le diede una pacca sul sedere. «Stai perdendo in questa discussione, baby.»

«Tu dovresti...» Ellis s'interruppe, incontrando fugacemente il suo sguardo prima di spostarlo verso il collo «frequentare una ragazza magra.»

«Cosa?» Non era lo stronzo superficiale che pensava lei. Amava il suo corpo e ogni sua morbida curva. Era stufo di quei preconcetti e stava per dirglielo quando la vide piangere.

Si commosse profondamente. Nessun'altra donna gli aveva mai fatto questo effetto.

«Io... io ho visto cosa è successo tra te e la madre di Jared ieri.»

«E quindi?» Era così confuso. «Non sono attratto da lei e, anche se lo fossi, non la prenderei neanche in considerazione quando sono con te.»

«Non riesco ad immaginare un uomo come te che esce con una come lei» ripeté Ellis.

Le parole di quella donna – di cui non ricordava neanche il nome ora – gli piombarono addosso. Aveva definito Ellis 'grassa'. Mike l'aveva ritenuto uno squallido tentativo di rimorchio, ma ora gli era tutto chiaro. Adesso capiva come l'aveva giudicato Ellis.

«Intendeva dire bella come lei, giusto?» La baciò sulla fronte. «E intelligente?» Le sue labbra indugiarono lungo il naso. «E dolce?» La baciò sulle guance. «E sexy?» La sua bocca trovò quella di lei. «E divertente?»

«E grassa. Non dimenticarlo.» Lei sorrise in modo triste e lo abbracciò forte. «So che ti piace il mio corpo, ma tu sei un tipo strano. Quando passeggiamo insieme le donne ci guardano. Si chiedono come diavolo io sia riuscita ad accalappiarti.»

Non credeva che fosse vero, ma cercò di gratificarla. «Anche gli uomini ci guardano. Non hai notato quel tipo da Roma ieri? Se ti avesse guardato il culo un'altra volta l'avrei preso a pugni.»

«Quello vicino al frigorifero?» Ellis alzò le sopracciglia. «Davvero? Era carino.»

«Non è questo il punto.» Mike aggrottò la fronte. «In tutta la mia vita di adulto, non sono mai uscito con una ragazza per più di due mesi. Ma desidero continuare a frequentare te. Voglio stare con te, Ellis. Smettila di provare a respingermi.»

«Bene. Hai vinto.» Avrebbe dovuto sentirsi più felice. Lui aveva detto tutte le cose che voleva sentire, che ogni donna voleva ascoltare, ma ciò che importava di più era che lei gli credeva. Mike voleva far funzionare quella storia, che provassero a stare insieme. Perché lei era così riluttante a dargli una possibilità? «Promettimi che quando vorrai rompere con me, me ne parlerai. Non diventare strano e prepotente.»

Non comportarti come Jack.

Il suo cuore non l'avrebbe sopportato.

Gli occhi di Mike si accesero dalla rabbia e lei si rese conto di aver detto la cosa sbagliata. «Perché dai per scontato che sia io a voler rompere? Perché predici la fine del nostro rapporto prima ancora che cominci?»

Perché la fine si avvicinerà, pensò lei. Era solo una questione di tempo, anche se desiderava credere che lui non l'avrebbe ferita, non ci riusciva. Era innamorata di lui e non avrebbe funzionato, a meno che anche lui non provasse lo stesso sentimento. «Perché non hai fatto sesso con me ieri?»

Ellis cambiò argomento, spostandosi su uno meno problematico. Non aveva l'energia per discutere. Voleva godersi Mike finché poteva.

«Per questo.» Estrasse un foglio di carta dalla tasca. «Volevo che fossi sicura.»

«Analisi del sangue?» domandò Ellis, accigliandosi. «Negativo al...» Lesse tutta la lista, mentre il suo battito cardiaco rallentava. «Hai fatto degli esami? Per me?»

«Per noi.» Sembrò imbarazzato per un istante. «Mi ha infastidito sentirti dire che eravamo uno sbaglio. Ma avevi ragione. Non conosci le donne che ho avuto. Sei l'unica donna con cui non ho mai usato...» Le lanciò un breve sguardo disperato. «Voglio che ti fidi di me.» Le passò le dita fra i capelli. «Di' qualcosa.»

Bum!

«Vado al piano di sopra a spogliarmi.» Si diresse verso le scale, si voltò e gli sorrise. «Vieni con me?»

La prima volta che fecero l'amore, quella notte, fu breve, intenso ed esplosivo. Erano passate settimane dall'ultima volta. Giorni di frustrazione sessuale repressa avevano aumentato il loro desiderio. Lei venne due volte prima che toccasse a Mike e lui le sorrise in quel modo spavaldo che Ellis trovava irritante e adorabile al tempo stesso. La seconda volta fu più lento, rilassato. Le esplorò tutto il corpo lentamente con la lingua, baciandole ogni parte scoperta della pelle, leccandola nei punti più sensibili, finché lei divenne un tizzone ardente di desiderio. E quando finalmente la penetrò, sperimentò diversi ritmi e posizioni. Le chiese quello che le piaceva, cosa desiderava di più, come soddisfarla maggiormente. Ellis scoppiò in lacrime. Non sapeva che il sesso potesse essere così. Non immaginava che esistessero uomini, su questa terra, nati per appagare una donna.

«Stai bene, Ellie?»

Mike era appoggiato su un gomito, la guardava dall'alto, con la mano libera le scostava i capelli dal volto.

«Quando ho visto i tuoi occhi pieni di lacrime io... io ho creduto di averti fatto male.»

«No. No! Certo che no.» Lei si portò la mano di Mike alla bocca e la baciò. «Sei stato fantastico, talmente bravo che pensavo di darti in affitto.»

«Davvero?» Le sorrise. «Che tariffa chiederesti?»

Lei scosse la testa. «Non posso svelartelo. Potrebbe influire sul tuo ego.»

«Sul serio?» Le toccò distrattamente i capezzoli con i polpastrelli, facendole venire i brividi. «Se è meno di mille dollari l'ora, ne rimarrò fortemente deluso.»

Lei gli sorrise. «La verità è che a me non piace condividere, quindi credo che non potrei darti in affitto.»

Mike le diede un piccolo bacio sulla bocca. «Vorrei che tu facessi una cosa per me.»

«Tutto ciò che chiedi» esclamò con un sorriso.

«Di' a tua sorella di noi due.»

«Oh.»

Lei annuì. Non andavano più semplicemente a letto insieme, non si vedevano occasionalmente. Erano una coppia ora. Quella sera era diventato ufficiale. Era giusto che Dina lo sapesse. Tuttavia, raccontarlo a sua sorella maggiore era l'ultima cosa che voleva fare. Sapeva come l'avrebbe presa. Avevano appena cominciato ad andare d'accordo. Questo avrebbe rovinato tutto, però Mike non era più solamente un ragazzo con cui usciva. Era il suo fidanzato. Lo amava. Non doveva essere un segreto. Ciononostante, Ellis non voleva ancora raccontarle nulla.

«Dalle più fiducia, baby. La prenderà bene. Non è che tu mi abbia rubato a lei.»

«Okay, Mike.»

«Possiamo farlo insieme se vuoi. Invitala a pranzo» propose lui.

«No.» L'ultima cosa che Ellis desiderava era che Dina la vedesse insieme a Mike. Doveva farlo da sola. Avrebbe dovuto pensare a un modo gentile per informare la sorella che lei usciva con il ragazzo per cui si erano allontanate. «Glielo dirò io, Mike. Non preoccuparti, ti prego.»

20

Overdose di lattosio

Mi scuso per la brevità del mio post di oggi, ma ho mangiato un chilo e mezzo di gelato al gusto di cheesecake alla fragola, e ho un grave attacco di tremori da eccesso di zuccheri. Per favore sentitevi liberi di farmi sprofondare dalla vergogna lasciando un vostro commento nell'apposita sezione.

Ellis, Cherri e Belinda erano una accanto all'altra in piedi in mezzo alla stanza principale del negozio, le teste piegate di lato, intente a fissare il lavoro di Ellis.

«Wow.»

«È bello da togliere il fiato.»

«Vi piace?» Ellis si morse il labbro inferiore mentre studiava la sua creazione.

L'abito da sposa di Karen era completato e sembrava proprio un... vero vestito. Un autentico abito disegnato da uno stilista che pareva uscito da un atelier. Ed era delizioso. Ellis era sorpresa dal risultato. Non aveva mai pensato di essere in grado di creare qualcosa di così... complicato. Il suo petto si era gonfiato di orgoglio. Realizzare un abito da sposa era molto più eccitante che vendere abbigliamento, per il semplice motivo che Karen avrebbe indossato quell'abito il giorno in cui iniziava una nuova vita con l'uomo che amava. Lo avrebbe sempre ricordato con commozione. Quel vestito avrebbe sempre conservato un significato speciale per lei.

«Non mi piace. Lo adoro» esclamò Cherri. «Voglio che tu realizzi anche il mio.»

«Sì, Ellis» aggiunse Belinda «Quando mi hai detto che ne cucivi uno tu ho pensato che fossi fuori di testa, ma è favoloso e non intendo come quelli di Bitzy's Bridal, ma tipo Vera Wang.»

Le guance di Ellis avvamparono. «Me lo stai dicendo solo perché firmo i tuoi assegni.»

«No.» Cherri le strinse la mano. «Non ti mentiremmo mai. Quei cinquemila dollari te li meriti tutti. Credo che tu sia inciampata sulla tua vocazione.»

«La mia vocazione?» Ellis sbatté le palpebre incredula, fissando Cherri. Pensava che Size Me Up fosse la sua strada, ma vendere abiti non era la sua vera passione. Le piaceva modificarli, ridisegnarli, vedere l'espressione delle clienti quando gli mostrava indumenti realizzati su misura.

«Hai mai preso in considerazione di disegnare una linea di vestiti da sposa?»

Lei scosse la testa. «Alt! Stiamo cominciando ora a decollare con il negozio, non riesco a immaginare di gestire altro lavoro in questo momento.»

«Ma sei così talentuosa. Inoltre, non saresti sola. Ti aiuteremmo noi» disse Belinda. «Io mi occuperei della contabilità e mia madre è bravissima a cucire. Potrebbe venire ad aiutarti qualche volta, durante la settimana. Si annoia a casa da sola tutto il giorno.»

«Potrei venire prima» si offrì Cherri. «Non c'è molto da fare al mattino, potrei anche studiare qui.»

Ellis si sentì stringere la gola, era un po' a disagio, ma profondamente emozionata dalla loro offerta. «Siete entrambe così dolci, ma non posso chiedervelo. Riesco a malapena a pagarvi adesso.»

«Non devi più darmi lo stipendio, stupidina» disse Belinda. «Non voglio più essere solo un'impiegata, desidero investire. Ero con te quando sognavi di aprire questo negozio. E voglio esserci quando ti espanderai. Ho del denaro da parte. Credo che il tuo abito sia meraviglioso. E ritengo che possiamo andare molto lontano con una linea da sposa.»

«Anche io voglio investire» aggiunse Cherri. «Non ho un soldo, ma investirò il mio tempo e tutto ciò che può essere utile, a patto che tu mi prometta di realizzarmi gratis un vestito da sposa quando arriverà il mio giorno speciale.»

Ellis rimase immobile per un istante. Questo era troppo, superava persino i suoi sogni. «Non posso prendere soldi da te, Belinda.»

«Guardami, Ellis.» Belinda si indicò. «Ti sembro una che accetterebbe mai di rimanere al verde?»

«Uhm?» Ellis si accarezzò la testa che le pulsava.

«Ascoltami bene, tesoro. Non ti sto dando semplicemente dei soldi. Io investo solo se sono sicura di ricavarne un guadagno. So che riavrò il mio denaro, più molto altro ancora, grazie alla tua abilità con ago e filo.»

«Non ho altri clienti che vogliono vestiti. Non so neanche se Karen prenderà il suo.»

«Sai perfettamente che lo vorrà. E se hai trovato una Karen lì fuori, pensa a quante altre donne ci sono come lei. Voglio dire, guardami. Non sono mai riuscita a comprare i miei abiti così com'erano sugli scaffali dei negozi: me li hai dovuti modificare quasi tutti.»

Ellis studiò la sua migliore amica, Belinda era la più formosa tra loro tre, le ricordava le pin-up e le bombe sexy del passato. Era esotica e splendida, con i capelli rossi e la pelle bronzea, ed era così affascinante che ogni persona si fermava ad ammirarla. Ma era una donna dal fisico non convenzionale. Proprio come Ellis. Proprio come Cherri che superava quasi il metro e ottanta. Avevano legato perché avevano difficoltà a trovare degli abiti adatti. Dai follower del suo blog, Ellis sapeva che c'erano molte donne che, come loro, non entravano nelle taglie standard. E alcune di loro dovevano sposarsi.

Merda. Potrebbe funzionare.

Belinda afferrò il braccio di Cherri e la condusse verso la porta. «Pensaci.»

La lasciarono sola con l'abito da sposa e la testa in elucubrazione. Il viso di Mike comparve improvvisamente nei suoi pensieri. Aveva bisogno di parlarne con lui, avere un suo giudizio. Forse quando sarebbe rientrato stasera avrebbero potuto prendere questa grande decisione insieme. La sua mente smise di arrovellarsi in quelle congetture.

Loro due?

Casa?

Chiedere l'opinione di Mike?

Perché preoccuparsi tanto? Per quanto stimasse il suo parere, quel negozio era la sua creatura e il suo sogno, questa era la sua vita e lei si era ripromessa di non permettere mai più a un uomo di dirle come doveva condurla.

Il campanellino sopra la porta suonò. Ellis gli prestò poca attenzione – stava mettendo in ordine lo spazio in cui lavorava – pensando che una delle ragazze avesse dimenticato qualcosa. Sbadigliò, cercando di scrollarsi di dosso lo stress. Tutto ciò che desiderava fare al rientro a casa era mangiare, fare una doccia calda e infilarsi nel letto, preferibilmente con Mike. Quella settimana l'aveva attesa a casa ogni giorno dopo il lavoro. Seduto sulla soglia d'ingresso, sorridendole quando entrava con l'auto nel vialetto. Ogni notte erano andati a letto insieme. Ogni mattina si erano svegliati l'uno nelle braccia dell'altro. E ogni giorno una parte di lei si chiedeva quando sarebbe arrivato il momento in cui lui non l'avrebbe più aspettata.

«Ellie la puzzola?» la chiamò Dina dall'entrata del negozio.

Ellis trasalì. Dina? Sua sorella era venuta a trovarla solo una volta prima dell'apertura. Era l'ultima persona che si aspettava di vedere, quella che sperava di evitare. Mike le aveva chiesto di informarla della loro relazione. E lei non lo aveva ancora fatto. Aveva paura. Temeva che Dina sarebbe esplosa, che avrebbe nutrito rancore, tagliando ogni contatto tra loro. Si erano riavvicinate. Mike Edwards si era messo di nuovo in mezzo. Non poteva sopportare che accadesse ancora.

«Sono qui, Dee.»

Dina camminava disinvolta in un paio di calze, pantaloni di pelle, stivaletti da motociclista e una giacca di pelle grigia. Era assolutamente favolosa con la sua chioma mogano che le cadeva lungo la schiena.

«Vai in un locale per motociclisti, mia carissima sorella?»

«Un concerto ad Albany. Prima volevo fare un salto a casa nostra. Sono un po' al verde questo mese.»

Dina era sempre un po' al verde, ma Ellis trattenne la lingua. Non erano affari suoi se, ogni due settimane, i genitori volevano aiutare con un po' di denaro la figlia trentaquattrenne. Ellis aveva già i suoi problemi da affrontare.

«Quindi...» disse Ellis, cambiando argomento. «Ho sentito che hai un nuovo ragazzo.»

Dina si strinse nelle spalle. «Sì, è fuori in auto. Finalmente siamo soli stasera, abbiamo scaricato il ragazzino. Ehi, a me piacciono i bambini proprio come a tutti, ma questo è così appiccicoso. Non va neanche a letto se Vigo non gli rimbocca le coperte. È ora che cresca.»

Da che pulpito viene la predica!

Ellis evitò di alzare gli occhi al cielo. «Non ha cinque anni?»

«Sì, ma sta incasinando il mio carisma sessuale. È difficile trovarsi in intimità con un ragazzo quando è sempre preoccupato per il figlio.»

Questo tizio voleva bene davvero al figlio. Forse non era

poi così male. E dai discorsi di Dina su di lui sembrava... carino. Probabilmente non era sempre colpa degli uomini che sceglieva Dina. Magari era lei quella da biasimare.

«Forse dovresti fare uno sforzo per imparare a conoscere suo figlio, Dina. Mamma dice che vuoi impegnarti con lui.»

Dina fece un lungo sospiro. «Mi sono sbagliata. È un bravo ragazzo, però vive in un seminterrato. E, onestamente, è un dettaglio che non mi entusiasma. Prendi Mike, il detective...» sospirò di nuovo.

«Aveva tutto: un buon lavoro, niente figli né precedenti penali. Mi chiedo cosa stia facendo adesso.»

Ellis non disse nulla, aveva paura di vuotare il sacco. Mike aveva ragione, avrebbe dovuto informare Dina e accettare le conseguenze.

Diglielo adesso!

Non posso.

Fifona.

«Lo so. Lo so.» Dina alzò le mani in segno di difesa. «Devo voltare pagina, chiudere con il passato, fare delle scelte per ciò che sono in questo momento, per la donna che desidero diventare.»

«Il tuo analista è bravo, Dee. Vale ogni centesimo.»

«È vero.» Si piegò verso di lei e la baciò fugacemente sulla guancia. «Devo andare. Chiamami più tardi. Organizziamo una serata in casa tra ragazze.»

«Okay» concordò Ellis, sentendosi in colpa. Non passavano una serata simile da anni. Non si comportavano come due sorelle da molto tempo. «Ti chiamo domani.»

Dina uscì e non appena Ellis sentì di nuovo il rumore del campanello comparve Mike, spaventandola a morte. Si domandò immediatamente se avesse visto Dina.

«Cosa diavolo vuoi, Edwards? Farmi venire un infarto?»

«Scusa» rispose lui con un sorriso, appoggiando il lungo corpo contro la porta mentre la osservava attentamente.

Anche lei lo scrutò, notando quanto fosse attraente con l'abito scuro e quei riccioli neri spostati dietro le orecchie.

«Rimani fino a tardi oggi?» disse lui dopo qualche istante. E anche se il tono della sua voce non era critico, Ellis si mise sulla difensiva.

Verso la fine del suo rapporto con Jack, lui voleva sapere di ogni suo spostamento. Esigeva orari, e nomi delle persone con cui si trovava. Pretendeva dettagli. Ellis si rifiutava di essere controllata, così iniziarono a discutere. E i giudizi di Jack divennero più aspri.

«Ti aspettavi che ti chiamassi?»

«No» rispose lui, scuotendo la testa. «Ero solo preoccupato per te, a causa della rapina. Non mi piace che tu rimanga da sola in negozio.»

«Ah.» Ellis non aveva parole. Lui non era Jack. Doveva smetterla di dare per scontato che Mike agisse allo stesso modo e di aspettare che lui la ferisse. «Sai come procedono le indagini?» gli chiese.

Lui annullò la distanza tra di loro e le accarezzò la guancia con il pollice. Il livido era sparito da tempo, ma il ricordo di quel giorno era ancora vivido in lei. Poteva vedere ancora il volto del suo aggressore, sentiva l'odore pungente della sua acqua di colonia, il dolore inflitto dal suo anello che le tagliava il viso.

«Non hanno nulla. Mi dispiace.» Mike sospirò per la frustrazione. «Pensavo che avrebbe colpito ancora, ma non è stupido come speravamo. Vorrei tanto occuparmi io del caso. Non mi piace che quel bastardo sia ancora là fuori.»

«Non avresti dovuto baciarmi quel giorno. Il caso sarebbe tuo adesso.»

«Dovevo baciarti.» Alzò le spalle e poi le sorrise. «Queste sono per te.» Tirò fuori un mazzo di chiavi dalla giacca.

Ellis fissò quegli oggetti luccicanti color argento. «Cosa...»

«La prima apre la porta principale. La seconda è per la mia cassetta della posta.»

Alzò lo sguardo verso di lui.

Ahi, ahi.

Non era preparata. Scambiarsi le chiavi di casa era un enorme passo, e non sapeva se fossero già pronti. «Queste sono... per me?»

«No, sono per i tuoi genitori così possono entrare e interromperci di nuovo.» La fissò come se fosse pazza. «Certo che sono per te!»

«Io... è solo che... non me lo aspettavo.»

«Non dire stronzate.» Mike la afferrò per la vita e la tirò a sé, penetrandole lo sguardo con i suoi bellissimi occhi. «Non voglio che ci siano dubbi tra di noi, okay? Questa per me non è un'avventura, ma una cosa seria.»

Ellis giocherellò con la sua cravatta, incapace di guardarlo negli occhi. Il playboy stava cercando di sistemare la sua vita e lei voleva credergli. Con tutte le sue forze. Ignorò il nodo, grande come una palla da golf, che sentiva in gola e disse: «Suppongo che tu voglia anche quelle di casa mia, giusto?»

Lui annuì. «Comincia a fare freddo fuori e preferirei aspettare il tuo rientro senza congelarmi il culo.»

Ellis gli si strofinò addosso. «Ma è così divertente riscaldarti.»

«Non tentarmi.» La baciò sul sopracciglio, e poi la allontanò. «Va bene se non vuoi darmi le chiavi di casa tua adesso, ma quando sarai pronta per...»

Lei annuì, dubitando se quella fosse la decisione giusta, e disse: «Puoi prendere le chiavi che ho sequestrato dalle mani di mia madre.»

«Bene. Ora prendi la borsa e andiamo via di qui. Ti porto a cena.»

Mike guardò Ellis dal divanetto sul quale era seduto. Era dall'altra parte della stanza con Belinda e Cherri: tutte e tre ridevano di qualcosa. Era così diversa vicino alle sue amiche, più distesa. Lo capiva dal modo in cui piegava indietro la testa quando rideva, e dal quel sorriso genuino. Le cose non andavano sempre così tra loro due. Ogni volta che rientrava a casa e lo trovava lì, sembrava sorpresa. A Mike pareva che lei stesse solo aspettando che lui rovinasse tutto.

Non si fidava di lui. Se non le avesse voluto bene, la cosa non l'avrebbe innervosito tanto. Ma lui ci teneva. E c'erano momenti, quando la sorprendeva a fissarlo con l'espressione dolce e indifesa, che lo inducevano a pensare che forse era innamorata. Non sapeva come avrebbe reagito se Ellis gli avesse rivelato che l'amava. Altre donne si erano dichiarate in passato. La prima volta che se lo era sentito dire era rimasto sconvolto: come diavolo faceva una persona ad amarlo dopo pochissimo tempo? Non aveva desiderato quei sentimenti dalle sue ex, ma se Ellis era innamorata... Non sarebbe stato così terribile, dopotutto. Avrebbe anche potuto piacergli.

«Hai paura che sparisca se smetti di guardarla?»

Colin era seduto accanto a lui sul divanetto di Ellis. Era domenica, uno di quei rari giorni in cui erano tutti liberi dagli impegni lavorativi. Lei li aveva invitati per cena. Avevano bevuto, giocato a carte, parlato per ore. L'atmosfera era molto confortevole. Non si era trattato della solita notte passata per locali a ubriacarsi, ma dopo anni di quella vita Mike preferiva questo tipo di serata.

«Il verde le sta molto bene» disse lui, prendendo atto del commento dell'amico.

«Scommetto che diresti la stessa cosa se indossasse il blu, l'arancione o il giallo.»

Mike scrollò le spalle. «Dove vuoi arrivare?»

«Diventi più simpatico quando fai sesso.» Colin lanciò un'occhiata a Mike prima di spostare di nuovo lo sguardo sul televisore. «Non sei più il solito stronzo permaloso.»

«Vaffanculo» ribatté Mike senza scaldarsi. Gli piaceva questa storia della relazione seria.

«Credi di poter sopportare di stare lontano dal tuo tesoro per qualche giorno? Tra poco è il tuo compleanno.»

Mike inarcò il sopracciglio, incuriosito. «Niente Las Vegas. Ci ho lasciato duecento dollari e metà del mio cervello l'ultima volta che ci siamo stati.»

Colin sfoderò un ampio sorriso. «Lo so» sospirò. «Ho puzzato di tequila per due settimane. Ma non pensavo di tornare lì. Un mio cliente ha il pass per lo Sky box, il salottino VIP, allo stadio di Pittsburgh. Era talmente felice per la slot machine che gli ho restaurato che me li ha regalati come mancia. Ci andiamo?»

Mike rifletté per un istante. Era passato moltissimo tempo dal loro ultimo viaggio. Era una tradizione per loro, ma negli ultimi anni non l'avevano rispettata. «Ellis, puoi venire qui un secondo?»

Lei attraversò la stanza, con un sorrisetto sul volto. Era deliziosa con i capelli sulle spalle e il maglioncino che le fasciava le curve. Mike la afferrò e la fece sedere sulle sue gambe. Lei lasciò uscire un gridolino, ma si accomodò subito, mettendogli le braccia attorno al collo.

«Secondo me vuoi qualcosa» affermò lei, esibendo il suo sorrisetto malizioso. «Il che significa che io otterrò una ricompensa in cambio.» Guardò Colin. «Cosa pensi che dovrei chiedere? Un'intera giornata al Garment District, a New York? Ah! Che ne dici di andare per outlet?»

«Troppo poco, amore. Sogna in grande. Sto pensando a un... diamante.»

«Un bracciale tennis? Orecchini punto luce?» Scosse la testa. «Negozieremo dopo che mi dirai cosa vuoi.»

«C'è una partita di football a Pittsburgh a cui vorrei andare.»

«Certo. Divertiti. Non devi chiedermi il permesso.»

Mike rimase un po' deluso: aveva acconsentito piuttosto in fretta. «È il prossimo week-end.»

«Okay» ribadì lei sbattendo le palpebre.

«È il week-end del mio compleanno.»

«Lo so. Vorrà dire che dovrò dare il tuo specialissimo regalo a qualcun altro.» Si alzò per andarsi a sedere delicatamente in grembo a Colin. Abbracciò il miglior amico del suo fidanzato, strofinando il naso contro la sua guancia, provocando Mike con il suo sorrisetto malizioso e lo sguardo illuminato da sfumature dorate.

«Colin, ti piacerebbe prenderti il regalo di Mike?»

Prima che Colin avesse la possibilità di rispondere, Mike strattonò Ellis costringendola a scendere. «Che c'è?» domandò lei, fingendo di non capire. «Ti ho preso dei calzini pesanti. Fa freddo da queste parti.» Gli diede un bacio sulla guancia. «Il tuo compleanno è lunedì. Festeggeremo quando torni.»

«Sei sicura?»

Lei annuì e lui quasi le credette. Ma Ellis si comportava in modo strano ultimamente. Gli nascondeva qualcosa. Avrebbe dovuto parlarle quando gli ospiti se ne fossero andati via. «Sicurissima. Adesso lasciami. Mi stanno aspettando dei brownie caldi con gelato. Te ne porto un po'.»

Colin e Mike la guardarono allontanarsi. Colin si lasciò scappare un fischio. «Dannazione, Edwards. Adesso capisco perché sei pazzo di lei.» La osservò muovere i fianchi. «Io...»

Mike colpì il suo migliore amico da quindici anni sulla gamba. Forte. «Stai attento, irlandese.»

«Ahi! Mi hai fatto male, cazzo.» Colin si accarezzò la coscia dolorante. «Ti stavo facendo un complimento. Lei mi piace» aggiunse, poi spostò lo sguardo su Cherri per un istante. Mike seguì i suoi occhi osservandola dalla prospettiva dell'amico.

Cherri era una bella ragazza dai capelli biondo oro lunghi fino a metà schiena e grandi occhi di un verde brillante. Il suo corpo voluttuoso era un piacere da guardare per qualsiasi uomo. Inoltre era dolce, pura, sempre sorridente e gentile. Ma era ancora una ragazzina, non aveva neanche finito il college, eppure gli occhi di Colin la bramavano con un'intensità che Mike non gli aveva mai visto.

«Ha solo ventun anni.»

«Cosa?» Colin smise di fissare Cherri.

«Cherri è una bambina. Ha solo ventun anni.»

«Ha l'età di mia sorella. Porca puttana!» Colin imprecò a bassa voce. «Ma le ho parlato. Non mi ha mai detto di avere ventun anni, mi sembrava più grande. E senza ombra di dubbio non ha gli atteggiamenti di una ventunenne!»

«In ogni caso, non è il tuo tipo» sottolineò Mike. A Colin piacevano le donne sofisticate, dotate di grazia ed eleganza. Cherri non era nulla di tutto questo, e benché fosse dolce non era adatta a Colin O'Connell.

«Ed Ellis invece è il tuo?» domandò ammiccante.

Mike non rispose, non voleva discutere certi particolari con l'amico. Sembrava che a Colin piacesse Cherri e Mike sperò per il bene di entrambi che l'amico le stesse lontano.

Ellis fissò la teglia con i brownie avanzati. Doveva pulire la cucina, ma era distratta da una serie di parole con cui li avrebbe descritti: fatti in casa, cremosi, morbidissimi, deliziosi. Ne aveva già mangiato uno enorme, accompagnato da una pallina di gelato alla vaniglia. Ma ne desiderava un altro.

Buttali.

No! Ma cosa ti prende? In Darfur i bambini muoiono di fame.

E allora mandagli questi maledetti brownie.

Due forti braccia maschili la avvolsero da dietro, distraendola. Delle labbra calde trovarono la sua nuca. Lei sospirò. Finalmente erano soli. Adesso che gli amici se n'erano andati, la loro serata poteva finalmente iniziare. Infilarsi a letto con lui era la parte migliore della giornata, insieme ai dolci, alle scarpe e ai vestiti.

«Cosa fai?» le domandò Mike, in tono profondo e seducente.

«Discuto con me stessa.»

Ellis fissò quei maledetti brownie. La sua forza di volontà era annullata quando si trattava di cibo o di Mike. Lui le portava sempre dei dolci. Due giorni prima era arrivato con un budino di pane appena sfornato. Oggi aveva preparato dei brownie. Ma la portava anche a fare lunghe passeggiate. A volte metteva della musica cubana e ballavano insieme fino a quando non avevano più fiato e cominciavano a ridere. Ogni notte facevano l'amore finché lei restava senza fiato ed esausta. Aveva fatto più movimento con lui che in tutta la sua vita. E c'erano momenti insieme in cui era più felice di quanto non lo fosse mai stata.

«Di cosa discutevi con te stessa, Ellie?»

Lei prese un brownie e lo divise in due prima di voltarsi, rimanendo sempre tra le sue braccia. Gliene infilò un pezzo tra le labbra e poi lo baciò. Lasciò scivolare la lingua lungo il suo labbro inferiore perfettamente disegnato. «Mi chiedevo: dovrei scaricarti oppure no?»

«Cosa?» La guardò allarmato per un istante.

«Mi fai mangiare troppi cibi grassi.» Gli mise un altro pezzo di brownie in bocca e poi lo baciò ancora, stavolta in modo più profondo, assaporando il cioccolato e un po' di gelato. Mike era altamente desiderabile.

«Mmm» mormorò lui e le prese il viso tra le mani. «Smettila per un minuto. Devo parlarti.»

Ellis avvertì un nodo allo stomaco. «Non mi piace quando preferisci parlare invece di baciarmi.»

«Vorrei essere sicuro che va bene per te se vado a Pittsburgh.»

«Certo che va bene» mentì lei. Non era vero. Aveva pianificato una cena a New York per loro due. Ma sarebbero potuti andarci in altre occasioni. Sembrava da egoisti chiedergli di restare solo per quel motivo; non era neanche un mese che stavano insieme. Mike e Colin erano amici da quindici anni, non voleva diventare troppo esigente. Sapeva cosa significasse stare con un ragazzo che tentava di limitare il tuo tempo con gli amici, e non si sarebbe comportata in quel modo con Mike. «Passa il week-end come desideri. Non metterò il broncio né mi lamenterò ogni volta che vai fuori.»

Le studiò il viso per un istante. «E se a me piacesse invece?»

«Ti sei scelto la fidanzata sbagliata per questo tipo di cose, amico.»

Mike si scostò ed Ellis ebbe la sensazione che non fosse contento della sua risposta.

«Sei troppo brutale per il mio ego.»

Ellis scosse la testa. «Scusa, Mike, ma perché stai esagerando il problema? Volevi che io ti dicessi di non andare? Non mi comporterò così. Noi abbiamo una relazione, ma il nostro mondo non ruota solo attorno a noi due.»

Si allontanò di un altro passo. «No?»

«No.»

«E cosa manca affinché diventi così, Ellis?» Mike abbassò la voce. Irrigidì le spalle. «Ti comporti in modo bizzarro da quando abbiamo cominciato a frequentarci. Non riesco a capire se vuoi che ti rimanga accanto oppure che ti lasci in pace.»

«Lo sai che voglio stare con te» lo rassicurò lei.

«Ah, sì?» Gli occhi di Mike lampeggiarono d'ira. «Belinda mi ha raccontato del tuo progetto di realizzare vestiti da sposa. Mi ha detto che te ne hanno commissionati altri due, ieri. Ma c'è di più. Pensava che io fossi al corrente della tua decisione di investire di più nel negozio.»

«Oh.» Il cuore le smise di battere per un istante. «Io... Io...»

Non sapeva cosa rispondere. Non voleva svelargli che gli aveva nascosto quella grande novità nel disperato tentativo di mantenere le distanze da lui. «Non avevo idea che ti importasse talmente tanto.»

«Non credevi che io ci tenessi?» sbottò lui. «Perché no? Io

desidero più di te che tu abbia successo. Che razza di stronzo pensi che io sia?»

Lo aveva ferito e rendersene conto fu un duro colpo. «Mike...»

Lui alzò le mani per fermarla, gli occhi colmi di rabbia le perforavano la pelle. «Cosa ti serve ancora per fidarti di me?»

Lei non disse nulla. Non sapeva se ci sarebbe mai riuscita. La vita le aveva dato una dura lezione: poteva fidarsi solo di sé stessa. Non voleva abbassare la guardia, lasciando che le calpestasse il cuore.

«Dimmelo, dannazione. E non osare mentirmi inventandoti che ti fidi, perché qui dentro sento che non è vero» dichiarò lui, toccandosi il petto all'altezza del cuore.

«Non lo so.» Ellis cercò di allontanarsi, non era dell'umore giusto per litigare. Si sentiva in colpa per avergli nascosto quella notizia ed era arrabbiata per avergli permesso di diventare così importante nella sua vita in breve tempo.

«Lo sai, invece!» Le afferrò il braccio e la fece voltare in modo che lo guardasse.

«Il matrimonio!» urlò lei. «Quando mi amerai come mio padre ama mia madre. Per sempre. Allora mi fiderò. Ma sappiamo entrambi che non accadrà mai. Noi due non sceglieremo mai quella strada.»

Lui la guardò stupito. «Hai detto che non volevi sposarti. Tu non vuoi una famiglia. Giusto?»

«Non lo so più» rispose. Anche se dalle sue labbra uscivano quelle parole sapeva che stava mentendo a entrambi. «Non so neanche perché stiamo litigando. Tu volevi andare alla partita di football e io desidero che tu lo faccia.»

«Non è il motivo per cui stiamo discutendo e lo sai bene.» Afferrò le chiavi sul bancone. «Arrivederci, Ellis.»

Se ne andò lasciandole il cuore a pezzi. Cos'era successo? Ellis temeva talmente tanto che lui potesse ferirla da non prendere in considerazione che anche Mike aveva un cuore.

***

Mike rimase a letto quella notte, le braccia incrociate dietro la testa. Si sentiva un idiota, un cretino, un adolescente mediocre. Avrebbe dovuto esultare. Lei non desiderava un impegno da parte sua. Perché forzare le cose? Aveva tutto ciò che voleva: Ellis era nel suo letto e faceva parte della sua vita. Non era una esigente, non gli chiedeva troppo. Tuttavia lui sperava il contrario: per la prima volta desiderava rappresentare qualcosa di più per una donna.

Lo irritava il fatto che Ellis non si fidasse, che avesse una brutta opinione di lui e che lo tenesse lontano dai suoi successi. Era da una vita che aspettava una donna da cui desiderare molto più che solo sesso e lei... Be', lei si stava comportando esattamente come lui aveva sempre fatto: non permettendo mai a nessuno di avvicinarsi troppo, in modo da evitare di soffrire.

Ma poi lei gli aveva urlato quelle parole.

Matrimonio. Amore.

Era quello che desiderava veramente? Poteva farlo? Poteva amarla? Non era sicuro di esserne in grado. Aveva creduto che suo padre amasse la madre, ma poi lui l'aveva abbandonata. Mike sarebbe stato migliore?

Forse, lei aveva ragione. Magari erano destinati a separarsi fin dall'inizio. Probabilmente, avrebbe dovuto lasciarla andare.

Sentì un lontano tintinnare di chiavi. Lo stabile in cui viveva era molto silenzioso, le pareti sottili. Udiva spesso i vicini entrare e uscire, ma il rumore divenne più forte. Sentì la porta aprirsi e scricchiolare, dei tacchi battere piano sul parquet. E poi eccola lì, con lo stesso maglioncino verde che indossava prima, la luce del corridoio che la illuminava nella stanza buia.

«Ellis» disse lui, drizzandosi sulla schiena; quando la vide il cuore gli balzò in gola.

Lei accese la luce e chiuse la porta. «Due cose» iniziò lei, con voce tremolante. «Io voglio stare con te.»

Lui annuì. Aveva sbagliato a biasimare la sua ragionevolezza, ma non lo avrebbe ammesso quella notte. «La seconda?»

«Non sono brava a chiedere scusa.» Si sfilò il maglioncino, rimanendo in reggiseno color carne. Lui ebbe un'erezione. Quando si slacciò i jeans lasciandoli cadere dai fianchi generosi lui cominciò a pulsare di desiderio. «Avrei dovuto dirti dei vestiti, ma devi darmi un po' di tregua.» Abbassò la voce mentre si toglieva il reggiseno. I suoi capezzoli, accarezzati dall'aria, si inturgidirono. «Non so come mandare avanti una relazione normale. Devi darmi tempo.»

Lui la guardò incantato mentre si sfilava gli slip. Si stava spogliando per lui. L'aveva vista nuda moltissime volte, ma non così. La gola gli bruciava per l'emozione.

«Vieni qui» disse con voce soffocata.

Lei camminò lentamente verso di lui, cercando di coprirsi con le braccia. Riusciva a sentire la sua insicurezza, più che vederla realmente. Non capiva ancora quanto lui amasse il suo corpo? Quanto bramasse vedere i suoi capezzoli leggermente bruni, il suo morbido ventre, le cosce piene tra cui amava infilarsi?

Ellis gli tolse la coperta di dosso e fissò la sua erezione. Quella notte non ci sarebbero stati preliminari, niente facili sorrisi, niente parole sciocche. Il desiderio di toccare il corpo di Ellis lo fece ardere dalla voglia di saltarle addosso.

«Sdraiati» ordinò lei a bassa voce, poi raggiunse l'elastico dei suoi boxer. Lui sollevò i fianchi mentre lei glieli sfilava di dosso. Era una di quelle rare notti in cui lui non desiderava preliminari. Voleva prenderla e penetrarla, muovendosi dentro di lei fino a farla urlare di piacere. Ma non sarebbe andata così.

Lei si inginocchiò davanti a lui sul letto, fece scorrere le labbra sulle dita dei piedi, poi sopra.

«Ellie...»

«Zitto.» Gli baciò le caviglie, le ginocchia, le cosce, mentre con le mani lo esplorava tutto. Lui cercò di prendere il comando, ma lei lo respinse continuando a baciarlo in quel modo dolce, quasi devoto. Gli prese le palle tra le mani e le baciò, lasciando scivolare la lingua anche lungo l'asta del pene. Mike non era sicuro di poter sostenere ancora quella meravigliosa tortura.

«Ti prego, baby. Ho bisogno di te» la implorò. Lui non pregava mai nessuno.

Lei scosse la testa e glielo prese tutto nella bocca calda e umida. Lui gemette, stringendo le lenzuola. Era inusuale per lui. Non era abituato a essere passivo quando faceva l'amore. Era sempre al comando, decideva lui cosa fare. Ma non quella notte.

«Fermati, Elle. Sto per venire.»

Ellis continuò a leccarlo dolcemente, facendolo esplodere in un orgasmo. Mike era ancora senza fiato, quando lei riemerse per baciarlo sul mento, proseguendo lungo il collo e le spalle. Ancora teneri baci. Poi salì sopra di lui, e Mike sospirò di piacere.

Gli piaceva da impazzire quando lei era sopra. Amava sentire il morbido corpo di Ellis premuto contro il suo. La sua pelle liscia, i capezzoli che si sfregavano contro il petto di lui. Si stava di nuovo eccitando. Lei gli strofinò il pube addosso, traendo piacere mentre gli procurava un'altra erezione. Non ci impiegò molto. Ellis ansimava, mentre gli umori della sua eccitazione lo bagnavano. Mike non poté resistere: le afferrò i fianchi, attirandola sul suo cazzo pulsante di desiderio.

«No» disse decisa. «Fallo fare a me.» Glielo prese delicatamente in mano e lo guidò dentro di sé in modo lento, centimetro dopo centimetro, talmente in profondità che a Mike parve che loro due fossero una persona sola.

«Cavalcami» sussurrò esausto.

Lei si sollevò, dimenò i fianchi, sprofondò di nuovo dentro di lui e poi raggiunse il culmine dell'eccitamento, graffiandogli le braccia con le unghie mentre si lasciava andare a ondate di piacere fino a raggiungere l'orgasmo.

Mike era ingordo quella notte. Aspettò a stento che le ondate di lussuria finissero per prendere il controllo, spingendo il suo membro furiosamente dentro e fuori di lei, facendola ansimare e gemere sopra di lui. Non immaginavo che il sesso potesse essere così, pensò lui mentre la bocca di Ellis premeva sulla sua.

Non credeva che potesse consumarlo di piacere.

Si spinse dentro di lei più veloce, brutalmente. Ellis gli morse la spalla, sprofondò le dita nella sua pelle, e poi urlò. Lui sentì che era bagnato dal suo succo e perse ogni controllo. Vennero insieme. Potentemente.

Ci volle un po' prima che riuscissero a riprendersi. Ellis, esausta, si era addormentata sopra di lui, con le gambe attorno ai fianchi di Mike. Il suo cazzo era ancora dentro di lei.

La baciò sulla fronte, le passò le dita tra i capelli e cadde lentamente nel sonno. Non era pronto a lasciarla andare. Non ancora.

21

«È per via dei gavettoni?» chiese il ragazzino preoccupato a Mike.

Il dipartimento di polizia di Durant aveva ricevuto molteplici lamentele riguardo a un gruppetto di adolescenti che girovagava in città. I cittadini più spaventati la definivano 'banda'. Come no, e lui era una ballerina! Non avevano commesso nessuna azione illegale a parte vagabondare. Tuttavia, la cassetta postale del sindaco era stata rubata e a Mike e Lester era stato affidato il caso. Una cassetta della posta rubata? Due detective? Ecco come venivano impiegati i soldi dei contribuenti a Durant.

Mike sospirò mentre studiava il quindicenne sospetto. Il ragazzo, Eric, apparentemente il capobanda, sembrava piuttosto tonto e aveva l'aspetto più di un modello della Abercrombie che di un genio del crimine minorile.

Sinceramente, a nessuno in città fregava nulla di quella cassetta della posta, ma dopo le due rapine in St Lucy Street, il sindaco aveva adottato una politica di tolleranza zero.

La rapina al negozio di Ellis ancora gli bruciava. Più ci pensava, più avrebbe voluto occuparsi del caso. Due negozi separati solo da un numero civico, entrambi appartenenti a due donne. Ci doveva essere un legame. Ogni giorno, Mike studiava gli schizzi dell'aggressore disegnati da Ellis. Se mai fosse riuscito a prendere quel tizio...

«È la verità!» Eric alzò la mano in segno di frustrazione. «Stavamo solo per lanciarli contro delle matricole. Chi ve lo ha detto?»

«Tu, idiota» rispose Mike, alzando gli occhi al cielo. «E se hai intenzione di bombardare degli studenti al primo anno con dei palloncini, assicurati che siano riempiti solo d'acqua.»

«Ti abbiamo convocato in merito alla cassetta della posta» lo informò Lester.

«Cassetta della posta?» Il ragazzo sbatté le palpebre stupito e spostò lo sguardo da Mike a Lester. «È un tipo di droga?» Alzò le mani in segno di resa. «Ehi, io non prendo droghe. Sono nella squadra di lacrosse, ci fanno l'esame delle urine.»

Mike scosse la testa. Non era più a Manhattan. Nonostante le rapine, Durant era ancora un buon posto dove far crescere i ragazzi, ed era contento di constatare che Eric fosse ancora abbastanza innocente da non conoscere ogni droga del pianeta.

«La cassetta della posta del sindaco, Eric» precisò Lester con una smorfia. «Qualcuno l'ha rubata.»

«Mi prendete per il culo» disse il ragazzo, sorridendo. «Qualcuno ha preso la cassetta postale di quel vecchio pallone gonfiato? Quello stronzo ha avuto ciò che si merita. È a forma di aquila.»

Mike inarcò un sopracciglio a quel commento. «Un'aquila?»

«Già.» Eric scoppiò a ridere. «Il nostro amico è diventato improvvisamente Capitan Patriottismo. Si è candidato per essere rieletto il prossimo anno. Dovreste vedere quant'è grande la bandiera americana che tiene appesa in casa.»

«Ah» fece Mike annuendo. «Puoi andare adesso.»

«Posso?» Eric sbatté le palpebre incredulo.

«Sì.» Mike si alzò dal tavolo della stanza degli interrogatori.

«E posso lanciare ancora i palloncini pieni d'acqua?»

«Non ti sto incoraggiando. Ma se lo farai, cerca di aspettare fino a primavera. Fa freddo per beccarsi un gavettone.»

«Va bene.» Eric gli lanciò un sorriso. «Ragazzi, non siete degli stupidi sbirri come vi chiamano tutti.»

«Wow, grazie. Adesso fuori di qui.»

Lester aspettò che Eric sparisse prima di voltarsi verso Mike. «L'hai lasciato andare in fretta.»

«Il ragazzo è un po' tonto, ma non è un ladro e adesso che so che la cassetta della posta ha la forma di un'aquila sono persino meno incline a stanare il ragazzo che l'ha presa. Che diavolo, avrei potuto rubarla io se l'avessi vista.»

Lasciarono la piccola stanza per tornare verso le loro scrivanie.

«Nah.» Lester scosse la testa. «Io vorrei vedere una cassetta postale a forma di tacchino. Quelli sì che sono veri e propri uccelli regali. Con tutte quelle piume che gli escono dal culo e la carne talmente buona con la salsa. Non puoi mica mangiare un'aquila. Nessuno ne ha voglia. Non c'è polpa a sufficienza su quelle ossa. E cosa diavolo ha mai fatto per noi? Maestosa la mia chiappa pelosa! Non puoi mangiartela. Non puoi spararagli. Boh!»

Mike rise a quelle riflessioni. «A queste cose pensi durante i giorni liberi?»

Lester scrollò le spalle. «La mia mente vaga quando mia moglie comincia a lagnarsi delle sue clienti al negozio da parrucchiera. Non posso dirle che me ne frego se Mary Lou, o come diavolo si chiama, ha difficoltà a cambiare il suo look. E quindi, mi concedo del tempo con me stesso e rifletto.»

«Sei uno squilibrato.»

«Michael.»

Si fermò bruscamente. Suo padre era in piedi accanto alla scrivania. Erano passati vent'anni e Harry Edwards era cambiato di poco. I capelli erano leggermente ingrigiti attorno alle tempie, gli occhi contornati da qualche ruga in più, ma era sempre lo stesso uomo. A Mike parve di vedere il proprio riflesso, come in una casa degli specchi al luna park.

Respinse quella sensazione. «Ti ho già detto che non ho nulla da dirti.»

«Ho bisogno di parlarti e non me ne andrò finché non mi avrai ascoltato.» Mike fissò il padre, notando che aveva assunto lo stesso tono che usava quando lui era un ragazzino e dovevano affrontare un discorso serio.

«Stai bene, Mike?» Lester poggiò la mano sulla spalla per dargli il suo supporto. Mike lanciò un'occhiata al suo collega. Lester era un brav'uomo, un buon padre. Amava i suoi figli. Non li aveva mai abbandonati. Sentì un sapore amaro in bocca. Harry Edwards un tempo era stato come Lester.

«Sì. Torno tra qualche minuto.»

«Okay, figliolo.» Lester gli strinse la mano e poi tornò alla scrivania.

Mike si diresse verso la stanza degli interrogatori che avevano appena lasciato. Suo padre lo seguì in silenzio. Cercò di non pensare a tutte le partite di baseball che non avevano visto assieme. A tutte le domande degli altri ragazzini. Dov'è andato tuo padre? Non ne aveva idea. Erano passati vent'anni. Il padre aveva perso venti compleanni di Mike. La cerimonia di laurea di tutti i figli. I matrimoni delle sorelle. La nascita dei nipoti.

Mike non era in vena di ascoltare spiegazioni né di una chiacchierata a cuore aperto. Desiderava sapere solo una cosa.

«Perché adesso? Perché sei tornato proprio ora?»

«Sono lucido» rispose Harry e Mike fu colpito profondamente da quell'ammissione. «E sono ricco.»

«Cosa?» Lucido? Intendeva sobrio? Mike non aveva mai visto suo padre bere più di una birra ogni tanto. Appartenevano alla classe media, andavano a messa ogni domenica. Quando era un ragazzino pensava che la gente come suo padre fosse immune da ogni vizio, ma ora che era un uomo aveva capito di essersi sbagliato.

«Sono andato in Messico per disintossicarmi e ho messo su una società che organizza gite turistiche in barca.» Mike voleva distogliere gli occhi, non essendo in grado di digerire quella confessione, ma lo sguardo del padre era potente. Lo aveva catturato in modo talmente profondo che era impossibile staccarsi. Era doloroso guardare suo padre, ascoltarlo parlare dopo un così lungo silenzio. «Ho stipulato contratti con le navi da crociera per portare i turisti in escursione. Ho guadagnato denaro e rispetto e adesso ho qualcosa da offrirti.»

Offrirgli? Tutto ciò che Mike aveva desiderato dal padre era il suo tempo. «Non sorvolare la parte in cui hai detto che sei lucido. Di che diavolo stai parlando? Non eri un ubriacone.»

«No.» I suoi occhi lampeggiarono di rimorso. «Mi drogavo con i farmaci.»

Mike scosse la testa. «Non ti credo.» Mike era stato l'ombra di suo padre. Avrebbe notato se si sballava.

«Ti ricordi quando avevi undici anni, e mi sono fatto male alla schiena e sono rimasto a letto per circa un mese?» Aspettò che Mike raccogliesse i ricordi prima di continuare. «Mi hanno prescritto l'ossicodone e poi, quando non ha funzionato, un farmaco più forte. Poco dopo ero assuefatto e depresso. Non mi lasciavano più lavorare in cantiere, e non ero bravo a star seduto dietro a una scrivania, allora.» Fece un passo in direzione di Mike. «Non riuscivo a sopportare di tornare a casa da voi ogni sera come se fossi una specie di eroe, quando io mi sentivo pura feccia. Ricordi quei cinquanta dollari che ti aveva mandato tua nonna e che pensavi di aver perso? Li avevo presi io. Io...»

«Basta.» Mike alzò la mano. «Non voglio più ascoltare.»

«Ma ho talmente tanto da dire, Mike. Io ti voglio bene. Lasciare te è stata la decisione più dolorosa.»

«No.» Per qualche motivo, quelle ultime parole lo ferirono più di tutto il resto. «Sei un fottuto codardo.»

«Forse lo ero, ma sono tornato e voglio riparare.»

«Riparare...» Scoppiò in una risata amara. «È una fase del tuo percorso? Perché, sai, puoi prenderla e ficcartela nel culo.»

«Mike. Lo so che sei arrabbiato, ma...»

«Arrabbiato! Tu non hai nessuna idea di chi cazzo sia io né di ciò che provo. Non ti rivoglio nella mia vita. Quindi, tornatene da dove sei venuto, e lasciami in pace.»

Vai a trovare Mike.

Ellis era distratta, pensava a Mike mentre era seduta di fronte alla sua nuova cliente. Aveva iniziato a svolgere una ricerca sulle ultime tendenze nei vestiti da sposa da poco tempo, ovvero da quando aveva cominciato a realizzarne uno. Aveva comprato le riviste dedicate, era andata alle fiere del settore, non perdeva un episodio di *Say Yes to the Dress*, il reality ambientato in un atelier di abiti da sposa a Manhattan. E l'impegno stava portando i suoi frutti. Audra voleva infilare il suo fisico, rotondo e piccolo di statura, in un aderente abito a sirena svasato sul fondo. Impresa impossibile. Non c'era da stupirsi se non riusciva a trovare un vestito che le donasse. Ellis le dovette spiegare, non molto delicatamente, che la sua figura era completamente inadatta a quel tipo di mise.

Aveva realizzato tre disegni prima che la donna ne scegliesse uno. Decisero per del pizzo adornato di perline, in bianco puro, con uno strascico lungo quasi un metro e un velo intonato. Audra desiderava un vestito ampio e voluminoso, naturalmente, e doveva essere pronto in due mesi. Sarebbe stato un lavoro molto impegnativo. Il pizzo non era facile da gestire e neanche questa futura sposa di Manhattan, ma si era offerta di pagare diecimila dollari. Per un singolo vestito. Ellis non riusciva a credere che qualcuno potesse sborsare una tale somma per un abito che avrebbe indossato solo una volta, ma ne era felice. Quell'assegno, da solo, poteva pagare l'affitto del negozio per i mesi successivi. Inoltre, era contenta di raccogliere quella sfida. La vera ricompensa non sarebbe stato il denaro, quanto la soddisfazione di aver realizzato quell'abito. Ogni riscontro positivo, ogni sposa sorridente, ogni sposo con gli occhi pieni di lacrime avrebbe rappresentato la moneta che arricchiva la sua banca spirituale.

Controlla come sta Mike.

«Ellis» disse la madre della futura sposa. «Pensi di poter disegnare anche il mio di vestito? È un evento che prevede l'abito da sera. Non so se te l'abbiamo detto, ma l'abbiamo organizzato alla Biblioteca pubblica di New York.»

«Proprio come Carrie Bradshaw in *Sex and the City*» sospirò Audra.

Glielo avevano detto almeno sei volte. Aveva capito. Erano ricche. Capirai! «Entusiasmante, ma io disegno vestiti per taglie forti o per le donne che non rientrano nelle misure standard.» Lanciò un'occhiata alla snellissima mamma della sposa, evitando di alzare gli occhi al cielo. «Lei, signora Landry, può recarsi in qualsiasi negozio e comprare i vestiti che desidera.»

«Sì, cara, ma io voglio che sia tu a disegnarmelo. Ho visto l'abito che hai realizzato per Lydia Chase alla nostra rimpatriata di classe. Non mi era mai piaciuta alle superiori, ma persino io ho dovuto ammettere che era deliziosa. Lavora con me, tesoro. Posso aiutarti a farti un nome. Sai che abbiamo molti contatti a New York.»

E allora perché non ti sei fatta disegnare da uno di loro il vestito per il tuo... Oh, chi se ne importa? Vai a trovare Mike.

Quell'idea la stava assillando almeno da mezz'ora. Aveva cercato di ignorarla, ma persisteva. All'inizio credeva che fosse per via della discussione di qualche giorno prima. Eppure, ora tutto procedeva bene tra loro. Il cuore le prese a palpitare veloce mentre le circolavano in testa pensieri su di lui. Lo aveva già chiamato una volta, ma il cellulare la indirizzava direttamente alla segreteria telefonica. È un poliziotto. E i poliziotti possono...

«Grazie per la sua offerta, ma mi sto dedicando agli abiti da sposa al momento e voglio rimanere fedele alla mia nicchia di mercato. Desidero creare vestiti per le donne che hanno serie difficoltà a trovarne.»

«Non aggiungere altro.» La signora Landry alzò le sue eleganti braccia in segno di resa. «Voglio che l'abito nuziale del mio tesoro sia perfetto. Rifletti sul progetto di espandere la tua fetta di mercato includendo vestiti per la mamma della sposa e per la damigella d'onore.»

Mike. Mike. Mike.

Sono sicura che sta bene. Smettila di seccarmi!

Controlla.

«È un ottimo suggerimento e mi dispiace di dover concludere così in fretta questo incontro, ma ho un impegno molto importante.»

Ellis rimase in piedi, incapace di concentrarsi sulla conversazione visto che cominciava a sentire l'affanno. Più ci pensava, più si sentiva turbata. Chiamarlo non era abbastanza. Non poteva accontentarsi solo di sentire la sua voce. Doveva vederlo.

Dieci minuti dopo, entrò nel dipartimento di polizia di Durant e trovò Mike seduto alla scrivania. Era vivo. Non sapeva perché fosse tormentata dalla sensazione che lui non stesse bene. Era strano. Non si era mai sentita così prima, non si era mai fatta prendere dal panico. Non riusciva a smettere di immaginare che lui fosse ferito.

«Ellis?» Mike alzò lo sguardo. Doveva aver sentito il ticchettio delle sue scarpe. «Qualcosa non va?» Si alzò in piedi senza nascondere la sua preoccupazione. «Cos'è successo?»

«Niente.» Lo baciò sulle guance almeno sei volte mentre la

pervadeva una sensazione di sollievo. Mike aveva l'aspetto stanco; Ellis si chiese se quelle lunghe notti passate a fare l'amore non lo stessero esaurendo. «Puoi uscire prima oggi?»

Lui inarcò le sopracciglia. «Hai bisogno d'aiuto al negozio? Posso liberarmi un po' prima.»

«No.» Ellis gli prese la mano, aveva bisogno di sentirlo più vicino. «Non ho bisogno di aiuto al negozio. Intendevo dire: puoi uscire adesso?»

«Adesso?» Le scrutò il volto, cercando di capire il motivo della richiesta.

«Sì.» Annuì lei. «Adesso.»

«Per l'amor di dio, Mike» disse Lester. «Cosa vuoi che faccia, Ellis? Pregarti? Vai via con lei. Ti copro io.»

«Ciao, Lester.» Ellis arrossì. Non aveva notato il collega di Mike, seduto lì vicino. «Pensi di farcela a lavorare senza di lui per qualche ora?»

Lester lanciò un'occhiata a Mike. «Se non ci vai tu con lei, lo farò io.»

«Grazie.» Mike annuì a Lester, afferrò la giacca e uscì con lei.

Ellis lo guidò fuori dalla stazione di polizia, le dita intrecciate a quelle di lui. Lui percepiva a stento l'aria fredda sulla pelle, bolliva ancora di rabbia dopo l'incontro di quel giorno.

Mio padre è un drogato. Quell'idea continuava a torturarlo. Un drogato. Come aveva potuto ignorarlo? E la madre, come aveva potuto tacergli una cosa così grave? Non c'era da stupirsi se riusciva a perdonarlo. Lei sapeva. Conosceva da vent'anni il motivo nascosto dietro la fuga di suo marito, e non le era scappata neanche una parola con nessuno dei figli. Pensava di essere furioso con il padre, ma la bugia della madre era come un tradimento.

Ellis si portò la mano di lui alla bocca e la baciò. «Cosa c'è che non va, Mikey?»

«Nulla. Sono solo stanco.» La guardò. Indossava dei jeans scuri, scarpe basse nere e un blazer con una sciarpa di un colore che le esaltava gli occhi più del solito. «Non porti scarpe con i tacchi.»

«Sono vestita per passeggiare con il mio fidanzato.»

Ellis era andata alla stazione di polizia nel cuore della giornata, quando Mike sapeva che era oberata di lavoro.

«Non che mi lamenti, ma come mai mi hai trascinato via dal lavoro oggi?» Costrinse le labbra a curvarsi in un sorriso. «Ti mancavo così tanto?»

Lei annuì, e Mike ne fu sorpreso. Si aspettava una delle sue battute pungenti, invece Ellis non faceva che alzare gli occhi e studiarlo in volto. «Sei ancora arrabbiato con me?»

«No.» Lui scosse la testa, poi le mise un braccio attorno alle spalle, attirandola a sé mentre camminavano lungo la strada. «È difficile rimanere arrabbiati con te. Dove andiamo oggi? Vuoi tornare al lago? Oppure potremmo dirigerci verso l'altra parte della città in quel negozio di tè che ti piace tanto? Non mi lamenterò neanche di quelle ridicole, minuscole tazze in cui ci fanno bere.»

«Io voglio andare dove vuoi tu, tesoro.»

Continuarono a passeggiare in silenzio per qualche minuto. Mike si sentiva sempre più amareggiato man mano che si allontanavano dalla stazione di polizia, dal luogo in cui suo padre aveva confessato quali demoni lo avevano tormentato. Era felice che Ellis fosse venuta a prenderlo.

Dopo quel litigio, il loro rapporto era migliorato. Adesso era attenta a condividere tutto con lui. Eppure, lei ancora non si fidava completamente. Mike avvertiva che tratteneva ancora dei sentimenti. Non era sicuro che sarebbe riuscita a darsi totalmente, però doveva accettarlo se voleva stare con lei.

«Mike» sospirò lei frustrata. «Qualcosa ti turba.» Si fermò e lo condusse verso una delle tante panchine che costeggiavano le strade di Durant. «So che ti sembrerà folle sentirmi dire queste parole, eppure nelle ultime ore non ho fatto altro che pensarti. Sono sicura che qualcosa ti preoccupa. E ho bisogno che tu ne parli con me.»

Mike non sapeva esattamente perché non volesse dirglielo inizialmente. Era sicuro solo di voler smettere di pensare a suo padre. Non voleva concedergli più attenzioni di quelle che meritava.

«Mio padre è venuto a trovarmi oggi.»

«Oh.» Ellis sbatté le palpebre incredula. «Grazie a dio. Pensavo che stessi per dirmi che volevi cambiare sesso.»

«Cosa? Sei pazza.»

Lei alzò le spalle. «Ho sorpreso il mio ex fidanzato nel nostro appartamento con un'altra donna. Se tu volessi cambiare sesso, non sarebbe un grande shock.»

«Jack ti ha tradito?» Questo spiegava molto di lei. Ecco perché assumeva certi atteggiamenti a volte.

«Jack ha fatto molte cose. Raccontami cosa è successo oggi. Ero preoccupata per te.»

Lui la baciò sulla fronte, indugiando con le labbra sulla sua pelle fredda. «A volte penso di piacerti più di quanto tu mi dimostri» le disse.

«Sì, sì. Dimmi cos'è successo.»

«Mio padre afferma di essersene andato perché era un drogato.»

Lei sgranò gli occhi che si velarono di tristezza. «Tua madre lo sapeva?»

«Come poteva non saperlo? Vivevano insieme, dormivano insieme. Se tu facessi uso di qualche droga io lo saprei.»

«Tu credi?» Gli lanciò uno sguardo bizzarro.

Certo che lo avrebbe capito. La conosceva meglio di quanto lei pensasse. Mike si accorgeva quando gli nascondeva qualcosa. «Pensi che io non sappia della confezione di Snikers che tieni sotto al lavandino dentro la scatola vuota dei fazzolettini?»

«Figlio di puttana» imprecò lei a voce bassa. «E io che pensavo di essere stata furba. È solo per le emergenze, comunque.»

«Vedi? Se io mi sono accorto della tua scorta segreta di dolciumi, mia madre doveva sapere che papà faceva abuso di pillole.»

Lei arricciò il naso. «Sembri infuriato con tua madre.»

Mike ci rifletté un istante e si rese conto che era vero. «Ci ha mentito. Per anni non abbiamo avuto il minimo indizio del motivo per cui ci aveva lasciati.»

«E se lo avessi saputo, avrebbe cambiato i tuoi sentimenti verso quell'abbandono?»

«Io... io... sì. Sarebbe stato diverso, non mi sarei posto domande per tutti questi anni.»

«Come fai a dire a tuo figlio tredicenne che il padre se ne va perché è un drogato? Come può, un ragazzino, accettare una simile notizia? Avresti potuto pensare che tuo padre se n'era andato perché aveva preferito la droga a te, mentre la verità poteva essere che era fuggito perché non voleva che il suo vizio ti rovinasse la vita.»

Lui restò in silenzio per un istante, meravigliato ancora una volta dal modo in cui Ellis interpretava gli eventi. Lo costrinse a riflettere in modo totalmente diverso. «Io lo odio comunque» borbottò lui. «E sono furioso con mia madre per avermi nascosto tutto. Avrei capito crescendo.»

«Mikey» disse piano lei. «A stento riesci a capire ora.»

«Perché, per una volta, non puoi stare dalla mia parte?» le domandò, mettendo il broncio.

«Io sono dalla tua parte. Sempre. È solo che non mi piace vederti soffrire così.»

«Non sto soffrendo. Sono incazzato.»

«Tipica risposta da macho.» Gli diede dei piccoli baci sulla guancia. «Sei ferito. Lo veneravi. Ti fidavi di lui, come potresti non esserlo? Non penso che dovresti perdonarlo. Ma rimanere incazzato a vita non ti porterà da nessuna parte.

Parla con tua madre. Verifica il suo punto vista sulla vicenda e assicurati di ascoltarla. E non essere arrabbiato neanche con lei. Non immagini come si è sentita. Non l'ho mai conosciuta, eppure so che ha fatto quello che reputava più giusto per voi.»

Mike si curvò per baciarla prendendole le guance fredde tra le mani, in modo da poterla tenere vicino a sé più a lungo. «Odio quando ti aspetti che io sia razionale.»

Lui sapeva di dover intraprendere quella conversazione con la madre. Ma sarebbe accaduto più avanti. Non era dell'umore adatto per parlarle ora, e neanche per pensare al tumultuoso rapporto con i suoi genitori.

«Cosa vuoi fare adesso, Elle? Abbiamo il resto della giornata tutta per noi.»

Lei sospirò. «Vorrei prendere dei cinnamon rolls in pasticceria e poi tornare a casa mia e fare sesso.»

Lui le sorrise. «Cinnamon rolls e sesso. Credo che potrò sopportarlo.»

22

Alcune delle mie cose preferite

Law and Order in ogni forma. È come un vecchio amico il tuo paio di jeans preferito: è sempre lì per te.
L'intimo contenitivo della Spanx (è già stato detto abbastanza sull'argomento).
Mini barrette al cioccolato. Mi fanno venire voglia di gridare: Wooow!
E gli uomini con il torace tonico e il sorriso da sogno... *Vive l'amour!*

Ellis non aveva idea di cosa regalare a Mike per il suo compleanno. Scrisse anche un post sul suo blog, chiedendo ai follower cosa avrebbe dovuto comprare. Ricevette dozzine di suggerimenti che sembravano adatti al suo fidanzato. Benché gli uomini fossero semplici, era pur sempre molto difficile scegliere un bel regalo. Mike non faceva eccezione. Era decisamente diverso da Jack, che viveva di abiti firmati e prodotti per la depilazione maschile. Mike non usava un'acqua di colonia né giocava con i videogame. Non amava particolarmente le auto. Gli piaceva il football, ma Colin gli aveva già offerto lo Sky box per una partita, quindi Ellis non poteva competere. Voleva trovare qualcosa di speciale. Ecco perché aveva trascinato Colin al centro commerciale insieme a lei.

Studiò quel muscoloso gran figo irlandese, più un fratello che un amico per Mike, mentre aggrottava le sopracciglia davanti a un paio di gemelli che Ellis aveva chiesto di vedere.

«Sbaglio o non ti piacciono?»

«No, Ellis, per niente» rispose lui, passandosi le mani tra i capelli castano scuro. «Non so proprio perché tu mi abbia trascinato qui. Non capisco nulla di shopping. Lo odio.»

«E allora perché hai accettato di venire?» Ellis si puntò le mani sui fianchi e lo fissò dritto negli occhi. A Colin non piaceva mai quello che sceglieva oppure non commentava affatto, cosa che la rendeva furiosa. Erano lì da due ore e mezzo senza il benché minimo risultato. «Non avresti dovuto accompagnarmi. Potevi dirmi 'Compragli qualche asciugamano' e poi riagganciare il telefono, invece no! Ora mi ritrovo qui a mandare giù le tue lamentele e il tuo comportamento irritante...»

Lui le rivolse un sorriso un po' beffardo. «Oh, stai zitta, dolcezza. Sono venuto perché sei la prima delle sue ragazze che me lo ha chiesto, e sei l'unica che credo le batterà tutte sulla lunga distanza.»

«Davvero?» Ellis piegò la testa e lo guardò, strizzando gli occhi. «Esattamente quante ragazze ha avuto il nostro detective supersexy?»

«Una. Solo tu.»

«Colin!»

«Non sono così stupido da cascare in questa trappola. Cazzo, Ellis. Non ti rendi conto di cosa ha fatto per te?»

Lei sbatté le palpebre. «No.»

«Ti ha domandato se poteva partire con me. Non capisci quanto sia importante? Io mi taglierei le palle piuttosto che chiedere a una donna il permesso di andare fuori. Ha intenzioni serie con te. Potrei perdere il mio miglior amico.»

«Tu credi?» Ellis ne fu felice. Era sbagliato da parte sua, ma a tutti piace avere qualche conferma ogni tanto. «È terribile per te. Dunque, fondamentalmente, mi hai accompagnato per vedere se sono all'altezza di stare accanto al tuo amico?»

«Già.»

«E...?» Sbatté le ciglia in modo ammiccante.

«Sei una scassapalle di prima categoria con una grossa boccaccia, ma secondo i miei parametri questo non fa che renderti ancora più sexy.»

«Oh, Colin.» Gli gettò le braccia attorno al collo e lo baciò sulla guancia con uno schiocco. «Sei stato di grande aiuto.»

«Cosa?» Lui scosse la testa quando lei lo lasciò. «Comunque, non gli hai ancora preso un regalo.»

«Giusto. Merda.» Sospirò lei. «Cosa dovrei comprargli? Una palla da bowling personalizzata? Una fiaschetta porta liquori? Dei gemelli placcati in oro? Dammi un indizio.»

«Conosco Mike da quindici anni e l'unica cosa che posso dirti su di lui è che gli piacciono il buon cibo, il sesso e lo sport.»

«Quindi una maglietta degli Yankees?»

«Sì, ma assicurati che ci trovi te dentro e non indossare nulla sotto. Oppure possiamo fare shopping di lingerie.» La squadrò dalla testa ai piedi. «Sono sicuro che lo apprezzerebbe.»

«Sei un pervertito» ribatté lei, ma segretamente pensò che non fosse una cattiva idea. Magari poteva chiedere a Cherri di tornare lì con lei più tardi. La ragazza era innocente, ma Belinda era in vacanza e a Ellis sarebbe servito un consiglio. «Forza, irlandese. Ti offro un pretzel gigante per esserti comportato da bravo ragazzo.»

Nel tragitto verso l'area dedicata alla ristorazione, passarono davanti a degli operai che allestivano le decorazioni natalizie.

Halloween era passato da poco – purtroppo! Il giorno del

Ringraziamento era vicino. Lei e Mike non avevano discusso dei loro piani. In verità, Ellis aveva paura di affrontare l'argomento. Benché Colin le avesse detto che Mike era seriamente impegnato con lei, il dubbio – suo fedele compagno – continuava a insinuarsi nella sua mente. Mike avrebbe voluto passare il Ringraziamento con la famiglia di Ellis? O avrebbe preferito tornare a casa dalla sua?

«Ellison?»

Merda. Non di nuovo.

Agatha Toomey era davanti al GNC, il negozio di integratori alimentari. Ellis avrebbe dovuto immaginare che quella donna non era uscita dalla sua vita. Durant era una città piccola. Erano destinate a incontrarsi ogni tanto.

«Oh, salve. Mi fa piacere incontrarla, signora Toomey. Buon Ringraziamento.» Ellis pensò di poterla passare liscia continuando a camminare dritta, ma l'altra ossuta mano di Agatha sbucò fuori, afferrandola per il braccio.

«Aspetta.» La fanatica del fitness era forte e riuscì a bloccare Ellis. Colin si fermò e le lanciò uno sguardo incuriosito. «Ho parlato con Jack e mi ha detto che dovrei scusarmi per essere piombata nel tuo negozio. Lui ritiene che io stia peggiorando la situazione.»

«Si fidi, non è così» disse Ellis, ma Agatha continuò come se non avesse ascoltato.

«È solo che mia sorella è morta così giovane. Io sono come una madre per lui e voglio vedere il mio Jack felice e sistemato.»

«Sono sicura che troverà una brava ragazza.» Affermò Ellis mentre si liberava dalla presa della donna. «Devo andare.»

Agatha la fissò con lo sguardo torvo. «Lui vuole solo te.» Squadrò il corpo di Ellis dall'alto verso il basso. «Nonostante tu continui a ingrassare.»

La solita stronza.

«Be', è un vero peccato perché io ho voltato pagina. Sono

passati nove mesi. Anche Jack dovrebbe andare avanti con la sua vita.»

Agatha guardò Colin e la sua solita espressione aspra si trasformò in un'occhiataccia cupa. «Vedo che hai voltato nuovamente pagina. Cos'è successo al tuo ultimo ragazzo, Ellison? Si era stancato di andare a letto con una donna sovrappeso e con la lingua lunga, oppure stai solo facendo la puttanella in giro come ho sempre immaginato?»

Colin aprì la bocca per difenderla, ma Ellis lo interruppe bruscamente. «Puttanella?» Ellis usò la sua statura imponente per costringere la donna a indietreggiare di un paio di passi. «Se sono così puttana perché mai mi ha organizzato un appuntamento con lui?»

«Perché» sogghignò lei «ero amica di tua madre e lei si lamentava sempre, aveva paura che tu non avresti mai incontrato un bravo ragazzo. Sapevo che il mio Jacky era solo, ma non ho mai pensato che avrebbe scelto te. Credevo che gliel'avresti data e poi saresti passata a un altro. Non avevo idea che avresti affondato i tuoi artigli su di lui. Lo hai distrutto solo per averlo visto con un'altra donna, e adesso ostenti il tuo orribile comportamento mostrandoti in compagnia di uomini diversi, vestita come una puttana.»

«Puttana?» Ellis avanzò di un altro passo e bloccò Agatha contro una parete, facendole strabuzzare gli occhi fuori dalle orbite. «Suo nipote mi ha umiliata. Ha cercato di controllarmi. Ha portato un'altra donna a casa mia solo per farmi soffrire. E lei ha il fegato di chiamare me puttana? Be', indovini un po', stronza squilibrata con la faccia da topo: non mi importa di quello che pensa e la prossima volta che si riferisce a me senza usare il mio nome, le prendo a calci quel culo secco. E il mio fidanzato è un poliziotto, quindi non l'aiuterà nessuno al dipartimento di polizia. Ho smesso di essere gentile.» Diede un colpetto con il dito sulla spalla di Agatha che deglutì. «Farà meglio a evitarmi come la peste la prossima volta che mi vede, altrimenti saranno guai. E un'ultima cosa: la smetta di essere ossessionata da suo nipote. È inquietante.»

Ellis raddrizzò la schiena e Agatha sfruttò l'opportunità per sfuggire alla sua sinistra e dire: «Sono contenta che quel tizio ti abbia colpita durante la rapina. Era esattamente ciò che meritavi per esserti mischiata con la mia famiglia.»

Ellis avanzò di un passo verso la donna che scappò senza dire un'altra parola.

«Cazzo, che scena!» Imprecò Colin.

Ellis espirò, sentiva la pelle bollente per via della sfuriata, ma lo spirito sollevato. «Mi dispiace che tu mi abbia visto agire in quel modo. Non è stato carino.»

«No, amore, era la scena più sexy a cui io abbia mai assistito.»

«Piantala, Colin!»

«No.» La prese a braccetto e ricominciò: «Mi sono un po' eccitato. Il tuo fidanzato probabilmente mi spaccherà la testa quando glielo dirò. Credo che tu sia la ragazza dei miei sogni. Potrei portarti con me in Irlanda e non dovrei neanche preoccuparmi delle risse nei pub.»

Colin doveva venirlo a prendere da un momento all'altro per il loro week-end a Pittsburgh. Mike non vedeva l'ora, benché una parte di lui volesse restare. Quando erano più giovani si scatenavano selvaggiamente in ogni città dove soggiornavano. Ogni volta che partivano per festeggiare un compleanno, entrambi facevano in modo di ritrovarsi single. Anche se solo per un po'. Era un pretesto per avvicinare le donne che si riversavano nei locali notturni in scintillanti abiti succinti. Donne che bevevano troppo e che potevano dimenare i loro corpi in ogni posizione. Stavolta sarebbe stato diverso. Aveva trentatré anni e pensava di essere troppo vecchio per quella roba. Comunque, Colin era ancora single e Mike si chiedeva se volesse ancora fare baldoria come un tempo. Magari no.

Ultimamente gli piacevano più le serate a quiz che i locali con la musica techno. Sperava che sarebbe stato un viaggio tranquillo.

Guardò Ellis rovistare nel frigorifero, il suo bel sedere tondo lo distrasse dai pensieri. Non era sicuro di volerla lasciare quel week-end. Non gli sarebbe mancato solo il sesso, ma tutto di lei. Di solito, Mike arrivava a un punto in cui sentiva una specie di prurito, diventava nervoso e capiva che era il momento di passare a un'altra donna. Non era ancora capitato con Ellis. Si chiedeva quanto sarebbe passato prima di avvertire di nuovo quella sensazione. O se mai l'avrebbe provata di nuovo.

«Ci vuoi i sottaceti nei sandwich, Mike?»

«No» rispose assente.

Ellis sarebbe rimasta a casa sua mentre lui era via. La proprietaria della casa in cui abitava lei stava rifacendo i pavimenti. Quel pensiero lo turbò. In qualche maniera, Mike aveva cominciato a considerare casa di Ellis come se fosse la sua. Deglutì. Si chiese quando avesse smesso di pensare a sé stesso e iniziato a pensare per due.

«Ti ho preparato dei biscotti da portare con te» disse lei raddrizzandosi. «Sono ancora caldi. Naturalmente ne ho già mangiati la metà, ma ce ne sono ancora molti per te e Colin.»

Tirò fuori dal sacchetto di plastica una borsa frigo che aveva comprato e cominciò a riempirla con enormi quantità di cibo cucinato da lei. Un intero pollo arrosto, sandwich, biscotti, torta divisa in monoporzioni, bibite gassate e birra. Lui si diresse verso di lei e l'abbracciò da dietro mentre versava il caffè nel thermos.

«Lo sai che Pittsburgh è piena di cibo e ristoranti, Ellie. Non dovevi prenderti tutto questo disturbo.»

«È il tuo compleanno. Ho voglia di farlo per te.» Avvitò il tappo del thermos e si voltò rimanendo tra le sue braccia. Lui la strinse per un istante, inspirando il suo dolce profumo di vaniglia.

«Vieni con noi» disse senza pensarci.

Lei rise, illuminandosi in volto. «Grazie, ma preferirei farmi fare la ceretta all'inguine da mia madre.»

«Pensavo ti piacesse il football. Lo guardi con me ogni domenica.»

«Lo odio. Profondamente. Davvero. Lo odio da morire.»

«Cosa?» domandò stupito. Lei di solito si sedeva con il corpo premuto contro il suo, ponendogli le domande giuste, senza mai dare fastidio quando la partita diventava intensa.

Ellis scrollò le spalle. «Sei tu che mi piaci.»

Mike fu assalito da un'ondata di profondo affetto e la strinse a sé di nuovo. Non voleva lasciarla. «Forse potrei restare. Sono sicuro che Colin troverà qualcun altro con cui partire.»

«No, Mike.» Ellis scosse la testa decisa. «Andrai a vedere la partita con Colin. Ne abbiamo già discusso.»

Mi mancherai, si impedì di mormorare Mike. Dannazione, si sentiva un adolescente. Era davvero preso da lei. Tutti quei pensieri non gli avevano mai attraversato la mente. «Perché non mi hai raccontato dell'incontro casuale con la zia del tuo ex?»

Lei ringhiò, e anche se molto femminile, restava pur sempre un ringhio. «Colin ha davvero una boccaccia enorme.» Alzò lo sguardo verso di lui, sgranando gli occhi. «Ascolta, Mike. Non ti ho detto nulla perché non volevo vederti in versione poliziotto psicopatico e non mi andava che tu ti recassi a casa sua. Il mio silenzio non è come quello dell'altra volta riguardo alle novità sul mio lavoro. Mi fido di te. Okay? È difficile per me, però hai la mia fiducia.»

Era vero. Lui doveva riconoscerglielo. Non poteva lamentarsi. «Sei sicura? E se una ragazza sexy ci provasse con me a Pittsburgh?»

«Sono certa che ti comporterai nel modo migliore. Altrimenti ti castro.»

Mike trasalì. «Ti credo. Colin mi ha riferito che gliele hai cantate in faccia a quella strega rinsecchita» disse Mike e si accigliò. «E ha anche aggiunto quanto eri sexy e che doveva ricordarsi di continuo che eri la mia ragazza.»

«Davvero?» Ellis arrossì. «Uscirei con lui se non ci fossi tu di mezzo.»

«Devi passare sul mio cadavere.»

«E che cazzo, Edwards! Togli le mani di dosso a quella ragazza e sali in auto.» Colin era in piedi dietro di loro, batteva il piede a terra come una moglie impaziente. Non l'avevano sentito arrivare.

«Stai zitto, dannazione.»

«Ciao, Colin» disse Ellis raggiante. «Vi ho preparato degli spuntini. E ho incluso anche un po' di Guinness.»

«Ah, amore. Grazie» disse Colin, poi tornò a guardare Mike. «Ti aspetto in macchina. Baciala e andiamo» aggiunse prima di uscire.

«Ciao, Elle. Ci vediamo lunedì.» Le inclinò la testa all'indietro e le diede un lunghissimo bacio. «Festeggeremo il mio compleanno al mio rientro.» Sciolse l'abbraccio e indurì l'espressione. «Oh, e sta lontana dal mio comodino.»

Mike uscì dalla porta chiedendosi quanto ci avrebbe impiegato Ellis prima di andare a curiosare.

Ellis ci mise ventisette minuti prima di sbirciare nel cassetto. Doveva fidarsi di lui, rispettare la sua privacy, ma la curiosità era più forte della sua coscienza. Si sedette dalla parte del letto di Mike e fissò il cassetto chiuso. Al massimo avrebbe trovato del materiale porno. Nel peggiore dei casi degli slip da donna della taglia di Mike. Quello che ci trovò dentro era del tutto inaspettato e incredibilmente grazioso. Sdraiate orizzontalmente, sopra ad alcuni libri rilegati, vide una dozzina di rose gialle e un ciondolo a forma di cuore.

«Accidenti a lui» mormorò commossa fino alle lacrime. La bambina che era in lei desiderò chiudere il cassetto e far finta di aver obbedito all'ordine, ma non ci riuscì. Indossò il ciondolo, trovò un vaso per i fiori e chiamò il suo fidanzato per ringraziarlo.

«È passata a malapena mezz'ora» disse Mike al cellulare. «Pensavo che avresti resistito almeno un'ora.» Ignorò i brontolii di Colin sulla virilità e ascoltò mentre Ellis lo ringraziava e gli prometteva che al suo ritorno gli avrebbe mostrato quanto avesse apprezzato. Era quasi bastato per indurlo a dire a Colin di tornare indietro.

Alla fine riagganciò e lanciò uno sguardo a Colin che fissava concentrato la strada.

«Scusa» biascicò Mike.

Colin si strinse nelle spalle. «Lei mi piace, quindi va bene. Non pensavo che avrei vissuto abbastanza per vederti innamorato.»

«Cosa?» Il commento lo turbò profondamente. «Non sono innamorato di lei.»

Colin grugnì. «Accidenti se lo sei. Stai con lei tutto il tempo. La guardi come se volessi divorarla e assumi quello sguardo stralunato quando è nelle vicinanze. Se tu non sei innamorato, allora io sono un maledetto inglese.»

«Nah.» Scosse la testa. «Mi piace molto. Tutto qui.» Non poteva essere innamorato. Non era capace di certi sentimenti profondi. Era impossibile. Si era ripromesso, anni prima, che a lui non sarebbe mai capitato. Sicuramente il pensiero di lei con qualcun altro lo uccideva, ma questo era normale. No? E anche voler stare sempre con lei. Giusto? Non poteva essere innamorato perché, se era così, voleva dire che se lei lo avesse lasciato, ne sarebbe rimasto distrutto. Non avrebbe permesso a nessuna donna d'incasinargli la testa. Non sarebbe andata come tra suo padre e sua madre.

Sebbene, ora che sapeva la verità circa la rottura dei genitori e la fuga di suo padre, questa argomentazione non sembrava più plausibile.

Matrimonio. Amore. Gli tornò in mente la brutta lite avvenuta la settimana precedente. Le aveva chiesto di avere fiducia in lui, ed Ellis gli aveva indicato come guadagnarsela.

Ma, l'amore? Non riusciva neanche a pensare che lei potesse abbandonarlo. In qualche maniera era arrivata a fare breccia nel suo cuore. Lei lo faceva stare bene. Merda. Era tutta colpa sua. Era stato lui a volerlo. Lui le aveva fatto pressione affinché stessero assieme. L'aveva costretta a lasciarlo entrare nella sua vita, quando tutto ciò che Ellis voleva da lui era... lei non voleva nulla. Anzi, aveva cercato di allontanarlo.

«Merda.» L'amava sul serio. Era innamorato più di quanto immaginasse. Come diavolo aveva fatto a lasciare che quel sentimento s'insinuasse lentamente?

Non era previsto che si innamorasse. Aveva progettato di rimanere a Durant per un po', finché non avrebbe deciso che strada prendere nella vita. E ancora non aveva capito quale fosse. In effetti, non ci aveva pensato molto dal momento in cui aveva cominciato la storia con lei.

«Va bene, Edwards. Sei innamorato. Succede ai migliori.»

Ma non a lui.

«Se fossi in te le infilerei un anello al dito e un bambino in grembo al più presto possibile.»

Per sempre? No. Figli? Una vita che non era più sua? No. No! Quello non era il destino che desiderava per sé. Giusto?

Non lo sapeva più. Aveva ancora bisogno di capire sé stesso. Era innamorato per la prima volta in tutta la sua vita. E allora, perché diavolo sentiva come una morsa stringergli il petto?

«Puoi passarmi il gelato, per favore?» Cherri chiese a Ellis.

«Solo se tu mi passi le patatine.» Ellis prese il barattolo di Chubby Hubby e lo passò mentre riceveva un sacchetto di Popchips al gusto barbecue.

«Sei sicura che il tuo ragazzo sia d'accordo se ci rimpinziamo di schifezze nel suo letto?» disse Belinda mentre faceva cadere una manciata di patatine sul grembo e si allungava per prendere un sacchetto di M&M's.

Ellis si era sentita un po' sola senza Mike in quei due giorni, quindi aveva invitato le ragazze a dormire con lei e a mangiare cibo spazzatura per aiutarla a sentire meno la sua mancanza.

Tua sorella voleva passare questo tipo di serata con te.

Il senso di colpa la assillava nei momenti meno appropriati.

Avrebbe dovuto invitare la sorella, ma non poteva. Non lì. Ellis non aveva ancora il coraggio di raccontarle di Mike, benché le cose fossero diventate serie tra di loro. Si stava finalmente fidando. Aveva deciso di smetterla di aspettare che lui la facesse soffrire. Era tempo di riferire tutto alla sorella.

Domani smetterò di comportarmi da fifona.

«Mangiamo sempre a letto» disse Ellis tra un boccone e l'altro.

«Davvero?» Cherri inarcò un sopracciglio biondo scuro. «E cos'altro fate a letto?»

«Sì, Ellis.» Belinda le lanciò un sorrisetto provocatorio. «Com'è Mike a letto? Hai tenuto la bocca chiusa su di lui fino a ora.»

«Be', lo avete visto.» Ellis alzò il naso all'insù, come se fosse la regina del mondo. «Non credo di dover aggiungere altro.»

«È sexy» concordò Belinda.

«Credi che sia quello giusto?» domandò Cherri.

Ellis non voleva rispondere alla domanda. Non era mai stata talmente innamorata prima. Ma si trattava di 'quello giusto'? Questa era una domanda tipica di sua sorella. Ellis non vedeva il matrimonio nel loro futuro. Non ci pensava, e non voleva aspettarsi l'impossibile. Erano stati entrambi contrari a quell'idea in passato. Lei poteva anche desiderare il matrimonio adesso, ma non poteva aspettarsi di vedere Mike in ginocchio pronto a una proposta solo perché si era addolcita sull'argomento. Non poteva aspettarsi che lui le dicesse che l'amava, anche se iniziava a credere che fosse così. Mike Edwards non era quel tipo di uomo.

«Non ci stiamo per sposare» rispose Ellis, cercando di scrollarsi di dosso il peso che sentiva sul cuore. «Ehi, ragazze, avete visto *The Real Housewives of New Jersey* questa settimana? Quella Teresa avrebbe bisogno di qualche farmaco.»

«Hai ragione» disse Belinda accigliandosi. «Ma torniamo a Mike. Sei innamorata?»

«Lo avete visto» sospirò Ellis. «Voi che ne dite?»

«Glielo hai detto?» Cherri le diede un colpetto sul braccio, il viso illuminato dalla gioia.

«Certo che no! Così lo scoprirebbe.»

«Aspetta.» Cherri aggrottò le sopracciglia. «Non vuoi che lui lo sappia?»

«Oh, Cherri, mia dolce creatura innocente» cominciò Belinda. «Mai dire per prima a un uomo come Mike che lo ami.»

«Perché no?»

«Semplice» replicò Belinda. «Fuggirebbe dalla paura.»

Il telefono squillò poco dopo le otto di domenica sera. Ellis andò a rispondere, sperando che fosse di nuovo Mike. Gli aveva parlato durante il giorno quando la partita era quasi finita. Era riuscita a sentire in sottofondo il ruggito della folla esaltata e, nonostante il rumore, aveva percepito qualcosa di strano nel tono della voce. Sperava che fosse stanchezza o che avesse urlato troppo tifando per la sua squadra; eppure, dentro di lei sentiva che non si trattava di questo. Sembrava che le stesse nascondendo qualcosa. Avevano scherzato su eventuali donne che potevano provarci con lui. Ellis aveva riso, in quel momento, ma il commento di Mike l'aveva scombussolata un po'. Era un bravo ragazzo. Doveva fidarsi. Probabilmente, la sua mente vagava a vuoto e lui non era affatto strano. O forse era solo davvero stanco. Aveva bisogno di sentirlo ancora per avere una conferma.

«Pronto?» esclamò briosa.

«Caspita che allegria per una domenica sera.»

Non era Mike. Sentì una fitta allo stomaco e al cuore. «Sono la migliore risponditrice telefonica nella zona dei tre Stati» disse lei, cercando di mantenere il tono di voce effervescente. La persona dall'altra parte della linea era una donna ed Ellis aveva paura di scoprire chi fosse. «Mike non è qui in questo momento. Può lasciare un messaggio.»

«Ciao, Ellis» disse la voce. «Sono la madre di Michael. Ho saputo che sei la sua fidanzata.»

«Sì» deglutì lei. «Dannazione. Se le ha detto di noi due, allora deve essere proprio vero.»

«Lo ha fatto. Quello che non mi ha detto è che non sarebbe stato a casa questa domenica. Dov'è mio figlio, stasera?»

«A Pittsburgh. Con Colin.» Ellis si morse il labbro inferiore. Mike non lo aveva detto a sua madre. Sembrava normale. Era deluso per la storia di suo padre. Ellis avrebbe voluto che la signora Edwards non avesse chiamato. Era già abbastanza difficile parlare con la madre del proprio fidanzato, e lo era ancora di più quando il suddetto fidanzato le aveva messo il broncio. «Oh, pensavo che le avesse accennato che Colin lo portava lì a festeggiare il suo compleanno.»

«Ah» disse piano. «Colin me ne aveva parlato qualche settimana fa. Pensavo che Mike me lo avrebbe detto. Di solito mi fa sapere quando è via e non possiamo sentirci. Credo che mio figlio sia arrabbiato con me.»

«Ehm, come mai lo pensa?» La voce di Ellis diventò innaturalmente alta.

«Mi ha chiamato suo padre, raccontandomi del loro ultimo incontro.»

Merda.

«La prego, non tocchi questo argomento» si affrettò a dire Ellis. «Non la conosco neppure. Forse è il caso che resti fuori dalle questioni familiari.»

«Okay, tesoro.» Sogghignò Margie. «Non lo farò. Mike mi aveva detto che sei adorabile.»

«Ha detto così?» Arricciò il naso. «Adorabile? Mi fa sembrare una specie di cucciolo. Non crede?»

«Colin ha detto che assomigli a una giovane Sophia Loren.»

«Oh, Colin» sospirò Ellis. «È davvero un gran bugiardo, ma sto cominciando a pensare che dovrei scaricare suo figlio per lui.»

«È un gran complimento, ma devi essere veramente bella per piacere a mio figlio.»

«Sono anche un po' grassa, e non nel modo in cui dicono di esserlo quelle insopportabili ragazze magre, ma del tipo che la mia taglia non ha mai meno di una X e una L. Glielo ha detto? Sono la prima cicciona con cui esce.» Sorrise. «È così dolce su quest'argomento. Si arrabbia con me quando dico di essere grassa. Ma non lo faccio per denigrarmi. Mi piace il mio aspetto. Semplicemente ribadisco un dato oggettivo, come dire: il cielo è blu. Ho il culo grosso. L'erba è verde. Ellis adora i cupcake.» Sospirò. «Ed eccomi qui a fare discorsi sconclusionati alla madre del mio fidanzato, come un'idiota.»

«Non preoccuparti, tesoro» restò in silenzio per un istante. «Ha bisogno di amore, Ellis. Sei in grado di darglielo?»

La domanda, formulata in quel modo, la scosse. Non sapeva come rispondere se non dicendo la verità. «Io lo amo» disse ad alta voce per la prima volta. «Profondamente, ma la prego: non glielo dica.»

«Va bene. Adesso raccontami un po' di te.»

Parlarono per due ore.

Mike si infilò nel loro letto dopo le due. Non avevano pianificato di lasciare Pittsburgh fino al mattino, però Mike chiese a Colin se era d'accordo di anticipare il rientro. La partita era stata divertente, il salottino dello Sky box era fantastico, l'hotel bello, eppure non era riuscito a godersi pienamente quel week-end. La sua mente vagava verso Ellis. Era innamorato di lei, nonostante la sua volontà.

Quando Mike entrò nel letto accanto a lei, il cuore smise di battergli irregolarmente. Il respiro si calmò e, per la prima volta da due giorni, si sentì di nuovo normale. Era la sensazione più spaventosa al mondo.

«Il mio ragazzo è tornato» disse con voce assonnata. «Oppure c'è un ladro che profuma di buono.» Gli mise una mano sulla guancia dalla barba incolta. «A questo punto sarò costretta a scegliere uno dei due.»

«Ciao, Ellie. Mi sei mancata.»

Lei gli scivolò accanto, avvolgendolo tra le braccia. «La prossima frase che dovresti dire è che mi hai portato un regalo.»

Lui deglutì, sentendo arrivare una sensazione di panico. «Certo.» La baciò. Sapeva del caldo tepore del sonno, sapeva di casa.

Ellis si scostò per un attimo, gli occhi faticavano ancora a vederlo nel buio. «Che c'è?» gli chiese.

Lui rimase in silenzio, mentre internamente urlava: Non voglio amarti così intensamente. Non sono sicuro di riuscire a gestire la situazione.

«Voglio fare l'amore con te, adesso.» La baciò sulla fronte, sulle palpebre, sulla punta del naso. «Posso?»

«Naturalmente» sussurrò lei.

Si sdraiò su di lei, mentre si chiedeva come avrebbe arginato questo profondo sentimento d'amore.

23

E vissero per sempre felici e contenti...

A tutti piace il lieto fine, ecco perché amiamo i romanzi d'amore. Di solito, in quei deliziosi, incantevoli epiloghi, l'eroe e la sua amata sono sposati, hanno un paio di figli oppure uno in arrivo, e tutti sono felici. Ovviamente, la vita di tutti i giorni non è così perfetta, eppure mi spinge a pormi delle domande sulla natura del lieto fine nella vita reale. Sono convinta che la gente lo ottenga, ma il 'per sempre felici e contenti' è uguale per tutti?

Ellis guardò Mike entrare nel suo ufficio e per la prima volta da quando si erano incontrati il suo cuore non sobbalzò dall'entusiasmo nel rivederlo. Erano passati cinque giorni da quando lo aveva guardato negli occhi. Si erano sentiti in qualche occasione: al telefono il primo giorno, con dei messaggi il secondo, poi era cominciato il silenzio. Non era da lui.

Ellis aveva capito che qualcosa era cambiato il giorno in cui era tornato; nulla le sembrava andare bene e il loro rapporto era diverso. Lunedì avevano festeggiato il suo compleanno in un bel ristorante in città. Mike aveva parlato poco durante la cena mentre lei continuava a riversare un fiume di parole su ogni argomento che le venisse in mente. Era la prima volta che non si scambiavano né sorrisi né chiacchiere spensierate. Le ricordò i suoi ultimi mesi con Jack. Si detestò per aver fatto quel paragone, ma si era sentita esattamente così.

Quando gli aveva chiesto cosa non andasse, lui aveva sostenuto di essere stanco. Quando aveva cercato di lasciarlo in pace per farlo riposare, l'aveva attirata a letto e aveva goduto del suo corpo, ma avevano fatto sesso senza amore.

Il giorno in cui era partito per Pittsburgh, Ellis si era sentita talmente piena di speranze, così innamorata. Stava imparando a fidarsi di lui, ad abbassare la guardia. Per una volta si era lasciata andare immaginando Mike nel suo futuro.

Era stato il più grande errore della sua vita.

«Ehi» disse lui piano.

«Ehi» rispose lei.

Non voleva guardarlo e Mike sapeva di essere nei guai, di averla ferita con il suo silenzio, la sua assenza, ma aveva avuto bisogno di un po' di tempo lontano da lei per pensare. Doveva decidere cosa avrebbe fatto della sua vita. Adesso lo aveva capito. Voleva passarla con lei.

Ci erano voluti cinque giorni di tortura. Cinque giorni d'infelicità, di solitudine nella sua testa prima di capire cosa fosse l'amore.

La vita fa schifo senza di lei, stronzo.

Adesso era tempo di tornare da Ellis con la coda tra le gambe, implorando perdono. Lei era seduta sul divano, nel suo ufficio, e indossava quel maglioncino rosso attillato che gli faceva balzare il cuore in gola ogni volta. La sua mano si muoveva rapidamente mentre cuciva, in modo esperto, un frammento di un tessuto molto delicato. La guardò per un istante, in attesa che lei dicesse qualcosa, qualsiasi cosa. Sarebbe stato molto più facile se lei avesse parlato per prima. Non aveva idea di come scusarsi, di come dirle che l'amava, non sapeva come spiegarle perché avesse avuto bisogno di starle lontano per riflettere.

Le sue labbra vellutate e carnose erano socchiuse. Non sarebbe stato così facile comportarsi da codardo.

«Ellis.» Si mise in ginocchio, le tolse la stoffa dalla mano e le poggiò il viso sul grembo. Era calda e morbida. Si sentì subito bene. Gli sembrò di essere a casa. Aspettò che lei passasse le dita tra i suoi lunghi capelli.

Rimasero accoccolati sul grembo di Ellis.

«Mi hai tradito, Mike?»

La domanda fu come una doccia fredda.

«Cosa?» Sentì lo stomaco contorcersi in una stretta. Le altre donne cessavano di esistere quando c'era lei. «No, baby. Non l'ho fatto e non potrei mai.»

«È finita, Mike.» Le parole le uscirono come un sussurro soffocato. «Non posso più stare con te.»

«No.» Le afferrò le mani. Ellis non riusciva ancora a guardarlo in volto. «Non ti ho tradito.» «Avevo solo bisogno di un po' di spazio per riflettere. Non sono bravo in questo, lo sai. Mi sono spaventato. Volevo essere sicuro di quale fosse la cosa giusta da fare.»

«È la seconda volta che ti comporti così. Le cose diventano serie e tu sparisci. Ti sei arrabbiato con me perché non mi fidavo abbastanza da riuscire a condividere la mia vita con te. Allora perché dovrei accettare che tu ti comporti allo stesso modo con me?»

«Non è così e mi dispiace, ma tu non capisci.»

«Io non capisco? Dannazione, Mike! Certo che capisco. Non riesci a gestire la vita di coppia. Sapevo che la situazione sarebbe esplosa. Tu mi hai chiesto di fidarmi di te, di lasciarti entrare e proprio quando ti ho dato retta, nel momento in cui ho immaginato che ci fosse qualcosa di bello tra noi, tu rovini tutto. Avevo ragione su di te.»

«Tu non sai niente, Ellis.» Si alzò in piedi, guardandola dall'alto. «Tu sei quella che era già programmata per porre fine alla nostra storia. Tu ci hai condannati prima ancora di iniziare. Tu eri quella che mi teneva sempre a distanza. Come diavolo posso competere con questo tuo atteggiamento? Mi sono allontanato per cinque dannatissimi giorni. Tu non ci sei mai stata davvero.» Le puntò il dito contro, accusandola. «Sono settimane che cerchi un modo per farla finita.»

«Non osare rigirare l'accusa contro di me.» Si alzò dal divano, premendogli il dito contro il petto. «Io ci stavo provando. E anche quando sono insicura su noi due, non scappo da te. Non mi sono mai nascosta.»

«No, ma facevi tutto il possibile per tenermi lontano» urlò lui. «Continuavi ad aspettarti che io ti trattassi come lui. Io non sono il tuo cazzo di ex.»

«No? Siamo stati bene finché non sei partito. Cosa è successo lo scorso week-end?»

«Niente! Non ti ho tradito.»

«Magari non questa volta, ma sai com'è? C'è un motivo per cui non hai mai avuto una fidanzata. C'è una ragione per cui sei stato con talmente tante donne. E, nonostante io tenga moltissimo a te, devo pensare a me stessa. È la prima volta in tutta la mia vita che ho il pieno controllo e non posso... non ti darò il potere di farmi sentire di merda...»

Mike fu colpito da una rivelazione scioccante. «Non riuscirai mai a farlo, vero? Non potrai mai fidarti veramente di me.»

«Ho tentato, e guarda dove ci ha portati.»

«Si è trattato di cinque giorni, Ellis. Non ci siamo visti per cinque giorni.»

«No, Mike, sono passati più di cinque giorni. È da quando sei andato a Pittsburgh. Un momento eri con me.» Si mise la mano sul cuore. «Qui. E, quello dopo, eri a chilometri di distanza.»

«Te l'ho detto che avevo bisogno di pensare.»

«Be', ho bisogno anch'io di pensare a me stessa e sono a quel punto della vita in cui non ho tempo o energia da sprecare per essere infelice.»

«Bene.» Si sentì afflitto, triste e avvertì un senso di nausea allo stomaco tutto allo stesso momento.

«Non ne posso più di litigare con te. Credo che questo sia un addio.»

Ellis rimase a lungo davanti alla porta di casa dei genitori. Non aveva le forze per sollevare la mano e suonare alla porta. Le aveva spese tutte per trattenere le lacrime. Era fuggita dal negozio dopo che Mike se n'era andato. Quando Cherri le aveva lanciato uno sguardo interrogativo, Ellis aveva risposto di avere mal di stomaco ed era scappata via. C'era solo una persona che poteva farla sentire un po' meno infelice; che avrebbe ridimensionato la situazione nelle giuste proporzioni e le avrebbe accarezzato i capelli, dimostrandole che la realtà non era poi così brutta.

A volte una ragazza aveva semplicemente bisogno di sua madre.

Ellis si chiedeva se rompere con Mike fosse stata la decisione giusta da prendere. Valeva quell'orribile mal di testa? Lo amava più di quanto pensasse fosse possibile. Ma cos'era l'amore senza fiducia? Lei non si fidava, e non era giusto che Mike dovesse accettarlo per forza.

Nonostante avesse cercato di evitarlo, aveva cominciato a sognare una vita con lui. Un matrimonio. Il loro 'per sempre'. Che stupida!

«Ellis?» Il padre aprì di scatto la porta. La sua espressione era preoccupata. Gli fece un sorriso incerto. Indossava una cravatta con le zucche e dei pantaloni grigi di una tuta che stonavano tremendamente con i capelli sale e pepe perfettamente pettinati e la camicia bianca inamidata. «Ci hai impiegato sei minuti per bussare alla porta.»

«Ciao, papà.» Entrò in casa. «Sono venuta a trovare la mamma. È qui?»

«È andata a fare jogging alle 5:05.» Scosse la testa. «Di solito corre dai quarantacinque ai sessanta minuti.» Le toccò lievemente la schiena, accompagnandola verso il divano. «Hai gli occhi lucidi. Sembri sconvolta.» Le studiò il volto. «Cosa c'è?»

Non era sicura cosa, in quelle parole robotiche, le avesse procurato quelle lacrime, ma iniziarono a scendere. Non in modo elegante né silenzioso, ma in grossi singulti rumorosi. Il padre la guardò, la sua espressione era atterrita.

«No. No. No. No. No. Oh, Ellis, non piangere, per favore.»

Voleva smettere, ma non ci riusciva. Seppellì il volto nella sua camicia cercando quel conforto che, come sapeva bene, il padre non poteva darle. «Ho lasciato Mike.»

Lui le diede delle piccole strane pacche sulla testa mentre tentava di dare un senso a quelle parole. «Si è comportato in modo spiacevole?»

«Sì... No.» Non ne era più sicura. «Scusami.» Ellis cercò di ricomporsi. Non aveva intenzione di crollare in quel modo. Quando il giorno prima aveva deciso di porre fine alla loro storia non si aspettava di stare così di merda. Sapeva che non sarebbe durata a lungo. Perché stava piangendo ora? «Ti ho sporcato la camicia.»

«Si può pulire.» Aveva ancora lo sguardo atterrito. «Raccontami cos'è successo. Michael mi ha detto che faceva sul serio con te. A tua madre piace molto. Pensavo che fosse meglio del tuo ultimo ragazzo.»

Lo era. «Oh, papà. È tutto okay. Sto bene.» Si asciugò gli occhi sempre piangenti. «Sono solo i miei ormoni.» Lo baciò delicatamente sulla guancia, ben sapendo che ricevere affetto era difficile per suo padre. «Grazie per avermi fatto piangere addosso a te. C'è un po' di cioccolato?»

«Ne tengo sempre un po' da parte per te. È in cucina, nel pensile sopra al lavandino.» Le diede ancora qualche colpetto sulla testa. «Vuoi restare a cena? Tua madre ha tirato fuori il tofu.» Aggrottò le sopracciglia. «Potremmo ordinare dalla rosticceria. Adori il roast beef con il formaggio pepper jack e la salsa al rafano.»

«Sì, papà. Mi piace molto.» Gli poggiò la testa sulla spalla. «Posso rimanere a dormire qui, stanotte?»

«Puoi anche tornare a vivere qui. Non mi piace quando hai un ragazzo.»

«Non torno ad abitare con voi. Possiamo guardare *I Muppet*?»

«Tutto ciò che desideri.»

Ellis sorrise, si sentiva un po' meglio. A volte una ragazza aveva bisogno anche di suo padre.

Mike fissava un punto sul soffitto del soggiorno da ore. C'era una macchia, un'imperfezione grigia sulla vernice bianca. Concentrarsi su quello lo aiutava a distogliere la mente da Ellis e dalla rabbia cocente che sentiva ripensando a quanto velocemente avesse mandato all'aria la sua storia con lei. Era innamorato da poco più di una settimana e si era comportato da schifo.

La madre lo aveva chiamato prima, sebbene mancassero ancora due giorni a domenica. La loro conversazione si era svolta in modo forzato. Lei aveva cercato di parlare del padre, ma Mike l'aveva zittita. Non voleva entrare nell'argomento con lei. Non desiderava litigare di nuovo quel giorno. Non con un'altra donna a cui voleva bene. Quindi le domandò delle sorelle, del negozio di fiori, di tutto ciò che non implicasse troppe parole da parte sua. La madre si soffermò a informarlo su ogni dettaglio accaduto nella sua città natale e nelle vicinanze. Ma quell'argomento si esaurì ben presto e la madre nominò Ellis.

Mike non sapeva che le due donne avessero parlato. Ellis non glielo aveva riferito, ma non avrebbe dovuto esserne sorpreso. Lui non le era stato vicino, dunque lei non aveva potuto. A quanto pareva a sua madre piaceva molto Ellis. Mike la sentì sorridere di nuovo mentre gli parlava della loro lunga conversazione. Questa volta non impedì alla madre di affrontare un argomento che lo addolorava. Non aveva il coraggio di dire a Margie che Ellis lo aveva scaricato. E di sicuro non voleva ammettere che, al novantanove percento, era tutta colpa sua.

Doveva riprendersela. L'aveva capito dopo ore di introspezione e solitudine. Sapeva che Ellis aveva problemi a fidarsi; che il suo ultimo fidanzato era un coglione. Avrebbe dovuto stare con lei e rassicurarla. Avrebbe dovuto parlarle, ma non era bravo a esternare i suoi sentimenti.

Qualcuno bussò bruscamente alla porta, scuotendolo dalle sue riflessioni deprimenti. Sperava fosse Colin, giunto a distrarlo. Si augurava che fosse Ellis, venuta a perdonarlo, ma sapeva che era impossibile. Non sarebbe tornata. Se la voleva, avrebbe dovuto riprendersela lui. Ma come?

Aprì la porta e non si trovò davanti nessuna delle persone che si era aspettato di vedere. «Walter?»

Prima che potesse realmente capire che il padre di Ellis era lì davanti, fu colpito da un pugno in faccia che gli fece perdere l'equilibrio sia fisico sia mentale. Era davvero un bel colpo. «Che cazzo? Mi ha colpito!»

«Lei piangeva.» Walter era rosso in viso. Le sue labbra si allungarono in una linea stretta. «Hai fatto piangere mia figlia. Mi hai detto che ci tenevi. Pensavo che saresti stato buono con lei. Credevo che l'avresti resa felice. Invece, l'hai fatta piangere e meriti di essere punito.»

Mike era quasi tredici centimetri più alto e trent'anni più giovane dell'accademico arrabbiato davanti a lui. Poteva distruggerlo se voleva, ma sapeva che questo non gli avrebbe fatto guadagnare punti con Ellis. Eppure, essere colpito in faccia lo faceva incazzare parecchio.

«Dica a sua figlia che non sono stato io a lasciarla; che ho ammesso che non so mai come comportarmi con lei; che mi fa talmente diventare matto che mi viene voglia di sbattere la testa contro un maledetto muro; che stare con lei non è facile, ma è l'unica cosa che desidero dalla vita.» Scosse la testa. «Merda! Non le dica nulla. Lei e la sua famiglia dovete lasciarmi in pace, dannazione!»

Walter lo guardò, sbattendo le palpebre per un istante. «Phillipa mi fa venire voglia di urlare. Ci sono delle volte in cui vorrei metterle un calzino in bocca per impedirle di parlare.» Divenne pensieroso. «Ma se sta zitta, sento il bisogno di ascoltare la sua voce. La prima volta che è capitato, credevo che mi avesse stregato. Mi ha spiegato che ero innamorato di lei. Tu devi esserlo di mia figlia.»

«Per l'amor di dio, non continuerò questa conversazione con l'uomo che mi ha appena dato un pugno.»

«Ti verrà un occhio nero. Ti suggerisco di metterci del ghiaccio» disse Walter, annuendo. «Mia madre mi ha fatto prendere lezioni di boxe alle superiori. Aveva paura che mi avrebbero picchiato perché sono...» Sbatté ancora le palpebre, fissando Mike. «Dina dice che sono uno stravagante secchione. Ti va di venire con me a bere qualcosa? Offro io. Per favore, non prenderlo come un tentativo per scusarmi. Non mi pento di averti colpito. Non mi piace vedere soffrire mia figlia. Ti colpirò di nuovo se accadrà ancora.»

Il clan Garrett-Gregory era completamente folle. Non ce n'era uno normale lì in mezzo, eppure Mike era pronto a essere legato a loro per il resto della vita. Merda. Avrebbe dovuto sposare Ellis. Non perché volesse, bensì perché doveva. Lei era la sua metà mancante e aveva bisogno di pensare a un modo per riconquistarla.

«Va bene, fammi prendere la giacca. Voglio sapere di più su queste lezioni di boxe.»

«Non essere stupida. Gli uomini si spaventano sempre quando si rendono conto che sono innamorati. Digli che ti dispiace e riprenditelo.»

A quanto pareva, Phillipa riteneva la scelta di rompere con Mike una cattiva idea, tuttavia Ellis restava ferma nella sua decisione. Era per il suo bene. Lei voleva di più di quanto lui fosse in grado di darle ed era ingiusto sperare in un futuro che lui aveva chiaramente affermato di non volere. Meritava di essere amata totalmente. C'erano voluti due anni con l'uomo sbagliato, e qualche settimana con quello giusto, per comprenderlo. Anche se sentiva un peso sul cuore per la tristezza, si distrasse buttandosi nel lavoro. Prima che se ne accorgesse, era già passata una settimana.

La madre di Belinda veniva tutti i giorni per aiutarla a cucire quando Ellis non ce la faceva a gestire tutto il lavoro da sola. Belinda e Cherri mandavano avanti il negozio in modo eccellente. Grazie al passaparola delle spose soddisfatte dell'abito creato da Ellis, il volume d'affari era triplicato. I vestiti non restavano mai sugli scaffali ed Ellis riceveva richieste per realizzare capi non solo da sposa. Un'adolescente l'aveva pregata di crearle un vestito per lo Snowflake Ball, il gala annuale dell'UNICEF a New York. La ragazza aveva solo duecento dollari ed Ellis era stracolma di lavoro, ma accettò.

«Vedi,» borbottò tra sé mentre cuciva la stoffa color zaffiro «non hai tempo per gli uomini. La tua carriera sta esplodendo. Questo è quello che volevi.»

«Parli da sola, puzzola?» Dina entrò nel suo ufficio, con il bel viso imbronciato.

«Ehi» la salutò Ellis, chiedendosi perché la sorella le facesse visita al negozio così presto di domenica mattina. «Come va?»

«Ho chiuso con lui.»

«Oh, mi dispiace, per...» Ellis non ricordava il nome di quel tipo. Pogo? Rory? Milo? Scosse la testa. «Sono sicura che troverai l'uomo giusto per te.» Aveva ripetuto quella frase così tante volte che ormai scattava in automatico.

«Non lo so, Ellie.» La sorella le passò davanti e sprofondò

con grazia sul divano. «Il prossimo anno avrò trentacinque anni. Probabilmente, credo di aver già incontrato quello giusto, solo che l'ho lasciato scivolare via dalle mie mani.»

Ellis trattenne un lungo sospiro sofferto. Non era dell'umore adatto per ascoltare le lamentele di Dina. Aveva cercato di contrastare la tristezza per tutta la settimana. Dina non aveva idea di cosa significasse stare male sul serio, sentirsi il cuore spezzato.

«Dovrei cercare Mike.»

«La pianti di parlare di Mike?» Qualcosa scattò dentro Ellis. Era stanca di ascoltare le fantasie perverse di Dina su Mike, stufa delle continue stronzate da immatura della sorella. «Ti ha mollata quasi cinque anni fa. Le cose non avrebbero mai funzionato tra voi due e, se fosse stato così pazzo di te, non ti avrebbe mai lasciato. Mike Edwards non ti vuole. È ora di crescere, Dina. È ora che ti trovi un vero lavoro e che la smetti di chiedere denaro a mamma e papà. Devi piantarla di fare la bambina viziata, comportati come le persone della tua età perché, di questo passo, ti ritroverai a quarant'anni a frequentare ancora locali pieni di ragazzini che hanno la metà dei tuoi anni.»

Ellis si portò le mani davanti alla bocca non appena le uscì l'ultima frase. Doveva riavvicinarsi alla sorella, non dirle cose spiacevoli, benché fossero vere.

«Mi dispiace, Dina. Non volevo.»

«Sì, invece.» Gli occhi della sorella si riempirono di lacrime. «Non posso credere che tu sia una tale stronza maligna.»

Le parole di Dina furono come uno schiaffo in pieno viso e, per un istante, Ellis si sentì combattuta tra la rabbia e il senso di colpa. «Mi dispiace, tesoro.» Si affrettò a raggiungere la sorella e ad afferrarle le mani. Il senso di colpa, come al solito, aveva prevalso. «Perdonami, ti prego.»

«Non so se posso, Ellis.» Scostò le mani e si alzò in piedi. «Ho bisogno di un po' di tempo per pensarci.»

Uscì con passo pesante dalla stanza proprio come faceva quando era una teenager, ricordò Ellis. Era stata troppo dura con Dina. Il vero padre non l'aveva mai amata come avrebbe dovuto, nel modo in cui Walter aveva voluto bene a Ellis. Forse aveva diritto a comportarsi in modo un po' egoista, e forse stava di nuovo giustificando il comportamento della sorella maggiore.

24

Mike si grattò la barba incolta sul mento. Non si era rasato quella mattina, e neanche i due giorni precedenti. Aveva un aspetto di merda. Aveva ancora un occhio nero per via del pugno di Walter. La testa gli pulsava e non si sentiva più sé stesso. Gli mancava Ellis, e una parte di lui voleva prendere a calci la sua porta di casa e costringerla a rendersi conto che loro due si appartenevano. Ma la sua parte razionale lo tratteneva. Probabilmente, lei aveva bisogno di tempo per calmarsi. Oppure, e questo era il pensiero più odioso, non lo amava davvero. Non quanto lui amava lei. Quindi si era tenuto a distanza, restando in attesa, sperando che magicamente non si sarebbe più sentito uno schifo o che arrivasse un'altra donna a fargli dimenticare completamente Ellis.

Molto improbabile. Le altre donne non esistevano per lui.

«Stai bene, Mike?» gli domandò Lester mentre camminavano su Barnum Street. Si recavano a intervistare un sospetto per furto con scasso. L'articolo rubato era un acquario da settantacinque litri pieno di pesci di acqua salata molto pregiati. Il primo indiziato era l'ex marito della donna derubata. Il caso doveva essere semplice da risolvere.

«Sì, bene.»

«Qualche problema con la tua donna?»

Mike scrollò le spalle: non aveva voglia di parlarne con il suo collega.

«Io e mia moglie abbiamo avuto una brutta lite prima che io le chiedessi di sposarmi. Il problema era la madre e quella sua boccaccia. Non la sopporto, quella vecchia scorbutica. Sono stato così contento quando si è trasferita a Boca Raton, due anni fa, che per poco non mi sono inginocchiato a baciare il pavimento.»

Mike perse la concentrazione mentre Lester si attardava in dettagli circa la suocera. Normalmente, trovava divertenti gli aneddoti di Lester, ma quel giorno non ci riusciva. Invece, tornò a concentrarsi sulla scena del crimine in Barnum Street. Non aveva passato molto tempo in quella zona della città. Non era pulita e splendente come il resto di Durant. Non che fosse malfamata, però l'unico banco dei pegni in città si trovava in questo quartiere, assieme ad altri vecchi negozi.

I suoi occhi si fissarono su un uomo grasso e calvo in tuta da ginnastica che usciva da un minimarket.

Un pensiero lo travolse come un tir: era l'uomo che aveva rapinato il negozio di Ellis, lo stesso tizio di cui studiava il volto ogni mattina da settimane.

«Figlio di puttana» disse dirigendosi deciso verso di lui, era così sorpreso che non si preoccupò neanche di correre.

«Che cazzo di problema hai, amico?»

Mike gli tirò un pugno. «La donna che hai ferito e rapinato è la mia fidanzata.» Lo colpì con un rovescio. «Ti piace essere picchiato? Adesso ti senti potente, capo?»

«Mike!» Lester gli afferrò il braccio prima che potesse mandare a terra quel tizio. «Cosa diavolo stai facendo?»

«È l'uomo che ha ferito Ellis. Hai visto cosa le ha fatto. Io lo uccido.»

«No! Aspetta!» L'uomo alzò le mani per difendersi. «Mi hanno pagato per farlo.»

«Chi?»
«Il suo ex.»

Mike uscì dalla stazione di polizia il più in fretta possibile. Sentì a stento Lester che lo avvertiva di attenderlo... o di aspettare i rinforzi. Probabilmente, aveva detto entrambe le cose. Mike aveva bisogno di raggiungere Jack. Doveva trovare quel viscido pallone gonfiato.

Il primo posto dove pensò di andare era la casa di Agatha Toomey. Normalmente avrebbe cercato nel database, ma non conosceva il cognome di Jack. Tutti i Jack Toomey che erano saltati fuori non corrispondevano alla sua descrizione e Mike non aveva tempo per investigare. La zia di Jack sicuramente sapeva dov'era il nipote.

Notò un maggiolino verde nel vialetto di casa Toomey e capì di trovarsi nel posto giusto. Avrebbe dovuto mantenere il sangue freddo con la signora Agatha. Non poteva lasciarsi sopraffare dalle emozioni, altrimenti la donna non gli avrebbe rivelato nulla. Magari avrebbe dovuto aspettare che Lester oppure un altro agente la interrogasse, ma non ragionava in modo così lucido. Jack aveva fatto del male a Ellis per l'ultima volta.

Bussò alla porta della bianca casa coloniale e attese. Quando non la vide aprirsi bussò ancora, poi la prese a spallate. Quella si spalancò, rivelando il viso smunto di quella vecchia strega in atteggiamento di disgusto nel trovarselo di fronte.

Calmati, si ripeté tra sé. Non mostrare le tue emozioni.

«Cosa vuole?»

Ottima domanda. Sangue, pensò, ma non gli sembrò un'ottima risposta. Estrasse il distintivo.

«Sono il detective Michael Edwards e devo farle delle domande.»

«Chi è, Zia Aggie?»

Mike sentì ribollire il sangue. Jack era dietro la zia, indossava un completo. Impallidì.

«Tu, fottuto bastardo.» Entrò senza permesso, spingendo da parte la signora Toomey. Jack corse verso il retro. «Vigliacco» urlò Mike. «Non riesci neanche a comportarti da uomo, adesso.»

Raggiunse rapidamente Jack nello studio, afferrandolo per il colletto della camicia e lo sbatté contro il muro così violentemente che l'intonaco si crepò. «Le hai fatto del male, figlio di puttana.» Gli sferrò un pugno sul viso, e percepì un soddisfacente rumore sordo nel punto in cui le sue nocche impattavano contro la mascella di Jack. «Che razza di uomo fa una cosa simile a una donna?»

«Non avrebbe dovuto farsi male. Doveva solo spaventarla!»

«Jacky!» gridò la zia in sottofondo.

«Spaventarla» ruggì Mike. «Le ha procurato un taglio sul viso. Hanno dovuto metterle dei punti. Adesso farò a te quello che lui ha fatto a Ellis.» Schiaffeggiò Jack con il dorso della mano, ma questa volta Jack era preparato e gli scagliò un pugno contro. Mike sentì il colpo appena. Era troppo incazzato.

«Se avesse tenuto la bocca chiusa le cose sarebbero andate bene. Le ho sempre detto che quella sua boccaccia l'avrebbe messa nei guai.»

Il pugno di Mike gli arrivò dritto nello stomaco e Jack si piegò dal dolore.

«Lascialo stare» urlò Agatha.

«Zitta, zia Aggie» gridò Jack.

Mike gli diede una violenta spinta, facendo volare via il corpo – più piccolo del suo – dell'avversario. Avanzò verso di lui, il cuore gli palpitava, la testa gli ronzava. Nessun pensiero razionale riusciva a entrare né a uscire. Il viso di Jack si contorse dalla paura.

Bene, pensò Mike, malvagiamente. Ora Jack capiva come si era sentita Ellis. Adesso sapeva cosa si prova a essere derubati della propria dignità.

Jack barcollò tentando di tenersi in piedi, afferrando la

lampada accanto al tavolo da salotto più vicino. «Stai lontano da me, bestia.» Gliela lanciò addosso e quella esplose contro la parete dietro a Mike, e alcuni frammenti lo colpirono in volto. Del sangue caldo gli colò lungo una guancia, ma non gli impedì di muoversi verso Jack.

Jack tirò su il tavolo d'epoca lì vicino. Colpì Mike dritto sul petto, ma non lo fermò.

«Chi cazzo sei, RoboCop?»

Il detective afferrò nuovamente Jack, ma non prima che l'uomo lo colpisse veloce con un pugno sull'occhio, che cominciò a gonfiarsi immediatamente, offuscandogli la vista. Mike lo ricompensò con un uno-due che costrinse Jack ad arretrare verso il divano. Uno di loro inciampò e caddero entrambi. Mentre precipitavano, Jack cercò di assestare qualche altro pugno, ma Mike se lo aspettava e contrattaccò, sbattendo Jack a terra così forte che gli uscirono dalla bocca saliva e sangue.

«Lo ammazzerai» sentì e poi avvertì un dolore lancinante al braccio. Era stata quella stronza. Gli aveva conficcato una penna a sfera nella carne.

«Mike è stato ferito. Devi andare in ospedale.» Era la telefonata che ogni moglie o fidanzata di un agente di polizia teme di ricevere.

Ellis non replicò a Lester. Lasciò cadere il telefono e uscì dal negozio.

Lester la aspettava al pronto soccorso, con il viso cupo. Lei aprì la bocca per parlare, ma sentiva il cuore in gola. «Come... cosa... sta bene?»

«Ha un aspetto terribile, ma è forte. Si riprenderà.»

Ascoltando quelle parole fu subito un po' sollevata. «Cos'è successo?»

«Mike ha trovato il tizio che ti ha rapinato. È venuto fuori che il tuo ex ha organizzato le rapine in St Lucy Street come tattica per spaventarti e farti ritornare con lui. Quando Mike lo ha scoperto, ha cercato quel viscido bastardo e gliele ha suonate come si deve.»

«Oh, no.» Ellis si afferrò la testa tra le mani. «Oh, dio.» Non era molto sorpresa che Jack l'avesse messa nei guai. Era abituato a ottenere tutto ciò che voleva, a ogni costo. Ma Mike... «Passerà dei guai seri per questo.»

«Andrà in prigione.»

Ellis alzò lo sguardo di scatto verso Lester. «Mike andrà in prigione?»

«No, tesoro. Il tuo ex, insieme al tizio che ha ingaggiato per le rapine. La Toomey ha confessato. La pagheranno cara. Il nostro capitano darà una bella strigliata a Mike, ma dopotutto lui ha risolto il caso. Adesso la gente del posto non sarà più così spaventata.»

Ellis fu assalita dal senso di colpa. «Tutto questo è accaduto per colpa mia. Io... dovrei trasferirmi in Russia.»

«Non incolparti di nulla. A me sembra che tu sia semplicemente il tipo di donna per cui gli uomini perdono la testa.»

«Ecco perché dovrei rimanere single.»

Lester scosse la testa. «Vai a trovare il tuo fidanzato e fa un favore a tutti noi: riprenditelo. È stato di merda per tutta la settimana.»

Lei annuì una volta prima di allontanarsi.

«Mike.» Quando lo vide, gli occhi le si riempirono di lacrime. 'Orribile' non era un aggettivo abbastanza forte per descrivere il suo aspetto. Il viso era quasi irriconoscibile. I suoi bellissimi occhi erano neri per via dei lividi. La guancia solcata da lunghi graffi rossi. Il perfetto labbro inferiore gonfio.

Fu sorpreso di vederla, ed Ellis sentì il suo cuore spezzarsi. Sembrava così solo in quel letto di ospedale, il petto nudo e ferito, il braccio fasciato dentro un'imbracatura. «Elle.»

«Cos'hai fatto?» domandò piangendo.

«Non piangere, tesoro. Non è così grave, davvero. Dovresti vedere come ho conciato lui.» Le parve indifeso per un istante. «Vieni qui.»

Non si era resa conto che era rimasta immobile sull'entrata della piccola stanza. Quasi non voleva avvicinarsi, sapeva che il suo cuore non l'avrebbe sopportato.

«Per favore.» Lui la afferrò con il braccio sano non appena fu abbastanza vicina. Le lacrime scorrevano sempre più veloci man mano che lo vedeva più chiaramente. Il viso sembrava più danneggiato da quell'angolazione.

«Perché sei venuta?» le domandò.

«Tu che ne pensi?»

«Perché mi ami.»

«No» rispose Ellis scuotendo la testa. «Non è vero.» Non l'avrebbe ammesso, benché lui lo sapesse già.

«No?» Lui le asciugò le lacrime dalle guance. «Neanche un po'?»

«Per niente» disse con voce soffocata. Gli passò delicatamente le mani sul volto, prestando attenzione a non fargli del male. Aveva bisogno di toccarlo, per assicurarsi che lui fosse veramente lì con lei, e che stesse bene.

«Non avresti dovuto cercarlo. Lui non vale così tanto.»

«Dovevo, e sto bene. Giuro. Smettila di piangere, per favore.» Le mise un braccio attorno alla vita e la tirò più vicino a sé. Lei lo avvolse tra le braccia, inspirando il suo odore familiare mischiato al sangue e al sudore. Dannazione, come gli era mancato. Non si era resa conto di quanto fosse grande quel peso che le opprimeva il cuore finché non lo aveva rivisto di nuovo. Era come se, per giorni, fosse stata in procinto di soffocare.

«Sssh.» Le accarezzò la schiena, cercando di confortarla. «È tutto okay.»

«Hai un aspetto di merda.»

«Ecco, la mia ragazza è tornata. Insultami ancora.»

«Sei uno stronzo.» Gli diede dei baci delicati sulla fronte. «Non spaventarmi mai più così tanto.»

«Ellis, mi dispiace.»

Lei gli diede uno schiaffetto sul petto, facendolo trasalire. «Dici bene. Devi dispiacerti.»

«Mi dispiace» sussurrò. «Voglio tornare a casa.»

«No, Mike. Non farmi questo.»

«Sì. Mi manchi. Ho bisogno di te.»

Funzionò. Il cuore di Ellis si aprì. Era stata troppo dura senza di lui. Mike aveva ragione; lo amava troppo per allontanarlo. E dopo quello che aveva fatto per lei, rischiare la vita per inseguire Jack, non poteva respingerlo. Non voleva perderlo di vista neanche per un attimo. Cosa sarebbe accaduto se Agatha fosse impazzita ancora di più? Se la penna fosse stata un coltello? Se lo avesse colpito nel petto invece che sul braccio? Il pensiero di non rivederlo più le fece tremare le ginocchia e sobbalzare il cuore.

«Ti odio.»

«A volte anche io ti odio. Ecco perché ci apparteniamo.»

Lei rise tra le lacrime. «Hai pianificato tutto, vero? In modo che io non potessi essere arrabbiata con te ancora per molto.»

«Sì, e ho anche predisposto che tuo padre mi desse un pugno in faccia.»

«Cosa?»

«Quest'occhio nero.» Indicò la parte sinistra del viso. «È stato tuo padre, il giorno in cui mi hai scaricato.»

«Ti ha colpito?»

«Sì, e poi mi ha portato fuori, e offerto un whisky, e mi ha raccontato tutto di te e della tua famiglia.»

«È per questo che è sparito per un bel po'?» Sbatté le palpebre incredula. «Credevo di aver visto un furgone fermo di fronte casa.»

«Quello era Colin.» Lui le sorrise e poi trasalì. «Mi sono ubriacato con tuo padre. È davvero divertente dopo qualche bicchierino.»

«Cosa? Mio padre? Beve?»

«Solo whisky. Non mi ha lasciato prendere neanche una birra.»

Ellis non riusciva a capacitarsi di quello che Mike le stava dicendo. «E ti ha dato un pugno?»

«Ti vuole bene, tesoro. Farebbe qualsiasi cosa per impedire a qualcuno di farti soffrire.» La fissò. «E lo stesso vale per me.»

«Bene» sospirò lei. «Hai vinto. Ma non fare in modo che io possa pentirmene.»

«Non accadrà.» Lui la baciò, all'inizio fu delicato, ma poi aumentò la pressione e il calore, aprendo la bocca e lasciando scorrere il suo ardore. Quel bacio racchiudeva tutto il loro desiderio. Era la dimostrazione di quanto avessero sentito l'uno la mancanza dell'altro.

«Ehi! Piantatela» abbaiò qualcuno, facendo sussultare Ellis che colpì il viso tumefatto di Mike.

Lui imprecò, lei si scusò e poi si voltò e vide un medico anziano che assomigliava a un bulldog. «Nelle sue pessime condizioni non dovrebbe baciare nessuno.»

«La mia fidanzata è talmente bella, dottor Laughlin.» Mike gli sorrise in modo sfacciato. «Non ho potuto trattenermi.»

«Be', farebbe meglio a riuscirci. Niente sesso stanotte. Mi ha capito bene?»

«Certo» arrossì Ellis, sicura di essere diventata paonazza per la vergogna.

«Ha una contusione alle costole, e la penna gli è entrata di circa due centimetri e mezzo nel braccio. Normalmente non avrei bisogno di specificare ai pazienti di tenerselo nei pantaloni, specialmente quelli che hanno rifiutato gli antidolorifici, ma tu, figliolo, sembri avere bisogno di sentirlo ripetere: niente sesso.»

Mike strizzò gli occhi. «Per quanto tempo?»

Mike! Ellis arrossì di nuovo. «Non si preoccupi, dottore. Seguiremo le sue indicazioni.»

25

Non fate quella domanda.
In realtà, non volete sentire la risposta.

Un bambino mi ha dato un colpetto con il dito sul sedere e quando mi sono voltata e l'ho guardato ha detto: «Hai proprio un culo enorme.» Volete davvero sentire una risposta sincera alla domanda 'Questo vestito mi fa un culo enorme?' Chiedetelo a un bambino. A volte volete dire a qualcuno la verità? Non potrete oppure sceglierete di non farlo, perché siete adulti e temete terribilmente di urtare i sentimenti altrui.

Una fredda pioggia cadde su Durant tre giorni dopo che Ellis aveva riportato Mike a casa di lei dall'ospedale, costringendoli a una corsa folle dall'auto all'appartamento del detective.

«Merda» imprecò piano Mike, premendosi velocemente la mano sul fianco. Fu in gesto così discreto che lei quasi non se ne accorse.

Stava guarendo e non si lamentava mai, tuttavia Ellis era ancora preoccupata per lui. Il medico gli aveva detto che ci sarebbero volute tre settimane per rimettersi in sesto. Niente lavoro né attività fisica. Mike, di solito, diventava piuttosto petulante quando non poteva fare jogging e questo, combinato alla sospensione di due settimane, faceva temere Ellis per il suo umore. Eppure, Mike sembrava felice. Allegro, come poteva esserlo una persona con una ferita da accoltellamento, entrambi gli occhi neri, e una contusione alle costole.

«Tutto okay, detective?»

«Sì.» Annuì lui, prendendole il cappotto per appenderlo all'attaccapanni. «Sto bene. Aiutami a fare le valigie. Potremmo ordinare cibo cinese e accendere il camino stasera.»

«Possiamo anche bere un po' di vino?»

«Solo se costa meno di dieci dollari a bottiglia.»

«Ah, quello dozzinale. Il mio preferito.»

Gli afferrò la mano e lo condusse nella sua camera da letto. Non dormiva lì da quando aveva lasciato l'ospedale e, quella sera, non sarebbe andata diversamente. Erano lì per prendere gran parte dei suoi vestiti. Lo spazzolino da denti si trovava già accanto a quello di Ellis nel suo bagno, e la madre ormai gli telefonava a casa della sua fidanzata. Sembrava che le cose stessero diventando più serie. Ellis aveva sentito la sua mancanza, ed era felice di essere di nuovo con lui, ma una vocina nella testa le ripeteva di proteggere il suo cuore.

«Siediti, Mike. Mi occupo io di prendere le tue cose.»

«Posso farcela.» Aprì la porta dell'armadio e afferrò il borsone sul ripiano più alto. «Cazzo!» Rimase immobile, con le braccia a mezz'aria, il volto che impallidiva.

«Ti sei messo in posa, Mr Macho?» Ellis gli avvolse delicatamente le braccia attorno alla vita. E lo guidò verso il letto. «Siediti.»

Obbedì.

«Sto bene. Sono solo dolori intestinali.» Espirò. «Dammi un minuto.»

«Che ne dici di quindici?» Gli poggiò le mani sulle spalle. «Ti sistemo gli abiti in valigia e poi potremo andare a casa dove ti preparerò un bagno e qualcosa da mangiare e poi, forse, ti farò un massaggio al collo.»

Lui le alzò la camicetta e le baciò la pancia. «Gli uomini non fanno il bagno nella vasca.»

Le labbra di Mike sulla sua pelle la mandavano in estasi, spingendola automaticamente a chiudere gli occhi. «Cosa stai facendo?» La baciò ancora, le sue labbra le percorrevano tutta la pancia. Una parte di lei era consapevole che l'attenzione di Mike era concentrata completamente sul punto del suo corpo che Ellis odiava di più, ma il resto di lei si stava eccitando. Aveva passato troppo tempo senza di lui. «Fermati!»

«Non voglio.» Le sbottonò i jeans, lasciandoli scivolare lungo i fianchi.

«Come fai a essere eccitato in questo momento? Ansimavi di dolore qualche istante fa.»

«È più doloroso mettersi a letto con te ogni notte senza poter fare l'amore.»

«Non dovremmo fare sesso. Lo ha detto il medico.»

«Non lo saprà se non glielo diremo.» Intrufolò la mano negli slip di lei. Era bagnata, da quando lui aveva poggiato le sue labbra sulla sua pelle.

«Non farò sesso con te» gli disse. Incrociò le braccia sul petto, sebbene lui le stesse insinuando le dita tra le gambe, accarezzandole delicatamente il clitoride ardente di desiderio. Le ci volle tutta la sua forza di volontà per non aprire le gambe e incoraggiare la sua esplorazione.

«Bene.» Con una mossa sorprendentemente piena di grazia per un uomo ferito, la sdraiò sul letto e la scrutò mentre era sopra di lei. «Tutto quello che devi fare è restare sdraiata qui. Non mi serve nient'altro.»

«Bastardo» mormorò lei. Sapevano entrambi che non era passiva a letto.

Lui sorrise, poi si poggiò sul gomito e cominciò a sbottonarle la camicetta.

«Avrei dovuto mettere un maglione.» Ellis si rilassò, rassegnata al fatto che il suo fidanzato non si sarebbe fatto scoraggiare. «Perché non ci hai provato stamattina? O ieri notte, ad esempio? Ero meno vestita.»

«Sapevo che ti saresti rifiutata.» Le baciò il solco tra i seni.

«Mi sto rifiutando anche adesso.» Gli occhi di Ellis si chiusero automaticamente, mentre lui le succhiava il capezzolo attraverso il tessuto. I suoi pensieri divenivano pian piano sempre meno coerenti. Il suo corpo soffriva di desiderio. Dannazione, gli era davvero mancato.

Lui cambiò seno, succhiandole forte il capezzolo attraverso il reggiseno. Lei gemette, procurandogli una certa spavalda soddisfazione. «Ma non vuoi, in realtà» sussurrò lui.

«Con la testa» gli rispose. Si morse il labbro inferiore, cercando di recuperare il controllo. «Però, il mio maledetto corpo non collabora. Gli devi essere mancato.»

«A lui solo?» Tolse la bocca dal suo seno e inarcò il sopracciglio. «E a te?»

«A me? Oh, riesco a sopportarti a stento. Ho perso più di tre chili nel periodo in cui abbiamo rotto. La mia assunzione di zuccheri è scesa del trentacinque percento.»

«Non pensavo ti sentissi così.» Mike la guardò, l'espressione passò da lussuriosa a preoccupata. «Non voglio che tu dimagrisca ancora. Okay?»

Era pazzo. Lei pesava il doppio delle altre donne, ma lo amava perché riusciva a farla sentire così bene.

«Perché? Qualche altro chilo e potrei indossare una taglia in meno.»

«Ellis, non sto scherzando.» Mike si accigliò.

«Okay, Mike» sospirò lei. «Non ho perso peso di proposito, lo sai. Se potessi farlo non sarei in imbarazzo in questo momento.»

«Imbarazzo per cosa?»

«Per non riuscire ad allontanare il mio fidanzato, vero amante della ciccia.» Gli sorrise, poi attirò il viso di lui a sé per dargli un lungo bacio. «Sei mancato anche me. Okay? Contento adesso?»

«Credo che dovremmo andare a vivere insieme» affermò Mike. Le sfilò la camicetta dalle spalle, baciando ogni punto di pelle nuda che si svelava man mano.

«Cosa?» Le servì un istante per comprendere quella frase.

«Voglio condividere una casa con te.» Le slacciò il reggiseno. «Sai com'è, la mia posta consegnata a casa tua. Svegliarmi ogni mattino e andare a letto ogni sera con te. Fare in modo che casa mia sia dove sei tu.»

«Oh.» Non sapeva cosa rispondere. Una serie di domande le affollarono la mente così in fretta che non riusciva a dare un senso a nessuna. Non era troppo presto? Era la cosa giusta da fare? Cosa significava per il loro futuro?

Cosa vuoi fare?

La risposta era chiara. «Okay, ma io non mi trasferisco qui. Il tuo vicino mi fa venire i brividi.»

Mike sogghignò e le diede un profondo bacio. «Va bene. Adesso fai la brava e aiutami a spogliarmi.»

Lo spogliò con molta attenzione, specialmente vicino alle costole doloranti. «Non so come muovermi senza farti male.»

«Tu infilati semplicemente sotto le coperte, penserò io a tutto il resto.»

Lei gli obbedì e si rannicchiò accanto a lui, sentì la sua erezione accarezzarle il fianco. Lui le baciò il collo mentre le faceva scivolare una mano tra le gambe, strofinandola nel punto in cui la carne le ardeva di desiderio. Lei sospirò quando sentì il tocco familiare della mano di Mike che la rassicurava e la faceva eccitare allo stesso tempo. «Quindi volete davvero vivere nel peccato con me, signore?»

«Peccato?» Lui sembrò confuso per un istante. «Non per molto.» Le prese la mano e la guidò verso i testicoli gonfi, incoraggiandola ad accarezzarlo. «Questa è una di quelle conversazioni serie che dovremo affrontare molto presto.»

«Oh.» Lei sorrise, ripetendo tra sé di non crearsi false speranze per ora.

Lui succhiò l'aria mentre lei faceva scivolare la mano lungo l'asta del pene pulsante. «Mi sei mancato così tanto, baby.» Mike si sistemò tra le sue gambe. Sentì che era umida mentre premeva il bacino contro di lei. «È così bello sentirti» le sussurrò, poi le prese i seni tra le mani, le baciò l'orecchio, e si strofinò addosso al suo corpo. La stava facendo impazzire. Del resto, era quello che succedeva ogni volta prima di scivolarle dentro.

«Oh! Scusate!» Sentirono una voce e rimasero immobili.

«Pensavo che compiuti i trent'anni l'avremmo piantata di coglierlo sul fatto» disse un'altra voce.

Mike lasciò uscire un fiume di imprecazioni così violente che le orecchie di Ellis sembrarono andare a fuoco. Lui voltò la testa, e fornì a Ellis la vista su quattro donne e un uomo assiepati sulla porta. Le loro espressioni andavano dal mortificato al divertito.

«Non siete abituati a bussare?»

«La porta era aperta» disse la donna più anziana.

«Non m'importa» urlò lui. «Uscite e chiudete quella maledetta porta.» Una volta che se ne furono andati, lui crollò sopra a Ellis, la testa sepolta tra i suoi seni. Lei capì dal respiro affannato che stava tentando di controllare la rabbia.

«Mikey» iniziò a dire piano. «Chi erano quelli?»

«La mia famiglia.»

«Non ci vado lì fuori» ripeté Ellis per la decima volta. «E tu non puoi costringermi.»

Mike non riusciva a trattenersi dal ridere. Ellis sedeva nuda sul letto, le braccia incrociate sul petto, le guance rosso fuoco. «Devi.» Lui si infilò a fatica la camicia, ignorando il dolore lancinante al petto, e si inginocchiò davanti a lei. «Voglio che incontrino la ragazza di cui sono pazzo.» Le baciò il dorso delle mani. «Per favore.»

«Prima i miei genitori quasi ci sorprendono mentre lo stiamo facendo, poi tutta la tua famiglia entra mentre siamo a letto insieme, e adesso ti aspetti che io esca da qui e dica 'piacere di conoscervi' come se non fosse successo nulla? No, grazie. Preferirei morire.»

Ellis afferrò tra le dita il ciondolo che le aveva regalato e che pendeva tra i suoi seni.

«Non puoi restare qui tutta la notte e, fidati di me, se non andiamo subito di là, torneranno a prenderci.»

«Va bene.» Ellis si alzò per cercare i suoi vestiti, muovendo piano i fianchi mentre attraversava la stanza. «Ma a Natale mi porti da qualche parte, lontano, dove non è ammessa nessuna famiglia.»

«Prenoto domani.»

Mike cercò di mantenere la rabbia giustificata verso la famiglia invadente, ma non poté. Erano passati due anni dalla sua ultima visita a Buffalo e, nonostante il risentimento verso la madre per avergli tenuto segreto il problema del padre, era felice che fossero venuti tutti. Gli mancavano.

Dieci minuti più tardi, condusse Ellis in salotto, dove le sue sorelle, uno dei cognati e sua madre sedevano in trepida attesa.

«Ciao» disse lui, salutando la famiglia. Ellis nascose il viso dietro la sua schiena. «Questa è la mia imbarazzatissima fidanzata, Ellis. Ellis, queste persone molto maleducate sono le mie sorelle Candace, Lara, e Janice. Questo è il marito di Lara, Remy, e lei è mia madre, Margie.»

«Salve.» Ellis salutò con la mano, ma non si mosse da dietro di lui.

«Oh, tesoro.» Margie si avvicinò, allontanando Ellis da Mike, e la tirò a sé per abbracciarla.

«Non essere così in imbarazzo. Ho sorpreso Mike con una ragazza molte più volte di quante riesca a ricordare.»

«Ma'!»

«Zitto, Michael. La ragazza sa che non eri un santo. Ciò che conta è che adesso sei un bravo ragazzo.»

«Lo è» mormorò Ellis con il volto paonazzo. Mike si sentì talmente dispiaciuto per Ellis che la salvò recuperandola dalle braccia della madre.

La strinse a sé, la baciò sulla fronte e studiò la sua famiglia. «Che cosa ci fate tutti qui?»

«Be',» cominciò Candace «abbiamo sentito che ti hanno pestato a sangue e siamo venuti a vedere come stai.»

«Sì» aggiunse Lara, la secondogenita. «Hai un aspetto di merda. Ci vedi dall'occhio sinistro?»

Remy, il marito di Lara, disse: «A giudicare da quello che succedeva quando siamo entrati, direi che quest'uomo sta dannatamente bene.»

«La tua famiglia è bizzarra quanto la mia» disse Ellis meravigliata. «Pensavo che provenissi da una razza seminormale.»

«Mi dispiace deluderti» le disse Janice sorridendo. «Ma il vero motivo per cui siamo tutti qui è vedere chi sei tu. Nostro fratello non ha mai avuto intenzioni serie con una donna. Volevamo assicurarci che non gli avessi fatto il lavaggio del cervello. Mamma dice che sei carina, ma noi avevamo bisogno di verificare che tu non fossi una completa stronza. Oh, e abbiamo saputo che nostro padre si comporta come uno stalker con Mike, e ci siamo chieste perché diavolo a noi non venisse riservata la stessa attenzione.»

«Janice!» disse Mike in modo brusco.

«Cosa?»

Si domandò se la madre lo avrebbe colpito o se avrebbe dato un pizzicotto alla sorella, come faceva quando erano piccoli. «Per quanto a lungo avrò il piacere della vostra compagnia?» chiese a denti stretti.

«Be', fratellino» rispose Candace. «I ragazzi ci aspettano in hotel, con Bobby. Grazie a dio non li abbiamo portati con noi.» Alzò gli occhi al cielo. «Sarebbe stata molto dura spiegargli perché il loro zio stava schiacciando quella graziosa signora.»

«Candace!»

«Restiamo fino al Black Friday» rispose veloce. «Andiamo a New York per la sfilata e poi speravamo di cenare con te ed Ellis.»

«Oh.» Abbassò lo sguardo verso Ellis. Si era completamente dimenticato del Ringraziamento. Lo scontro con Jack, la conseguente sospensione e il ricongiungimento con Ellis gli avevano fatto rimuovere le festività dalla mente. «Va bene per voi?»

«Oh, dio, sì. Ogni anno mia madre ci sottopone un tacchino di tofu, costringendo mio padre e me a scappare alla tavola calda per il piatto speciale del Ringraziamento. Credo che saremmo felici di prenderci una tregua.» Spostò lo sguardo da Margie a Mike. «Lara, Janice, e Candace, vi andrebbe di venire a vedere il mio negozio? Vi farò un enorme sconto se vi piace qualcosa.» Si scostò da Mike e lo baciò sulla guancia. «Parla con tua madre» gli sussurrò. «Torno tra un'ora.»

«Remy, ti dispiacerebbe guidare?» domandò Ellis, sfoderando un luminoso sorriso. «Odio guidare con la pioggia.» Lanciò un'occhiata all'orologio. «Magari potrei prendere delle pizze e ospitarvi a casa nostra... mia per cena?» chiese arrossendo. «Mikey?»

Lui sorrise a quel piccolo lapsus. «Ci penserò io. Le andrò a prendere e ci vedremo a casa più tardi.»

«Okay.» Ellis gli sorrise timidamente e accompagnò le sorelle fuori.

Lui la guardò attraverso la finestra finché non scomparvero nel pomeriggio uggioso.

«Sei innamorato di lei» disse la madre, distogliendo la sua attenzione da Ellis.

«Sì.»

«Le chiederai di sposarti?»

Mike annuì.

Gli occhi le si riempirono di lacrime. «Ne sono così felice.»

Si precipitò verso di lui e lo strinse forte. «È quella giusta per te.»

Mike diede delle pacche sulla schiena alla madre e la baciò sulla fronte prima di allontanarla.

«Stai perdendo peso, ma'? Stai bene.»

Gli sorrise e girò su stessa in modo teatrale per farsi ammirare. «Tu credi? Mi sento una vecchia tutta pelle e ossa. Ti dispiace se ci sediamo? Il lungo viaggio in auto mi ha sfinito.»

«Certo che no. Vuoi qualcosa da bere? Non ho una gran scelta. Non sto molto in casa.»

«Lo immaginavo. Quando avevi intenzione di dirmi che vivevi con lei?»

«Prima o poi, gliel'ho chiesto solo oggi. Quando avevi intenzione di dirmi che papà era un tossico?»

Lei deglutì. «Mi chiedevo quando me l'avresti chiesto. Potresti portarmi un bel bicchierone di acqua prima di cominciare a urlarmi contro?»

Le prese l'acqua e si sedette sul divano accanto a lei.

«Ho sempre avuto intenzione di dirtelo, ma non sapevo come. Il nostro rapporto andava male prima che lui se ne andasse. Spariva di notte, non andava al lavoro durante il giorno e, a volte, sono dovuta andare a cercarlo nelle parti più brutte della città nel cuore della notte. Una sera, dopo che l'ho trovato svenuto, abbiamo litigato pesantemente e gli ho detto che era meglio che se ne andava, perché avrei preferito vivere senza di lui piuttosto che rischiare che uno dei nostri figli, rincasando, potesse trovarlo morto. Due settimane dopo sparì» disse la madre con un'espressione vulnerabile negli occhi. «Avrei voluto, ma non esisteva un modo giusto.»

«Okay.» Mike baciò la guancia morbida della madre e le accarezzò delicatamente la mano.

«Okay?»

«Già.» Mike si strinse nelle spalle. «Volevo solo sapere perché.»

«Non sei arrabbiato?»

Era sorpreso lui stesso di non esserlo. Il fatto che sua madre avesse scelto di tenerlo all'oscuro così a lungo lo infastidiva, ma dopo ciò che aveva passato in quelle due ultime settimane aveva capito che era tempo di non prendersela. «Non più. Ellis mi ha aiutato a capire che mi stavo comportando da idiota.»

«Ne sono felice. Adesso parliamo di quando potrò avere dei nipotini.»

«Questa sposa sarà la causa della mia morte» sospirò Ellis il giorno seguente, mentre studiava il vestito commissionatole da Audra Landry.

Non era neanche lontanamente finito per via dell'intricata stoffa ricamata a mano con le perline, che doveva ancora essere applicata. Era grazioso anche senza. Ellis sapeva che la sposa e la sua assillante madre sarebbero state molto contente del prodotto finito. Se solo avessero smesso di chiamarla per apportare cambiamenti. Stavolta, Audra voleva stringere di due taglie l'abito perché stava seguendo una dieta che prometteva di farle perdere quasi dieci chili.

«Non posso farlo» borbottò Ellis. «Ho provato ogni dieta esistente al mondo e so che quella non funziona. Perdi solo acqua, non grasso, e sei così maledettamente affamata che addenteresti la gamba della prima persona che incontri. Non posso lasciarglielo fare.»

«Cosa, Ellie?»

Guardò verso Mike che le controllava la contabilità al computer. «Oh, non dicevo a te.»

«L'ho capito, ma credevo che avrei fatto meglio a dire qualcosa prima che qualcuno ti sentisse e cercasse di spedirti al manicomio.»

«Non lasceresti che mi portassero via, vero?»

«Non se potessi impedirlo.» Allungò le braccia verso di lei.

«Vieni qui, baby.» Lei si accoccolò sul suo grembo e gli poggiò la testa sulla spalla. «Non permettere a quella sposa di farti impazzire. Sei tu la stilista. Tu sai quello che devi fare.»

«Posso essere lunatica?»

«Naturalmente.» Le passò le mani lungo la schiena. «Comportati pure da grandissima stronza. L'alta qualità del tuo lavoro garantisce per te. Non appena avremo finito con questi conti, voglio che la richiami per dirle che stavolta non esaudirai la sua folle richiesta.»

«Va bene. Sono contenta che tu sia qui.» Ellis si strofinò il collo. «Pensavo che saresti stato una gran rottura di palle, invece ti sei rivelato piuttosto utile.»

Ancora una volta, le aveva registrato gli ordini in un foglio di calcolo molto facile da usare. Ora sapeva quanti vestiti doveva terminare, quanto tempo ci avrebbe impiegato, e il costo dei materiali; tutto racchiuso in un solo foglio invece che scarabocchiato su pezzi di carta sparsi qua e là.

«Felice di esserti utile.» Mike tenne le labbra premute sulla sua fronte. «I tuoi affari sono quadruplicati negli ultimi tre mesi. Potresti pensare di separare il negozio di abbigliamento da quello di abiti realizzati a mano. Il locale accanto è libero.»

«Tu credi...» L'idea di espandersi le ronzava in testa parecchio, ultimamente. Belinda le aveva offerto i suoi risparmi, ma non aveva ancora accettato. Non voleva prendere quel denaro duramente guadagnato, ma sapeva che non avrebbe potuto gestire la boutique senza la sua migliore amica. Forse, Belinda meritava di possederne una quota. «È che sembra un passo talmente grande. No so come potremmo occuparci di tutto.» Alzò lo sguardo verso Mike. «Lo farò se lascerai il tuo lavoro e mi aiuterai ad amministrare le attività.»

«Accetterei, se tu riuscissi a sopportare di lavorare e vivere con me ogni giorno.»

Ellis lo baciò sulla guancia. «Sei dolce ma non posso chiederti di mollare il tuo lavoro per me.»

Scrollò le spalle. «Fare il poliziotto non è più così divertente. E mi piace stare in negozio con te.» Le prese le mani e se le portò alla bocca. Se vuoi tentare con una seconda boutique, io voglio starti accanto.»

Maledizione. Merda. Quel muro difensivo attorno al cuore di Ellis si frantumò. Si avvicinò per baciarlo.

«Ehi, puzzola... Oh, guarda! Ma chi abbiamo qui?»

Ellis si irrigidì sentendo la voce di Dina.

No. No. No. No. No. Merda. No. Non le aveva ancora detto di Mike. Lo aveva rimosso in un punto lontano del cervello dopo che avevano litigato.

Scostò le labbra dalla bocca di Mike e chiuse gli occhi. Era tutta colpa sua: se non fosse stata talmente vigliacca avrebbe potuto evitarlo.

26

Grassi a Hollywood

Perché quando gli attori e le attrici ingrassano per un ruolo vengono elogiati? Quando io prendo peso durante le feste, nessuno mi acclama; figuriamoci nominarmi a un dannatissimo oscar. Renée Zellweger si gonfia come un pallone, raggiungendo la 46, e finisce sul notiziario della sera. Charlize Theron mangia un hamburger, e il mondo applaude. Quindi, propongo un riconoscimento per ogni grassoccio abituale come me e voi, lo chiamerò il premio Ciccia-Ciccia.

«Cosa c'è che non va, baby?» Mike sembrava preoccupato per lei.

«Non gliel'ho detto» sussurrò Ellis.

«Cosa?» Il viso di Mike si infiammò. Ellis sapeva che le cose sarebbero venute a galla. Dina sorrise a entrambi, scostandosi i lunghi capelli castani ramati dietro la spalla. «Non mi hai detto che vedevi qualcuno» dichiarò.

Ellis alzò lo sguardo per incontrare quello della sorella. Era il momento di indossare i panni di un'adulta. «È così, invece. Lo frequento dalla fine di agosto.»

«Ma quanto siamo brave a mantenere i segreti?» Dina si avvicinò e le porse la mano. «Ciao. Sono Dina e tu sei uno strafigo.»

Non l'aveva riconosciuto. *Cosa?* Dina ripeteva continuamente che Mike era l'uomo giusto, che l'aveva lasciato scappare, che avrebbe potuto amarlo; e ora non lo riconosceva.

«Dina. Questo è Mike» disse Ellis stupita. «Mike Edwards.»

«Lieta di conoscerti, Mike.» Gli lanciò un sorriso civettuolo.

«Dina. È quel Mike, di quattro anni fa.»

«Non ti ricordi di me?»

Dina aggrottò le sopracciglia confusa. «Mike?» domandò, strizzando gli occhi. «Ellis, come hai potuto?»

«Mi dispiace di non avertelo detto, ma non te l'ho nascosto appositamente. Non ho fatto nulla di male. Ci siamo incontrati per caso qualche mese fa e ci siamo trovati bene.»

«Non hai fatto nulla di male? Mi hai lasciato parlare di lui per mesi. Continuavi a tentare di impedirmi di tornare con lui. E per tutto questo tempo tramavi per rubarmelo.»

«Aspetta un minuto» la interruppe Mike, ma Dina lo ignorò.

«Sei una tale stronza. Come hai potuto, Ellie? Gli hai detto che ero morta? Perché se avesse saputo che ero ancora single non ci sarebbe stata nessuna maledetta possibilità che sarebbe uscito con te. Io sono quella che ha le caratteristiche giuste. Non tu. Non riesco a credere che tu sia caduta così in basso da rubarmi il fidanzato.»

«Non cominciare, Dina.» Ellis si alzò per fronteggiare la sorella. «Non osare.»

«Lo hai drogato? È una vendetta per quel piccolo incidente di quattro anni fa? O sei ancora arrabbiata perché pensi che io te l'ho soffiato, anche se l'avevi visto tu per prima? Dio, sei patetica. Nessun vero uomo ti vorrebbe, perciò devi correre dietro ai miei scarti.»

«Finiscila!» Mike si alzò in piedi e si diresse furioso verso

Dina, ma Ellis lo bloccò con il braccio. «Non ti permetto di parlarle così.»

«Cosa?» Dina rimase a bocca aperta dallo stupore. «La difendi?»

«Mike, me la cavo da sola. Avrei dovuto dirglielo mesi fa. Ha il diritto di infuriarsi.»

«No, invece.» Lui scosse la testa incredulo. «Nessuno ha il diritto di parlarti in questo modo.»

«Oh, dio.» Dina alzò la mano in segno di frustrazione. «Ti ha fatto il lavaggio del cervello.»

Mike scansò Ellis e fissò il volto di Dina. «Non mi ha fatto il lavaggio del cervello» disse in tono letale. «Tua sorella mi rende felice. È bella, e intelligente, e tutto ciò che tu non sarai mai. Non sono mai stato il tuo ragazzo. Non mi hai neanche riconosciuto quando sei entrata da quella maledetta porta» sbraitò. «Vuoi sapere la verità su quella sera? Volevo scoparti e poi dimenticarmi di te. Non abbiamo mai fatto un tentativo, ma tua sorella e io siamo impegnati in una relazione seria, quindi farai meglio ad abituarti a vedermi spesso e se non ci riesci, puoi anche andartene al diavolo. Non ti permetterò di rivolgerti in quel modo alla mia fidanzata. Non lascerò che tu la maltratti e la faccia sentire in colpa perché hai una vita di merda.»

Dina indietreggiò come se fosse stata schiaffeggiata. «Capisco.» Gli occhi le si riempirono di lacrime. «Ci vediamo, Ellis.»

Ellis guardò Dina uscire, e sentì una lancinante fitta al petto. Non sapeva perché facesse così male. Conosceva sua sorella. Sapeva come avrebbe reagito. Non era cambiato nulla da quando erano bambine. Ellis non avrebbe rinunciato a Mike, ma non poteva tollerare di perdere la sorella.

Prese un profondo respiro e poggiò le mani sulla scrivania. Respirare le era improvvisamente diventato difficile.

«Stai bene?» Mike le avvolse le braccia attorno alla vita per consolarla e la strinse al petto. Lei espirò.

«Dovrei rincorrerla. Devo scusarmi.»

Mike la fece voltare e le sollevò il mento in modo che i suoi occhi blu potessero penetrarle lo sguardo.

«No. Tu non ti scuserai. Non hai fatto nulla di male.»

«Ha il diritto di essere arrabbiata. Non le ho detto di noi. Sono sorpresa che non lo sia anche tu.»

«Io *sono* arrabbiato con te.»

«Oh.» Ellis distolse gli occhi per un istante. Il suo sguardo era troppo intenso da sostenere. «Mi dispiace.»

«Ma cos'hai, Ellis? Cosa ti ci vuole ancora per fidarti di me?»

«Io... io mi fido, ma...»

«Niente ma. Sono stronzate. Non credo che tu...»

Gli mise la mano sulla bocca per interrompere il flusso di parole. «Per favore smettila di parlare. Non voglio litigare con te stasera. Desidero che funzioni tra noi. Voglio stare con te.»

Le spinse via la mano dalla sua bocca. «E allora perché diavolo non le hai detto di noi? Io e lei siamo usciti solo tre fottutissime volte. Solo uno psicopatico penserebbe di avere una sorta di legame con me.»

«Dina *è* psicopatica. Ma non gliel'ho nascosto per i motivi che pensi tu.» Ellis prese un respiro profondo cercando di capire lei stessa il motivo. «Non ha niente a che fare con te. Dina e io abbiamo un rapporto difficile. E ci eravamo riavvicinate da poco. Non volevo che qualcosa si intromettesse, per questo le ho tenuto nascosto di noi. Volevo dirglielo. Sul serio, ma avevo troppa paura di rischiare. Sono pazza di te, Mike, ma tu potresti prendere e partire o decidere, un giorno, che sei stufo delle mie stronzate. Dina sarà mia sorella per sempre.»

Mike scosse la testa triste. «Noi due non siamo una cosa temporanea. Quand'è che lo capirai?»

«Io... io.»

«Si tratta di Jack, vero?»

«Prego?» domandò, scioccata che Mike lo nominasse.

«Ti ha trattato di merda, quindi tu presumi che lo farò anch'io.»

«Mike, non cominciare.» Non voleva pensare a lui adesso, o al suo passato con Dina, e a tutte le volte in cui la sorella maggiore l'aveva denigrata e allontanata.

«Rispondimi.»

«Non lo so» gli urlò. «Mi ha chiamata salsicciona. Ha detto che ero disgustosa, che nessun altro mi avrebbe desiderato; che lo imbarazzava farsi vedere con me. Sai cos'ha detto l'ultima notte che abbiamo passato assieme? Che fare sesso con me era come stare con una cavalla da riproduzione e che, a volte, era sorpreso che gli si drizzasse.» Lei si strinse contro il suo torace mentre le lacrime cominciavano a solcarle il viso. «Sei contento adesso?»

«Ellis...» Tutta la sua rabbia sembrò evaporare.

La baciò sulle palpebre umide, sulle guance e, infine, sulla bocca tremante. Lei non si rese conto che stava piangendo finché non lo notò anche lui. «Avrei voluto uccidere Jack per te. Se non fosse stato in prigione lo avrei fatto. Sai che quello che ha detto non era vero.» La baciò lungo l'incavo del collo. «Lo sai che non ne ho mai abbastanza di te? Sono pazzo di te, Ellis, e non m'importa di chi altro lo sa.»

«Mmm» gemette lei, mentre lui la confortava. Voleva dirgli che lo amava, ma qualcosa la trattenne. Quelle parole voleva ascoltarle prima da lui. Poteva anche essere uno sciocco desiderio, ma aveva bisogno di sentirselo dire. Le avrebbe fatto capire che era tutto vero. A quel punto, non avrebbe avuto nessun problema ad ammettere il sentimento che provava da così tanto tempo.

«Andiamo a casa. Ho bisogno che tu mi prenda, adesso.»

Anche se il Ringraziamento era arrivato e passato in un lampo, era stato bello. Era una delle rare occasioni in cui Mike si era ritrovato con l'intera famiglia. In precedenza, lo aveva trascorso con la madre e le famiglie delle sorelle, ma questo era il primo anno che c'era una donna al suo fianco. Ellis li aveva accolti in casa sua e aveva preparato un lauto pranzo assieme alla madre. Era così graziosa mentre si muoveva in fretta tra le stanze, cercando di rendere perfetta ogni cosa affinché gli ospiti fossero felici. Mike aveva guardato lei, invece della partita di football. Agli occhi di tutti, sembrava che Ellis stesse bene, solo che lui la conosceva meglio. Il suo sguardo luminoso era un po' triste. Il litigio con Dina la turbava ancora.

Non capiva come poteva mancarle qualcuno che prendeva tutto senza mai dare nulla, e che si applicava con tutte le sue forze per farle del male. Eppure, Ellis voleva stare accanto alla sorella. Era un rapporto che lui non avrebbe mai capito. Non doveva neanche provarci, perché aveva anche lui dei problemi su cui riflettere.

Ecco perché si era deciso a chiamare suo padre. Harry era ancora in città, nel miglior hotel che Durant poteva offrirgli. Il padre camminò all'interno del silenzioso locale con un completo e la cravatta. Era surreale vederlo vestito in quel modo, con i capelli perfettamente pettinati. Harry era incastonato nei ricordi di Mike con un paio di jeans e una camicia da lavoro a scacchi. L'uomo di fronte a Mike sembrava potente. L'uomo che aveva di fronte ora, era uno sconosciuto.

«Se avessi saputo che era un'occasione speciale, mi sarei vestito meglio.»

Harry si guardò e lanciò al figlio un prudente sorriso. «Oh, il mio abito? Avevo una riunione a New York questa mattina. Sono appena tornato.» Fece un cenno al barman che portò due birre al tavolo.

Mike attese che il cameriere se ne andasse prima di continuare. «Perché sei ancora qui, papà? «Hai detto che non saresti partito finché non parlavamo. Be', abbiamo parlato. Ma tu sei ancora qui.»

Harry fissò la sua birra per un istante. «E tu quello me lo chiami parlare, figliolo?»

«Forse no, ma spiegami come dovrei comportarmi dopo che mio padre mi svela che se n'è andato di casa perché era un tossico.»

«Credo che tu abbia un buon motivo per odiarmi.»

«Io non ti odio.»

Harry alzò lo sguardo pieno di speranze per incontrare gli occhi del figlio. Questo provocò a Mike uno spasmo di disagio allo stomaco.

«Ho parlato con la mamma. Mi ha dato delle spiegazioni. Non ti odio più e non sono neanche arrabbiato, in realtà.» Scosse la testa. «No so cosa provo.»

«Sei ferito. Hai sofferto quando vi ho abbandonato. Dovevo andarmene, Mike. Non potevo permettervi di vedere com'ero ridotto in quel periodo.»

Mike alzò una mano per zittire il padre. «Capisco, eppure non comprendo cosa tu voglia da me. Non possiamo riprendere da dove abbiamo lasciato. Vent'anni sono un periodo lungo. Io non ti conosco.»

«Lo so, ma io vorrei imparare a conoscerti di nuovo. Sono qualcuno ora. Ho molto da offrirti adesso.»

«Non voglio nulla da te. Ho trentatré anni, non tredici.»

«Lo so, ma pensa a quella deliziosa ragazza con cui ti vedi. Posso aiutarti a comprarle una grossa pietra da infilarle al dito.»

«Non ho bisogno del tuo aiuto per prenderle un anello di fidanzamento. Già fatto.»

«E il suo negozio? Ne sento parlare bene, ma avrà bisogno di un bel po' di capitale per espandersi. Un prestito è fuori questione. Ho controllato i suoi conti, e dovrà passare ancora qualche anno prima che la banca approvi un prestito di quell'entità. Posso darti io quello che le serve.»

«Hai controllato l'attività commerciale della mia fidanzata?» Mike fu colto da rabbia e irritazione, si sentiva invaso nella sua privacy, come se una parte di lui fosse esposta. «Non dovevi immischiarti.»

«Volevo sapere qualcosa di te. E come, se non indagando sulla persona più importante della tua vita?»

Quell'offerta di denaro gli fece accapponare la pelle, tuttavia Mike pensò per un istante a Ellis. Amava disegnare vestiti. L'aveva osservata lavorare e aveva ammirato la passione che le ardeva nello sguardo con un'intensità che non aveva mai visto prima. Poteva trasformare il suo sogno in realtà. Avrebbe potuto rendere solido il business di Ellis. Fare in modo che non avrebbe dovuto più preoccuparsi del denaro.

«Perché ho come l'impressione che ci sia una trappola? Cosa vuoi da me?»

Harry sospirò e si passò le dita tra i capelli, un po' ingrigiti. Per una volta, dimostrava i suoi sessantasei anni. «Voglio passare del tempo con mio figlio. Magari, offrirti dei soldi non è il modo migliore per farlo, ma non ne conosco altri per mostrarti quanto io desideri far parte di nuovo della tua vita, e niente mi fermerà finché non ci riesco.»

«Perché ora, papà? Perché aspettare vent'anni? Devi esserti disintossicato anni fa. Probabilmente, eri pulito già da molto tempo se sei stato in grado di guadagnare tutto quel denaro.»

«Mi chiedevo quando avremmo affrontato questa parte.» Harry sospirò profondamente. «Sono andato in Messico a leccarmi le ferite. Sapevo di dovermi disintossicare per potermi riprendere tua madre.» Guardò Mike dritto negli occhi. «Sai che è la sola donna al mondo che mi faccia palpitare il cuore ogni volta che sento la sua voce. Ma il Messico può essere un posto distruttivo per un uomo con una dipendenza da farmaci. Li ho presi ancora per molto tempo. E non contro il dolore alla schiena, ma per non sentire la sofferenza che provavo qui.» Si diede un colpetto sul petto. «Mi mancavano tua madre e le tue sorelle. Mi mancavate talmente tanto che sentivo dolore. In quello stesso periodo, ho cominciato a lavorare con una società di noleggio imbarcazioni. Non stavo facendo del bene a me stesso, però sul lavoro me la cavavo. Mi sentivo utile. Poco a poco, hanno cominciato ad assegnarmi più responsabilità. Lentamente mi sono sentito di nuovo un uomo, e ho compreso che non mi servivano le pillole per stordirmi. Intanto, erano passati dieci anni e il proprietario mi aveva lasciato la società. Finalmente avevo qualcosa. Eppure, sentivo che non era abbastanza. Quindi, mi sono fatto il culo per un altro anno. Ho stipulato dei contratti con le grandi navi da crociera che attraccavano in Messico. Un anno dopo ero ricco. Sapevo di avere qualcosa di cui essere fiero, da lasciare ai miei figli. Allora, ho prenotato un volo per tornare a casa, giusto in tempo per vedere che ti diplomavi all'accademia di polizia. Volevo farti una sorpresa, ma ti ho guardato e ho capito che eri un uomo e che ce l'avevi fatta da solo. Quindi, me ne sono tornato in Messico con la coda tra le gambe. Mi ci sono voluti altri nove anni per rendermi conto che, forse, tu puoi non sentire bisogno del tuo vecchio, ma lui ha bisogno ancora di te. Farò qualsiasi cosa in mio potere per riprendermi mia moglie e la mia famiglia. Anche se tu ancora non vuoi avere nulla a che fare con me, questo non mi impedirà di reclamare il resto dei miei cari.»

Era dura per Ellis riuscire a ignorare una riunione a casa dei genitori per cena. Amava tremendamente la sua famiglia, ma quella sera avrebbe preferito infilarsi a letto piuttosto che passare tre ore con loro. Essere una stilista di abiti da sposa era molto più faticoso di quanto pensasse. Il periodo della luna di miele era finito. Una sposa aveva cancellato il matrimonio. Un'altra lo aveva anticipato. La macchina da cucire di Ellis si era rotta, costringendola a interrompere il lavoro per circa due giorni e adesso Mike era tornato a fare il detective. Sentiva la sua mancanza in negozio. Lui si occupava dell'amministrazione mentre lei creava. Rifletté sulla possibilità di accettare la sua offerta. Tuttavia, non se la sentiva di chiedergli di mollare il lavoro. Non aveva idea di come sarebbe andata di lì a un anno. Dovevano dirsi 'ti amo'. Ellis sapeva che le parole non erano importanti, però stava cominciando a desiderarle ardentemente.

«Allora...» Phillipa, seduta in poltrona, studiava Ellis e Mike. Erano sul divano da dieci minuti a chiacchierare del più e del meno in attesa che arrivasse la cena. «Vi piace la convivenza, ragazzi?»

«La odio» rispose Ellis. Non riusciva a togliersi dalla testa l'idea che la madre avesse qualcosa in mente.

«Si aspetta che io divida il mio armadio con lui.»

«Che tenero» commentò Phillipa, chiaramente distratta. Lanciò uno sguardo all'orologio per la quindicesima volta. «Vi ho inclusi nella lista degli invitati di tuo padre per il party di Natale dell'università. Venite, no?»

«Avevo progettato di sbarcare sulla luna proprio quel giorno. Quindi non potrò esserci, ma sono contenta perché non sopporto di vederti indossare quel vestito color cacca che indossi ogni maledetto anno a quella festa.»

«Oh, santo... Che cosa?» La sua attenzione tornò improvvisamente su Ellis mentre Mike lasciava uscire un risolino. «Cosa c'è che non va in quel vestito?»

«È brutto. Adesso vuota il sacco, figlia dei fiori. Cos'hai in mente?»

«Non odiarmi.» Alzò le braccia in segno di resa. «Ma ho invitato tua sorella. Sai che detesto quando litigate.» Guardò l'orologio. «Dovrebbe arrivare tra circa cinque minuti. Le avevo dato appuntamento per mezz'ora fa.»

Ellis fu attraversata dall'irritazione. La madre cercava sempre di migliorare il rapporto tra lei e Dina. Phillipa pensava che far trovare le figlie nella stessa stanza avrebbe magicamente risolto ogni loro problema. La madre, così pragmatica, era una sognatrice.

«La cena doveva essere qui sette minuti fa.» Walter entrò nella stanza, spostando gli occhi dall'orologio alla porta. «Dina sarebbe dovuta arrivare ventotto minuti fa.»

Come per magia, Dina entrò dalla porta. Portava i capelli raccolti da una parte, attorno ai manici della borsa a spalla e il corpo era avvolto in un cappotto in pied-de-poule dall'aria molto costosa.

«Ehi, Ellie la puzzola. Ciao, mamma. Ciao, Walter. Come stai, Mike? Cosa c'è per cena?»

Fece cadere il cappotto sulla poltrona da cui si era alzata Phillipa per andare in cucina.

Mike fissò Ellis e inarcò un sopracciglio. Sapeva cosa stava pensando. Ma che diavolo le è successo? Ma finiva sempre così tra lei e Dina. Ellis sapeva che la sorella l'aveva perdonata quando Dina entrava in casa allegramente, come se non fosse accaduto nulla. Per tutta la vita aveva sempre pensato che fosse meglio venire ignorata dalla sorella piuttosto che litigarci. Forse le cose stavano cambiando. Voleva tirare un sospiro di sollievo. Era quello che aveva fatto in passato. Odiava non parlare con la sorella. Andavano avanti così da quasi quattro anni. Ellis si era ripromessa di non farlo più. Non voleva vivere separata dalla sua sola sorella. Eppure, stavolta trovava molto difficile ingoiare quel boccone amaro che aveva sentito quando aveva visto la sorella entrare. Era impossibile dimenticare quelle brutte parole che le aveva urlato Dina durante l'ultimo litigio.

Qualcuno suonò alla porta prima che Ellis potesse esaminare più a fondo i suoi sentimenti. Mike si alzò e porse la mano a Ellis per aiutarla. Poteva pensare più tardi. Adesso era il momento di mangiare.

La cena quella sera fu piuttosto imbarazzante, almeno per

Ellis. Mike si sedette al suo fianco mentre mangiavano cibo italiano, ma nessuno dei due aveva un granché da dire. In ogni caso, Phillipa aveva molto di cui parlare e mantenne viva la conversazione da sola, per circa un'ora. Anche Dina contribuì, raccontando del nuovo lavoro in un centro commerciale a New York.

«Ho usato il tuo nome per essere assunta, Ellis. Sapevo che non ti sarebbe dispiaciuto. Dubitavo di te quando ho saputo che realizzavi vestiti per guadagnarti da vivere, ma mi ha aiutato ad avere un lavoro migliore. Chi l'avrebbe mai detto che saresti diventata un nome noto nell'industria della moda?»

Ellis non rispose alla provocazione della sorella né disse altro nel corso della cena a parte 'passatemi il pepe'. Quando finirono di mangiare anche l'ultimo piatto, Ellis corse in cucina offrendosi di tagliare il tiramisù.

«Stai bene?» Le braccia forti di Mike la avvolsero ed Ellis sorrise, un po' sollevata dallo stress.

«Starò molto meglio dopo che mi avrai riportata a casa.»

«Vuoi dire che non ti stai godendo la cena più imbarazzante del mondo?» La baciò dietro le orecchie, nel punto che le procurava sempre dei brividi. «So che è tua sorella, ma è la persona più egoista del pianeta.»

«Uscivi con lei» rimarcò Ellis.

«Non parlavamo molto.»

«Eppure, non ci sei andato a letto.» Ellis si voltò tra le sue braccia. «Perché?»

«Ci hai interrotti. Ricordi?»

«Sì.» Avvampò sulle guance. «Non riesco ancora a togliermi dalla testa l'immagine di te in mutande di Calvin Klein.»

«I boxer di Armani che mi hai regalato per il compleanno dovrebbero sostituirle egregiamente.»

«Indossa quelli rossi a letto, stasera» disse lei, poi lo baciò sul mento. «Mi metteranno di umore festoso.»

Lui lasciò scivolare le mani lungo la schiena di lei, gemendo. «Sbrighiamoci a servire il dessert. Devo farti andare a letto presto stasera.» La strinse forte a sé per un istante, iniziando a sussurrare. «Non sai quanto ti sia riconoscente per averci fermato quella notte. A volte, mi prenderei a calci per non aver approfondito meglio la tua conoscenza quattro anni fa, però so anche che non ero ancora pronto. Maledizione, non sono sicuro di esserlo neanche adesso.» Rise a bassa voce. «Ma non riesco a immaginare di stare lontano da te e voglio che tu sappia che sarai impegnata con me molto a lungo.» Le diede un lungo bacio, indugiando sulle sue labbra. Gli occhi di Ellis stavano per chiudersi, quando notò che non erano più soli. Dina era in piedi sulla porta, intenta a guardarli. Il suo viso si contorse in un'espressione di dolore. Ellis si scostò delicatamente da Mike, chiedendosi da quanto li stesse fissando.

«Scusate» mormorò Dina, battendo i tacchi sul parquet. «Walter si stava chiedendo perché ci mettevate tanto. Ha detto che sareste dovuti tornare otto minuti fa.»

Mike riuscì a stento a nascondere la propria irritazione verso Dina e le lanciò un'occhiataccia eloquente. «Porto i piatti di là. Ti serve aiuto con il caffè, Ellis?»

Lei scosse la testa, accettando il bacio di Mike sulla fronte prima che lasciasse la stanza. Dina rimase dov'era.

«Ti ama molto. Vero?»

«Credo di sì.»

«Mamma mi ha detto che vivete insieme.»

Ellis annuì. Le era difficile proferire parola. Erano così tante le cose che voleva dire alla sorella, eppure non riusciva a pensare a niente per iniziare.

«Ha detto che non me ne hai parlato perché non volevi rovinare il nostro rapporto.»

Ellis annuì di nuovo, ora capiva che non avrebbe potuto evitare quel litigio, in qualsiasi momento le avesse detto di

Mike. Perché il motivo della discussione non era il suo fidanzato.

«Di' qualcosa» la pressò sua sorella maggiore.

«Non sono dispiaciuta di essermi innamorata di lui, Dina. Non mi scuserò.»

L'espressione di Dina si indurì per un istante ed Ellis fu sicura di vedere un lampo di odio attraversare gli occhi della sorella, ma passò, ed Ellis pensò che la sua immaginazione le avesse giocato un brutto scherzo. «In ogni caso, avrei voluto che tu me lo avessi detto.»

«Ma io non l'ho fatto. Fine della questione.»

«Rivoglio mia sorella.» Dina si avvicinò e baciò Ellis sulla guancia. «Non essere arrabbiata con me.» Ellis mantenne il corpo rigido, ma Dina la abbracciò, stringendola forte. «Sono stata cattiva con te. Mi sono comportata da grandissima stronza perché ero sorpresa, okay? E non sono riuscita a evitare di trasformarmi nella ragazza che era sempre un po' invidiosa del fatto che qualcuno amasse più te che me. Quindi, per favore, non essere arrabbiata. Io ti voglio bene.»

Ellis si rilassò un po'. «Anche io ti voglio bene.» Dopotutto, non era arrabbiata, bensì ferita. Cercò di attendere che la sensazione di amarezza la abbandonasse, anche se sembrava attenuarsi troppo lentamente.

«Bene.» Dina sorrise come se le sue parole avessero migliorato la situazione. E per lei, forse, era così. Ma Ellis sapeva che le cose non sarebbero andate lisce per loro da adesso in poi, nonostante lo desiderasse molto. «Perché, la prossima settimana, vado al party di Natale di mamma e papà, e voglio che mia sorella, la stilista, mi aiuti a scegliere un vestito. Dal momento che hai catturato tu l'unico uomo sexy rimasto che io conosca, sono di nuovo a caccia e ho sentito che ci saranno molti uomini single, belli e intelligenti.» Afferrò le tazze vuote sul bancone. «Tu porta la caffettiera. E domenica andremo a fare shopping.»

***

Ogni anno il dipartimento di scienze dell'università di Durant affittava il Coco, un ristorante del posto, e ci organizzava una grande festa per il personale e le loro famiglie. Era un evento a cui Ellis andava quasi ogni anno. Gli scienziati erano maledettamente divertenti quando erano brilli, ed Ellis quest'anno sperava di poter vedere suo padre un po' allegro.

«Vedi se riesci a far bere mio padre stasera» sussurrò a Mike mentre entravano.

«La maggior parte delle donne vuole che il padre rimanga sobrio durante un evento. La mia fidanzata vuole vederlo ubriaco fradicio.»

«Cosa vuoi che ti dica? Sono una donna di classe.»

«Ecco perché sto con te.» Le avvolse le braccia attorno alla vita e la tirò a sé per un veloce bacio.

«Bleah!» esclamò Dina. «Pensate di riuscire ad astenervi dalle effusioni in pubblico per stasera? È disgustoso.»

«Ciao, Dina.» Ellis salutò la sorella. «Non sapevo che fossi qui.»

La sorella alzò gli occhi al cielo. «Sono venuta con Walter e la mamma. Sai che è un maniaco degli orari.»

«Vado a prendermi da bere» disse Mike, poi baciò Ellis sulla guancia. «Vuoi un Bay Breeze, tesoro?»

«Grazie.»

Le strinse la spalla e andò via. Non aveva salutato Dina. Ellis poteva leggere nello sguardo della sorella che essere evitata da Mike l'aveva infastidita. Avrebbe dovuto parlare con il suo fidanzato più tardi. Aveva solo una sorella e dovevano far funzionare il loro rapporto.

«Sei bellissima con quel vestito» le disse, cercando di consolare l'orgoglio ferito di Dina.

«Grazie» replicò Dina assente, mentre il suo sguardo setacciava la stanza. «Vedi qualche strafigo in giro?»

Ellis ignorò quella domanda e cercò i suoi genitori. «Sai dove sono mamma e papà? Vorrei salutarli.»

Mike guardò Ellis mentre un altro dei colleghi di suo padre la conduceva verso la pista da ballo nella sala principale. Era una preda ambita tra quei nerd. Si era a stento potuta sedere per qualche secondo quella sera, visto che un professore dopo l'altro le chiedeva di ballare. Mike l'aveva lasciata libera, guardandola illuminarsi in volto a ogni invito. Era una delle poche volte in cui non era geloso degli altri uomini. Non poteva biasimare quegli sguardi lascivi rivolti alla sua fidanzata. Indossava un rossetto rosso abbinato al vestito di seta che le fasciava le curve, lasciandole scoperta gran parte della morbida schiena. Immagini nitide del suo corpo nudo gli inondavano la mente. Era impaziente di sfilarle il vestito. Si chiedeva se sarebbe stato in grado di aspettare abbastanza a lungo per presentarsi di fronte a lei indossando uno dei regali che gli aveva comprato per Natale. L'avrebbe portata ad Aruba non appena terminati gli abiti in consegna. Per la prima volta sarebbero stati veramente soli e Mike bramava quel momento.

«Chi l'avrebbe mai detto che mia sorella sarebbe stata la reginetta del ballo?» Dina scivolò sulla sedia accanto a lui.

Il party andava avanti da quattro ore. Molte persone se n'erano già andate via e quelle rimaste si stavano scatenando sulla pista da ballo. «Tua sorella è splendida. Perché non dovrebbe essere la reginetta del ballo?»

Scrutò nella stanza attigua, sperando di notare Ellis tra gli ospiti. Non riuscì a vederla tra i corpi che si muovevano sulle note di *Party Rock Anthem*. Finita la canzone, avrebbe trascinato Ellis via di lì per portarla a casa. Aveva dei piani per quella notte.

«Ellis non è mai stata carina da piccola né da adolescente, e non ti dico dagli undici ai tredici anni» affermò Dina bruscamente. «Non potrei neanche descriverla come una persona:

era una massa informe di ciccia con un cespuglio di capelli in cima.»

Mike prese un sorso di rum e coca, cercando di ignorare il commento di Dina ed evitare di farne uno lui. Non voleva intraprendere una conversazione con lei, ma non poteva neanche essere maleducato. Dina sarebbe diventata sua cognata un giorno, e sapeva che Ellis desiderava che si comportassero civilmente. In quel momento, Mike aveva grosse difficoltà a starle vicino. C'era qualcosa di negativo in Dina Gregory.

«Che differenza dopo solo qualche anno.» Mike guardò l'orologio.

«Sei innamorato?»

La domanda lo colse alla sprovvista e, questa volta, guardò Dina. «Sì. Molto.»

Lei spostò la sedia più vicino e poggiò delicatamente la mano su quella di Mike. «Ho bisogno di sapere com'è successo. Come sei finito con Ellis?»

«È stato un incontro fortuito, Dina. Proprio come ti ha detto lei.»

«Ma c'è di più.» Lo spinse a continuare. «Voglio sapere cos'è successo esattamente.»

Mike tolse la mano e incrociò le braccia sul petto. «Credo che dovresti chiederlo a tua sorella.»

«Ma non posso. Tu sei l'argomento di cui non possiamo parlare. Non sai quant'è imbarazzante. Non è normale per noi due condividere lo stesso uomo.»

«Voi non vi state condividendo me» rimarcò. «Tra noi due è finita molto tempo fa. E, soprattutto, non siamo mai stati insieme. Io ho intenzioni serie con tua sorella.»

«Capisco.» Alzò gli occhi al cielo come un'adolescente. «Raccontami cos'è successo. Sapevi che era mia sorella quando ti sei imbattuto in lei?»

«Inizialmente no.» Un sorriso gli piegò gli angoli della bocca, mentre ripensava al loro primo incontro. «Ma...» Stava per condividere con Dina gli eventi che li avevano portati a stare insieme, ma ricordò con chi era e ci ripensò. «Domandalo a tua sorella.»

«No, Mike.» Dina fece scivolare la mano lungo il suo braccio. «Voglio parlare con te, adesso. Dimmi, cos'è che ami di lei e che non puoi trovare in me?»

Lui indietreggiò sulla sedia. Non si aspettava quella domanda ed era maledettamente sicuro di non conoscere la risposta.

«Dimmi la verità.» Dina si avvicinò di nuovo, Mike sentì che l'alito le puzzava di alcol. «Ho bisogno di sapere cos'ha lei di tanto adorabile.» Aveva gli occhi vitrei. Biascicava. Era ubriaca.

Merda. Perché non se n'era accorto prima? Quella conversazione era da considerarsi chiusa.

«Puoi ancora avermi. Ho capito perché ti piace mia sorella. Lei è normale e stabile e noiosa. È la donna da cui puoi tornare a casa ogni notte. Invece, io sono quella da cui puoi scappare durante il giorno.»

Mike scosse la testa. Dina non pareva rendersi conto di cosa stesse farfugliando. Sembrava odiarsi per aver pronunciato quelle parole. «Sei ubriaca. Non capisci quello che dici.» Si guardò attorno, sperando di trovare Walter e Phillipa in modo che la potessero portare fuori da lì.

«Dove sono i tuoi genitori? Devono riportarti a casa.»

«Preferisco tornare a casa con te.»

Si voltò per rifiutare, quando Dina gli premette le labbra contro le sue e lo avvinghiò tra le braccia.

27

Uomini che sono ingrassati

Perché nessuno parla mai degli uomini famosi che hanno messo su chili? Kirstie Alley ingrassa un paio di chili e finisce su tutte le copertine delle riviste. Due pesi e due misure: questo sì che mi fa incazzare. Nessuno ruba uno scatto di Jack Black ogni volta che trangugia un doughnut.
Quindi, ecco una lista di attori che sono ingrassati:
Alec Baldwin;
Marlon Brando (be', in realtà di lui se n'è parlato, ma non quanto la povera Kirstie);
Steven Segal.

Il dottor Marlon Bradshaw ballava ancora divinamente a settantadue anni. Il collega più anziano del padre di Ellis l'aveva fatta piroettare sulla pista da ballo per almeno dieci minuti prima che lei potesse dichiararsi esausta. La lasciò andare riluttante, dicendole che se fosse stato trent'anni più giovane non si sarebbe fermato finché lei non fosse diventata sua moglie. La fece sorridere. Sarebbe tornata volentieri al party di Natale il prossimo anno.

Ellis Garrett. La dea del sesso dei nerd.

«Ellis.» Phillipa l'afferrò per la mano mentre si faceva largo fuori dalla pista. «Credo che sia ora di tornare a casa. Puoi chiedere a tua sorella di aspettarci all'entrata?»

«Certo. Sono sfinita. Voi nerd sapete davvero divertirvi. Vado a cercare Mike.» Si fermò un attimo. «E dopo credo che brucerò il tuo completo. Questa è l'ultima volta che lo indossi. Per l'amor del cielo, sei una taglia quaranta e non riesci a trovare qualcosa che ti valorizzi di più?»

«Non capisco perché continui a sostenere che il mio abito sia brutto!»

«Perché è così.»

«Walter!» Phillipa storse il naso e si voltò per cercare il marito, che si trovava a non più di cinque passi dietro di lei.

«Sì?»

«Pensi che il mio abito sia brutto?»

Walter lanciò un'occhiata a Phillipa e poi a Ellis. La sua bocca divenne una sottile linea stretta.

«Walter!» Sussultò Phillipa mentre Ellis se ne andava ridendo.

Entrò nella sala sul retro dove la sua famiglia si era sistemata quella sera e vide solo un po' di gente lì, tra cui una coppia che si baciava al tavolo d'angolo. Si accigliò, chiedendosi dove fosse Mike. Doveva stare attento alla sua borsa. Sapendo che non l'avrebbe portata con sé al bagno, fece un giro attorno alla stanza. La coppia intenta a baciarsi era seduta al tavolo che, per tutta la sera, avevano occupato loro. Come diavolo avrebbe fatto a cercare la sua borsa se aveva tra i piedi due persone che pomiciavano? Si strinse nelle spalle. Dal modo in cui la donna afferrava con le mani il viso di quell'uomo, Ellis era abbastanza sicura che non l'avrebbero neanche notata.

Tuttavia, avvicinandosi, quell'uomo le sembrò familiare. Bruno. Spalle larghe. Mascella definita. Assomigliava al suo Mike. La donna indossava un vestito nero. Aveva i capelli castani ramati.

No. Non può essere. Non sta succedendo davvero.

Tutto si mosse al rallentatore da quel momento in poi, incluso il suo cuore. Fu devastata da un dolore fisico che partì dai piedi e la attraversò, colpendole la testa tanto da voler urlare. Lei si fidava di Mike... eppure, segretamente, si chiedeva se una parte di lui pensasse ancora a Dina. Si era sempre domandata se fosse davvero pronto a dedicarsi a lei totalmente. Come poteva, un uomo che non aveva mai mantenuto una relazione stabile, impegnarsi così seriamente?

Mike diede una spinta a Dina che cadde poco elegantemente sul pavimento.

«Qual è il tuo fottutissimo problema?» Dina urlò a Mike. «Stavo cominciando a eccitarmi.»

«Sei pazza?» gridò lui. «Io sto con tua sorella.»

«Davvero Mike?» Ellis si sentì soffocare.

Lui alzò di colpo la testa. Scavalcò Dina e allungò le braccia verso Ellis, ma lei si allontanò.

«Ellis, non fare così.» Lui l'afferrò. «È lei che mi ha baciato. Lo sai che non ti tradirei mai con Dina.»

«Con Dina?» Si divincolò bruscamente. «'Ellis, io non ti tradirei mai.' Punto. Ecco quello che avresti dovuto dire.»

«Scusa.» Lui scosse la testa, assumendo l'espressione di un animale ferito. «Ma tu questo dovresti saperlo già.»

«Ellis?» Dina si alzò in piedi, lisciandosi il vestito sui fianchi. Aveva gli occhi pieni di lacrime e, per una volta, a Ellis non importava affatto. Sua sorella, la sua unica sorella, la persona che amava più di ogni altra al mondo, l'aveva tradita.

«Non voglio ascoltarti» urlò. Le parole le scapparono di bocca e Dina arretrò come se Ellis l'avesse presa a pugni. «Perché mi odi talmente tanto? Ho passato la vita intera a cercare di volerti bene mentre tu passavi la tua a farmi sentire insignificante. Hai rovinato ogni cosa importante della mia vita e io ti ho sempre perdonato, ma questa volta è troppo. Perché Mike? Sai cosa provo per lui. Perché pensi che non sia quello giusto per me?» Scosse la testa. «Non voglio sentire la risposta. Non voglio vederti mai più.»

«Ellis, no!» Dina corse verso di lei. «Scusami. Io ti voglio bene, ma tu non capisci. Io... io...»

«Le tue scuse non significano nulla per me» sentenziò Ellis. «Tu non mi vuoi bene. Se fosse così non saresti stata capace di farmi questo.»

Mike poggiò la mano delicatamente sulla spalla di Ellis. «Baby, andiamo a casa. Non devi più starle vicino.»

«Non posso continuare questa relazione.» Il cuore e la testa di Ellis si erano induriti e chiusi. Non poteva sopportare altro dolore.

«Ellis, guardami.» Le prese il volto nella mano e la costrinse a guardarlo negli occhi. «Non l'ho baciata io. È lei che mi è saltata addosso. Mi conosci. Sai che non ti farei mai una cosa simile. Con nessuno.»

«Nella mia testa ne sono certa, Mike.» Cominciò a piangere, le lacrime le solcarono le guance e poi scesero lungo le mani di lui. «Ma quando ti ho visto con lei sono tornata indietro di quattro anni, quando mi sei passato davanti, ignorandomi per raggiungere Dina. Continuo ad aspettare il giorno in cui avverrà di nuovo. Continuo ad aspettare che tu mi spezzi il cuore, e ho deciso che non posso vivere più così. Non è giusto nei tuoi confronti.»

«No, questo non è giusto nei miei confronti.» Indietreggiò, battendosi la mano sul petto. «I tuoi motivi sono stronzate. Non puoi lasciare che il passato domini il resto della tua vita. Non so come altro potrei provartelo. Ti giuro su dio, Ellis, se tu metti fine alla nostra storia io non ti verrò a cercare. Non ti inseguirò più. Devi fidarti di me, io non ti farò del male.»

«Non posso. Mi dispiace.» Si allontanò e lasciò la sala. I suoi genitori la stavano aspettando accanto alla porta e, non appena la videro, si strinsero attorno a lei.

«Cosa è successo?» Gli occhi di Phillipa si riempirono immediatamente di lacrime. Afferrò Ellis e la scosse per le spalle. «Dimmi, cosa ti è successo?»

«Dina.» Si sentì soffocare nominando la sorella. «L'ho beccata mentre baciava...»

Non riuscì ad aggiungere altro. Suo padre la afferrò per il braccio e la condusse fuori, Phillipa si affrettò a seguirli.

«Basta» sentenziò Walter. «Sono stufo delle sue stronzate. Tu le hai tollerate troppo a lungo, Phillipa. Non la sosterremo più. Non la voglio più in casa mia. Mi hai capito? Non voglio sentire ragioni.»

«Walter, è mia figlia! Tu non sai cos'ha passato. Non posso escluderla dalla mia vita.»

«Anche Ellis è tua figlia, ed è stata ferita. Non posso stare a guardare e lasciare cha accada ancora. Io la riporto a casa. Fai la tua scelta. Metterai lei davanti a tutto oppure no?»

Phillipa sembrò torturarsi per un istante, ma prese Ellis per mano e annuì. «Naturalmente, Walter. Naturalmente.»

Mike afferrò il primo bicchiere e lo sbatté contro la parete. Quello si frantumò, eppure non servì a fargli sbollire la rabbia. Ellis non aveva la minima fiducia in lui. Come poteva essersi innamorato così profondamente di una donna che dubitava di lui?

«Merda.» Dina tornò nella sala vuota. «I miei genitori mi hanno lasciato qui. Come torno a casa?» Guardò Mike. «Potresti...»

«Vai al diavolo!» Strinse il pugno. Non avrebbe mai colpito una donna, benché questa lo meritasse. «Non lo capisci, Dina? Non ti rendi conto di quanto sia grave la situazione? Tua sorella ha chiuso con te. Hai esagerato.»

«No.» Scosse la testa. «È arrabbiata, ma mi perdonerà. Come sempre.»

«Non questa volta. Tu l'hai tradita.» Si allontanò, andarsene era la scelta più prudente.

«Non l'ho tradita» gridò lei alle sue spalle. «Io... io ti stavo mettendo alla prova. Volevo essere sicura che tu l'amassi davvero.»

«Stronzate! Tu non mi stavi mettendo alla prova. Stavi solo cercando di farle del male. Prima davo la colpa a Jack, perché è totalmente folle, ma in realtà sei tu quella da biasimare. Sei sua sorella. Se non puoi amarla tu, Ellis non potrà mai credere che qualcun altro possa riuscirci. Fai un favore a tutti noi, Dina, sparisci dalla faccia della terra.»

Ellis non riusciva ad alzarsi dal letto da due giorni. Le era fisicamente impossibile e si odiava per questo. Detestava sentirsi tanto debole. Quando aveva scaricato Jack, aveva giurato a sé stessa che nessun altro uomo avrebbe avuto il potere di farle male a quel modo. Eppure, Mike era riuscito a insinuarsi nel suo cuore a poi a rubarglielo. Ci sarebbe voluto molto tempo prima di riuscire a riprenderselo. Se mai ci fosse riuscita.

Phillipa si infilò nel letto con lei come aveva fatto già molte volte da quando Ellis aveva occupato la casa dei genitori. «Vuoi mangiare, tesoro? Per favore, dimmi di sì. Tuo padre è qui fuori a fare su e giù davanti alla porta come un pazzo. Ti ordinerà tutto ciò che vuoi. Ha detto che guiderà persino fino a New York per prenderti i bialy, quei panini che ti piacciono tanto.»

«Non ho fame.»

«Lo so, tesoro.» Phillipa le lisciò i capelli scostandoglieli dal viso e la baciò sulla fronte. «So che ti senti morire. Ma è forse sbagliato da parte mia essere segretamente contenta che tu stia male solo perché mi dà la possibilità di coccolarti come da bambina?»

«Sì. Lo è. È molto, molto sbagliato.» Si allungò verso le mani della madre. «E mi sento davvero morire. Perché?» Una cascata di lacrime si preparò a uscire. «Pensavo di essere molto più forte.»

«Non sei debole. Sei distrutta e se ritenevi di poter andare avanti normalmente dopo che hai sorpreso tua sorella che baciava l'amore della tua vita, sei una visionaria.»

«Ho rotto io con lui. Dovrei sentirmi quella più potente, non di merda.»

Phillipa sospirò. «Volevo parlarti proprio di questo. Perché lo hai lasciato?»

«Non avrei mai dovuto frequentarlo. Sapevo che Dina non avrebbe mai approvato. Lui è il motivo per cui non abbiamo parlato...»

«No, Ellis. Questo non è un motivo valido. Mike non ha nulla a che fare con te e Dina. Quando ti abbiamo adottata, lei ti ha accettato dopo molte difficoltà. Odiava Walter e il fatto che lui ti volesse tanto bene, quando suo padre si disinteressava completamente a lei; così, se l'è presa con te. Mi addosso io la colpa, perché ho cercato di riempire quel vuoto facendola sentire amata, però allo stesso tempo sono stata più dura con te. Tu avevi un potenziale talmente grande e voglio che tu sappia che ti ho sempre voluto bene, tanto quanto ne ho voluto a lei, anche se a volte non ti sembrava così.»

La voce divenne roca mentre le lacrime cominciavano a sgorgare. «Avrei dovuto smetterla quando eravate piccole. Mi dispiace che si sia comportata in questo modo con te e che tu stia soffrendo molto adesso, ma sai che non posso escludere Dina dalla mia vita. Non mi aspetto che la perdoni né te lo chiedo, però non posso cancellarla – benché io sia disgustata dal suo comportamento –, perché anche lei è mia figlia e io le voglio ancora bene.»

«Lo so, mamma.» Ellis la strinse forte, odiando di vederla così turbata. «Non ti sto domandando di comportarti come me, ma io ho chiuso con lei e ho bisogno che tu rispetti la mia decisione.»

«Mi uccide sapere che le mie ragazze non vanno d'accordo, ma rispetterò questo tuo desiderio. Tuo padre non mi consente di darle altro denaro e ha ragione. Avrei dovuto renderla responsabile molto tempo fa.» Sciolse l'abbraccio e accarezzò la guancia di Ellis. «Cercherò di anteporre i tuoi sentimenti a tutto il resto da adesso in poi.»

«Non mi hai mai fatto sentire non amata, mamma. Non voglio che pensi questo.»

Phillipa scosse la testa. «E allora perché stai escludendo Mike dalla tua vita?»

Ellis rimase immobile per un istante. Lo stesso pensiero le aveva attraversato la mente più di una volta.

Sei una grandissima idiota. Non avresti dovuto lasciarlo andare.

«Non è così. Io ho solo...»

«È proprio così, invece. Se mi fornisci un motivo plausibile per rompere con lui, io non toccherò più l'argomento.»

«Lui merita...» iniziò Ellis.

«Questa non è una buona ragione. Se vuoi essere felice, devi abbassare la guardia e rischiare.»

28

«Non ne posso più di guardare la tua brutta faccia, Edwards» disse Colin disgustato.

«Allora vattene» ribatté Mike senza alzare la testa dal divano. Era sabato sera e, per il secondo week-end di fila, Mike aveva scelto di passarlo parcheggiato di fronte alla televisione con un paio di birre fredde e una confezione industriale di patatine fritte. Non si era preoccupato di vestirsi quella mattina, si era solo lavato i denti per eliminare il cattivo sapore dalla bocca. Colin si era impegnato a passare ogni momento libero con Mike, standogli addosso come un'ansiosa mamma chioccia. Non era necessario: Mike non si sarebbe suicidato. Voleva stare da solo.

«No, perché se me ne vado, sprecherai il resto della serata da solo. Non è successo nulla di grave, semplicemente la tua ragazza ti ha scaricato come un vecchio sacco di patate. Cammini come uno zombie da due settimane. È ora che la smetti di crogiolarti nelle tue disgrazie, e che torni a divertirti, preferibilmente con qualche donna.»

«Io amo lei» disse Mike. Non voleva nessun'altra, ma non era così depresso come pensava il suo amico. Era incazzato.

«Lo so che ami lei! Chiamala, cazzo. Dille che la rivuoi nella tua vita e che farai qualsiasi cosa lei desideri.»

«Neanche per idea.» Si grattò la barba incolta. «È lei che

mi ha lasciato e che io sia dannato se torno a cercarla. Avrebbe dovuto fidarsi di me.» Aspettava da giorni che lei tornasse, che ridiventasse ragionevole e comprendesse che stava buttando al vento una bellissima relazione.

Le aveva comprato un fottuto anello di fidanzamento. Voleva sposarla. La voleva per sempre. Dio, quanto lo desiderava ancora. Aveva evitato di tirarlo fuori dal cassetto un centinaio di volte. Il suo orgoglio non gli avrebbe permesso di tornare da lei strisciando. Non voleva umiliarsi facendole la proposta di matrimonio.

Conosceva Ellis fin troppo bene. Sapeva che non avrebbe ritenuto sincera una sua proposta in quel momento. Quindi, tenne la bocca chiusa. Aveva smesso di inseguire una donna che non riusciva a crederlo un uomo fedele.

«Non avresti dovuto baciare la sorella.»

«Non l'ho fatto» gridò. «Tu mi conosci meglio di chiunque altro. Sai che non la tradirei mai.»

«Sì, certo e ricordo bene anche com'eri un paio d'anni fa. Non sei stato con più donne di quanto riuscissi a contarne? E lei non ti ha forse sorpreso mentre stavi per farti la sorella, proprio nel suo letto? Maledizione, Mike, devi ammettere che aveva una valida ragione per non crederti. Che diavolo, aveva validi motivi per non fidarsi di te fin dall'inizio.»

«Non voleva» borbottò Mike, contrariato. Accidenti a Colin. Bastava qualche sua parola e Mike era pronto a gettare i suoi principi fuori dalla finestra. Diede un'occhiata al telefono mentre cominciava a pensare di telefonarle. Combatté quell'istinto. Era stata lei a lasciarlo. Non l'avrebbe cercata. «Non ho intenzione di chiamarla.»

Colin saltò giù dalla sedia e lanciò il cordless a Mike, che trasalì quando l'apparecchio gli toccò lo stomaco. «Fallo. So cosa stai provando. Rompere con la donna che ami ti fa sentire come se ti avessero tagliato le palle. Io non sono riuscito a riprendermi Serena, ma tu puoi ancora aggiustare le cose con Ellis. Lei ti ama, cocciutissimo idiota.»

Mike guardò il telefono e poi di nuovo Colin, lottando con sé stesso per decidere. Sapeva che Ellis lo amava, ecco perché era così doloroso accettare quella separazione.

«Chiamala, Mike.»

Il telefono squillò e Mike rispose prima di avere il tempo di scegliere.

Era Lara. Parlava così velocemente che Mike riusciva a stento a capire cosa stesse dicendo. Ma il messaggio fu consegnato e la paura prese il sopravvento.

«Sarò lì il più presto possibile.» Si alzò in piedi e lanciò il telefono sul tavolino.

«Cos'è successo?» Anche Colin si alzò.

«Mia madre. Ha avuto un incidente.»

Ellis fissava con la vista offuscata il vestito sul manichino. «Se continuo così, avrò bisogno degli occhiali prima dei trent'anni.»

Ricamava a mano perline da tre giorni. Il vestito era favoloso e, ogni volta che lo guardava, era meravigliata di poter riuscire a confezionare un abito del genere. Benché il vestito fosse meraviglioso anche così com'era, l'aspettavano ancora due giorni d'intricato lavoro. Audra voleva più perline. Aveva detto a Ellis che voleva bendare gli invitati durante la sua camminata verso l'altare. Ellis aveva sospirato a quella richiesta, ma aveva accettato pur considerandola una trovata di cattivo gusto. La madre di Audra le faceva comodo per gli affari. La donna era riuscita a fissarle un appuntamento con un grande atelier di abiti da sposa per il giorno dopo. Si parlava di una produzione di massa dei modelli di Ellis, destinata al mondo intero. 'Ellis Garrett' sarebbe potuto diventare un marchio famoso.

Era un'idea eccitante e stava accadendo più velocemente di quanto riuscisse a rendersi conto. Poteva cambiare radicalmente la sua vita, eppure Ellis non faceva salti di gioia come si era aspettata. Nelle ultime due settimane era rimasta insensibile a ogni evento. I suoi affari erano in grande crescita, lei e la madre erano più vicine che mai e, per la prima volta da quasi un anno, non aveva paura di non riuscire a pagare le bollette. Ma invece di voler urlare di felicità dalla cima di una montagna voleva infilarsi a letto e dormire.

«Ellis.» Colin entrò nel suo ufficio, il volto tirato.

Ellis sentì una fitta allo stomaco. Si sedette, non voleva ascoltare cos'aveva da dirle Colin. Sapeva che si trattava di qualcosa d'importante, altrimenti il migliore amico del suo ex non sarebbe andato fin lì.

«Se lui non sta bene, non ne voglio sapere nulla.» Sprofondò il viso tra le mani mentre veniva attraversata da un senso di nausea. Non poteva sopportare di pensarlo... fuori dalla sua vita.

«È a Buffalo. Sua madre è stata colpita da un ictus mentre guidava e ha avuto un brutto incidente. Non sono sicuri se ce la farà.»

«Oh, no.» Ellis si tolse le mani dal viso. Era divisa tra il sollievo per aver saputo che l'uomo che amava stava bene, e l'enorme preoccupazione per la persona più importante nella vita di Mike. «Lui come sta?»

«Tu che ne pensi, tesoro? La madre è in condizioni critiche al Buffalo General.»

Colin uscì. Il suo messaggio era chiaro. Ellis doveva prendere una decisione.

Il lento e regolare *bip* del monitor cardiaco stava facendo impazzire Mike. Gli odori del silenzioso reparto di terapia intensiva lo tormentavano. L'olezzo di antisettico, mischiato alla paura e alla morte, gli assaliva il naso. Il rumore di tosse, il mormorio delle famiglie in visita, il tono di voce sommesso del personale ospedaliero impegnato in serie conversazioni lo avevano sopraffatto e, nelle ultime dieci ore, aveva assorbito tutto. In qualche maniera, tutto ciò gli aveva prosciugato persino l'energia necessaria per alzare lo sguardo. Fissava a terra lo spazio tra i suoi piedi. Non riusciva più a guardarla. La donna in quel letto d'ospedale non era sua madre. Il viso che riusciva chiaramente a immaginare nella sua mente era deformato. La guancia liscia e bianca, adesso era viola scuro e gonfia il doppio del normale. La testa era fasciata, e le avevano messo più punti di quanti riuscisse a contarne. La madre non si era più svegliata da quando era entrato nella stanza infinite ore prima. Coma. Il medico gli aveva detto che per lei era la cosa migliore, al momento. La ferita alla testa era grave e quel profondo stato di incoscienza era la condizione più consona alla guarigione.

Lei doveva riprendersi. Mike lo esigeva, non solo perché la madre doveva continuare a vivere ma per i motivi egoistici del figlio. Doveva veder crescere i nipoti, e vederlo sposare la ragazza che amava.

Era da solo con lei. Le sorelle erano andate via per la notte, ognuna era tornata dalla propria famiglia, alle vite che dovevano andare avanti malgrado quell'incidente. Avevano mariti e famiglie accanto, a sostenerle, mentre Mike si sentiva sprofondare sottoterra.

Sentì un rumore lieve di passi entrare nella stanza e non si preoccupò di alzare lo sguardo. Le infermiere entravano e uscivano tutto il giorno per controllare la madre. Dopo la quinta ora aveva smesso di aspettare un aggiornamento sulla sua condizione. Non c'erano cambiamenti. Il medico non aveva risposte per lui. Non poteva neanche dirgli se la madre ce l'avrebbe fatta o no.

Delle dita morbide gli accarezzarono i capelli, sentì un profumo. L'aroma di vaniglia, sapone e spezie dolci gli pervase i sensi, bloccando quell'odore nauseabondo di ospedale. Stava sognando, gli mancava Ellis talmente tanto che poteva quasi percepire il suo tocco sulla pelle.

«Mike?» Delle labbra gli sfiorarono la fronte. «È tardi, tesoro. Vieni con me.»

Mike non riusciva a smettere di guardarla. Aveva paura che fosse un miraggio, eppure non stava scomparendo. Era in piedi davanti a lui nella stanza di hotel che aveva prenotato, con i capelli bagnati, e il corpo avvolto in un morbido asciugamano bianco. Non si aspettava di vederla arrivare, non dopo ciò che era successo con Dina.

Le prese la mano, portandosela alla bocca per baciarle le dita. «Sei qui» furono le sue prime parole. Era rimasto così sorpreso di vederla che non era riuscito a dire nulla.

«Dove altro dovrei essere?»

In negozio. Phillipa parlava ancora con Mike. Sapeva del suo incontro di lavoro e della possibilità che le offriva di realizzare i suoi sogni. Non poteva perderlo a causa sua.

«E il tuo incontro?»

Ellis gli passò le mani tra i capelli. «E tu?»

Mike sentiva la gola bruciare, attirò Ellis accanto a sé sul letto e poi la strinse forte. «Non so cosa farò se non dovesse farcela.»

«Mikey...» gli baciò le guance. «Vorrei tanto trovare le parole giuste per farti sentire meglio.»

Ma lei non doveva dire nulla. Era lì con lui, e questo era già abbastanza. La spinse sul letto. Le lacrime trattenute gli pungevano gli occhi. Il profumo di Ellis, il modo in cui il suo voluttuoso corpo morbido premeva contro il suo, e quelle parole dolci gli fecero capire quanto avesse bisogno di lei nella sua vita. Come aveva potuto lasciarla andare via?

«Tesoro.» Lei lo abbracciò, sentì il suo petto ansante e gli baciò le lacrime che gli scorrevano sul volto. Mike fece scivolare la mano sotto l'asciugamano per toccarle la morbida pancia. Aveva solo bisogno di toccarla, di sentirla per ricordarsi che non era più solo. Le lacrime gli solcarono il volto sempre più copiose. Serrò gli occhi strizzandoli, quasi soffocando mentre cercava di impedirsi di piangere ancora.

«È tutto okay, amore» lo rassicurò lei, mentre gli passava le dita tra i capelli. «Non fermare le tue lacrime.»

In quel momento, Mike crollò: tutte le emozioni trattenute negli ultimi due giorni sembrarono straripare.

29

Lasciar andare

Stavo mettendo ordine nell'armadio, quando mi sono imbattuta in quel microscopico costume intero molto sexy che ho comprato la scorsa stagione. Mi sono subito tornati in mente dei ricordi dell'ultima volta che l'ho indossato. 'Le tue cosce sono troppo piccole per andarsene in giro dentro a quel costume. Dovresti indossare quelli per le donne grasse e anziane, con la gonnellina.' Mi sono imposta immediatamente di cancellarli. Ero stanca di indossare costumi da bagno creati per le settantenni. Ma poi, quella stessa orribile voce ha detto: 'Sono fiocchi di latte quelli che ti stanno crescendo lì dietro?' A quel punto, stufa di sentirmi una malata di mente, l'ho spinto in fondo all'armadio, dietro al mio vecchio abito per il ballo di fine anno. È inverno, ho ancora sei mesi prima di doverci pensare di nuovo.

Ellis non si muoveva da due ore. Le loro mani erano intrecciate, sentiva le dita intorpidite, ma non avrebbe mollato la mano di Mike. Negli ultimi due giorni si erano seduti vigili accanto a Margie, in attesa del suo risveglio. La sua condizione non era migliorata, ma neanche peggiorata. Mike non aveva rivelato le sue preoccupazioni, tuttavia Ellis percepiva la sua paura.

«Hai fame?» domandò lei toccandogli il volto.

Lui sbatté le palpebre, la sua mente era altrove. Per tutto il giorno aveva seguito a stento quello che Ellis aveva detto.

«Mike? Vuoi che ti porti qualcosa da mangiare o bere?»

«Sono a posto.» Facendola alzare dalla sedia, Mike la tirò a sé sulle sue ginocchia e la avvolse tra le braccia. «Siediti qui per un po'. Mi dai sicurezza.»

«Chiunque si sentirebbe così, con un macigno gigante sopra.» Gli baciò il mento. «Ma sei dolce.»

«Ciao, ragazzi.» Harry, il padre di Mike, entrò nella stanza. Aveva un aspetto terribile, come suo figlio. Indossavano persino dei maglioni neri simili. «Come sta la mia ragazza?»

Harry si curvò per baciare delicatamente il viso ammaccato di Margie.

«Nessuna novità, papà. I medici non ci hanno detto nulla oggi.»

«Mia povera, piccola Margie» sospirò Harry. «Non ti meriti questo.» Si alzò in piedi, gli occhi leggermente velati di lacrime, e li guardò. «Pensate che potrebbe riprendermi nella sua vita?»

«La dovrà corteggiare, signor Edwards.» Dopo vent'anni di separazione, la amava ancora. Ellis sapeva del danno che Harry aveva causato, ma dentro di sé desiderava che ce la facesse. Voleva che Margie fosse felice con l'uomo che aveva sposato circa quarant'anni prima.

«Harry» la corresse lui. «Lo pensi davvero? Come ha fatto mio figlio a conquistarti?»

«Oh, lui?» Lanciò un'occhiata a Mike. «Continuava a portarmi cose da mangiare e adesso lo amo come un bambino ciccione ama i dolci.»

Harry sogghignò. «Tu mi piaci, Ellis.» Spostò lo sguardo verso la sua ex moglie. «Vado a rintracciare un medico. Se le sue condizioni non migliorano entro le prossime ventiquattro ore, faccio venire uno specialista da New York.»

Poggiò le mani sulla spalla di Mike e la strinse prima di uscire dalla stanza. Ellis si girò in grembo a Mike e gli poggiò la testa sulla spalla. «Ti vuole bene. Lo hai perdonato?»

«Ci sto arrivando. Ho passato gran parte della mia infanzia pensando che fosse perfetto, e gran parte della mia vita da adulto credendolo malvagio. Ma è solo un uomo con dei difetti, proprio come tutti noi.»

«Sembri così saggio. Quand'è che sei giunto a questa conclusione?»

«Trenta secondi fa. Non lo vedevo da quando mi ha offerto dei soldi per passare del tempo con lui.»

«Cosa?»

Mike annuì. «In quel momento ho pensato che fosse un comportamento sfrontato. Lui può comprare tutto, tranne me. Dopo, però, ho compreso che solo un disperato offrirebbe dei soldi in cambio di un po' di tempo con suo figlio.» Lanciò un'occhiata alla madre. «Tutto sommato, capisco perché lo ha fatto. Se morisse domani e io mi chiedessi se sono felice di come è finito il nostro rapporto, sarei soddisfatto della risposta?»

«Lo saresti?»

«No, perché gli voglio ancora bene e, dal modo in cui guarda mia madre, so che la ama ancora.»

Gli occhi di Ellis si velarono di lacrime di fronte a quella tenerezza. «Spero che si risposino» aggiunse lei.

«Davvero?» La baciò sulla fronte.

«Sì, quando si sveglierà tua madre capirà che la sua vita senza Harry è stata vuota e lo riprenderà con sé. Poi ci sarà un grande matrimonio a Buffalo, le tue sorelle faranno da damigelle alla sposa e tu da testimone.»

Mike accennò un sorriso a quel sogno a occhi aperti. «E tu dove sarai?»

Lei si fermò a pensare un istante. Dove sarebbe stata? Era il momento sbagliato per pensare alla loro relazione. Voleva stare con lui, ma non era sicura che riuscissero a far funzionare le cose. Più ci pensava più comprendeva che mollarlo era stata una decisione affrettata. Forse, a lungo termine sarebbe stata la decisione più giusta. Magari, aveva ancora bisogno di tempo per capire sé stessa e, probabilmente, lui meritava qualcuno che si fidasse senza remore. Mike meritava una donna che non attendeva di ritrovarsi con il cuore spezzato. «A cucire i vestiti, ovvio!» esclamò Ellis.

«Naturalmente.» Mike rimase in silenzio per un istante. «Credi davvero che si risveglierà?»

«Ne sono sicura. Questo è solo un incidente di percorso.»

La baciò ancora sulla fronte. «Ti amo, Ellie.»

Lei rimase immobile per un istante, non era sicura di aver sentito bene. «Cosa?»

«Io ti amo.» Mike si accigliò. «Perché sembri così sorpresa? Te lo avevo già detto.»

«No, Mike. Mai.»

«Devo aver... L'ho detto a tutti che ti amavo.» Lui scosse la testa e la guardò dritta negli occhi. «Sono innamorato di te. Lo sapevi, vero? È successo quando mi hai infilato la lingua in bocca quella sera al locale.»

«Puah! Sul serio? Non ero in uno dei miei momenti più raffinati.»

Lui si strinse nelle spalle. «È accaduto in quell'istante. È come se tu mi avessi colpito dritto al cuore.»

«Mmh.» Si rannicchiò su di lui. «Io mi sono innamorata di te molto prima. Quando ho visto il tuo culetto sodo dentro agli slip di Calvin Klein.»

Lui le fece un mezzo sorriso, poi tornò in sé. «Sul serio non credevi che io ti amassi? È per questo che mi hai lasciato?»

Ellis si piegò per baciarlo perché non riuscì a trovare le parole giuste per spiegargli i suoi motivi. Le aveva finalmente detto che l'amava. Era la sensazione più favolosa al mondo, ma per quanto fosse felice di averlo sentito, non cambiava nulla. Lei lo amava, ciononostante non sapeva cosa mancasse per far crollare quel muro che aveva eretto davanti al suo cuore. Mike non avrebbe capito che aveva interrotto quella relazione per il suo bene: affinché lui fosse felice a lungo andare. «Ti amo così tanto» gli sussurrò nella bocca, prima di baciarlo di nuovo profondamente.

«Quando una donna si sveglia in un ospedale vorrebbe ascoltare delle risposte, non le effusioni del figlio con la sua ragazza. E chi è che pomicia nella stanza d'ospedale della madre? E perché non riesco a sentirmi il braccio sinistro?»

30

Ellis se ne stava andando. Mike era in piedi sulla porta del loro hotel, la guardava fare le valigie in preda allo sconforto. Lei non lo aveva sentito tornare dal centro di riabilitazione dove la madre avrebbe passato i prossimi sei mesi. Si muoveva con velocità ed efficienza, riempiendo il borsone con i pochi indumenti che aveva portato con sé. Mike sapeva che Ellis sarebbe dovuta tornare a Durant. Aveva sottratto del tempo al suo lavoro e ai clienti, solo per stare con lui, ma non voleva che partisse.

«Te ne stai andando.»

Lei trasalì e si voltò per guardarlo. Lui la ammirò per un istante, indossava un maglione bianco a V e dei jeans attillati che lo facevano ardere di desiderio. Era scalza, gli stivali marroni con il tacco alto erano sul pavimento di fronte al letto. Negli ultimi quattro giorni, aveva passato quasi ogni minuto con lei, eppure guardarla era sempre un rinnovato piacere per gli occhi.

«Come sta tua madre?» domandò lei, ignorando la sua affermazione.

«Mio padre la vizia come una bambina di due anni, quindi l'umore va bene, ma fisicamente avrà bisogno di mesi di fisioterapia e un cambiamento drastico del suo stile di vita. Non ne è molto contenta. Ha vissuto di stress e caffeina negli ultimi vent'anni, credo che non conosca altro.»

«Dirò a mia madre di venire a trovarla. Le può insegnare tutto sui benefici dello yoga.»

Mike entrò nella stanza e chiuse la porta. «Mio padre vuole che lei lasci il negozio di fiori per andare a vivere con lui, ma è combattuta. So che lo ama, però ha serie difficoltà a sacrificare la propria indipendenza.»

Le lacrime bagnarono gli occhi di Ellis.

«Te ne stai andando» ripeté lui.

«Ti amo, Mike.» Gli poggiò la testa sul petto, fece scivolare le mani fredde sotto la sua camicia per annullare la poca distanza tra loro. «Non odiarmi, ti prego.»

Un po' la odiava, eppure la avvolse in un abbraccio, stringendola forte. Non poteva dire di non aspettarsi quell'allontanamento. Ellis non gli aveva dato risposte in ospedale. E quando alle sue domande lei aveva replicato con un bacio, aveva compreso che erano destinati a separarsi.

Si amavano. Stavano bene assieme. Perché non potevano far funzionare il loro rapporto? Stavolta, Mike sapeva che la decisione di Ellis non aveva nulla a che fare con lui. Era Ellis ad aver eretto un muro tra di loro. Non c'era altro che potesse dirle per convincerla. Lui sapeva come avrebbe voluto passare il resto della sua vita. Ora toccava a lei decidere che strada prendere.

«Se hai bisogno di qualsiasi cosa, fammelo sapere» gli disse e lo baciò sulla guancia. «Okay?»

Lui annuì, incapace di ribadire che era lei ciò di cui aveva bisogno, e di esigere che Ellis dimenticasse i suoi sciocchi pregiudizi, e provasse a dar loro una possibilità.

«Grazie per essere venuta. Mi hai reso felice.»

Lei annuì e gli diede dei delicati bacini sulla bocca, sussurrandogli più volte che lo amava.

Non lasciarla andare. Ogni punto del suo corpo gli gridava di trattenerla. Tuttavia, Mike non poteva continuare a lottare per averla quando lei era determinata ad andarsene.

Il Natale passò in modo placido per Mike. Aveva lasciato Buffalo qualche giorno prima, sicuro che il padre si stava prendendo cura della madre amorevolmente. L'augurio di Ellis si sarebbe probabilmente avverato: Mike aveva sorpreso i suoi genitori mentre si baciavano il giorno prima di partire. Suo padre si era inginocchiato davanti alla madre e le aveva preso il volto tra le mani. Assistere a quella scena lo aveva turbato. Gli aveva fatto sentire la mancanza di Ellis, ma aveva allontanato dalla mente ogni pensiero su di lei. Sarebbe stato facile portarle rancore per essersi arresa, ma non si sarebbe lasciato trasportare dall'amarezza. Lei gli era stata accanto nel momento di massima necessità. E questo contava più di ogni altra cosa.

Suo padre aveva comprato una casa sul lago Erie, confidandogli che stava di nuovo mettendo radici nella sua città natale insieme al suo grande amore. Padre e figlio avevano passato molto tempo a parlare. Suo padre ora lo chiamava ogni giorno, come per tentare di recuperare gli anni perduti, e a Mike stava bene. Era felice di averlo ritrovato.

L'idea di trasferirsi di nuovo a Buffalo gli sfiorò la mente. Non c'era più nulla che lo trattenesse a Durant, a eccezione di Colin, dei ricordi del college e del suo primo amore. Forse, era tempo di cambiare ancora città. Mettere radici. Era tornato a Durant per ritrovare sé stesso, invece aveva trovato l'amore. Sfortunatamente, si era innamorato di una donna che non poteva stare con lui. Trasferendosi a Buffalo non avrebbe più temuto di incontrarla casualmente alla caffetteria, o di chiedersi se ogni auto blu che passava fosse la sua. Poteva voltare pagina. Era stato felice con lei. Magari avrebbe potuto esserlo con un'altra donna.

Maledettamente improbabile.

Ignorò quel pensiero opprimente e quella sensazione che, dalla parte più profonda di sé, gli diceva che non l'avrebbe mai dimenticata. Disgustato da sé stesso accese il computer portatile e cominciò a cercare informazioni sul mercato immobiliare di Buffalo. Tredici minuti più tardi, sentì suonare alla porta.

Probabilmente è Colin, pensò mentre spegneva il computer e dava un'occhiata all'orologio. Il suo amico passava spesso da lui ultimamente, e di solito portava del cibo o alcol.

Quando aprì la porta non vide Colin. Ma Dina.

«Che cazzo ci fai tu qui?» domandò, pronto a sbatterle la porta in faccia.

È sua la colpa. È lei che ha incasinato tutto.

«Ho bisogno di parlarti.» Dina poggiò la mano sul telaio della porta per impedirgli di chiuderla. «Per favore. Cinque minuti, e poi non mi vedrai mai più.»

«Cosa?»

«Non mi fai entrare?» Dina guardò verso l'interno della casa. «Mi sto congelando le chiappe qui fuori.»

Lui si scostò di lato per lasciarla entrare, ma si rifiutò di lasciarle oltrepassare l'appendiabiti. «Se stai cercando di farmi delle avance, scordatelo. Pensavo di essere stato chiaro...»

«Dio, no» esclamò lei alzando gli occhi al cielo. «Sono venuta per dirti che devi riprenderti mia sorella.»

Il viso di Dina si addolcì mentre veniva sopraffatta dalle emozioni e le lacrime le velavano gli occhi. «Sta male. Io posso sopportare che sia arrabbiata con me, ma non che sia così demoralizzata. È come se fosse morto qualcuno. Quindi, tu devi andare da lei e riprendertela, okay? Dille che ti dispiace. Comprale un gioiello. Insomma impediscile di essere così triste.»

«E come mai ti preoccupi tanto?» domandò brusco; poi si voltò, incapace di guardarla. «Hai passato la vita a trattarla di merda. Scusami se ho difficoltà a crederti.»

«Mi sono comportata orribilmente con lei. Non ero felice, quindi volevo che non lo fosse neanche lei. Tutti hanno sempre preferito Ellis a me. Persino i nostri genitori. Odiavo il modo in cui Walter la guardava come se fosse il suo piccolo angelo adorato. Odiavo il modo in cui lei gli poteva parlare, quando io non trovavo mai le parole giuste. Anche mia madre. Ogni volta che mi chiama mi ripete quanto sia orgogliosa di Ellis. Come è cresciuta bene. Mi fa sentire di merda. L'unico modo per sentirmi meglio è farla soffrire sapendo che, qualsiasi cosa io faccia, lei mi vorrà sempre bene. L'ho messa alla prova. Per tutta la mia vita è stata l'unica persona che mi ha amato veramente.» Si strofinò le esili mani sul viso. «Ciononostante, volevo che qualcosa le andasse male.»

«Sapevo che i miei sentimenti verso mia sorella erano sbagliati, ma poi sei arrivato tu. L'unico uomo che mi abbia mai scaricata si era innamorato di mia sorella. Non ti ho baciato perché ti desideravo, ma perché sapevo che, se Ellis fosse rimasta sola, neanche io mi sarei sentita più così. Il piano si è ritorto contro di me. Lei è sola e io mi sento sempre di merda. È spenta, Mike. Non so come spiegartelo, ma è come se qualcuno l'avesse privata della sua luce. Devi riprendertela.»

La spiegazione di Dina aveva un senso e, per quanto desiderasse biasimarla per la loro rottura, non ci riuscì. Ellis non voleva che lui la incolpasse. «È lei che mi ha mollato. Sono stanco di inseguirla.»

«Ma tu devi!» Le lacrime le inondarono improvvisamente gli occhi. «Walter la adora, ma è riuscito a dirglielo a stento, e non sa manifestarlo. E poi c'è mia madre, che glielo ha detto, ma ha passato gran parte della nostra infanzia a stare dietro a me. Ellis praticamente si è cresciuta da sola. E poi ci sono io, che probabilmente le voglio bene più di chiunque altro al mondo, ma sono così incasinata che non riesco a starle accanto senza farla soffrire. Nessuno l'ha mai inseguita. Nessuno che l'abbia amata come merita. Ecco, perché continua ad allontanarti. Non sa lasciarsi amare. È testarda. La conosco. Pensa che lasciarti andare sia un'azione nobile. Crede di essere una persona difficile da amare. Ma si sta solo comportando da stupida. Devi correre a riprendertela.»

Mike si allontanò di qualche passo e sprofondò nel divano, la sua mente cercò di elaborare tutto ciò che aveva ascoltato. «Come?»

«Facile. Non lasciarle scelta.»

31

Sii Felice

'Nessuno può farti sentire inferiore senza il tuo consenso.'

ELEONOR ROOSEVELT

Lezione del giorno: cerca di amarti, anche se a volte è un po' dura.

«Ellis!» Belinda urlò il suo nome dalla stanza principale del negozio ed Ellis sospirò.

Cosa c'è adesso?

Ripose l'ago, si strofinò la testa dolorante e raggiunse Belinda nella stanza accanto. «Sì, tesoro?» rispose stanca.

«Ehm.» Belinda fissò in basso verso la grande busta da lettera bianca che teneva in mano. «Credo che tu debba aprirla subito. C'è scritto che viene da uno studio legale.»

«No, porca puttana!» imprecò, afferrandogliela dalle mani. Che problema c'era adesso? Tutti gli abiti erano stati completati in tempo. Le bollette pagate. Le clienti erano soddisfatte. A meno che questa gente non le scrivesse per offrirle un lavoro, non vedeva alcun vantaggio nell'aprirla. «Aprila tu.»

La restituì all'amica.

«Neanche per idea.» Belinda gliela porse di nuovo. «Ellison Garrett, aprila adesso. Sei tu il capo!»

«Non voglio responsabilità» si lamentò. La madre femminista sarebbe inorridita se l'avesse ascoltata, ma era in momenti come questo che a Ellis mancava Mike.

Ovvio, sciocchina. Ti manca ogni ora che passa.

Oh, zitta!

Non avresti dovuto lasciarlo.

Era talmente bravo con l'amministrazione. Ellis desiderava solo creare abiti. «Bene. Come dice la canzone di Helen Reddy, *I Am Woman*: Sono una donna, ascolta il mio ruggito.» Strappò la busta e la esaminò attentamente. Visto che era avvocato sapeva riconoscere una causa legale e, comunque, non giungeva mai tramite posta.

«Oh.» Alzò lo sguardo verso Belinda. «Abbiamo un nuovo proprietario. Sembra che qualcuno abbia comprato il nostro negozio e anche quello accanto.»

«Davvero?» Belinda sbirciò dietro a Ellis. «A chi paghiamo l'affitto adesso?»

«Non lo so. Probabilmente a qualche società per azioni.» Passò alla seconda pagina, scorrendola fino in basso. Aprì la bocca dallo stupore quando vide un nome familiare sul documento. «No.»

«Cosa?» Belinda le prese i fogli dalle mani per guardare. «Zitta!»

«Ehi, ragazze.» Cherri entrò con le braccia colme di stampelle. «Che succede?»

Ellis si rimpossessò delle carte mentre Belinda fissava il vuoto ancora incredula. «Devo andare.»

Ellis bussò energicamente alla porta di Mike. L'auto era parcheggiata al solito posto. Le luci in casa erano accese. Non aveva mai lasciato ufficialmente il suo appartamento, benché avessero vissuto insieme per poche settimane. Una parte di lei era sorpresa che lui si trovasse ancora in città. Un'altra era sollevata del fatto che non se ne fosse andato.

«Sì?» Mike aprì la porta e sbatté le palpebre con aria interrogativa, come se fosse di fronte a una sconosciuta, come se non avesse combinato un vero casino interferendo nella sua vita.

«Hai comprato il mio negozio!»

«No» disse Mike, intrecciando le braccia sul petto imponente. «Non ho comprato il tuo negozio. Ho comprato le mura che lo ospitano.»

Insoddisfatta della risposta, sollevò un mucchietto di neve e glielo tirò. «Non incasinarmi, Mike Edwards. A cosa diavolo stai giocando?»

«Ehi!» gridò lui schivando, poi la afferrò per il braccio e la tirò dentro l'appartamento. «Non sto giocando. Pensavo che un immobile fosse un buon investimento, quindi ho comprato l'edificio.»

«Stronzate! Perché l'hai fatto, Mike?»

«Hai rotto con me» rispose, come se questa sua mossa fosse una logica conseguenza della separazione.

«Io ti ho lasciato e quindi tu compri il mio negozio?» Ellis non poteva crederci. «Sei pazzo? Dove hai trovato il denaro?»

«Sì, sono pazzo, ma solo perché mi ci hai fatto diventare tu, e ho preso i soldi in prestito da mio padre.»

«Continua.» Lo colpì sul torace, costringendolo a indietreggiare. «Voglio sapere perché.»

«Lo sai perché! Io ti amo e non riesco a capire perché continui ad allontanarmi. Non rinuncerò a te, Ellis. Ti amo, e se devo comprare il tuo negozio per ottenere la tua attenzione lo farò, perché ogni volta che scriverai l'assegno per l'affitto penserai a me. Se il condizionatore non funziona, dovrai chiamare me. Ogni giorno, saprai che sono il proprietario del posto in cui passi la maggior parte del tuo tempo. E, ogni giorno, sarai costretta a pensare che io ti amo.»

«Passò già tutto il mio tempo a pensare che mi ami» disse più a sé stessa che a lui.

«E allora perché mi hai lasciato?»

Ottima domanda.

«Non lo so.» Lei si voltò e appoggiò la testa al muro. Lui si mise dietro di lei immediatamente.

«Sì che lo sai!»

«Io... io...»

«Cosa?»

«Sono pazza! E ho sofferto. Non so se sarò mai sana di mente. Non so se riuscirò a liberarmi del fardello del passato. Quindi, ti allontano perché per me è meno doloroso che aspettare che sia tu a farlo per primo. Non hai idea di cosa accada qui dentro, Mike.» Si indicò la testa, poi aggiunse: «Continuo ad attendere il giorno in cui tu mi guarderai e penserai: è matta da legare. Perché sto con lei?»

«Questo lo penso già, piccola» disse in modo delicato, mentre la faceva voltare per guardarla negli occhi. «Ma poi mi sorridi, o mi baci, o dici qualcosa che mi fa ridere, e la mia domanda ottiene risposta: sto con te perché ti amo.»

«Perché, Mike?» Guardò i suoi impetuosi occhi blu. «Perché mi ami?»

«Non lo so perché.» Le prese la mano e se l'appoggiò sul cuore. «A quanto pare, io non funziono senza di te. Sono stato con talmente tante donne...»

«Non sei d'aiuto!»

«Ascoltami. Sono stato con talmente tante donne, ma tu sei l'unica che mi abbia fatto provare dei sentimenti. Sei l'unica che amo. Sei l'unica per cui lascerei il mio lavoro indebitandomi fino al collo.»

«Hai lasciato il lavoro?»

Porca merda! È impazzito anche lui. Respira, dannazione. Respira.

Aveva mollato tutto per lei. Per lei. Aveva anteposto lei a

ogni altra cosa. E se non riusciva a permettergli di amarla adesso, allora non lo meritava affatto.

«Sì, preferisco passare le mie giornate ad aiutarti a realizzare i tuoi sogni piuttosto che investigare su stupidi crimini. E non credo che dovresti vendere i diritti dei tuoi disegni. Ho comprato il negozio accanto perché credo in te e penso che possiamo espanderci per conto nostro. Potrei aiutarti con l'amministrazione, e Belinda potrebbe occuparsi dei clienti. Dovresti preoccuparti esclusivamente di creare vestiti. Devi solo dirmi di sì.»

Era esattamente ciò che Ellis desiderava.

«E cosa accadrebbe se non accettassi?»

«A quel punto, passerò il resto della mia vita a perseguitarti. Sarò disoccupato, quindi non avrò nulla di meglio da fare. È il tuo sogno, ed è facile realizzarlo. Cosa ti trattiene?»

Lo fissò un istante. «Non voglio più essere la tua fidanzata, Mike» disse con voce strozzata.

«Perché?» Mike assunse un'espressione di sconforto. «Spiegamelo, perché?»

«Io voglio essere tua moglie» urlò lei. «Voglio sposarti, okay? Voglio portare il tuo cognome. Voglio che mi ami come mio padre ama mia madre. Voglio tutto da te, Mike. Potrebbe sembrarti egoista, ma voglio tutto con...»

«Smettila!» Mike uscì dalla stanza, e lei crollò avvilita contro la parete. Sapeva che con quella dichiarazione avrebbe potuto allontanarlo, ma desiderava Mike per sempre. Lo sapeva da molto tempo. Era l'unico modo per farle vivere la loro relazione serenamente. Stare insieme era meraviglioso, ma se doveva rischiarci il cuore, era per passare tutta la vita insieme.

Mike tornò impetuosamente nella stanza, stringendo in mano una scatolina nera. «Ce l'ho da più di un mese.» S'inginocchiò e aprì la scatola, rivelando un grande diamante rotondo incastonato in una montatura d'epoca. «Avevo pianificato di farti la mia proposta, ma tu mi hai scaricato, rovinando tutto. E ora, proprio quando mi faccio il culo tentando di riconquistarti, tu mi superi costringendomi ad affrettare la mia proposta. Sei contenta adesso? Chiamerai tua madre e le dirai che ci siamo scambiati la promessa di matrimonio durante una lite? Quant'è romantico!»

Lei spostò lo sguardo sull'anello, poi di nuovo su Mike. Dire che era sorpresa non rendeva giustizia alla sensazione che l'avvolgeva in quel momento.

Da un mese? Sei un'idiota.

«Hai molto gusto, Mikey.»

«Ellis» ringhiò Mike.

Lei si morse il labbro per evitare di sorridere. «Chiedimelo in modo carino. E ricordati di ribadire quanto sono speciale, e che prometti di amarmi anche se diventerò davvero molto grassa, e avrò bisogno di pesarmi su una bilancia per camion. E...»

«Devi rompere le palle anche quando sto per farti la mia proposta di matrimonio!» Mike si alzò, le afferrò il collo con la mano e premette le sue labbra contro quelle di lei. «Non te lo chiederò.» La baciò lungo la mascella, sotto al mento, dietro le orecchie in quel punto che la faceva fremere. «Ti amo. Non te lo dico spesso, ma passerò ogni giorno della mia vita a convincerti che è così. Devi sposarmi. La mia vita è inutile senza di te.» La baciò in modo ardente, dandole uno di quei dolci baci profondi e appassionati che l'avevano fatta innamorare.

«Domani» disse lei quando lui si fermò per riprendere fiato.

«Cosa?»

«Voglio sposarti domani. Andiamo in municipio.»

La guardò incredulo. «La designer di abiti da sposa non desidera una festa di nozze?»

«No. Ho sprecato già troppo tempo con te. Mi sono comportata da stupida. Ho agito male. Sono così dispiaciuta.»

Lui la premette contro il muro e la baciò. «Hai idea di quanto adori sentirti dire che avevo ragione io?»

«Non abituarti. Ti verrà concesso una volta ogni dieci anni.»

Lui le sorrise. «Io ti sposerei in questo momento, ma i nostri genitori non lo apprezzerebbero.»

«Va bene» cedette Ellis. «Ma niente torta. Voglio i biscotti black and white.»

«Okay.»

«E tu ballerai l'electric slide, la coreografia country in linea.»

Mike esitò qualche istante. «Va bene.»

«Oh, e voglio che il nostro primo ballo sia sulla musica di *Baby Got Back*, 'Ragazza, che sedere tondo e sexy!'»

«Ellis» si lamentò lui.

«Ti amo, Mikey.» Gli sorrise e lo abbracciò.

«Ti amo anche io.»

Epilogo

Ellis era sdraiata accanto al marito nella loro nuova camera da letto. Avevano trovato un'antica casa vittoriana a Durant e l'avevano ristrutturata per mesi, trasformandola nel loro nido. Ellis sorrise, benché fosse completamente esausta. Il giorno seguente, avrebbe festeggiato due anni di matrimonio con l'uomo dei suoi sogni e stentava a credere a come fosse migliorata la sua vita. Da avvocato a stilista. Da non sapere come amare veramente, a essere riempita d'amore.

«Ellie?» Mike la avvolse in un abbraccio e le baciò la fronte con aria assonnata. Erano stanchi per via del trasloco, inoltre avevano appena salutato le loro famiglie.

La madre di Mike si era ripresa dall'ictus e alla fine si era risposata con Harry, ma solo dopo che lui l'aveva corteggiata spietatamente per un anno. Si erano sistemati in un bellissimo condominio sul lago Erie, ma passavano gran parte dell'anno a viaggiare per il mondo. I genitori di Ellis erano essenzialmente sempre uguali, a eccezione della madre che era entrata recentemente nella lista dei bestseller del *New York Times* con il suo libro, *Come diventare donne forti: una guida femminista alla vita, all'amore e alla felicità*. Adesso passava i giorni liberi a tenere conferenze in tutto il Paese, e a partecipare a trasmissioni televisive, trascinando Walter con lei.

Per quanto riguarda Dina, aveva fatto le sue scuse a Ellis, che le aveva accettate, pur mantenendo le distanze. Dina si era trasferita in California dove aveva incontrato un uomo per bene più grande di lei con cui era andata a vivere. Era passato un anno ed erano ancora felicemente insieme.

«Mmh?» Ellis si rannicchiò accanto a Mike, facendo scivolare le mani lungo il suo torace nudo. «Che ne dici di un po' di sesso?» Erano passati due anni ed Ellis non ne aveva mai abbastanza di lui.

«Sì.» Lui le infilò le mani sotto la camicia da notte, afferrandole le natiche. «Prima vorrei parlarti di una cosa.»

Ellis aprì gli occhi ascoltando la sua voce seria. «Di cosa?»

«So che abbiamo deciso molto tempo fa che non avremmo avuto figli, ma potrei riaprire la discussione?»

Ellis deglutì.

Merda.

Si allontanò tirandosi il piumone fin sopra la testa per coprire il volto che le andava a fuoco. «No.»

«No?» Mike le strattonò la coperta di dosso. «No, non vuoi avere figli oppure no, non vuoi parlarne?»

«Mike, per favore» lo pregò. «Non possiamo discutere di questo adesso.»

«Perché no? Non dobbiamo decidere stasera, però ne voglio parlare.»

«Ah!» Si voltò. «Non c'è niente di cui discutere, perché io sono già incinta.»

«Cosa?» disse Mike, strabuzzando gli occhi. «Quando diavolo è successo?»

«Due mesi fa, quando ho smesso di prendere la pillola.»

«*Cosa?*» Le afferrò le spalle. «Sei incinta di due mesi!»

«Sì.» Sorrise lei. «I tuoi spermatozoi nuotano veloci, amico.»

«Ellis, perché non me l'hai detto? E se io non avessi voluto dei figli?»

«Be', ti saresti dovuto rassegnare. Io volevo un bambino con gli occhi blu e i capelli bruni, e lo avrei ottenuto a ogni costo.» Ridiventò seria per un istante. «So che desideri diventare papà. Lo leggo sul tuo viso ogni volta che guardi un bambino. E io volevo farti questo regalo.»

«Ma... ma è questo che vuoi anche tu?»

«Pensi che altrimenti mi sottoporrei volontariamente a un aumento considerevole di peso?»

«Un bambino?» Mike la fissò meravigliato e poi spinse in basso il piumone per scoprirle il corpo. Le alzò la camicia da notte e le toccò il ventre con la grande mano ruvida. «Stai per darmi un figlio.»

«Sì...» Gli occhi di lei si velarono di lacrime. Mike sembrava così felice.

«Quando avevi intenzione di dirmelo?» gridò lui.

«Domani, nel giorno del nostro secondo anniversario, idiota. Hai rovinato la mia sorpresa.»

«Oh.» Le sorrise. «Scusa.» Si curvò per darle dei piccoli bacini sulla pancia. Poi, con una mossa che la scioccò, saltò sopra al letto ed emise un urlo che la fece sussultare.

«Ah! Perché l'hai fatto?»

«Sono felice» rispose tornando accanto a lei. «Mi hai dato tutto ciò che ho sempre desiderato.»

Il romance nel catalogo One

One Love

On Fire di Sylvia Day
Attrazione profonda di Maya Banks
On Desire di Sylvia Day
Luci d'inverno di Nora Roberts
Beautiful Bitch di Christina Lauren
Il gioco dei sensi di Shiloh Walker
Heaven, Texas, un posto nel tuo cuore di Susan Elizabeth Phillips
Il bacio cremisi di Lara Adrian
Quattro cuori e un matrimonio di Stephanie Bond
Gioco pericoloso di Karin Tabke
Segreti di una notte d'estate di Lisa Kleypas
Un amore su misura di Sugar Jamison
E se fosse lui quello giusto? di Susan Elizabeth Phillips

Il catalogo Leggereditore

Il bacio di mezzanotte di Lara Adrian
Dark Love di Kresley Cole
Le avventure di una Kitty Addicted di Eliselle
Lasciami volare di Alyson Noël
L'amore ritrovato di Nora Roberts
Il bacio cremisi di Lara Adrian
La principessa di Beverly Hills di Jackie Collins
Oltre le apparenze di Kathryn Fox
Dark Pleasure di Kresley Cole
Orgoglio e perdono di Susan Donovan
La dodicesima vittima di Iris Johansen
Il bacio perduto di Lara Adrian
Il peso del silenzio di Heather Gudenkauf
La sposa in bianco di Nora Roberts
Muori per me di Karen Rose
Magia nel vento e *Oceani di fuoco* di Christine Feehan
Blood Dreams di Kay Hooper
La finestra sul bosco di Karen Robards
Ménage proibito di Lora Leigh
Il bacio del risveglio di Lara Adrian
Dark Passion di Kresley Cole
I love you, goodbye di Cynthia Rogerson
Legami pericolosi di Kate Brady
Letto di rose di Nora Roberts

La ragazza del libro dei fuochi di Jane Borodale
Intime promesse di Sherry Thomas
Il buongiorno del mattino di Diana Peterfreund
Passione contro il tempo di Suzanne Brockmann
Brivido eterno di Larissa Ione
Oogy di Larry Levin
Il profumo dell'oscurità di Emma Holly
Un'ombra dal passato di Nora Roberts
Lezioni di seduzione di Emma Wildes
Highlander: amori nel tempo di Karen Marie Moning
Passione Vintage di Isabel Wolff
Il bacio svelato di Lara Adrian
La confessione di Julie Garwood
Una scommessa per amore di Jennifer Crusie
Dark Night di Kresley Cole
L'anello di ferro di Ornella Albanese
Un cuore nelle tenebre di Roberta Ciuffi
Le streghe di East End di Melissa de la Cruz
Tentazioni deliziose di Sherry Thomas
La regina dei diamanti di Linda Howard
La concubina russa di Kate Furnivall
Desiderio eterno di Larissa Ione
Il bacio del demone di Eve Silver
Grida per me di Karen Rose
La cacciatrice di anime di Darinda Jones
Il bacio eterno di Lara Adrian
Il sapore della felicità di Nora Roberts
Corinna. La regina dei mari di Kathleen McGregor
La meraviglia delle piccole cose di Dawn French
L'ultima volta che ho visto Parigi di Lynn Sheene
Torna da me di Karen Marie Moning
Melodia al crepuscolo di Christine Feehan
Il richiamo dell'oscurità di Emma Holly
Dark Forever di Kresley Cole
Innamorarsi a Manhattan di Kate Parker
Proposta indecente di Emma Wildes
Venti d'amore e di guerra di Paola Picasso
Dark Desire di Kresley Cole
Il fuoco della tentazione di Lora Leigh
Il segreto del libro proibito di Karen Marie Moning
Il bacio oscuro di Lara Adrian
Passione eterna di Larissa Ione
Dark Dream di Kresley Cole
Il gioco della seduzione di Suzan Elizabeth Phillips
Un amore per sempre di Nora Roberts
Le ombre del demone di Eve Silver
Il mistero del talismano perduto di Karen Marie Moning
Istinto animale di Lora Leigh
Amanti pericolosi di Lisa Marie Rice

Una donna indimenticabile di J.R. Ward
Temptation di Jennifer Crusie
La cacciatrice di anime. Il fascino del male di Darynda Jones
Uccidi per me di Karen Rose
La notte degli Angeli caduti di Heather Killough-Walden
Il bacio di fuoco di Lara Adrian
La pittrice di anime di Isabel Wolff
L'inganno dell'oscurità di Emma Holly
Roma 40 d.C. Destino d'amore di Adele Vieri Castellano
Highlander. L'ultimo dei Templari di Karen Marie Moning
Estasi eterna di Larissa Ione
I ricordi della casa sul lago di Rosie Thomas
Segreto inconfessabile di Shayla Black
Dark Whisper di Kresley Cole e Gena Showalter
La musica delle parole di Emily St. John Mandel
Un segno nelle tenebre di Roberta Ciuffi
La sposa spagnola di Kathleen McGregor
La maledizione della luna nera di Karen Marie Moning
Heaven, Texas, un posto nel tuo cuore di Susan Elizabeth Phillips
Il giardino dei nuovi inizi di Nora Roberts
La notte del vento e delle rose di Anna Bulgaris
Ladra di cioccolato di Laura Florand
Il bacio immortale di Lara Adrian
Peccato eterno di Larissa Ione
Danzando sui vetri rotti di Ka Hancock
Il patto di Julie Garwood
Il signore della vendetta di Lara Adrian
L'oscuro mosaico di Ornella Albanese
Il messaggero dell'angelo di Heather Killough-Walden
Il bacio dell'Highlander di Karen Marie Moning
Il bacio rubato di Lara Adrian
Segreti pericolosi di Lisa Marie Rice
Dark Prince di Kresley Cole
Piacere malizioso di Lora Leigh
Il bacio ribelle di Lara Adrian
Colpevole di amare di J.R. Ward
Il profumo dell'amore ritrovato di Eliselle
Roma 42 d.C. Cuore nemico di Adele Vieri Castellano
Dark Demon di Kresley Cole
Alla ricerca dell'ultima verità di Karen Marie Moning
E se fosse lui quello giusto? di Susan Elizabeth Phillips
Desiderio inconfessabile di Shayla Black
Un oscuro risveglio di Gena Showalter
Pazza di te di Jennifer Crusie
Easy di Tammara Webber
La signora della tentazione di Lara Adrian
Dimmi che ti dispiace di Dawn French
Poison Princess di Kresley Cole
La casa dei grandi incontri di Nora Roberts

A fior di pelle di Lauren Dane
L'angelo della morte di Heather Killough-Walden
Cuore pirata di Kathleen McGregor
La magia del cioccolato di Laura Florand
Un cuore d'oro di J.R. Ward
La fiamma della passione di Jessica Andersen
Sottomessa di Lora Leigh
Tuo per sempre di Lisa Kleypas
Amore eterno di Larissa Ione
Il bacio rivale di Lara Adrian
Roma 39 d.C. Marco Quinto Rufo di Adele Vieri Castellano
Dark Warrior di Kresley Cole
Una dolce scoperta di Nora Roberts
La rivelazione dell'antica carta di Karen Marie Moning
Il bacio della strega di Melissa de la Cruz
Un solo piacere di Lora Leigh
Un piccolo sogno di Susan Elizabeth Phillips
Segreti di una notte d'estate di Lisa Kleypas
Accadde in autunno di Lisa Kleypas
Un amore su misura di Sugar Jamison
Una passione pericolosa di Lisa Marie Rice
Un dono prezioso di Nora Roberts
Estasi infinita di Maya Banks
Appuntamento con l'amore di Jules Stanbridge
Il gioco dell'inganno di Adele Vieri Castellano
Le coincidenze dell'amore di Colleen Hoover
Il mistero del lago di Nora Roberts
Due vite in gioco di Nora Roberts
Il lago dei desideri di Susan Elizabeth Phillips
Beautiful Bastard di Christina Lauren
La sfida del cuore di J.R. Ward
Passione inconfessabile di Shayla Black
Un regalo d'amore di Lisa Kleypas
Una promessa d'amore di Mary Balogh
You & Me di Valentina F.
Il frutto proibito di S.C. Stephens
Piacere colpevole di Lora Leigh
Peccati d'inverno di Lisa Kleypas
Lothaire di Kresley Cole
L'ora della verità di Maya Banks
Seduzione deliziosa di Tara Sivec
La signora della passione di Lara Adrian
Il fuoco della notte di Larissa Ione
Piacere estremo di Georgia Cates
Rischio letale di Pamela Clare
Scandalo in primavera di Lisa Kleypas
Beautiful Stranger di Christina Lauren
Piacere pericoloso di Lora Leigh
Lady Cupido di Susan Elizabeth Phillips

In libreria

Susan Elizabeth Phillips

E se fosse lui quello giusto?

416 pagine
5,90 euro
USCITA APRILE 2014

La geniale professoressa di fisica Jane Darlington passa il suo trentaquattresimo compleanno in lacrime. Vorrebbe un figlio, ma non un marito; da sempre infatti la sua grande intelligenza spaventa gli uomini e trovare un candidato adatto al compito non è semplice. Cal Bonner, leggendario seduttore e giocatore di football dei Chicago Stars, non particolarmente acuto, le sembra la scelta perfetta. Jane allora entra in azione, ma rimarrà molto sorpresa: il generoso Cal non assomiglia per nulla all'individuo superficiale che si aspettava e soprattutto non è affatto disposto a farsi usare e poi scaricare. Come potrà un determinato campione di football interferire nella vita e nei piani di una professoressa un po' speciale che non si è mai, ma proprio mai, innamorata?
Con un sacco di onestà, comprensione e molto, molto umorismo...

Divertente, delicato e al tempo stesso toccante, questo romance sorprende per i suoi personaggi, stravaganti e imprevedibili, e per una storia che rimarrà a lungo nei vostri cuori.

In libreria

Stephanie Bond

Quattro cuori e un matrimonio

224 pagine
5,90 euro

Annabelle Coackley è una giovane avvocatessa in carriera, assai preoccupata che sua mamma, vedova e un po' ingenua, stia per sposarsi con un vecchio attore, famigerato per aver già ben cinque matrimoni alle spalle. Eppure la madre è innamoratissima e vuole persino che lei faccia da damigella!
Ma Annabelle non ha nessuna intenzione di rassegnarsi a quest'idea, e si precipiterà ad Atlanta per salvare sua madre dalle grinfie di quel Casanova da strapazzo. Ma non ha messo in conto che anche il futuro sposo ha un figlio, Clay, che anche lui si oppone con decisione alle nozze temendo che il padre sia caduto nella trappola di una cacciatrice di dote.
Certo, i loro punti di vista non coincidono affatto, ma Annabelle e Clay hanno ora lo stesso obiettivo: fermare il matrimonio a ogni costo. E tra dispetti, equivoci, battibecchi e baci rubati, questa missione li unirà molto più del previsto...

Una commedia romantica al suo meglio: divertente, deliziosa, irresistibile.

In libreria

Susan Elizabeth Phillips

Heaven, Texas, un posto nel tuo cuore

432 pagine
5,00 euro

Gracie Snow decide di lasciarsi alle spalle un'intera vita trascorsa nella casa di cura dei suoi genitori, e accetta un'offerta di lavoro a Hollywood come assistente di produzione. Subito però le viene affidato un incarico difficile: deve convincere Bobby Tom Denton, un affascinante ex-giocatore di football, a presentarsi sul set per iniziare le riprese del suo primo film. Così Gracie entra in contatto con un mondo fatto di party selvaggi, donne mozzafiato, jet privati e alberghi lussuosi. Dopo qualche fraintendimento e un buffo spogliarello improvvisato, riesce a convincere Bobby a farsi accompagnare nella sua città natale, Telarosa, dove avranno luogo le riprese del film; ma lì tutti cercano in qualche modo di ottenere qualcosa da lui. Tra loro c'è Wayland Sawyer, ex-cattivo ragazzo diventato uno degli uomini più ricchi della città, che minaccia di chiudere gli stabilimenti di un'importante azienda e trasformare Telarosa in una città fantasma... Un pericolo da scongiurare e un'occasione per Gracie di capire dove si trova il vero amore.

In libreria

Christina Lauren

Beautiful Bitch

128 pagine
5,90 euro

La vita di Bennett Ryan non è facile: ha trovato la donna della sua vita, l'unica che riesca a tenergli testa, ma non riesce a stare insieme a lei quanto vorrebbe...
Lei è Chloe Mills, la sua ex stagista, ora un'affascinante giovane donna in carriera, che continua a farlo impazzire di desiderio ogni volta che si incrociano negli uffici del Ryan Media Group.
Proprio quando il lavoro di Chloe arriva a una svolta importante e sta per decollare, Bennett desidera che tutto rallenti un po' per poter finalmente passare una notte selvaggia con la sua fidanzata. Deciso a non accettare un no come risposta, metterà Chloe di fronte a due biglietti aerei, una villa in Francia, e una discussione dall'esito scontato: una lotta sotto le coperte!

La complicità incandescente dei protagonisti di *Beautiful Bastard* torna a divertire ed emozionare le lettrici che amano le commedie romantiche con qualche scintilla.

In libreria

Tara Sivec

Seduzione deliziosa

352 pagine
10,00 euro

Claire è una mamma single: fa la barista e aiuta la sua migliore amica a vendere sex toy, ma spera di riuscire presto a mettere su una pasticceria tutta sua per dare un futuro migliore al suo pestifero figlioletto, frutto di una notte d'amore con uno sconosciuto durante una festa universitaria. Era stata proprio lei a scappare la mattina dopo, senza lasciargli neppure il nome, perché il suo obiettivo era solo perdere la verginità... ma non rimanere incinta! Il 'donatore di sperma' era stato impossibile da rintracciare, fino a quando, cinque anni dopo, Claire lo riconosce seduto proprio al bancone del suo bar: cosa fare adesso (a parte lasciarsi cadere dalle mani un vassoio pieno di ordinazioni)?
Questa volta Claire ha tutte le intenzioni di farsi ricordare. E non importa se di mezzo c'è il riconoscimento di una paternità, smagliature post-gravidanza e ingestibili crisi di panico... Anche una storia così può finire con un 'e vissero felici e contenti': basta forzare un po' la mano al destino e puntare sul profumo del cioccolato.

Per tutte le lettrici, attenzione: romanzo ad alto contenuto di risate!

In libreria

Valentina F.

You & Me

256 pagine
13,00 euro

Ci sono storie che nascono dal cuore: basta uno sguardo, un impercettibile battito di ciglia, un movimento improvviso che attira l'attenzione o un piccolo sorriso che appare così, senza volerlo. E poi ci sono dei luoghi magici che sempre ritornano, quasi per caso; custodiscono ricordi, emozioni, delusioni, sogni, gioie e a volte anche qualche dolore.
E infine ci sono le parole, quelle che riempiono il cuore, ti tormentano o ti rendono felice, ti sorridono o leniscono la tua pena come balsamo della vita.
Tutto questo accade a Clara il giorno in cui conosce Dante; il tempo si ferma, il cuore perde un colpo, il corpo reagisce da solo, e tutto, in un attimo, ha un senso compiuto. Il luogo? Una libreria dove il tempo si è fermato e i sentimenti fanno le capriole fuori dai libri.
Ma ogni storia che nasce dal cuore porta con sé qualche sorpresa perché a volte l'amore fa rima con stupore.

You & me è il nuovo romanzo di Valentina F., la giovane autrice che ha appassionato migliaia di teenager con la sua serie TVUKDB. *You & me* è una storia d'amore delicata e tormentata, un rutilante affresco di emozioni che tolgono il fiato e fanno uscire un sorriso. Una storia per il cuore di qualsiasi età.

Finito di stampare nell'aprile 2014 presso
Puntoweb - via Variante di Cancelliera snc - Ariccia (RM)
Printed in Italy